U0455274

散文笺注

爱国散文选辑

林邦钧 编著

学习出版社

图书在版编目（CIP）数据

散文笺注 ：爱国散文选辑 / 林邦钧编著 . -- 北京 ：学习出版社，2025. 2. -- ISBN 978-7-5147-1298-8

Ⅰ . I26

中国国家版本馆 CIP 数据核字第 2024Q20M96 号

散文笺注

SANWEN JIANZHU

——爱国散文选辑

林邦钧　编著

责任编辑：苏嘉靖

技术编辑：刘　硕

装帧设计：和物文化

出版发行：学习出版社

北京市崇外大街11号新成文化大厦B座11层（100062）

010-66063020　010-66061634　010-66061646

网　　址：http://www.xuexiph.cn

经　　销：新华书店

印　　刷：北京联兴盛业印刷股份有限公司

开　　本：710毫米×1000毫米　1/16

印　　张：28

字　　数：280千字

版次印次：2025年2月第1版　2025年2月第1次印刷

书　　号：ISBN 978-7-5147-1298-8

定　　价：68.00元

如有印装错误请与本社联系调换，电话：010-66064915

再版序言

爱国主义是指个人和集体对自己祖国的深切热爱、无限忠诚和义无反顾的责任担当，以及由此生发出来的为祖国的繁荣强大而拼搏奋斗的献身精神。它反映了个人对祖国的依存关系，对自己家园、故土、民族、文化的归属感、认同感、尊严感、荣誉感的统一。

爱国主义的基本内涵是爱祖国的大好河山，爱自己的骨肉同胞，爱祖国的灿烂文化，爱自己的祖国。爱国主义具有强大的凝聚力、亲和力，是推动国家民族发展的强大精神力量。因此，它历来为世界各国各民族所大力宣传弘扬，并成为终身教育的永恒主题、文明社会的核心价值。

爱国主义也是一个历史范畴，不同时期、不同阶级有不同的具体内容，其作用也截然不同。如我国古代的爱国主义是中华民族宝贵的精神财富和优良传统，但它往往与忠君密切相关，具有一定的时代局限性；而“二战”时期的法西斯德国和日本竭力灌输的所谓“爱国主义”实质是纳粹法西斯主义和军国主义，给世界包括德、日两国人民都带来了巨大的灾难。

中华民族在几千年的历史中形成了以爱国主义为核心的团结统一、爱好和平、勤劳勇敢、艰苦奋斗、自强不息的伟大民族精神。坚持以爱国主义为核心的民族精神是社会主义核心价值观的基本内容。在新时代的中国，爱国主义以实现中华民族的伟大复兴为其鲜明主题，其表现为巩固爱国主义统一战线，维护祖国统一，加强民族团结，构建和谐社会，实现中华复兴而奋斗献身，是爱国、爱党、爱社会主义的高度统一。

爱国诗文是中华文化的宝库，爱国主义精神的重要载体。为更好地赓续和弘扬中华民族的爱国优良传统，学习出版社曾于2004年嘱我编撰出版过《中华爱国散文选》。20年后，出版社为便于读者鉴赏学习，又嘱我将有关爱国主义的内容大致概括分类成以下几大类：

一、江山多娇，如诗如画；彩笔描绘，倾情讴歌

二、忧国忧民，针砭时弊；抨击奸佞，安邦定国

三、反对分裂，誓平叛乱；维护统一，矢志不渝

四、民族节概，浩气长存；忠肝义胆，万古流芳

五、勇赴国难，同仇敌忾；舍生取义，义薄云天

六、黍离之悲，家国之痛；撕心裂肺，字血声泪

七、宣传革命，激励斗志；追求理想，奋斗献身

按出版社要求，我将原书作了增删改动，分别按上述七类内容重新编目成7个单元。并在每个单元前对该单元的内容和编选旨意作了简要的论述和说明，希望有助于读者的深入理解和赏析。

为纪念已故恩师、著名的中国古代文学史和散文史家郭预衡教授，谨将其20年前为本书撰写的言简意赅的《前言》置于卷首，以飨读者。最后，对学习出版社刘向军先生和苏

嘉靖女士为本书扩改时在策划、主旨、体例方面提供的创意指导和付出的努力表示衷心的感谢。

林邦钧

2024 年 8 月

序言

为了给本书作序，我曾向编者索取了选文目录，并且阅读了其中的大半。有些文章是我青年时期早已读过的，这次重读，却抱有一个新的目的，就是想看看什么样的文章才算是“爱国主义”的文章。

“爱国主义”一语，在过去的一个时期里，在人们的口头上或书刊的文字中，是经常出现的。正像再早的一个时期，人们常讲“精神文明”“国粹主义”，还有最近一个时期，人们常讲“传统文化”“文化传统”，大家习以为常，并无疑义。但我这次重新阅读了本书若干选文之后，对于“爱国主义”一语，却似有了新的认识。首先发现自己过去的理解是褊狭的。“屈原投江”“岳飞抗金”，其为爱国主义，可以无疑；但韩愈论“天旱人饥”，范仲淹写《岳阳楼记》，是不是爱国主义呢？

这本选辑所包罗的爱国主义作品，是相当广阔的。韩愈、范仲淹的忧国忧民之作，也都是入选的。这说明编者编选的眼光比我开放。因此也就选入了许多为国为民、徇公灭私的文章。

我觉得编选这些文章，对于今天的读者，很有意义。尤其是对于青年读者，不论是学科学的，学文学的，搞科技的，也不论是经商的，从政的，以及搞其他各行各业的，如能抽一点时间，读几篇这样的选文，对于身心修养，为人处世，都会有所裨益。特别是在市场经济浪潮的冲击之下，不仅要看清当今社会上有一些人怎样唯利是趋、自私自利；与此同时，也要看到，在我们这个国家里，并非历来如此。从古代到近代，也曾有过如此众多的仁人志士，为国为民，牺牲了自己。对比之下，能不抚今思昔？有所不为？

当然，读书的效益，似非如此简单，我说这话，不免书生之见，而且所见甚浅，够不上启发青年读者的“序言”，只是一篇老年读者的“读后感”。

郭预衡

2004年6月6日

目录

江山多娇　如诗如画　彩笔描绘　倾情讴歌

忧国忧民　针砭时弊　抨击奸佞　安邦定国

反对分裂　誓平叛乱　维护统一　矢志不渝

民族节概　浩气长存　忠肝义胆　万古流芳

勇赴国难　同仇敌忾　舍生取义　义薄云天

黍离之悲　家国之痛　撕心裂肺　字血声泪

宣传革命　激励斗志　追求理想　奋斗献身

江山多娇　如诗如画

彩笔描绘　倾情讴歌

热爱祖国的大好河山，原本就是爱国主义题中应有之义，何况我国幅员之辽阔，地形之多样，地貌之多彩，植被之丰富，景色之优美，世所罕见。“江山如此多娇，引无数英雄竞折腰。”古往今来，多少文人墨客通过诗文书画加以讴歌描绘，一笔一画，一字一句，无不饱含着激情，倾诉着他们对祖国山河的挚爱。我国古代崇尚“读万卷书，行万里路”。“古人学问无遗力，少壮工夫老始成。纸上得来终觉浅，绝知此事要躬行。”（陆游《冬夜读书示子聿》）读万卷书固然重要，行万里路何啻读万卷活的书。两者相互补充印证，相辅相成，相得益彰。古代的大学问家、大诗人，因为各种原因（赶考、干谒、赴任、探亲、访友等），大都经历过漫游（也包括远贬流放）的生活。司马迁如此，李白、杜甫、苏轼、陆游等也不例外。他们或寻幽探胜，或登临远眺，或涉险跋涉，将沿途所见所闻，包括山川景物、风土人情、古今名胜、历史掌故、人物逸事、文化遗存，诉诸诗文，具有很高的文学、历史、文化及地理等价值。因为个人经历的不同，他们在登山涉水时所寄寓所抒发的情怀也有所不同。有的盼望王道大行，赞美祖国一统，如王粲的《登楼赋》、宋濂的《阅江楼记》；有的寓情于景，借景泄愤，揭露封建科举制度的黑暗与不公，抒发赍志难酬的愤懑，如柳宗元、元结、王禹偁的山水小记；有的借登临眺望之时，抒发“先天下之忧而忧，后天下之乐而乐”的胸臆，如范仲淹的《岳阳楼记》；有的趁出行游乐之际，表达其“与民同乐”的襟抱，如欧阳修的《醉翁亭记》；有的通过今昔盛衰的对比描写，寓地险不足恃之意，警告妄图裂地自雄者，如鲍照的《芜城赋》；有的像洪亮吉一样，在贬谪边陲期间，描绘了西域南疆的奇异景色和淳朴的风土人情（《少寨洞记》《伊犁日记》)。更有地理学家兼文学家的郦道元、徐霞客，他们的著述《水经注》四十卷、《徐霞客游记》十卷，不仅是珍贵的地理学著作，而且是优秀的文学著作，尤其是徐霞客自22岁至去世的30余年间，其足迹遍布大半个中国。湘江遇盗，行囊被洗劫一空，登高涉险，几乎葬身深渊。但基于对祖国大好河山的挚爱而生发出来的锲而不舍的探索精神，他却始终百折不挠。用日记形式写成的60余万字的《徐霞客游记》，宛如一幅幅色彩斑斓的山水长卷，展现了祖国雄奇瑰丽的万里山河。可谓山山水水无非爱，一枝一叶总关情。

登楼赋[①]

王 粲

登兹楼以四望兮[②]，聊暇日以销忧[③]，览斯宇之所处兮[④]，实显敞而寡仇[⑤]。挟清漳之通浦兮，倚曲沮之长洲[⑥]，背坟衍之广陆兮，临皋隰之沃流[⑦]。北弥陶牧[⑧]，西接昭丘[⑨]。华实蔽野，黍稷盈畴[⑩]。虽信美而非吾土兮，曾何足以少留[⑪]。

遭纷浊而迁逝兮，漫逾纪以迄今[⑫]，情眷眷而怀归兮，孰忧思之可任[⑬]！凭轩槛以遥望兮[⑭]，向北风而开襟。平原远而极目兮，蔽荆山之高岑[⑮]。路逶迤而修迥兮，川既漾而济深[⑯]，悲旧乡之壅隔兮[⑰]，涕横坠而弗禁[⑱]。昔尼父之在陈兮，有归欤之叹音[⑲]；钟仪幽而楚奏兮，庄舄显而越吟[⑳]。人情同于怀土兮，岂穷达而异心[㉑]？

惟日月之逾迈兮，俟河清其未极[㉒]。冀王道之一平兮，假高衢而骋力[㉓]。惧匏瓜之徒悬兮[㉔]，畏井渫之莫食[㉕]。步栖迟以徙倚兮，白日忽其将匿[㉖]。风萧瑟而并兴兮，天惨惨而无色[㉗]，兽狂顾以求群兮，鸟相鸣而举翼[㉘]。原野阒其无人兮[㉙]，征夫行而未息，心凄怆以感发兮，意忉怛而憯恻[㉚]。循阶除而下降兮，气交愤于胸臆[㉛]，夜参半而不寐兮，怅盘桓以反侧[㉜]。

注 释

①《登楼赋》：王粲所登之楼，盛弘之《荆州记》认为是当阳城

楼，六臣注《文选》认为是江陵城楼，均与赋中所述位置不合。郦道元《水经·漳水注》：“漳水又南迳当阳县，又南迳麦城东，王仲宣登其东南隅，临漳水而赋之曰：‘挟清漳之通浦，倚曲沮之长洲’是也。”《水经·沮水注》又指出楚昭王墓东对麦城，用赋中“西接昭丘”句证实，故王粲所登当是麦城城楼。据顾祖禹《读史方舆纪要》，麦城在湖北当阳东南50里。

② 兹楼：这座城楼。

③“聊暇日”句：姑且在闲暇的日子消除忧闷。

④ 斯宇：此楼。宇，原指屋檐。所处：指所处的地势。

⑤“实显敞”句：实在豁亮、宽敞，少有匹比。显：豁亮。敞：宽阔。仇：匹。

⑥“挟清漳”两句：城楼地处漳、沮二水交汇处，宛如挟带着清澈的漳水，依傍着曲折的沮水边的长洲。挟：带。漳：水名，源出湖北南漳县，南流经当阳、麦城，与沮水汇合。沮：水名，源出湖北保康县，东南流经南漳、当阳、麦城西，与漳水汇合。通浦：指漳、沮二水汇合处。浦，小河流入江海的入口处。长洲：水中长形的陆地。

⑦“背坟衍”两句：城楼背后是高而广的陆地，前面是低而沃的水涯。背：背对着。坟：高起。衍：平坦。临：面临，面对。皋：水边高地。隰（xí）：低下的湿地。沃流：用来灌溉的流水。

⑧ 弥：终极。陶牧：陶乡的郊外。陶，今山东菏泽市定陶区西北，越国大夫范蠡助越王勾践复国灭吴，后游齐国，定居于此，经商致富，称陶朱公，其地故名陶。

⑨昭丘：楚昭王坟墓。《水经·沮水注》："沮水又南迳楚昭王墓，东对麦城，故王仲宣之赋《登楼》云'西接昭丘'是也。"

⑩"华实"两句：花果遮盖原野，作物长满田畴。华：同"花"。黍稷：泛指谷物。

⑪"虽信美"两句：虽然景物的确美好，但却不是我的故乡，哪值得稍作停留。信：诚然、的确。少留：稍事停留。

⑫"遭纷浊"两句：遭逢纷乱、混浊之世，迁徙荆州，至今已过十二年。纷浊：喻乱世。迁逝：迁徙、流亡，指避乱荆州。漫：长久。逾：过。纪：十二年。

⑬"情眷眷"两句：心眷恋而思归，谁能禁得住忧思的煎熬！眷眷：眷恋的样子。孰：谁。任：禁受，禁得住。

⑭凭轩槛：倚靠着楼窗、栏杆。

⑮蔽：遮蔽。荆山：在湖北南漳县。岑：小而高的山。以上四句吕延济说："荆州在帝乡南，故向北开襟，思故国之风；而极目远望，为荆山所蔽，终不复见。"（六臣注《文选》）

⑯"路逶迤（wēi yí）"两句：路途绵长曲折，河水深广汹涌。逶迤：长而曲折貌。修：长。迥（jiǒng）：远。漾：水盛大貌。济：渡。

⑰旧乡：故乡。壅隔：阻塞、隔绝。

⑱横坠：纵横坠落。弗禁：止不住。

⑲"昔尼父"两句：昔日孔子在陈时，曾发出"归欤"的叹音。尼父：孔子，字仲尼。《论语·公冶长》："子在陈曰：'归欤！归欤！'……"朱熹《论语集注》："此孔子周流四方，道不行而思归之叹也。"句中王粲以孔子思归自喻。

⑳“钟仪”两句：楚囚钟仪被郑国献给晋侯，操琴时仍奏楚曲；越人庄舄（xì）显贵于楚国，病中仍吐越音。王粲用这两人的典故比喻自己思乡情切。钟仪事见《左传·成公九年》。他和下文的庄舄，在后世诗文中，多被作为困厄、贵达时不忘根本的典型来引用。幽：囚。楚奏：奏楚乐。庄舄：越人，在楚国升到执圭这种显贵的爵位；他生病后，楚王问侍从，不知他是否还想越国；侍从回答，只要听他在病中发的是什么声就知道；楚王派人去听的结果是越声。详见《史记·张仪列传》。显：显贵。越吟：以越国的方音呻吟感叹。

㉑“人情”两句：思乡之情，人皆有之，怎么会因境遇的穷达而不同！穷：落难。达：显达。穷达分指钟、庄两例。

㉒“惟日月”两句：日月流逝，盼望的太平之世未至。逾迈：过、往。俟（sì）：等待。黄河水浊。传说千年一清，古人因以河清为太平盛世的祥瑞象征。极：至。

㉓“冀王道”两句：希望天下统一安定，有畅通的大路，供自己发挥才能。冀：期望。王道：理想的王朝政权。一：统一。平：安定、稳固。假：借。高衢：大路，喻用武之地。骋力：发挥才能。

㉔“惧匏（páo）瓜”句：惧怕像葫芦那样空悬着，喻怀才不遇，虚度一生。匏瓜：葫芦，喻求官不得或不被重用的人，典出《论语·阳货》。

㉕“畏井渫（xiè）”句：害怕井水淘干净了，却无人食用，喻修身自洁，却担心不为朝廷所用。渫：淘去污泥。

㉖“步栖迟”两句：流连徘徊于楼上，不觉太阳将落。栖迟：

流连，行动迟缓。徙（xǐ）倚：徘徊。匿：藏。

㉗“风萧瑟”两句：萧瑟冷风，四面俱发，白日昏惨，黯然失色。

㉘“兽狂顾”两句：吕向说，“鸟兽尚求群举翼，将归故所，而我独此羁寓”。（见六臣注《文选》）狂顾：慌乱四顾。

㉙阒（qù）：寂静。

㉚忉怛（dāo dá）：忧劳。憯恻：惨痛悲伤。憯，同“惨”。

㉛“循阶除”两句：沿着阶梯下楼，郁闷之气交结胸怀。阶除：阶梯。交：交加、交集。

㉜“夜参半”两句：直至半夜，不能入睡，左思右想，翻来覆去，十分惆怅。参：至。盘桓：徘徊（文中指惆怅之情萦回不去，排遣不开）。反侧：翻来覆去，不能入睡。

作者简介

王粲（177—217年），字仲宣，山阳高平（今山东微山西北）人。才思敏捷，年17，授黄门侍郎。董卓余党李傕、郭汜混战，长安大乱，他去荆州投奔刘表。因其貌不扬、落拓不羁而不受重用。客居荆州15年间，时抒思乡之情。《登楼赋》即作于此时。刘表死后，他劝刘表之子刘琮降曹，后任丞相掾、军谋祭酒、侍中等职。死于征讨孙吴的途中。在建安七子中，他的诗赋成就是最高的。因为他遭乱流离，所以诗文较能深刻地反映社会的动乱、人民的苦难，情调悲凉。《七哀诗》《登楼赋》是他的代表作。有辑本《王侍中集》。

简 析

本文从严格意义上讲并非游记，却是一篇著名的写景抒情小赋。全文三段分别状景、抒情、述怀。第一段先点明登楼的原因——销忧；再详写楼之所在——清流沃野，华实累累，地势优越，景色美好。然后用“虽信美……曾何足……”两句陡折，对人生遭际喟然长叹，转入第二段。第二段作者借高远之景，抒眷眷之情；用钟仪、庄舄之事，喻怀土思乡之心。其中向风开襟，有“胡马依北风”之恋；仲尼叹归，寓赍志未酬之恨，并启下段述怀。第三段抒发作者的志向：惧虚掷岁月，空度一生；愿施展才能，一酬壮志；望天下统一，王道大行。以景物描写烘托感情，情因景生，融情入景是本文的最大特点；平易流畅，不事夸饰是本文的语言特色。

巫　峡

郦道元

江水又东迳巫峡①，杜宇所凿以通江水也②。江水历峡，东迳新崩滩③，其间首尾百六十里，谓之巫峡，盖因山为名也。

自三峡七百里中④，两岸连山，略无阙处⑤。重岩叠嶂，隐天蔽日，自非亭午夜分，不见曦月⑥。至于夏水襄陵，沿溯阻绝⑦。或王命急宣⑧，有时朝发白帝，暮到江陵⑨，其间千二百里，虽乘奔御风，不以疾也⑩。春冬之时，则素湍绿潭⑪，回清倒影⑫，绝巘多生怪柏⑬，悬泉瀑布，飞漱其间⑭，清荣峻茂⑮，良多趣味。每至晴初霜旦⑯，林寒涧肃⑰，常有高猿长啸，属引凄异⑱，空谷传响，哀转久绝⑲。故渔者歌曰：巴东三峡巫峡长⑳，猿鸣三声泪沾裳！

注　释

①江水：长江。巫峡：在重庆巫山县东，因巫山而得名。

②杜宇：传说中古蜀国的君主，号称望帝。据《华阳国志》说，因遇水灾，望帝禅位其相开明，自隐西山，死后魂化杜鹃。

③新崩滩：江中滩名。据《水经注》载，这里的山曾于东汉和东晋时两次崩塌，滩上多石，皆崩崖所致，故称新崩滩。

④三峡：瞿塘峡、巫峡、西陵峡的合称。瞿塘峡在重庆奉节县东，西陵峡在湖北宜昌市西。

⑤ 略无阙处：丝毫没有缺口的地方。阙，同“缺”。

⑥ 嶂（zhàng）：像屏障一样直立的山峰。亭午：正午。夜分：夜半。曦（xī）：日光，这里指太阳。这几句说：层层叠叠的山岩，遮蔽了天日，若不是正午和夜半，就见不到太阳和月亮。

⑦ 襄：上。这里指江水漫上。陵：山岗。沿：顺流而下。溯（sù）：逆流而上。阻绝：阻断隔绝。这两句说：到了夏季，长江水涨，漫上山陵，上下交通断绝。

⑧ 王命：指皇帝的诏命。急宣：急速传达。

⑨ 白帝：城名。在今重庆奉节县东。江陵：即今湖北江陵县。这两句说：有时早晨从白帝城出发，傍晚就到了江陵。

⑩ 乘奔：骑着奔驰的马。御风：驾风。这两句说：即使乘着快马，驾着风，也没有这么快。

⑪ 素湍（tuān）：白色的急流。绿潭：绿色的深水。

⑫ 回清倒影：在回旋的清水中，倒映着两岸的景象。

⑬ 绝巘（yàn）：极高的山峰。绝，极，指最高处。巘，山峰。

⑭ 飞漱（shù）：飞溅喷洒。

⑮ 清：指泉水清澈。荣：指树木繁密。峻：指山峰峻峭。茂：指草木茂盛。

⑯ 晴初：初晴的日子。霜旦：降霜的早晨。

⑰ 林寒涧肃：指秋气肃杀，林涧清冷。

⑱ 属引：连续不断。这两句说：常有高处的猿长声啼啸，叫声连续不断。

⑲ 转：同“啭”，这里指婉转的猿啼之声。这句说：凄哀的猿啼声许久才停止。

⑳巴东：指今重庆奉节、云阳、巫山等县。

作者简介

郦道元（？—527年），字善长，北魏范阳涿鹿（今河北涿州）人。其父郦范，北魏文成帝时为青州刺史，进爵永宁侯。道元初袭父爵，例降为伯。御史中尉李彪因道元执法清正严峻，将他从太傅掾引为治书侍御史。后李彪被仆射李冲参奏，道元因系属官受牵连免职。景明中，为冀州镇东府长史，为政严酷，令人畏惧。后历任东荆州刺史、河南尹、御史中尉等职。雍州刺史萧宝夤反，道元被派任关右大使，赴任途中，被萧宝夤害死。事平之后，朝廷追赠吏部尚书、冀州刺史、安定县男。为人好学，博览群书。遍历北方，留心观察水道等地理现象，他为《水经》（作者不详）所注的《水经注》一书，为后世留下一部富于文学价值的地理巨著。

注者按

节选自《水经·江水注》。本文描写巫峡的山形水势，勾画峡中四时景色的变化，艺术地再现了巫峡山水的自然美，给读者以美的艺术感受，从而唤起对祖国壮丽山川的热爱之情。文章构思精巧，意境优美，描写绘声绘色，富于诗意。作者以清新俊逸、极富表现力的短语，描绘景物，渲染气氛，写出了山水的神韵。一扫六朝堆砌辞藻、滥用典故的绮靡文风，给文坛带来了一股刚健清新的气息。本文是历代传诵的名篇，特别对后世游记文学的发展很有影响。

与宋元思书

吴　均

风烟俱净，天山共色。从流飘荡，任意东西[①]。自富阳至桐庐一百许里[②]，奇山异水，天下独绝。

水皆缥碧[③]，千丈见底。游鱼细石，直视无碍。急湍甚箭，猛浪若奔[④]。

夹岸高山，皆生寒树[⑤]。负势竞上，互相轩邈[⑥]；争高直指[⑦]，千百成峰。泉水激石，泠泠作响[⑧]；好鸟相鸣，嘤嘤成韵[⑨]。蝉则千转不穷[⑩]，猿则百叫无绝。鸢飞戾天者，望峰息心[⑪]；经纶世务者，窥谷忘返[⑫]。横柯上蔽，在昼犹昏；疏条交映，有时见日[⑬]。

注　释

①从流：随水漂流。这两句意谓任船随流而行。

②富阳：今浙江杭州市富阳区。桐庐：今浙江桐庐县。两地相隔百余里，均在钱塘江沿岸。

③缥碧：苍青色。

④急湍（tuān）：急流的水。甚箭：比飞箭还要快。若奔：形容猛浪势如奔马。

⑤寒树：形容树密而绿，让人心生寒意。

⑥负势：凭依地势。负，倚仗。竞上：争高。互相轩邈：互争

高远。轩，高。邈，远。

⑦ 争高直指：形容群峰争高，直指天空。

⑧ 激：水的冲击。泠（líng）泠：水流的声音。

⑨ 嘤（yīng）嘤：鸟鸣的声音。

⑩ 转：同“啭”，原指鸟鸣，这里指蝉鸣。

⑪ 鸢（yuān）：鹞鹰。戾：至。《诗经 · 大雅 · 旱麓》：“鸢飞戾天”，是说“鹞鹰展翅高飞直上云天”。这里用“鸢飞戾天”比喻飞黄腾达之辈。这两句意思是：那些追求高官厚禄飞黄腾达的人，见到这样的高峰，也一定会消弭竞进之心。

⑫ 经纶：经营，治理。世务：这里指政务。这两句是说：就是那些成天忙于政事的人，看了这样的山谷，也会流连忘返。

⑬ 横柯：树木的横枝。条：小枝。这几句意思是：树木枝干纵横，遮蔽了天空，虽在白昼，也如黄昏；只在枝条稀疏的地方，有时才可见到日光。

作者简介

吴均（469—520 年），字叔庠，南朝吴兴故鄣（今浙江安吉县西北）人。家世寒贱，好学有俊才。梁武帝天监初为吴兴郡主簿，累迁奉朝请。通史学，欲撰《齐书》，求借齐起居注及群臣行状，武帝不许。于是私撰《齐春秋》，披露了统治集团的不少丑闻。武帝恶其实录，竟以“其书不实”而问罪，不仅焚其书，而且免其职。后又被召见，奉诏撰写《通史》。草本纪、世家已毕，唯列传未成，卒。工诗文。其诗清新隽永，且多反映社会现实之作。其文工于写景，尤以小品书札见长，文体清拔秀丽，时人仿效之，称为“吴均体”。著述颇丰，多已散佚，今传《吴朝请集》辑本、《续齐谐记》等。

注者按

选自《吴均集校注》。宋元思：原作“朱元思”。黎经诰《六朝文絜笺注》说：“‘宋’一作‘朱’，非。宋元思，字玉山。刘峻有《与宋玉山元思书》。”今据改。本文以书信的形式描绘了富阳至桐庐沿途的景色。文笔清新简练，描绘明快生动，令人耳目一新。特别是“水皆缥碧，千丈见底。游鱼细石，直视无碍”的描写，为后世散文家所效法。从唐代柳宗元《小石潭记》所写“潭中鱼可百许头，皆若空游无所依”，到明代袁中道《西山十记》所写“流水澄澈，洞见沙石……小鱼尾游，翕忽跳达”，都分明受到了他的启发。由此可见其写景状物功力之深和影响之大。

岳阳楼记

范仲淹

庆历四年春[①]，滕子京谪守巴陵郡[②]。越明年[③]，政通人和，百废具兴[④]。乃重修岳阳楼，增其旧制[⑤]，刻唐贤今人诗赋于其上。属予作文以记之[⑥]。

予观夫巴陵胜状[⑦]，在洞庭一湖[⑧]。衔远山[⑨]，吞长江，浩浩汤汤[⑩]，横无际涯[⑪]，朝晖夕阴[⑫]，气象万千，此则岳阳楼之大观也，前人之述备矣。然则北通巫峡[⑬]，南极潇湘[⑭]，迁客骚人[⑮]，多会于此，览物之情，得无异乎[⑯]？

若夫淫雨霏霏[⑰]，连月不开，阴风怒号，浊浪排空，日星隐曜[⑱]，山岳潜形，商旅不行，樯倾楫摧[⑲]，薄暮冥冥[⑳]，虎啸猿啼。登斯楼也，则有去国怀乡[㉑]，忧谗畏讥，满目萧然，感极而悲者矣。

至若春和景明[㉒]，波澜不惊，上下天光，一碧万顷，沙鸥翔集[㉓]，锦鳞游泳[㉔]，岸芷汀兰，郁郁青青[㉕]。而或长烟一空，皓月千里[㉖]，浮光跃金[㉗]，静影沉璧[㉘]，渔歌互答，此乐何极！登斯楼也，则有心旷神怡，宠辱偕忘，把酒临风，其喜洋洋者矣。

嗟夫！予尝求古仁人之心，或异二者之为[㉙]，何哉？不以物喜，不以己悲[㉚]，居庙堂之高[㉛]，则忧其民，处江湖之远[㉜]，则忧其君。是进亦忧，退亦忧。然则何时而乐耶？其必曰“先天下之忧而忧，后天下之乐而乐”乎[㉝]！噫！微斯人[㉞]，吾谁与归[㉟]？时六年九月十五日。

注 释

① 庆历：宋仁宗（赵祯）的年号（1041—1048 年）。庆历四年为公元 1044 年。

② 滕子京：名宗谅，河南洛阳人。与范仲淹是同年进士。曾知泾州，后有人诬告他浪费了公家 16 万贯钱，因而被贬到岳州。巴陵郡：即岳州。治所在今湖南岳阳市。

③ 越明年：第二年，即庆历五年（1045 年）。

④ 百废具兴：各种废置的事都兴办起来了。具，同“俱”，全、皆。

⑤ 增其旧制：扩建了旧时的规模。

⑥ 属：同“嘱”，嘱咐、嘱托。

⑦ 胜状：壮丽景色。

⑧ 洞庭：即洞庭湖，在湖南省北部，北连长江，南接湘、资、沅、澧四水。面积 2650 平方公里。

⑨ 衔：含衔。

⑩ 汤（shāng）汤：水势浩大的样子。

⑪ 横无际涯：广无边际。横，广。

⑫ 朝晖夕阴：早晨晴朗，傍晚阴暗。

⑬ 巫峡：长江三峡之一，在重庆巫山县东，洞庭湖的西北方。

⑭ 南极潇湘：往南直通潇水和湘水。

⑮ 迁客：被贬官左迁的人。骚人：文人。因屈原赋有《离骚》，后称文人为骚人。

⑯ 得无异乎：能没有不同吗？

⑰ 淫雨：连绵不断的雨。霏霏：状雨丝细密。

⑱曜：光辉。

⑲樯倾楫（jí）摧：桅杆倾倒，船桨折断。

⑳薄暮：傍晚。冥冥：天色昏暗。

㉑去国：离开国都。

㉒景：指日光。

㉓沙鸥：一种水鸟，栖息沙洲，翔于江海之上。翔集：或飞翔，或止息。

㉔锦鳞：美丽的鱼。鳞，代指鱼。

㉕“岸芷”两句：岸上的香芷和岸边平处的兰草芳香茂盛。郁郁：形容香气浓郁。

㉖“而或”两句：有时弥漫的烟雾一下消散净尽，明月照耀千里湖面。

㉗浮光跃金：水面月光浮动，像是金色的光辉随波跳动。

㉘静影沉璧：月映静水，宛如玉璧沉入水底。

㉙“或异”句：或者与上面两种情绪有所不同。二者：指去国怀乡之悲和心旷神怡之喜两种情绪。

㉚“不以”两句：有修养的人不因外物的美好而喜悦，不以己身的境遇不好而悲伤。

㉛庙堂：指朝廷。高：指高的官位。

㉜江湖：指草野，相对“朝廷”而言。远：僻远。

㉝“先天下”两句：欧阳修《资政殿学士户部侍郎文正范公神道碑铭》：“公少有大节，于富贵、贫贱、毁誉、欢戚，不一动其心，而慨然有志于天下，常自诵曰：‘士当先天下之忧而忧，后天下之乐而乐也。’”

㉞微：非，没有。斯人：指古之仁人。

㉟谁与归：即归向谁，与谁同道。

作者简介

范仲淹（989—1052 年），字希文，苏州吴县（今江苏苏州）人。北宋政治家、军事家、文学家，北宋前期改良运动的领袖。宋真宗大中祥符八年（1015 年）进士。宋仁宗景祐年间知开封府，因上《百官图》，刺时相吕夷简，贬饶州。后任陕西经略安抚副使，戍边多年，西夏不敢觊觎，人称“龙图老子”。庆历三年（1043 年）任枢密院副使，旋升参知政事。范仲淹诗词文均很出色，有《范文正公集》。

注者按

岳阳楼是岳州巴陵县（今湖南岳阳）城西门楼，矗立于湘北洞庭湖畔。

本文写于宋仁宗庆历六年（1046 年），作者时知邓州（治所在今河南省邓州市）。

本文通过览岳阳楼景色所产生的悲喜之情，生发关于忧乐之心的议论，表现作者“先天下之忧而忧，后天下之乐而乐”的胸怀。其思想感情突破了个人的悲喜，而着眼于天下、社稷。这种乐以社稷、忧以民生的爱国胸怀，是中华民族精神的核心价值观和优秀传统。

文章开始叙事，中间写景、抒情，最后议论，环环相扣，转换自然。无论写景还是议论，都紧扣一个“异”字。景色的阴晴变化、览物之情的悲喜变化，均源于“异”字；由此而生发出的忧乐之心的议论，也围绕着“异”字展开。其中写景部分全用对比。八百里洞庭“衔远山，吞长江”的浩瀚气势，正是作者胸怀抱负的写照。韵散相间、奇偶互用的句式增强了文章的感染力。

董其昌称之为“字字珠玑，句句金石，是千古绝唱”，殆非虚誉。

醉翁亭记

欧阳修

环滁皆山也[①]。其西南诸峰，林壑尤美，望之蔚然而深秀者[②]，琅琊也[③]。山行六七里，渐闻水声潺潺，而泻出于两峰之间者，酿泉也[④]。峰回路转，有亭翼然临于泉上者[⑤]，醉翁亭也。作亭者谁？山之僧智仙也。名之者谁？太守自谓也[⑥]。太守与客来饮于此，饮少辄醉，而年又最高，故自号曰醉翁也[⑦]。醉翁之意不在酒，在乎山水之间也。山水之乐，得之心而寓之酒也[⑧]。

若夫日出而林霏开[⑨]，云归而岩穴暝[⑩]，晦明变化者，山间之朝暮也[⑪]。野芳发而幽香，佳木秀而繁阴，风霜高洁，水落而石出者，山间之四时也[⑫]。朝而往，暮而归，四时之景不同，而乐亦无穷也。

至于负者歌于途[⑬]，行者休于树，前者呼，后者应，伛偻提携[⑭]，往来而不绝者，滁人游也。临溪而渔[⑮]，溪深而鱼肥。酿泉为酒，泉香而酒洌[⑯]；山肴野蔌[⑰]，杂然而前陈者[⑱]，太守宴也。宴酣之乐，非丝非竹[⑲]，射者中[⑳]，弈者胜[㉑]，觥筹交错[㉒]，起坐而喧哗者，众宾欢也。苍颜白发，颓然乎其间者[㉓]，太守醉也。

已而夕阳在山，人影散乱，太守归而宾客从也。树林阴翳[㉔]，鸣声上下[㉕]，游人去而禽鸟乐也。然而禽鸟知山林之乐，而不知人之乐；人知从太守游而乐，而不知太守之乐其乐也[㉖]。醉能同其乐，醒能述以文者[27]，太守也。太守谓谁？庐陵欧阳修也。

注释

① 滁：滁州，在安徽东部，滁河流域，今为安徽滁州市。朱熹《语类》卷一百三十九："欧文多是修改到妙处，顷有人买得他《醉翁亭记》原稿，初说'滁州四面有山'，凡数十字，末后改定，只曰'环滁皆山也'五字而已。"

② 蔚然：草木茂盛的样子。

③ 琅琊：山名。在滁州市西南十里，古称摩陀岭。西晋伐吴，琅琊王司马伷率兵尝驻此，因得名。

④ 酿泉：一名让泉，原名玻璃泉，在琅琊山醉翁亭旁。泉水清澈寒冽，甘甜可口，终年不竭。"酿泉秋月"为滁州十二景之一。

⑤ 翼然：如鸟张翅的样子。

⑥ 太守：汉代郡的长官之称，这是作者借称知州。自谓：自称。

⑦ 醉翁：欧阳修《赠沈遵》诗："我时四十犹强力，自号醉翁聊戏客。"

⑧ "山水"两句：山水的乐趣，由心中体会到，并寄托在饮酒之中。

⑨ 林霏：指林中雾气。霏，雨雪飘飞或烟云很盛的样子。

⑩ "云归"句：云气归聚则山谷阴暗。暝：昏暗。

⑪ "晦明变化"两句：日出林霏则山明，云归岩穴则阴暗，这种变化是山间早晚的景象。

⑫ 四时：四季。文中“野芳发”指春景，“佳木秀”指夏景，“风霜”指秋景，“水落”指冬景。

⑬ 负者：背着东西的人。

⑭ 伛偻（yǔ lǚ）：弯腰曲背的样子。指代老者。提携：牵引而行。《礼记·曲礼上》：“长者与之提携，则两手奉长者之手。”注：“谓牵将行。”此指领着走的孩子。

⑮ 渔：捕鱼、钓鱼。

⑯ 泉香而酒洌：一作“泉洌而酒香”。洌：清。此指酒清而不浊。宋方勺《泊宅编》载，欧原作为“泉洌而酒甘”，后苏东坡改写作“泉甘而酒洌”。

⑰ 山肴（yáo）：野味。肴，荤菜。蔌（sù）：菜。

⑱ 杂然而前陈：错杂地陈列在面前。

⑲ 非丝非竹：不用乐器。丝，弦乐器。竹，管乐器。

⑳ 射：射箭。古代酒席间比赛射箭的游戏。作者的《居士外集》卷二十一内有《九射格》一文，并附图，是用九个动物形象作为射箭的目标。射中的有不同的饮酒方法。今本《九射格》末有注：“《醉翁亭记》云：‘射者中’，恐或谓此。”

㉑ 弈：下棋。

㉒ 觥（gōng）筹交错：酒杯和酒筹交互错杂，形容宾至尽兴，互相敬酒。觥，一种大酒杯。筹，指记饮酒数量的小棍或小片。

㉓ 颓然：醉倒的样子。

㉔ 阴翳：荫蔽。

㉕ 鸣声上下：鸟高低翻飞，故鸣声随之上下。

㉖“不知”句：却不知道太守以他们之乐为乐。

㉗“醉能”两句：醉了能与滁人和宾客同乐，醒了能用文章记述其乐。

作者简介

欧阳修（1007—1072 年），字永叔，晚年号六一居士，庐陵（今江西吉安）人。出身寒微。宋仁宗天圣八年（1030 年）进士，做过谏官和主考官，也做过按察使、知州等地方官。晚年又任过枢密副使、参知政事等军政要职。欧阳修早年主张革新政治，曾支持范仲淹等人的政治改革运动。当范仲淹等被诬为朋党时，欧阳修曾为之辩护，因此遭到吕夷简等的排斥，屡遭贬谪。直到晚年，他始终坚持以“宽简”“节用”为政的观点。对王安石推行的新法，欧阳修有所批评。

欧阳修是历史学家，也是金石学家，但他最主要的成就还是在文学方面。在古文的倡导写作方面影响最大。他的文章写得“文从字顺”，纡徐委婉，明白晓畅，是北宋文坛文风改革的倡导者，又是有宋一代文风的开创者。他的诗、词也多有名篇。著有《欧阳文忠公文集》。

注者按

醉翁亭在安徽滁州市西南 10 里的琅琊山中。宋仁宗庆历六年（1046 年）欧阳修知滁州时，命山僧智仙建亭于酿泉旁，以为游憩之所，并名之为醉翁亭。

醉翁亭是全文中心景物，作者用移步换景的写法点明它的位置，渲染它四周环境的清秀幽深。摄景由远而近，由大到小，由山及水，由望至行，犹如导游入胜，给人美不胜收之感，体现欧文纡徐曲折的风格。

太守是中心人物，文中凡九见。写建亭者是虚，写命名者太守是实；写滁人游是陪衬，写太守宴是中心；写众客醉是烘托，写太守醉是主体。这种烘云托月、盘马弯弓的写法，也体现欧文纡徐委曲的风格。

“乐”是全文的中心线索，凡十见。就种类言，有禽鸟之乐、滁人之乐、宾客之乐、太守之乐。就太守之乐的内容而言，有山水之乐、宴酣之乐、乐人之乐，而乐人之乐，才是“醉翁”之意所在。就表现太守之乐的手法而言，第一段直接叙述，说明醉翁之意不在酒，在乎山水之间。第二段借景抒情，借四时美景，抒发“乐亦无穷”之情。第三段烘托陪衬。第四段议论比较，分析禽鸟之乐、众人之乐与太守之乐的不同，点明文章主旨。表现手法的灵活多变，也是欧文曲折委备的原因之一。

本文句式亦骈亦散，创造性地运用了 21 个长短错落、句型各异的“也”字句，增加了文章纡徐委曲的情致。

阅江楼记

宋　濂

金陵为帝王之州[①]。自六朝迄于南唐，类皆偏据一方，无以应山川之王气。逮我皇帝[②]，定鼎于兹[③]，始足以当之。由是声教所暨[④]，罔间朔南[⑤]；存神穆清[⑥]，与道同体。虽一豫一游[⑦]，亦可为天下后世法。

京城之西北有狮子山[⑧]，自卢龙蜿蜒而来[⑨]。长江如虹贯，蟠绕其下。上以其地雄胜，诏建楼于巅，与民同游观之乐。遂锡嘉名为“阅江”云[⑩]。

登览之顷，万象森列，千载之秘，一旦轩露[⑪]。岂非天造地设，以俟大一统之君，而开千万世之伟观者欤？

当风日清美，法驾幸临[⑫]，升其崇椒[⑬]，凭阑遥瞩，必悠然而动遐思。见江汉之朝宗[⑭]，诸侯之述职，城池之高深，关阨之严固，必曰：“此朕沐风栉雨[⑮]，战胜攻取之所致也。”中夏之广[⑯]，益思有以保之。见波涛之浩荡，风帆之上下，番舶接迹而来庭，蛮琛联肩而入贡[⑰]，必曰：“此朕德绥威服[⑱]，覃及外内之所及也[⑲]。”四陲之远，益思所以柔之[⑳]。见两岸之间、四郊之上，耕人有炙肤皲足之烦[㉑]，农女有捋桑行馌之勤[㉒]，必曰：“此朕拔诸水火，而登于衽席者也[㉓]。”万方之民，益思有以安之。触类而思，不一而足。臣知斯楼之建，皇上所以发舒精神，因物兴感，无不寓其致治之思，奚止阅夫长江而已哉？

彼临春、结绮[㉔]，非弗华矣；齐云、落星，非不高矣[㉕]。不过乐管弦之淫响，藏燕赵之艳姬。一旋踵间而感慨系之，臣不知其为何说也。虽然，长江发源岷山，委蛇七千余里而始入海[26]，白涌碧翻，六朝之时，往往倚之为天堑；今则南北一家，视为安流，无所事乎战争矣。然则，果谁之力欤？逢掖之士[27]，有登斯楼而阅斯江者，当思帝德如天，荡荡难名[28]，与神禹疏凿之功同一罔极[29]。忠君报上之心，其有不油然而兴者耶？

臣不敏，奉旨撰记，欲上推宵旰图治之切者[30]，勒诸贞珉[31]。他若留连光景之辞，皆略而不陈，惧亵也。

注 释

①金陵：今江苏南京市。

②皇帝：指明太祖朱元璋。

③定鼎：传说夏禹铸九鼎以象九州，历商周，都作为传国重器置于国都，后因称定都或建立王朝为定鼎。

④暨：至。

⑤罔间朔南：不分北南。

⑥穆清：指天。

⑦一豫一游：谓巡游。《孟子·梁惠王下》：“夏谚曰：吾王不游，吾何以休；吾王不豫，吾何以助。”豫，义同“游”。《晏子春秋·内篇·问下》：“春省耕而补不足者谓之游，秋省实而助不给者谓之豫。”

⑧狮子山：晋时名卢龙山，明初，因其形似狻猊，改名为狮子山。狮子山山西控大江，有高屋建瓴之势，自古以来是南京西

北部的屏障，为兵家必争之地。

⑨卢龙：卢龙山，在今江苏南京市江宁区西北。

⑩锡：赐。

⑪轩露：显露。

⑫法驾：皇帝的车驾。

⑬崇椒：高高的山顶。

⑭江汉之朝宗：《尚书·禹贡》：“江汉朝宗于海。”意谓江汉等大川以海为宗。

⑮沐风栉（zhì）雨：即“栉风沐雨”。风梳发，雨洗头，形容奔波的辛劳。

⑯中夏：这里指全国。

⑰琛（chēn）：珍宝。

⑱德绥：用德安抚。

⑲覃：延。

⑳柔：怀柔。

㉑皲（jūn）足：冻裂脚上的皮肤。

㉒行馌（yè）：为田里耕作的农夫送饭。

㉓衽（rèn）席：卧席，意谓有寝息之所。

㉔临春、结绮：南朝陈后主所建之阁。自居临春阁，张贵妃居结绮阁，更有望春阁，用以居龚、孔二贵嫔。

㉕齐云：唐曹恭王所建之楼，后又名飞云阁。明太祖朱元璋克平江，执张士诚，其群妾焚死于此楼。故址在旧吴县子城上。落星：吴嘉禾元年（232年），于桂林苑落星山起三层楼，名曰落星楼。故址在今江苏南京市东北。

㉖委蛇：亦作“逶迤”，连绵曲折。

㉗逢掖：宽袖之衣，古代儒者所服，因用作士人的代称。

㉘荡荡难名：《论语·泰伯》：“巍巍乎！唯天为大，唯尧则之。荡荡乎！民无能名焉。”

㉙神禹疏凿之功：指夏禹治水之功。

㉚宵旰（gàn）：即“宵衣旰食”，指勤于政务，早起晚食。

㉛勒：刻。贞珉：指碑石。

作者简介

宋濂（1310—1381年），字景濂，号潜溪，浦江（今属浙江浦江县）人。自幼刻苦学习，曾受业于元末有名学者吴莱、柳贯、黄溍。元至正间召为翰林院编修，以亲老辞，隐居龙门山著书。至正十八年（1358年），明太祖取婺州（今浙江金华），聘为“五经”师。次年任江南儒学提举，为太子师。洪武二年（1369年）诏修《元史》。官至翰林学士承旨，知制诰兼赞善大夫。洪武十年（1377年）致仕。后因受胡惟庸案牵连，被安置茂州（今四川茂县），中途病死于夔州（今重庆奉节）。正统年间追谥文宪。

宋濂学识渊博，当时朝廷祭祀、朝会、诏谕、封赐等文字，大多出自他手。其文雍容醇厚，在明初文名最高，被推为开国文臣之首。“士大夫造门乞文者后先相踵”，“高丽、安南、日本至出兼金购文集”（《明史》本传）。其著作通行的有《宋学士文集》75卷，只收入明以后之作。其全者为《宋文宪公全集》，包括诗文和《龙门子凝道记》《浦阳人物志》等。

注者按

本文选自《宋文宪公全集》卷七。朱元璋称帝后，下诏于南京狮子山顶修建阅江楼。宋濂奉旨撰写此记，故本文是应制之作。但此应制之作却颇具特色，也颇有明代开国气势。文章不作一味的奉迎，在歌功颂德的同时，也意存讽劝。登上阅江楼，览“中夏之广，益思有以保之”；见“四陲之远，益思所以柔之”；见“万方之民，益思有以安之”。就是登览中处处想着国家、社稷、人民，即“无不寓其致治之思，奚止阅夫长江而已”。至于那些“留连光景之辞，皆略而不陈”。文章确实写得庄重典雅，委婉含蓄，是一篇颇具时代特色而又有分寸的应制之作。

游黄山日记（后）

徐弘祖

戊午九月初三日[①]。出白岳榔梅庵[②]，至桃源桥。从小桥右下，陡甚，即旧向黄山路也[③]。七十里，宿江村[④]。

初四日。十五里至汤口[⑤]，五里至汤寺[⑥]，浴于汤池[⑦]。扶杖望朱砂庵而登[⑧]，十里上黄泥岗，向时云里诸峰，渐渐透出，亦渐渐落吾杖底。转入石门[⑨]，越天都之胁而下[⑩]，则天都、莲花二顶[⑪]，俱秀出天半。路旁一歧东上[⑫]，乃昔所未至者，遂前趋直上，几达天都侧。复北上，行石罅中[⑬]，石峰片片夹起，路宛转石间，塞者凿之，陡者级之[⑭]，断昔架木通之，悬者植梯接之。下瞰峭壑阴森，枫松相间，五色纷披，灿若图绣。因念黄山当生平奇览，而有奇若此，前未一探，兹游快且愧矣。时夫仆俱阻险行后，余亦停弗上。乃一路奇景，不觉引余独往。既登峰头，一庵翼然，为文殊院[⑮]，亦余昔年欲登未登者。左天都，右莲花，背倚玉屏风，两峰秀色，俱可手揽。四顾奇峰错列，众壑纵横，真黄山绝胜处。非再至，焉知其奇若此？遇游僧澄源至[⑯]，兴甚勇，时已过午，奴辈适至，立庵前指点两峰，庵僧谓："天都虽近而无路，莲花可登而路遥，袛宜近盼天都，明日登莲顶。"余不从，决意游天都。挟澄源、奴子[⑰]，仍下峡路，至天都侧，从流石蛇行而上，攀草牵棘，石块丛起则历块[⑱]，石崖侧削则援崖，每至手足无可着处，澄源必先登垂接。每念上既如此，下何以堪，终亦不顾，历险数次，遂达峰顶。惟一石顶，壁起犹数十丈，澄源寻视其侧得级，挟予以登[19]，万峰无不下伏，独莲花与抗耳。时浓雾半作半止，每一阵至，则对面不见，眺莲花诸峰，多在雾中。独上天都，予至其前，则雾徙于后；予越其右[20]，则雾出于左。其松犹有曲挺纵横者，柏虽大干如臂，无不平贴石上，如苔藓然。山高风巨，雾气去来无定，下盼诸峰，时出为碧峤[21]，时没为银海。再眺山下，则日光晶晶，别一区宇也。日渐暮，遂前其足，手向后据地，坐而下脱。至险绝处，澄源并肩手相接。度险下至山坳，暝色已合，复从峡度栈以上[22]，止文殊院。

初五日。平明[23]，从天都峰坳中北下二里，石壁岈然[24]，其下莲花洞[25]，正与前坑石笋对峙[26]，一坞幽然。别澄源下山，至前歧路侧，向莲花峰而趋。一路沿危壁西行，凡再降升，将下百步云梯，有路可直跻莲花峰，既陟步而磴绝[27]，疑而复下。隔峰一僧高呼曰："此正莲花道也！"乃从石坡侧度石隙，径小而峻，峰顶皆巨石鼎峙，中空如室，从其中迭级直上，级穷洞转，屈曲奇诡，如下上楼阁中，忘其峻出天表也。一里，得茅庐，倚石罅中，方徘徊欲升，则前呼道之僧至矣。僧号凌虚，结茅于此者，遂与把臂陟顶。顶上一石，悬隔二丈，僧取梯以度，其颠廓然。四望空碧，即天都亦俯首矣。盖是峰居黄山之中，独出诸峰上，四面岩壁环耸，遇朝阳霁色，鲜映层发，令人狂叫欲舞。久之，返茅庵，凌虚出粥相饷，啜一盂乃下[28]。至歧路侧，过大悲顶[29]，上天门[30]，三里，至炼丹台[31]，循台嘴而下。观玉屏风、三海门诸峰，悉从深坞中壁立起。其丹台一冈中垂，颇无奇峻，惟瞰翠微之背[32]，坞中峰峦错耸，上下周映，非此不尽瞻眺之奇耳。还过平天矼[33]，下后海[34]，入智空庵，别焉。三里，下狮子林，趋石笋矼，至向年所登尖峰上，倚松而坐，瞰坞中峰石回攒[35]，藻缋满眼[36]，始觉匡庐、石门[37]，或具一体[38]，或缺一面，不若此之闳博富丽也。久之，上接引崖[39]，下眺坞中，阴阴觉有异。复至冈上尖峰侧，践流石，援棘草，随坑而下，愈下愈深，诸峰自相掩蔽，不能一目尽也。日暮，返狮子林。

初六日。别霞光[40]，从山坑向丞相原[41]。下七里，至白沙岭，霞光复至。因余欲观牌楼石，恐白沙庵无指者，追来为导。遂同上岭，指岭右隔坡，有石丛立，下分上并，即牌楼石也。余欲逾坑溯涧，直造其下，僧谓："棘迷路绝，必不能行，若从坑直下丞相原，不必复上此岭，若欲从仙灯而往[42]，不若即由此岭东向。"余从之，循岭脊行，岭横亘天都、莲花之北，狭甚，旁不容足，南北皆崇峰夹映。岭尽北下，仰瞻右峰罗汉石，圆头秃顶，俨然二僧也。下至坑中，逾涧以上。共四里，登仙灯洞。洞南向，正对天都之阴[43]，僧架阁连板于外，而内犹穹然，天趣未尽刊也[44]。复南下三里，过丞相原，山间一夹地耳。其庵颇整，四顾无奇，竟不入。复南向循山腰行，五里，渐下，涧中泉声沸然，从石涧九级下泻，每级一下，有潭渊碧，所谓九龙潭也。黄山无悬流飞瀑，惟此耳。又下五里，过苦竹滩[45]，转循太平县路[46]，向东北行。

注释

① 戊午：明万历四十六年（1618 年）。这一年作者 32 岁。

② 白岳：山名，位于黄山西南。

③ 旧向黄山路：指两年前作者第一次游黄山时所走的路。

④ 江村：镇名。位于黄山东北。

⑤ 汤口：镇名。位于黄山脚下，是上山必经之路。

⑥ 汤寺：原名祥符寺，创建于唐开元十八年（730 年），因靠近汤泉，故又称汤寺。

⑦ 汤池：汤泉，祥符寺附近的一个温泉。

⑧ 朱砂庵：本名慈光寺，创建于明嘉靖年间，位于朱砂峰下，其右为天都等峰，其左为莲花诸峰。

⑨ 石门：峰名。两壁夹峙如门，故名。

⑩ 天都：黄山的主峰。胁：两边。

⑪ 莲花：黄山另一高峰。与天都并称黄山两大高峰。

⑫ 歧：岔路。

⑬ 石罅（xià）：石头的裂缝。

⑭ 级：此处用作动词，凿成石级。

⑮ 文殊院：寺名。明代普门大师所建。

⑯ 游僧：云游的僧人。

⑰ 挟：这里是偕同的意思。奴子：即童仆。

⑱ 历：越过。

⑲ 挟：这里是扶持意。

⑳ 趆（dī）：至。

㉑ 峤：尖而高的山。

㉒栈：栈道。

㉓平明：天刚亮。

㉔岈（yá）然：山谷深邃的样子。

㉕莲花洞：在莲花峰下。

㉖石笋：山峰名。

㉗陟（zhì）：升、登。磴：石级。

㉘啜（chuò）：喝、吃。盂：盛食物的器皿。

㉙大悲顶：山峰名。

㉚天门：在天都峰山脚下。

㉛炼丹台：在炼丹峰上。传说容成子与浮丘公在此炼丹，黄帝服用七粒，升空而去。

㉜翠微：山峰名。

㉝平天矼（gāng）：在炼丹峰。矼，石桥。

㉞后海：峰名。

㉟回攒（cuán）：曲绕聚集。

㊱藻缋：这里是色彩绚丽的意思。

㊲匡庐：庐山。石门：石门山，在浙江省青田县西。

㊳具一体：具备黄山景色的某一方面。

㊴接引崖：山头名。

㊵霞光：僧人名。

㊶丞相原：地名，在石门峰与钵盂峰之间。相传宋理宗时丞相程元凤在此读书，故名。

㊷仙灯：洞名。在钵盂峰下。

㊸阴：山的北面。

㊹刊：斫。这里是失掉的意思。

㊺苦竹滩：即苦竹溪，在九龙潭下。

㊻太平县：在黄山东北约百里。

作者简介

徐弘祖（1586—1641年），字振之，号霞客，江阴（今江苏江阴）人。自幼喜欢读古今史籍、《舆地志》和《山海图经》等书，从21岁起开始漫游各地，历时30多年，足迹遍及大半个中国。所到之处，他都以日记形式记录下实地考察过的山川形胜、地质风貌、物产气候和民俗风情等。徐弘祖逝世后，由友人将其部分日记遗稿整理编辑为《徐霞客游记》一书。

《徐霞客游记》在地理学上具有重要价值。英国科技史家李约瑟博士在《中国科学技术史》中评价说："《徐霞客游记》读来并不像十七世纪学者的东西，倒像是一位二十世纪野外勘测家所写的考察记录。"此书也是优美的游记散文集。文章从容自如地记述沿途的所见所感，笔法朴实，不事雕琢，情景真切，语言自然。

注者按

本文选自《徐霞客游记》。黄山是我国著名的风景区之一。徐霞客曾两次游历黄山，都写有日记。本文是他于万历四十六年（1618年）第二次游黄山时4天的日记。文章按时间顺序，有详有略地记述了4天中所游历的各处景点，着重描绘了登天都峰、莲花峰的奇险经历和登上天都峰、莲花峰顶所见到的壮观景象，如天都峰的云雾、莲花峰的巨石，刻画生动细致，又富有情趣。虽然是日记体，作者信笔写来，却层次井然，这是由于作者着重描写的是两年前游黄山所未能到达的地方，避免了重复之笔。

忧国忧民　针砭时弊

抨击奸佞　安邦定国

“达则兼济天下，穷则独善其身”（《孟子·尽心上》）是儒家的处世哲学。儒家讲究“修身齐家治国平天下”，而修身齐家的根本目的，在于治国平天下。“民惟邦本”（《尚书·五子之歌》），“民为贵，社稷次之，君为轻”（《孟子·尽心下》），“以民为本”是儒家思想的精髓。上述内容构成古代爱国主义精神的重要内涵，为历代仁人志士所践行。他们居安思危，忧国忧民。如司马迁《史记·屈原列传》中的屈原，他“正道直行，竭忠尽智，以事其君”，为小人所间，他“疾王听之不聪也，谗谄之蔽明也，邪曲之害公也，方正之不容也，故忧愁幽思，而作《离骚》”。诗中他“长叹息以掩涕兮，哀民生之多艰”，为追求改善民生、富国强兵的理想，虽“路漫漫其修远兮，吾将上下而求索”，表达了他百折不挠、“虽九死其犹未悔”的精神。最后国破山河碎之际，他宁赴湘流，自沉汨罗，结束了自己悲剧的一生。千百年来，年年五月端午，人们都用不同的方式缅怀纪念这位伟大的爱国诗人。他的高尚人格、崇高精神感召和激励着后代的志士仁人为国为民为理想而奋斗献身，成为中国人民宝贵的精神财富。同情民瘼，为民请命，解民于倒悬，拯民于水火，痛揭贪腐，鞭挞奸佞，为此直言切谏，不惧权贵，不避斧钺，这些都是古代爱国主义的重要表现。如唐代时任监察御史的韩愈，仗义执言将“群臣之所未言，陛下之所未知”的京畿灾情、民不聊生的状况作了如实反映，并请求依例予以蠲免宽缓。他因此得罪了权贵，被远贬广东潮州。柳宗元的《捕蛇者说》，深刻揭露了统治者横征暴敛、涂炭民生之“毒”，有甚于毒蛇之“毒”。表达了他对水火之中的广大百姓深切同情。与孔子感叹“苛政猛于虎”（《礼记·檀弓上》）同一机杼。宦官擅权监军是中晚唐一大瘝政。谏议大夫柳伉，刚正不阿，他的《请诛程元振疏》，抱着“必死王事”的决心，犯颜上疏，深揭权宦程元振与李辅国狼狈为奸，“专权自恣，人畏之甚于李辅国。诸将有大功者元振皆忌疾欲害之。吐蕃入寇，元振不以时奏，致上（代宗）狼狈出幸，上发诏征诸道兵，李光弼等皆忌元振居中，莫有至者。中外咸切齿而莫敢发言。”并分析了当前社稷蒙难、危若累卵的形势，提出请斩元振、尽出内使、信用文武、以神策军归朝臣、下罪己诏以收人心等切实可行的对策。疏奏义正词严，足以耸动视听，然而疏上，元振却被削官夺爵，放归故里。明代海瑞是古代著名的清官循吏，他的《治安疏》更是直接揭露抨击嘉靖皇帝“一意玄修”“侈兴土木”“二十余年不视朝”“天下吏贪将弱，民不聊生”，直言“天下之人不直陛下久矣”。其大胆尖锐，直言无忌，无异于逆龙鳞，捋虎须。所以在上疏之前，他就买好棺木，诀别妻子，遣散童仆，准备慷慨赴义。果然他被下狱论死。遇嘉靖帝病死，他才得以出狱。明代“后七子”之一的宗臣，性耿介，不附权贵，因得罪奸相严嵩而被贬。他在《报刘一丈书》中犀利地揭露、辛辣地讽刺了当时以严嵩为首的权奸和奔走钻营于他们门下的群小，把他们蝇营狗苟的各种官场丑态，刻画得淋漓尽致，惟妙惟肖。与奸佞宵小斗争的，不仅有众多清官直吏，更有广大民众。奸佞宵小的倒行逆施，激发起作为直接受害者的广大民众的义愤，奋起反抗，理所当然。明末张溥，本人是与魏忠贤的阉党余孽斗争的复社的创始人，他的《五人墓碑记》也是为抗暴献身的民众树碑立传。天启末，权阉魏忠贤派缇骑到苏州追杀东林党人周顺昌，激起数万民众的义愤，打死缇骑一人。其后江苏巡抚毛一鹭处死了颜佩韦等五人。次年崇祯继位，诛杀魏党，苏州重修五人墓。碑记追述了苏州市民反抗阉党暴行的英雄斗争，称颂了五人激昂大义、蹈死不顾的精神，并与缙绅缺少气节的行为加以对比，说明“死生之大，匹夫之有重于社稷”的道理。总之，“苟利国家生死以，岂因祸福趋避之”（林则徐《赴戍登程口占示家人二首》）的精神，是中华民族爱国精神的集中体现，值得我们大力弘扬、赓续。

苛政猛于虎

《礼记·檀弓下》

孔子过泰山之侧，有妇人哭于墓者而哀[①]。

夫子式而听之[②]。使子路问之曰[③]：“子之哭也，壹似重有忧者[④]？”而曰[⑤]：“然，昔者吾舅死于虎[⑥]，吾夫又死焉[⑦]，今吾子又死焉！”

夫子曰：“何为不去也[⑧]？”曰：“无苛政。”夫子曰：“小子识之[⑨]，苛政猛于虎也。”

注 释

①过泰山侧：经过泰山旁。哀：悲痛，伤心。

②式：同“轼”，即扶着轼敬礼。轼，古代车厢前用作扶手的横木。

③子路：孔子弟子仲由，字子路。

④壹似：确实像是。壹，诚、的确。重：深，很。这两句是说：你这样哭，确实像是非常忧愁的样子。

⑤而曰：省主语“妇人”，即妇人回答说。

⑥舅：公公，即其丈夫的父亲。此与今义有别。

⑦夫：丈夫。死焉：死于此，死在这里，指被老虎咬死。

⑧何为：即“为何”，为什么。不去：不离开，指不离开这个地方。

⑨小子：长辈对晚辈，老师对学生的称呼。识（zhì）：记住。之：指代“这件事”。

注者按

选自《礼记·檀弓下》，标题依普通选本。苛（kē）：苛刻、残酷。苛政：繁碎、残酷的政令。一说，“政”通“征”，指繁重的杂税及劳役，“苛政”即指苛刻繁重的杂税及劳役。这是较为具体的解说，就实质而言，“苛政”即指统治者对人民群众苛刻残酷的政治压迫和经济剥削。节选的这段文字将“苛政”与吃人的“虎”相提并论，称“苛政”比“虎”更凶猛。这就非常深刻地揭露了当时统治者对人民的残酷压榨及其吃人的本质，对我们了解旧时代的黑暗和生活在“苛政”下的人民的苦难，具有一定的认识作用。本文由妇人之哭引出孔子师徒之问，再由妇人说明一家三代惨死于虎口却仍不愿离开的原因只是由于“无苛政”，最后借孔子之口点明“苛政猛于虎”的主旨。文章虽未正面论述“苛政”的危害，但通过具象的描叙，把“苛政”害民的实质和严重性暴露无遗。

宫之奇谏假道

《左传》

晋侯复假道于虞以伐虢[①]。宫之奇谏曰[②]："虢，虞之表也[③]。虢亡，虞必从之。晋不可启，寇不可玩，一之谓甚[④]，其可再乎？谚所谓'辅车相依，唇亡齿寒'者，其虞、虢之谓也[⑤]。"

公曰："晋，吾宗也[⑥]，岂害我哉？"对曰："大伯、虞仲，大王之昭也[⑦]。大伯不从，是以不嗣[⑧]。虢仲、虢叔，王季之穆也[⑨]，为文王卿士[⑩]，勋在王室，藏于盟府[⑪]。将虢是灭，何爱于虞[⑫]？且虞能亲于桓、庄乎？其爱之也[⑬]，桓、庄之族何罪？而以为戮，不唯逼乎[⑭]？亲以宠逼，犹尚害之，况以国乎[⑮]？"

公曰："吾享祀丰洁，神必据我[⑯]。"对曰："臣闻之，鬼神非人实亲，惟德是依[⑰]。故《周书》曰：'皇天无亲，惟德是辅。'[⑱]又曰：'黍稷非馨，明德惟馨[⑲]。'又曰：'民不易物，惟德繄物[⑳]。'如是，则非德，民不和，神不享矣[㉑]。神所冯依[㉒]，将在德矣。若晋取虞，而明德以荐馨香，神其吐之乎[㉓]？"

弗听，许晋使。宫之奇以其族行[㉔]，曰："虞不腊矣。在此行也，晋不更举矣[㉕]。"冬，晋灭虢[㉖]。师还，馆于虞[㉗]，遂袭虞，灭之，执虞公[㉘]。

注 释

①晋侯：指晋献公，前676—前651年在位。当时晋国都于绛（今山西翼城县东）。复：再。假道：借路。虞：国名。在今山西平陆县北。虢（guó）：国名。这里指的是北虢，占有今河南三门峡和山西平陆一带。

②宫之奇：虞国大夫。一作宫奇。

③表：外面。此指外面的屏障。

④晋不可启：切不可开启晋国的贪心。启，开，引申为启发。寇不可玩：对入侵者切不可玩忽大意。玩，忽视、疏忽。一之谓甚：一次已经是很严重了。谓，同“为”。

⑤谚（yàn）：谚语。辅：面颊。车：牙车，即牙床骨。相依：二者紧相依靠。唇亡齿寒：唇在外，齿在内，唇亡则齿寒。

⑥宗：同宗，同一祖先。晋、虞都是姬姓的诸侯国。

⑦大（tài）伯：即太伯，一作泰伯，周代吴国的始祖。周太王长子。虞仲：又叫仲雍、吴仲，周太王次子，太伯之弟。大（tài）王：即周太王，周朝的先王，名古公亶（dǎn）父。昭：与下文的“穆”都是指宗庙里神主的位次。古代宗庙之制，始祖的神位居中，子孙分列左右。子在左，称为“昭”；子之子在右，称为“穆”。如此父子异列，祖孙同列。周以太王为始祖，其子三人太伯、虞仲、王季均为“昭”。

⑧嗣（sì）：继承。这两句说：太伯不从太王之命，因此没有继承王位。事实是太王欲立幼子王季，太伯与弟虞仲同避江南。

⑨虢仲、虢叔：都是王季之子，封于虢。王季为昭，故其子虢

仲、虢叔则为穆。

⑩ 文王：即周文王，王季之子。卿士：又作“卿事”“卿史”，周王室的执政大臣。

⑪ 勋：功勋。盟府：掌管盟约、典策的官府。这两句是说：他们对王室有特殊的功劳，受封的典策还藏在盟府。

⑫“将虢”两句说：既然连虢国都要灭掉，对虞国又怎么会怜惜呢？

⑬ 桓、庄：即桓叔、庄伯，晋献公的曾祖和祖父。这两句是说：对晋国而言，虞国能比桓叔、庄伯更亲吗？怎么会怜惜它（虞国）呢！

⑭ 桓、庄之族：即桓叔、庄伯的后代。这几句是说：桓叔、庄伯的后代有什么罪呢，竟然成了杀戮的对象，还不是因为他们逼近晋国构成威胁了吗？

⑮ 亲以宠：即亲而宠，指亲族之间非比一般的关系。宠，宠爱。这几句是说：亲族之间构成了威胁尚且加以杀戮，何况国与国之间呢！

⑯ 丰洁：指祭品丰盛而又洁净。据：安。这里有保佑的意思。

⑰ 实：同“是”，指示代词，复指提前的宾语“人”。这两句是说：鬼神并不是亲近哪一个人，而只是依从德行。

⑱《周书》：这里所说的《周书》早已亡佚。皇天无亲，惟德是辅：上天没有私亲，只辅助有德行的人。

⑲ 黍（shǔ）稷（jì）非馨，明德惟馨：祭祀的黍稷不算芳香，只有德行高尚的人献上的才算芳香。黍，指黍子，碾成的米叫黏黄米。稷，指谷子。馨，散布很远的香气。

⑳ 易：变更，改易。繄（yī）：语气词，无实义。这两句是说：人们进献的祭品相似，不必变更，只有德行才是神真正看重的物品。

㉑“如是”四句：这样，不合于道德，百姓就不亲和，神也不享祭品（不会赐福保佑）。

㉒ 冯依：即凭依，根据和依从。冯（píng），同“凭”。

㉓ 荐：献，进。这两句是说：如果晋国占领了虞国，而崇尚德行，奉献芳香的祭品，神难道会吐出来吗？

㉔ 弗听：指虞公不听宫之奇的谏诤。许晋使：答应了晋国使者借道的要求。以其族行：带领全家族的人逃走。

㉕ 腊：古代于阴历十二月年终合祭众神。这几句说：虞国过不了今年的腊祭了。晋国就在这一次灭掉虞国，用不着再次发兵了。

㉖ 此句“冬”字前后，原文略有删节。

㉗ 师还：晋军灭虢后回国。馆于虞：指驻扎在虞国。馆，住在宾馆、客舍里。

㉘ 执：捉拿，抓住。

作者简介

《左传》，《春秋左氏传》的简称，又称《左氏春秋》，是一部以《春秋》为纲的编年史。相传作者为鲁国失明的“瞽史”左丘明。近人多认为此书是战国初年的人据各国史料整理润色编成。记事起于鲁隐公元年（前 722 年），终于鲁哀公二十七年（前 468 年），比《春秋》多了 13 年。书中相当详备地记载了春秋列国的政治、经济、外交、军事、文化等方面的事件和人物，形象地展现了当时的社会生活画面。

《左传》长于记事，工于写人，尤善于描写战争。所记外交辞令，委婉含蓄，从容不迫，是先秦史传文学的高峰。

注者按

本文记述了虞国大夫宫之奇在晋国第二次向虞国借道时对虞公的谏诤。他以清醒的政治头脑和敏锐的战略眼光，指出允许晋借道必将给虞国带来灭国之祸；并以透辟的分析，批驳了虞公的宗族观念和神权思想，强调了德法为治国之本："皇天无亲，惟德是辅"的思想，表现出一位政治家的深谋远虑。宫之奇的明识远见与虞公的昏庸固执形成鲜明对比。"唇亡齿寒"的比喻意义深刻，至今仍广泛使用。"假途灭虢"的成语也出自于此，以泛指借途之名，行灭该国之实的计策流传开来。

屈原列传

司马迁

屈原者，名平，楚之同姓也[①]。为楚怀王左徒[②]，博闻强志，明于治乱，娴于辞令[③]。入则与王图议国事，以出号令[④]；出则接遇宾客，应对诸侯[⑤]。王甚任之。

上官大夫与之同列[⑥]，争宠而心害其能[⑦]。怀王使屈原造为宪令，屈平属草稿未定[⑧]，上官大夫见而欲夺之，屈平不与。因谗之曰："王使屈平为令，众莫不知，每一令出，平伐其功[⑨]，以为'非我莫能为'也。"王怒而疏屈平[⑩]。

屈平疾王听之不聪也[⑪]，谗谄之蔽明也[⑫]，邪曲之害公也[⑬]，方正之不容也[⑭]，故忧愁幽思，而作《离骚》[⑮]。"离骚"者，犹离忧也。夫天者，人之始也；父母者，人之本也。人穷则反本[⑯]，故劳苦倦极，未尝不呼天也；疾痛惨怛[⑰]，未尝不呼父母也。屈平正道直行，竭忠尽智以事其君，谗人间之，可谓穷矣。信而见疑，忠而被谤，能无怨乎？屈平之作《离骚》，盖自怨生也。《国风》好色而不淫[⑱]，《小雅》怨诽而不乱[⑲]。若《离骚》者，可谓兼之矣。上称帝喾[⑳]，下道齐桓[㉑]，中述汤、武[㉒]，以刺世事。明道德之广崇，治乱之条贯[㉓]，靡不毕见[㉔]。其文约，其辞微，其志洁，其行廉[㉕]。其称文小而其指极大，举类迩而见义远[㉖]。其志洁，故其称物芳；其行廉，故死而不容[㉗]。自疏濯淖污泥之中[㉘]，蝉蜕于浊秽[㉙]，以浮游尘埃之外，不获世之滋垢[㉚]，皭然泥而不滓者也[㉛]。推此志也，虽与日月争光可也[㉜]。

屈原既绌[33]，其后秦欲伐齐。齐与楚从亲[34]。惠王患之[35]，乃令张仪详去秦[36]，厚币委质事楚[37]，曰："秦甚憎齐，齐与楚从亲，楚诚能绝齐，秦愿献商於之地六百里[38]。"楚怀王贪而信张仪，遂绝齐，使使如秦受地[39]。张仪诈之曰："仪与王约六里，不闻六百里。"楚使怒去，归告怀王。怀王怒，大兴师伐秦。秦发兵击之，大破楚师于丹、淅[40]，斩首八万，虏楚将屈匄[41]，遂取楚之汉中地[42]。怀王乃悉发国中兵，以深入击秦，战于蓝田[43]。魏闻之，袭楚至邓[44]。楚兵惧，自秦归。而齐竟怒，不救楚，楚大困。

明年[45]，秦割汉中地与楚以和。楚王曰："不愿得地，愿得张仪而甘心焉。"张仪闻，乃曰："以一仪而当汉中地，臣请往如楚。"如楚，又因厚币用事者臣靳尚[46]，而设诡辩于怀王之宠姬郑袖。怀王竟听郑袖，复释去张仪。是时屈原既疏，不复在位，使于齐，顾反[47]，谏怀王曰："何不杀张仪？"怀王悔，追张仪，不及。

其后，诸侯共击楚，大破之，杀其将唐眛[48]。

时秦昭王与楚婚[49]，欲与怀王会。怀王欲行，屈平曰："秦，虎狼之国，不可信。不如毋行！"怀王稚子子兰劝王行："奈何绝秦欢！"怀王卒行。入武关[50]，秦伏兵绝其后，因留怀王以求割地。怀王怒，不听。亡走赵，赵不内[51]。复之秦，竟死于秦而归葬。

长子顷襄王立[52]，以其弟子兰为令尹[53]。楚人既咎子兰以劝怀王入秦而不反也[54]。屈平既嫉之[55]，虽放流[56]，眷顾楚国[57]，系心怀王，不忘欲反[58]，冀幸君之一悟，俗之一改也[59]。其存君兴国，而欲反覆之[60]，一篇之中，三致志焉[61]。然终无可奈何，故不可以反。卒以此见怀王之终不悟也[62]。人君无愚、智、贤、不肖，莫不欲求忠以自为，举贤以自佐[63]。然亡国破家相随属[64]，而圣君治国累世而不见者[65]，其所谓忠者不忠，而所谓贤者不贤也。怀王以不知忠臣之分[66]，故内惑于郑袖，外欺于张仪，疏屈平而信上官大夫、令尹子兰，兵挫地削，亡其六郡[67]，身客死于秦，为天下笑。此不知人之祸也。《易》曰[68]：“井渫不食，为我心恻，可以汲。王明，并受其福[69]。”王之不明，岂足福哉[70]！

令尹子兰闻之，大怒[71]，卒使上官大夫短屈原于顷襄王[72]，顷襄王怒而迁之[73]。

屈原至于江滨[74]，被发行吟泽畔[75]。颜色憔悴，形容枯槁[76]。渔父见而问之曰：“子非三闾大夫欤[77]？何故而至此？”屈原曰：“举世混浊而我独清，众人皆醉而我独醒，是以见放。”渔父曰：“夫圣人者，不凝滞于物，而能与世推移[78]。举世混浊，何不随其流而扬其波[79]？众人皆醉，何不餔其糟而啜其醨[80]？何故怀瑾握瑜[81]，而自令见放为？”屈原曰：“吾闻之：新沐者必弹冠，新浴者必振衣[82]。人又谁能以身之察察，受物之汶汶者乎[83]！宁赴常流[84]而葬乎江鱼腹中耳，又安能以皓皓之白，而蒙世俗之温蠖乎[85]！”乃作《怀沙》之赋[86]。

于是怀石，遂自投汨罗以死[87]。

屈原既死之后，楚有宋玉、唐勒、景差之徒者[88]，皆好辞而以赋见称[89]。然皆祖屈原之从容辞令[90]，终莫敢直谏。其后楚日以削，数十年竟为秦所灭[91]。

太史公曰：余读《离骚》《天问》《招魂》《哀郢》[92]，悲其志。适长沙，观屈原所自沉渊，未尝不垂涕[93]，想见其为人。及见贾生吊之，又怪屈原以彼其材，游诸侯，何国不容，而自令若是！读《服鸟赋》[94]，同死生，轻去就[95]，又爽然自失矣[96]！

注释

①楚之同姓：屈原的祖先屈瑕，是楚武王熊通的儿子，受封于“屈”地，后代便以屈为氏，故称其为“楚之同姓”。

②楚怀王：名槐，前328—前299年在位。左徒：官名，多由楚国贵族近臣担任。

③博闻强志：指见闻广博，记忆力强。志，记。明于治乱：明白治乱兴衰的道理。娴（xián）：熟习，擅长。

④图议：谋划商讨。出号令：发布命令。

⑤接遇：接待会见。应对：应付对答。

⑥上官大夫：复姓上官，其名不详。王逸《离骚经序》以为即靳尚，恐不确。同列：同位，指位次相同。列，行列，位次。

⑦害：忌妒。

⑧造为宪令：草拟、制定国家的法令。属（zhǔ）：指写作，撰著。

⑨伐：夸耀。

⑩疏：疏远。

⑪疾：憎恶，痛心。听之不聪：意谓不听忠言而偏听奸言，耳不能辨是非。

⑫谗：谗言。谄（chǎn）：奉承，讨好。蔽明：蒙蔽了眼光。

⑬ 邪曲：邪恶不正。这句是说：邪恶不正的小人损害了公正无私的人。

⑭ 方正：指正直的人。不容：指不为朝廷所容。

⑮《离骚》：屈原的代表作，是我国古代文学史上第一首由诗人自觉创作、独自完成的长篇抒情诗。

⑯ 穷：不得志，无出路。这里含有肉体和精神遭受极大痛苦的意思。反本：追念本源。

⑰ 疾：病。惨怛（dá）：悲苦，忧伤。

⑱《国风》：指《诗经》中的十五国风，大部分是各地民歌。好色：指喜好歌咏男女恋情。不淫：不邪恶，不放荡。淫，过分，无节制。此句本于《论语·八佾（yì）》："《关雎》乐而不淫，哀而不伤。"

⑲《小雅》：指《诗经》中的《小雅》七十四篇，其中多数是贵族文人之作，也有一部分民歌。怨诽：抱怨，讽刺。不乱：不邪乱。

⑳ 上称帝喾：指《离骚》中"凤凰既受诒兮，恐高辛之先我"的诗句。上，指远古。帝喾（kù），号高辛氏，传说中的五帝之一。

㉑ 下道齐桓：指《离骚》中"宁戚之讴歌兮，齐桓闻以该辅"的诗句。下，指近古。齐桓，即齐桓公，春秋五霸之一，前685—前643年在位。

㉒ 中述汤、武：指《离骚》中"汤禹俨而祇敬兮，周论道而莫差"的诗句。中，指中古。汤，即商汤，商王朝的建立者。武，即周武王，西周王朝的建立者。

㉓广宗：广大崇高。条贯：条理，系统。这里指国家治乱的先后因果关系。

㉔靡：无。毕：全部，完全。见：同“现”。

㉕约：简要。微：深微，微妙。洁：纯洁，高洁。廉：廉洁，不贪。

㉖指：同“旨”，意义。类：事例。迩（ěr）：近，与“远”相对。义：道理。

㉗死而不容：指到死也不为楚国污浊的社会和腐化的贵族所容。

㉘自疏：自我远离。濯淖污泥：四字同义，比喻当时污浊的社会。濯（zhuó）淖（nào），都是污浊之物。濯，臭水，脏水。淖，烂泥。

㉙蝉蜕（tuì）：比喻解脱。

㉚获：辱。滋：同“兹”，黑。垢：污秽。这句是说：不被当时社会的污秽所侵辱。

㉛皭然：光明洁白的样子。皭，同“皎”。泥：用作动词，指被污泥浸渍。不滓：不被污染。

㉜推：推求，推论。虽与日月争光可也：即使与日月争辉也是可以的。

㉝绌：同“黜（chù）”，罢免，斥退。

㉞从亲：合纵，亲善。从，同“纵”，合纵。

㉟惠王：即秦惠文王，名驷，前337—前311年在位。患之：对此感到忧虑。之，此，指代“齐与楚从亲”。

㊱张仪：魏人，战国时期纵横家的代表人物。秦惠文王十年

（前328年）为秦相。秦武王元年（前310年）离秦返魏，卒于魏。详去秦：假装离开秦国。详，同“佯”，假装。

㊲厚币：厚重的礼物。委质：屈身效劳。委，屈。质，形体。据《史记·楚世家》，张仪于怀王十六年（前313年）入楚。

㊳商於（wū）：地区名。又名於中。在今河南淅川县东北。当时属秦。

㊴使使：派遣使者。前一“使”字为动词。如：往，到……去。

㊵丹：即丹阳，在今陕西、河南两省间的丹江以北。淅（xī）：即析，在今河南西峡县。一说，“丹”即丹水，“淅”即淅水。“丹、淅”指丹水之北，淅水之南。

㊶屈匄（gài）：战国时楚将。

㊷汉中：地区名，在今陕西汉中一带。据《史记·楚世家》，秦取汉中在怀王十七年（前312年）春。

㊸蓝田：秦县名，在今陕西蓝田县西。蓝田之战也在怀王十七年。

㊹邓：楚地，在今湖北襄阳市北。

㊺明年：指楚怀王十八年（前311年）。

㊻因：凭借，依靠。厚币：用作动词，意为用厚重的礼物去贿赂。用事者：当权的人。靳尚：楚臣，与张仪有私交。后与张仪一道离楚，被魏臣张旄所杀。

㊼顾反：即回来。顾、反二字同义。反，同“返”，返回。

㊽唐昧：楚将。《吕氏春秋》及《汉书·古今人表》作“唐蔑”。据《史记·楚世家》，怀王二十八年（前301年），秦与齐、韩、魏共攻楚，杀楚将唐昧。

㊾秦昭王：即秦昭襄王，名则，一名稷，前306—前251年在位。

㊿武关：在今陕西商南县东南。据《史记·楚世家》，怀王入武关在怀王三十年（前299年）。

51 内（nà）：同“纳”，接纳，收容。据《史记·楚世家》，怀王于顷襄王二年（前297年）逃奔赵，次年死于秦。

52 顷襄王：名横，前298—前263年在位。

53 令尹：楚国最高官职，掌军政大权，职同宰相。

54 这句语意不全，可能有脱误。一说为倒装句，大意是：楚人既由于子兰劝怀王入秦而终于不归的缘故而对他十分不满。咎（jiù）：憎恶，抱怨。以：由于。

55 屈平既嫉之：屈原也因此对子兰深为嫉恨。

56 放流：即放逐，流放。据此，屈原在怀王时曾被放逐。下文又言“顷襄王怒而迁之”，便是第二次放逐了。但上文只言“疏”“绌”，未言放逐，故难通。郭沫若解“放流”为“放浪”，但从上文看来，屈原又并非“放浪”在外。这句话可能也有脱误。

57 眷顾：怀念。眷，眷恋。顾，念。

58 系心：挂在心上，即惦记。不忘欲反：念念不忘返回朝廷。

59 冀幸：希望。君：指楚怀王。俗：指当时楚国贵族腐败的习俗。按：怀王既已入秦而不归，这里仍说“冀幸君之一悟”，颇不可解。前人对此多有考辨、推测之辞，但都莫衷一是。

60 存：爱护。反覆之：指拨乱反正，恢复楚国过去的强盛面貌。

(61) 一篇之中，三致志焉：在一篇作品中再三表达这样的心意。

(62) 卒：终于。以此：由于这种情况。见：看出。

(63) 求忠：访求忠臣。自为：自治其国。佐：辅佐。

(64) 随属（zhǔ）：接连不断，一个接一个。

(65) 圣君：圣明的君主。治国：安定太平的国家。累世：历代。古称 30 年为一世。累，言其多。不见：没有出现。

(66) 忠臣之分：指忠臣应尽的职责本分。

(67) 六郡：指汉中一带地方。

(68)《易》：即《易经》。引文为《易经·井卦》的爻（yáo）辞。

(69) 渫（xiè）：除去井中污泥，即淘井。恻：伤悲，痛心，难过。汲：从井中取水。这几句是说：把井淘理干净了，却无人食用，使我心中难过；这井里的水原是可以汲取食用的（正如贤人所掌握的治国之道是可以供国君施用的）。如果国君英明，天下人就都能得福。

(70) 王之不明，岂足福哉：这是司马迁的议论：楚怀王既不英明，哪能给人们带来幸福呢！

(71) 令尹子兰闻之，大怒：承接上文“屈平既嫉之”，“之”即指代“屈平既嫉之”的事。

(72) 短：诋毁，用作动词。

(73) 迁：迁逐，流放。之：指屈原。

(74) 江滨：长江边。滨，水边。

(75) 被：同“披”。行吟：一边走一边吟咏。泽畔：指泽边荒野的草地。泽，聚水的低洼地。畔，旁。

(76) 颜色：指面容。形容：身形容貌。枯槁：如枯干的树木。

(77) 三闾大夫：官名，管理楚国公族昭、屈、景三大姓的人事工作。
(78) 圣人：泛指聪明贤哲的人。不凝滞于物：指对待社会上的事物不固执、不拘泥。与世推移：指随着当时的社会风气发生转变。
(79) 随其流：即随波逐流。比喻随顺附和世俗小人。扬其波：即推波助澜、变本加厉。
(80) 餔（bū）：同“哺”，吃。糟：酒糟。啜（chuò）：饮。醨（lí）：薄酒。这里用吃酒糟、饮薄酒比喻迁就世俗。
(81) 怀：抱着。瑾、瑜：都是美玉。比喻对美好的操守坚贞不渝。
(82) 沐：洗头。弹冠：弹去帽子上的灰尘。浴：洗澡。振衣：抖掉衣上的尘土。比喻自己决心保持高洁，不受世俗污染。
(83) 身之察察：喻高洁的人格。物之汶（wèn）汶：喻社会的污浊黑暗。
(84) 常流：即长流，指江水。常，通“长”。
(85) 皓皓：皎洁光明的样子。蒙：受。温蠖（huò）：尘埃渣滓层层堆积的样子，有污染的意思。
(86)《怀沙》：《楚辞·九章》中的一篇。怀沙，指怀抱沙石而投江自杀。一说，即“怀念长沙楚国始封之地”。以下删去《怀沙》之辞。
(87) 汨（mì）罗：江名，在湖南东北部。
(88) 宋玉：楚顷襄王时人，《汉书·艺文志》著录其赋十六篇，今传者仅《九辩》一篇较可信。唐勒：与宋玉同时，曾做楚国大夫，《汉书·艺文志》著录其赋四篇，今已亡佚。景差：楚人，一作“景瑳（cuō）”，《楚辞》中有《大招》一篇，有人认为即其所作。

⑧⑨ 辞：文辞，指写作。这句说：他们都爱好写作，而以善于作赋被人们所称赞。一说，“辞”是“楚辞”，句意则为：他们都爱好楚辞，却都以善于作赋为人们所称赞。

⑨⓪ 祖：效法，继承。从容辞令：指文辞委婉，从容不迫。

⑨① 数十年竟为秦所灭：自顷襄王二十一年（前 278 年）屈原死，到楚王负刍五年（前 223 年）楚为秦所灭，其间 55 年。以下删去记贾生部分。

⑨② 《离骚》《天问》《招魂》《哀郢》：都是屈原作品名。《哀郢》是《九章》中的一篇。

⑨③ 屈原所自沉渊：据《史记索引》引《荆州记》说：“长沙罗县（在今湖南汨罗市西北），北带汨水。去县四十里是原（屈原）自沉处，北岸有庙也。”垂涕：流泪。

⑨④ 《服鸟赋》：贾谊所作。“服”，一作“鵩”。服鸟，俗称猫头鹰。

⑨⑤ 同死生：把死生的事等同看待。轻去就：把做官与不做官的事等闲视之。

⑨⑥ 爽然：开朗轻松的样子。自失：指苦恼一概消失。

作者简介

司马迁（约前 145 或前 135—？），字子长，夏阳（今陕西韩城市南）人。父司马谈，任汉武帝朝太史令，学识渊博。司马迁少时曾师从儒家大师董仲舒、孔安国。20岁时游历大江南北、长城内外，考察山川地形、历史传说和风土人情。武帝元封三年（前108年），继其父任太史令。太初元年（前104年），开始写作《史记》。天汉二年（前99年）因为李陵辩护，惨受宫刑。忍辱含垢，发愤著述，矢志完成《史记》。太始元年（前96年）被赦，出任由宦者担任的中书令。于征和元年（前92年）完成《史记》。

《史记》是我国第一部纪传体通史，记述了自黄帝至汉武帝3000多年的历史。全书由十二本纪、十表、八书、三十世家、七十列传组成，约52万字，是一部体大思精的历史巨著，也是伟大的散文杰作。不仅开创了纪传体史学，而且生动鲜明地刻画了许多性格各异的人物形象。被鲁迅誉为“史家之绝唱，无韵之离骚”。

注者按

原文为《史记》屈原、贾谊合传，本文节录屈原部分，记述了屈原悲剧的一生。作者高度赞美了屈原博学多才、识见高卓和忠心报国的崇高品格，对统治者的愚昧昏庸和佞臣奸小的嫉贤误国，表示了极大的愤慨，对屈原的怀才不遇和一生坎坷，满腔悲愤地挥洒了同情的眼泪，作品的字里行间，透露了作者自身的哀痛。作者夹叙夹议，反复咏叹，从中不难看到一个伟大的太史公的形象。

篇首叙受谗之故，作《骚》之由，情文斐亹，音节激越，中叙外欺内惑，以致丧师失地，活画出一怀王，言少事赅，比《国策》更为简练。篇末慨君终不悟，已不必生，悲愤淋漓，如怨如慕，鹃啼猿啸，听之泪下，忠臣至死，犹系心君国，所谓身死而心不死也，真善状屈子苦衷。通篇以叙事夹议论，一唱三叹出之，声调超越，亦是《国风》《小雅》之遗。（《读史管见》）

出师表

诸葛亮

先帝创业未半而中道崩殂[①]，今天下三分，益州疲弊[②]，此诚危急存亡之秋也[③]。然侍卫之臣不懈于内，忠志之士忘身于外者，盖追先帝之殊遇，欲报之于陛下也[④]。诚宜开张圣听，以光先帝遗德，恢弘志士之气[⑤]，不宜妄自菲薄，引喻失义[⑥]，以塞忠谏之路也。宫中府中俱为一体，陟罚臧否，不宜异同[⑦]。若有作奸犯科及为忠善者，宜付有司论其刑赏[⑧]，以昭陛下平明之治，不宜偏私，使内外异法也。

侍中、侍郎郭攸之、费祎、董允等[⑨]，此皆良实，志虑忠纯，是以先帝简拔以遗陛下[⑩]。愚以为宫中之事，事无大小，悉以咨之[⑪]，然后施行，必能裨补阙漏[⑫]，有所广益。将军向宠，性行淑均[⑬]，晓畅军事，试用于昔日，先帝称之曰能，是以众议举宠为督。愚以为营中之事，悉以咨之，必能使行阵和睦[⑭]，优劣得所。亲贤臣，远小人，此先汉所以兴隆也；亲小人，远贤臣，此后汉所以倾颓也。先帝在时，每与臣论此事，未尝不叹息痛恨于桓、灵也[⑮]。侍中、尚书、长史、参军，此悉贞良死节之臣[⑯]，愿陛下亲之信之，则汉室之隆，可计日而待也。

臣本布衣，躬耕于南阳[⑰]，苟全性命于乱世，不求闻达于诸侯[⑱]。先帝不以臣卑鄙，猥自枉屈[⑲]，三顾臣于草庐之中，咨臣以当世之事，由是感激，遂许先帝以驱驰[⑳]。后值倾覆[㉑]，受任于败军之际，奉命于危难之间，尔来二十有一年矣[㉒]。

先帝知臣谨慎，故临崩寄臣以大事也[23]。受命以来，夙夜忧叹[24]，恐托付不效，以伤先帝之明，故五月渡泸，深入不毛[25]。今南方已定，兵甲已足，当奖率三军[26]，北定中原[27]，庶竭驽钝[28]，攘除奸凶，兴复汉室，还于旧都[29]。此臣之所以报先帝而忠陛下之职分也。至于斟酌损益[30]，进尽忠言，由攸之、祎、允之任也。

愿陛下托臣以讨贼兴复之效；不效，则治臣之罪，以告先帝之灵。若无兴德之言，则责攸之、祎、允等之慢[31]，以彰其咎[32]。陛下亦宜自谋，以咨诹善道[33]，察纳雅言[34]，深追先帝遗诏，臣不胜受恩感激。今当远离，临表涕零，不知所言。

注 释

① 先帝：去世的皇帝，这里指刘备（221—223年在位）。崩殂（cú）：帝王之死的讳言。

② 三分：指当时魏、蜀、吴三国割据。益州：指蜀汉统治区。汉置益州，即今四川大部分及陕西、云南、贵州的部分地区。疲弊：指国力贫弱。

③ 秋：这里作“时”解，含有“关键时刻”的意思。

④ 追：怀念。殊遇：特殊的礼遇。报：报答。

⑤ 开张圣听：圣上宜广开言路，听取各方面的意见。恢弘：发扬，振奋。

⑥ 妄自菲薄：随便看轻自己。引喻失义：言谈不合道理。

⑦ 宫中：指皇宫中侍奉皇帝的近臣。府中：指丞相府里的

官员。俱为一体：意谓都是蜀汉之臣。陟（zhì）：提升。臧（zāng）：赞美。否（pǐ）：贬斥。“陟罚”指升降官吏，“臧否”指褒贬人物。这几句是说，在皇宫中和丞相府里任职的官员，同是蜀汉臣子，赏罚褒贬不应有差别（此论针对刘禅后期宠信宦官而发）。

⑧ 作奸犯科：指为非作歹，违法乱纪。作奸，干坏事。犯科，触犯法律。科，科条，指法律条文。有司：主管某个部门的官吏。

⑨ 侍中、侍郎：官名，都是侍奉皇帝的近臣。郭攸之：字演长，南阳人，当时任侍中。费祎（yī）：字文伟，江夏人，当时任侍中。董允：字休昭，枝江人，当时任黄门侍郎。三人均有德才，为诸葛亮所赏识和提拔。

⑩ 良实：忠良诚实。简拔：选拔。简，选择。

⑪ 悉：尽。咨：询问，商议。

⑫ 裨（bì）补阙漏：弥补缺欠、疏漏。

⑬ 向宠：字巨违，襄阳宜城人。刘备时为牙门将。刘备伐吴兵败，只有向宠的部队完好无损，诸葛亮认为他善于治军。后主时，封都亭侯，为中部督，掌管宿卫兵。诸葛亮北伐中原，上表后主，升他为中领军。性行淑均：性情和善，办事公正。

⑭ 行（háng）阵：指军队。

⑮ 桓、灵：指东汉末年的桓帝刘志（147—167 年在位）和灵帝刘宏（168—189 年在位）。桓、灵都是宠信和重用宦官、外戚，捕杀贤良，朝政腐败的昏君。

⑯ 侍中：指前面提到的郭攸之、费祎、董允等人。尚书：协助

皇帝处理政务的官吏，这里指陈震，字孝起，南阳人，建兴三年（225 年）拜尚书。长（zhǎng）史：汉丞相及三公（太尉、司徒、司空）府均设长史，为三公辅佐。这里指丞相长史张裔，字君嗣，成都人。参军：汉末丞相及诸王开府者，均置参军，为重要幕僚。这里指蒋琬，字公琰，零陵湘乡人。建兴元年（223 年），丞相诸葛亮开府，蒋琬为东曹掾，后升参军。贞良死节之臣：坚贞正直、能以死报国的忠臣。

⑰ 布衣：平民。躬耕：亲自耕种。南阳：郡名，即今河南西南部和湖北西北部一带。诸葛亮隐居于南阳郡邓县的隆中。

⑱ 闻达：扬名显达。诸侯：这里泛指东汉末年割据一方的各豪强势力和政治集团。

⑲ 卑鄙：出身低微而识见鄙陋。这里是谦词。猥（wěi）：谦词，表示谦卑。枉屈：委屈，指屈尊就卑。

⑳ 驱驰：奔走效劳。

㉑ 倾覆：大败。指建安十三年（208 年）刘备在当阳长坂坡（今湖北当阳东北）被曹操打败之事。

㉒“受任”三句：指刘备被曹操打败后，诸葛亮接受委任，奉命出使东吴，联合孙权抗曹。尔来二十有一年矣：从建安十二年（207 年）刘备与诸葛亮相遇，到建兴五年（227 年）上此表时，已有 21 个年头了。

㉓ 临崩寄臣以大事：章武三年（223 年），刘备伐吴失败，病危于永安（今重庆奉节县东白帝城），临终召见诸葛亮，托付国家大事：“君才十倍曹丕，必能安国，终定大事。若嗣子可辅，辅之；如其不才，君可自取。”亮涕泣说：“臣敢不竭股肱之力，

效忠贞之节，继之以死！”（见《三国志·蜀书·诸葛亮传》）

㉔夙夜：早晚。夙（sù），早晨。

㉕泸：泸水，指今雅砻江下游和金沙江汇合以后一段。不毛：不长五谷的未开发的地方。建兴三年（225 年），诸葛亮南征，平定叛乱，稳定了后方。

㉖奖率：鼓励，率领。

㉗中原：黄河流域，这里指曹魏所占地区。

㉘庶竭驽钝：谦词，即希望尽我平庸的能力。

㉙攘：排除。奸凶：指曹魏。汉室：汉朝皇室。旧都：指两汉国都长安和洛阳。

㉚斟酌损益：衡量得失，考虑去取。

㉛慢：疏忽，怠慢。

㉜彰其咎：暴露、揭示他们的过失。

㉝咨诹（zōu）：询问。善道：指治理国家的好办法。

㉞察纳：考察，采纳。雅言：正确的意见。

作者简介

诸葛亮（181—234 年），字孔明，琅琊阳都（今山东沂南县南）人，三国时期杰出的政治家、军事家。东汉末，隐居邓县隆中（今湖北襄阳市西），有“卧龙”之称。建安十二年（207 年），刘备三顾茅庐，他出而辅佐刘备，建立了蜀汉政权，与魏、吴形成三分鼎立的局势。曹丕代汉自立，他劝刘备称帝，任丞相。建兴元年（223 年）刘备病故，刘禅（后主）继位，他被封为武乡侯，领益州牧。当政期间，励精图治，赏罚严明，政绩卓著。他东联孙吴，北伐曹魏，鞠躬尽瘁，病死于军中，谥忠武侯。后世称诸葛武侯。他的文章写得周密畅达，被刘勰誉为“志尽文畅”（《文心雕龙·章表》）。有《诸葛丞相集》辑本。

注者按

选自《三国志·蜀书·诸葛亮传》，标题依普通选本。这是诸葛亮于蜀汉建兴五年（227 年），率军北伐曹魏，临行前给蜀汉后主刘禅上的一篇奏章。篇名为后人所加，又称《前出师表》，“表”即臣下给皇帝的奏章。诸葛亮深感刘禅暗弱，颇有内顾之忧，故针对刘禅的弊病进行规谏，谆谆告诫、反复劝勉刘禅要继承先帝的遗志，广开言路，刑赏公正，防止偏私用事，亲贤臣，远小人。表达了他对蜀汉的耿耿忠心和北取中原的坚定意志。所言切实中肯，情词诚挚恳切，表现了作者忠诚勤勉、贤明正派的性格和作风。文章分析精辟，说理晓畅，语言朴实无华，感情色彩浓烈，历来为人们所推重。他为国为事业殚精竭虑，鞠躬尽瘁、死而后已的精神，成为中华民族宝贵的精神财富，沾溉后人。

杜甫《蜀相》诗：

丞相祠堂何处寻，锦官城外柏森森。
映阶碧草自春色，隔叶黄鹂空好音。
三顾频烦天下计，两朝开济老臣心。
出师未捷身先死，长使英雄泪满襟。

此诗对诸葛亮其人其表作了精当的评价。

御史台上论天旱人饥状

韩　愈

右[①]。臣伏以今年已来[②]，京畿诸县[③]，夏逢亢旱[④]，秋又早霜，田种所收，十不存一。陛下恩逾慈母，仁过春阳[⑤]，租赋之间，例皆蠲免[⑥]。所征至少，所放至多；上恩虽弘，下困犹甚。至闻有弃子逐妻，以求口食，拆屋伐树，以纳税钱，寒馁道涂，毙踣沟壑[⑦]，有者皆已输纳，无者徒被追征。臣愚以为此皆群臣之所未言，陛下之所未知者也。臣窃见陛下怜念黎元[⑧]，同于赤子[⑨]，至或犯法当戮，犹且宽而宥之[⑩]，况此无辜之人，岂有知而不救。又京师者，四方之腹心，国家之根本，其百姓实宜倍加忧恤。今瑞雪频降，来年必丰，急之则得少而人伤，缓之则事存而利远。伏乞特敕京兆府[⑪]，应今年税钱及草粟等在百姓腹内[⑫]，征未得者，并且停征，容至来年蚕麦[⑬]，庶得少有存立[⑭]。臣至陋至愚，无所知识，受恩思效，有见辄言，无任恳款惭惧之至[⑮]。谨录奏闻，谨奏。

注　释

①右：指右方所开列的简短事由。

②伏以：自谦尊人之词。伏，俯伏。

③京畿：京师附近地区。

④亢旱：久旱。史载贞元十九年（803年）正月至七月未雨。

⑤ 仁过春阳：谓仁慈有过于生育万物的春日。

⑥ 例皆蠲（juān）免：指过去有斟酌灾情轻重而定出减免租税数的旧例。

⑦ 毙踣（bó）：倒仆而死。

⑧ 黎元：百姓。

⑨ 赤子：初生婴儿体赤，称赤子。

⑩ 宥（yòu）：宽赦。

⑪ 敕（chì）：诏命。京兆府：管辖京师及所属县的官府。

⑫ 腹内：当时公文中常用的俗语，犹言“名下”。

⑬ 容至来年蚕麦：宽容到明年收获蚕丝和小麦时。

⑭ 庶：表希望之词。少有存立：稍能存活，勉强能过活。

⑮ 无任恳款惭惧之至：奏疏中常用套语，表示不胜诚恳敬惧之意。

作者简介

韩愈（768—824年），字退之，河内河阳（今河南孟州）人，郡望河北昌黎，故世称韩昌黎。幼孤贫，由嫂抚养，刻苦读书。贞元八年（792年）进士。任监察御史，贞元十九年（803年），因疏谏旱饥蠲租，被贬为阳山令。宪宗朝，以行军司马佐裴度平定淮西吴元济功迁刑部侍郎。后因谏阻宪宗迎佛骨，贬为潮州刺史。穆宗时召为国子祭酒，历任兵部、吏部侍郎（世称韩吏部）和京兆尹等职。卒谥“文”，故又称“韩文公”。

韩愈思想以儒为主，合儒墨，兼名法，杂取诸子。他关注现实，直言敢谏，排佛平叛，数遭贬谪。他是唐代古文运动的主要倡导者之一。散文气势磅礴，恣肆奇崛，构思运笔，云谲波诡，修辞造句，不拘故常。在碑志、序记、书信等文体上均有创新，不仅“起八代之衰”，而且“集八代之成”。他的诗歌以文为诗，风格雄奇，“为唐诗之一大变”。

注者按

御史：专司谏疏皇帝、纠弹百官之失的官员。台：与“阁”“省”“寺”“府”等俱为官衙名称。状：一种向上级陈述事实的文书。

本文作于贞元十九年（803年），35岁的韩愈为监察御史，他仗义执言，将“群臣之所未言，陛下之所未知”的京畿灾情、民不聊生的状况作了如实的反映。并体恤民瘼为民请命，请求依例蠲免，予以宽缓。时任京兆尹的李实不仅隐灾不报，谎称：“今年虽旱，而谷甚好。”（《顺宗实录·李实》）并且置旧例蠲免诏令于不顾，照样横征暴敛。韩愈的奏状，虽曲为皇上回护，还是触怒了德宗和贵为宗室权贵的李实，因此被远贬连州阳山县令。

韩愈论文，既崇尚奇崛，又主张“文从字顺”，本文明白晓畅，时用口语，情词恳切，风格平实，是其“文从字顺”的代表作。

捕蛇者说

柳宗元

永州之野产异蛇①，黑质而白章②，触草木尽死，以啮人③，无御之者④。然得而腊之以为饵⑤，可以已大风、挛、踠、瘘、疠⑥，去死肌⑦，杀三虫⑧。其始，太医以王命聚之⑨，岁赋其二⑩，募有能捕之者，当其租入⑪。永之人争奔走焉。

有蒋氏者，专其利三世矣⑫。问之，则曰："吾祖死于是，吾父死于是，今吾嗣为之十二年⑬，几死者数矣。"言之貌若甚戚者。

余悲之，且曰："若毒之乎⑭？余将告于莅事者⑮，更若役，复若赋，则何如⑯？"

蒋氏大戚，汪然出涕曰⑰："君将哀而生之乎⑱？则吾斯役之不幸，未若复吾赋不幸之甚也。向吾不为斯役⑲，则久已病矣⑳。自吾氏三世居是乡，积于今，六十岁矣。而乡邻之生日蹙㉑，殚其地之出，竭其庐之入㉒，号呼而转徙㉓，饥渴而顿踣㉔，触风雨，犯寒暑㉕，呼嘘毒疠㉖，往往而死者相藉也㉗。曩与吾祖居者㉘，今其室十无一焉；与吾父居者，今其室十无二三焉；与吾居十二年者，今其室十无四五焉。非死则徙尔。而吾以捕蛇独存。

"悍吏之来吾乡㉙，叫嚣乎东西，隳突乎南北㉚，哗然而骇者，虽鸡狗不得宁焉。吾恂恂而起㉛，视其缶㉜，而吾蛇尚存，则弛然而卧㉝。谨食之㉞，时而献焉㉟。退而甘食其土之有㊱，以尽吾齿[37]。盖一岁之犯死者二焉[38]。其余则熙熙而乐[39]，岂若吾乡邻之旦旦有是哉[40]？今虽死乎此，比吾乡邻之死则已后矣，又安敢毒耶？”

余闻而愈悲。孔子曰：“苛政猛于虎也[41]。”吾尝疑乎是，今以蒋氏观之，犹信[42]。呜呼！孰知赋敛之毒，有甚是蛇者乎！故为之说[43]，以俟夫观人风者得焉[44]。

注释

①永州：今湖南永州市零陵区。

②黑质而白章：黑底白花。质，体。章，花纹。

③啮（niè）：咬。

④御：抵御，抵挡。

⑤腊（xī）：干肉。此作动词，做成肉干。饵：食品，此指药饵。

⑥已：止。此指治疗。大风：麻疯病。挛（luán）、踠（wǎn）：手脚拳曲不能伸展的病。瘘（lòu）：颈肿。疠（lì）：癞疮。

⑦死肌：指萎缩而失去机能的肌肉。

⑧三虫：指三尸之虫。道家以为人体内有三种作祟的虫：上者在脑中，伤人眼；中者在胸中，伤五脏；下者在腹中，伤胃。（见《酉阳杂俎·玉格》）一说，指蛔虫、赤虫、蛲虫。

⑨“太医”句：意谓御医奉皇帝的命令征集这种蛇。

⑩岁赋其二：每年征收两次。

⑪当其租入：用蛇抵租税。

⑫ 专其利：独享捕蛇的好处。

⑬ 嗣：继承，接替。

⑭ 若毒之乎：你怨恨捕蛇吗？若，你。

⑮ 莅事者：主管的地方官。莅，临视。

⑯“更若役”三句：更换你捕蛇的差事，恢复你的租税，如何？

⑰ 汪然：涕泪涟涟的样子。

⑱ 哀而生之乎：怜悯我而让我活下去吗？生，使动用法。

⑲ 向：假使。

⑳ 病：困厄。

㉑ 生：生计。日蹙：日见窘迫。

㉒“殚其地”两句：谓拿出他们土地上的全部出产，竭尽他们家里的全部收入。殚（dàn）：尽。出：出产。庐：房舍，此指家。入：收入。

㉓ 转徙：辗转迁徙，即流亡。

㉔ 顿踣（bó）：困顿跌倒。

㉕“触风雨”两句：谓顶风雨，冒寒暑。犯：冒。

㉖ 呼嘘毒疠：呼吸瘴气。

㉗ 死者相藉：死者互相枕垫着。

㉘ 曩（nǎng）：从前。

㉙ 悍吏：强暴的差吏。

㉚“叫嚣”两句：形容差役横暴，到处叫嚷破坏。隳（huī）突：《文选·陈琳为袁绍檄豫州文》：“所过隳突，无骸不露。”李周翰注：“隳，坏；突，破也。”

㉛ 恂恂（xún）：担心的样子。

㉜缶（fǒu）：小口大腹的瓦罐。

㉝弛（chí）然：松弛放心的样子。

㉞谨食（sì）之：小心地喂养它们。

㉟时而献焉：按时贡献上去。

㊱甘食：甜美地食用。

㊲以尽吾齿：以尽我的天年。

㊳犯死者二：两次冒死亡的危险。

㊴熙熙：和乐的样子。

㊵“岂若”句：哪像我的乡邻那样天天受到死亡的威胁呢？

㊶苛政猛于虎也：残酷的政治比老虎还凶啊。

㊷犹信：才相信。

㊸故为之说：因此写了这篇“说”。

㊹俟（sì）：等待。观人风者：考察民情风俗的人。

作者简介

柳宗元（773—819年），字子厚，祖籍河东郡解县（今山西永济），世称“柳河东”。生于长安，少精敏而有文名，出入经史子集。21岁中进士，任秘书省校书郎。26岁第博学宏词科，任集贤殿正字。贞元十七年（801年），调任蓝田尉，得以了解民情世风。贞元十九年（803年），任监察御史里行。顺宗即位，参与王伾、王叔文等人的永贞改革，被任命为礼部员外郎。改革失败，贬为邵州刺史，半途，改永州（今湖南永州市零陵区）司马，长达10年之久。他寄情山水，交往佛释，以排遣苦闷，写了大量文章驳难政敌。元和十年（815年）奉召入京，满以为可一展才志，不料又远放柳州任刺史。他关心民瘼，对因借债而沦为奴婢者，设法赎归之，解民于倒悬，深得民心。元和十四年（819年）卒于任，又称“柳柳州”。

柳宗元是中唐进步的政治家、思想家，著名的文学家。他反对天命符瑞说，有进步的历史观和朴素的唯物观。在文学方面，他与韩愈一起倡导了古文运动。主张文以明道，应“辅物及时”。他的散文创作立意新颖深刻，忧国泄愤，牢骚甚盛，章法严谨，风格峻洁，以杂文、寓言、山水游记等体裁成就最高，为唐宋八大家之一。他的诗歌简淡幽峭，似淡实浓，自成一家。其诗其文，深得骚体精髓。有《柳河东集》。

注者按

说：一种文体。或发表议论，或记叙事情，或夹叙夹议，都为阐明道理。文章借捕蛇者自述一家三代的悲惨遭遇，深刻地揭露了统治者的横征暴敛给人民带来的深重灾难，令人信服地得出了“赋敛之毒有甚是蛇者”的结论，表达了作者对劳动人民的深切同情。

全文借典故“苛政猛于虎”立意，紧扣一个“毒”字做文章。先极言蛇之毒，捕蛇之害；后说赋敛之毒，用捕蛇之毒竟成熙乐，反衬出之。其中悍吏骚扰，虽鸡犬不得宁，与捕蛇者“恂恂而起”，见蛇尚存，则“弛然而卧”的描写生动传神，比照鲜明。

文章妙在将蛇之毒及赋敛之毒甚于毒蛇，都从捕蛇者口中说出，真实可信。文中穿插对话，排句与对句相间，长句与短句错综，使文章波澜多姿。

答司马谏议书

王安石

某启[1]：昨日蒙教[2]，窃以为与君实游处相好之日久[3]，而议事每不合，所操之术多异故也[4]。虽欲强聒[5]，终必不蒙见察[6]，故略上报[7]，不复一一自辨。重念蒙君实视遇厚[8]，于反覆不宜卤莽[9]，故今具道所以[10]，冀君实或见恕也[11]。

盖儒者所争，尤在于名实[12]，名实已明，而天下之理得矣。今君实所以见教者，以为侵官、生事、征利、拒谏[13]，以致天下怨谤也。某则以谓受命于人主，议法度而修之于朝廷，以授之于有司，不为侵官[14]；举先王之政[15]，以兴利除弊，不为生事；为天下理财，不为征利；辟邪说[16]，难壬人[17]，不为拒谏。至于怨诽之多，则固前知其如此也[18]。

人习于苟且非一日[19]，士大夫多以不恤国事、同俗自媚于众为善[20]，上乃欲变此[21]，而某不量敌之众寡，欲出力助上以抗之，则众何为而不汹汹然[22]？盘庚之迁[23]，胥怨者民也[24]，非特朝廷士大夫而已[25]；盘庚不为怨者故改其度[26]，度义而后动，是而不见可悔故也[27]。如君实责我以在位久，未能助上大有为，以膏泽斯民[28]，则某知罪矣；如曰今日当一切不事事[29]，守前所为而已，则非某之所敢知。

无由会晤[30]，不任区区向往之至[31]。

注　释

①某：古代书信，都自称名。起草时为省事，也写作某。也有由于作者的子孙、门人编集时，用“某”字代称，以示尊敬或避讳。启：说，陈述。

②蒙教：承受教诲。是收到来信的客气说法。此指熙宁三年（1070年）司马光的《与王介甫书》。

③君实：司马光的字。游处：交游往来相处。

④所操之术：此指所持的政见和学术流别。操，持。术，方法、道路。

⑤强聒（guō）：硬要说给人听。聒，《楚辞·九思》注：“多声乱耳为聒。”

⑥不蒙见察：不被谅解、理解。

⑦略：简略。上报：写回信的一种客气说法。王安石接到司马光的信后，曾有一封简短的复函，所以说“故略上报”。此信已失传，在司马光给王安石的第二封信中曾提及此信。

⑧视遇：看待。厚：优厚。

⑨反覆：此指书信往来答辩。卤莽：即鲁莽，草率。

⑩所以：所持的理由。

⑪冀：希望。或：或许。见恕：见谅。

⑫“盖儒者”两句：名实：名称和实际。《孟子·告子下》：“先名实者，为人也。”赵岐注：“名者，有道德之名。实者，治国惠民之功实也。”这里是说：自己要议法度、兴利除弊、理财和辟邪说，而司马光诬他是侵官、生事、征利、拒谏。作者认为这种恶名不符合实际，所以应辩明是非。

⑬“以为”句：侵官：侵犯原来官吏的职权。司马光指责设立“制置三司条例司”来理财，侵夺了原来主管财政的盐铁、度支、户部三司的职权。生事：无事生非。凭空制造事端。司马光攻击新法是“生事扰民”。征利：求利，谋利。此指与民争利。拒谏：拒绝劝谏。（参见司马光《与王介甫书》）

⑭“某则”四句：我却以为从皇帝那里接受命令，议定法令制度，并在朝廷上加以修正，再分别交给各级官吏，不能算是侵官。人主：指宋神宗赵顼。有司：古代设官分职各有所司。指主管的官署和官员。

⑮举：施行。先王：泛指过去的贤明君主。

⑯辟：驳斥，抨击。

⑰难：诘难。壬人：《汉书·元帝纪》：“是故壬人在位，而吉士雍蔽。”颜师古注引服虔曰：“壬人，佞人也。”指巧言献媚的人。

⑱“固前”句：本来事先就料到会是这样（指怨诽多）的。

⑲“人习于”句：人们习惯于得过且过并非一天。苟且：偷安，得过且过。

⑳恤：关心。同俗自媚于众：附和世俗，讨好众人。

㉑上：指宋神宗。乃：于是，这才。此：指上述现象。

㉒汹汹：喧闹。

㉓盘庚：殷代的一个国君。曾把国都由黄河以北迁于亳（指西亳，西亳位于今河南省洛阳市偃师区，是商朝的重要都城遗址）。《尚书·盘庚》序：“盘庚五迁，将治亳殷，民咨胥怨，作《盘庚》三篇。”孔颖达疏：“自汤至盘庚，凡五迁都。今盘庚将欲迁居，而治于亳之殷治。民皆恋其故居，不欲移徙，咨

嗟忧愁，相与怨上。盘庚以言辞诰之。史叙其事，作《盘庚》三篇。”

㉔胥：皆。

㉕非特：不只是。

㉖故：缘故。度（dù）：计划，决定（名词）。《左传·昭公四年》：“（子产曰）且吾闻为善者不改其度，故能有济也。民不可逞，度不可改。”

㉗“度义”两句：考虑这样做合宜，然后行动，认为这是正确的，因此看不出有值得改悔的地方。度：忖度，考虑（动词）。义：同“宜”，合宜。是：对的，正确。

㉘膏泽斯民：施恩惠给人民。膏，油。泽，雨露。均用作动词。

㉙一切不事事：什么事都不做。前一个“事”用作动词。

㉚无由会晤：没有机会和你见面。

㉛“不任”句：谓内心不胜仰慕。旧时写信的客套话。不任：不胜。区区：小。此谦指自己内心。向往之至：仰慕到极点。

作者简介

王安石（1021—1086年），字介甫，晚号半山，临川（今江西抚州）人。庆历二年（1042年）进士。为实现“矫世变俗之志”，他屡求外任，历任地方官，兴利除弊，颇有政绩。写《上仁宗皇帝言事书》，提出系列改革措施。神宗熙宁二年（1069年）任参知政事，提行农田水利、青苗、均输、免役、市易、保甲等新法，以期富国强兵。此后在变法与反变法斗争中屡经浮沉，变法失败，退居金陵，修奉佛道，寄情山水。封荆国公，世称王荆公。

王安石是著名的政治家，杰出的文学家。散文以论文、墓志和记成就较高，风格雄健峭拔，为唐宋古文八大家之一。有《临川先生文集》。

注者按

司马谏议：指时任谏议大夫的司马光。他是反对王安石变法的代表人物之一。此信写于熙宁三年（1070 年）即王安石执政后的第二年。司马光曾写了一封《与王介甫书》，列举新法之弊。

本文表现王安石为强国富民，不计个人得失利害，勇于除弊兴利、改革进取的精神。文章是书信与驳论的结合，写得理直气壮。由于作者坚信新法利国利民，所以观点明确，议论斩钉截铁。文章具有极强的概括力，把司马光洋洋三千言的长信中对新法的指责，概括为“侵官、生事、征利、拒谏”八个字，把当时的官场风气概括为“习于苟且”“不恤国事、同俗自媚于众”“一切不事事”，切中时弊，作者尖锐透辟地指斥对方的谬论，往往一语破的。最后借盘庚迁都之故，表明自己“不为怨者故改其度”的态度和决心。言辞客套委婉而又峭劲有力，清末古文家吴汝纶评曰：“固由傲兀性成，究亦理足气盛，故劲悍廉厉无枝叶如此。”所论甚当。

治安疏（节录）

海　瑞

户部云南清吏司主事臣海瑞谨奏[1]：为直言天下第一事以正君道、明臣职、求万世治安事。君者，天下臣民万物之主也。惟其为天下臣民万物之主，责任至重，凡民生利瘼一有所不闻[2]，将一有所不得知而行，其任为不称。是故养君之道，宜无不备，而以其责寄臣工[3]，使尽言焉。臣工尽言而君道斯称矣。昔之务为容悦，谀顺曲从，致使实祸蔽塞[4]，主不上闻焉，无足言矣。过为计者，则又曰："君子危明主，忧治世。"夫世则治矣，以不治忧之；主则明矣，以不明危之，毋乃使之反求眩瞀[5]，失趋舍矣乎[6]？非通论也。

臣受国恩厚矣，请执有犯无隐之义。美曰美，不一毫虚美；过曰过，不一毫讳过。不容悦，不过计，披肝胆为陛下言之。汉贾谊陈政事于文帝曰："进言者皆曰天下已安已治矣，臣独以为未也。曰安且治者，非愚则谀[7]。"夫文帝，汉贤君也，贾谊非苛责备也。文帝性仁类柔，慈恕恭俭，虽有近民之美；优游退逊，尚多怠废之政。不究其弊所不免，概以安且治当之，愚也；不究其才所不能，概以致安治颂之，谀也。

陛下自视于汉文帝何如？陛下天质英断，睿识绝人[8]，可为尧、舜，可为禹、汤、文、武，下之如汉宣帝之励精[9]，光武之大度[10]，唐太宗之英武无敌[11]，宪宗之志平僭乱[12]，宋仁宗之仁恕[13]，举一节可取者，陛下优为之。即位初年，划除积弊[14]，焕然与天下更始[15]。举其略如箴敬一以养心[16]，定冠履以辨分，除圣贤土木之像，夺宦官内外之权，元世祖毁不与祀[17]，祀孔子推及所生，天下忻忻然以大有作为仰之[18]。识者谓辅相得人，太平指日可期也。非虚语也。高汉文帝远甚。

然文帝能充其仁顺之性，节用爱人，吕祖谦称其不尽人之才力[19]，情是也。一时天下虽未可尽以治安予之，而贯朽粟陈[20]，民少康阜，三代下称贤君焉。陛下则锐情未久，妄念牵之而去矣，反则明而错用之，谓遥兴可得而一意玄修。富有四海，不曰民之脂膏在是也，而侈兴土木。二十余年不视朝，纲纪弛矣。数行推广事例，名爵滥矣。二王不相见[21]，人以为薄于父子；以猜疑诽谤戮辱臣下，人以为薄于君臣；乐西苑而不返宫[22]，人以为薄于夫妇。天下吏贪将弱，民不聊生，水旱靡时，盗贼滋炽，自陛下登极初年，亦有之而未甚也。今赋役增常，万方则效。陛下破产礼佛日甚，室如悬磬[23]，十余年来极矣。天下因即陛下改元之号，而亿之曰[24]：“嘉靖者，言家家皆净而无财用也。”迩者严嵩罢黜[25]，世蕃极刑，差快人意，一时称清时焉。然严嵩罢相之后，犹之严嵩未相之先而已，非大清明世界也，不及汉文帝远甚。

注释

①清吏司：明代六部分司机构的通称，也简称“司”。户部按省设司。主事：在司中职务以文牍为主，但也分掌郎中、员外郎之职，握有一定实权。

② 利瘼：利病。

③ 臣工：谓群臣百官。

④ 蔽塞：蒙蔽。

⑤ 眩瞀（mào）：眼睛昏花不明。

⑥ 趋舍：进止。

⑦“汉贾谊”五句：见汉代贾谊的《上疏陈政事》（亦称《陈政事疏》）。贾谊：洛阳（今河南洛阳）人。年二十，汉文帝召为博士，升太中大夫。因主张改革政治，遭周勃等谗毁，贬长沙王太傅、梁怀王太傅，忧郁而死。文帝：汉文帝刘恒，公元前 179—前 157 年在位。他继续执行汉初与民休息和轻徭薄赋政策，使汉王朝渐趋安定，开创“文景之治”。

⑧ 睿识：明智而有识鉴。封建时代对帝王的颂词。

⑨ 汉宣帝：汉宣帝刘询，公元前 73—前 49 年在位。在位期间，励精图治，任用贤能，吏称其职，民安其业。

⑩ 光武：东汉光武帝刘秀，公元 25—57 年在位。东汉王朝的建立者。

⑪ 唐太宗：唐代皇帝李世民，公元 627—649 年在位。他是建立唐王朝的主要统帅。

⑫ 宪宗：唐宪宗李纯，公元 805—820 年在位。他在即位初年，平定四川刘辟、江南李锜叛变，后又招降河北强藩魏博节度使田弘正，消灭淮西节度使吴元济，使其他藩镇相继降服，实现全国统一。

⑬ 宋仁宗：宋代皇帝赵祯，公元 1023—1063 年在位。在位时经济和文化都有所发展。

⑭ 刬：同“铲”。

⑮ 更始：重新开始。

⑯ 箴：告诫。

⑰ 元世祖：即忽必烈。成吉思汗孙，元朝的建立者。

⑱ 忻忻然：同“欣欣然”。

⑲ 吕祖谦：字伯恭，婺州金华（今浙江金华）人。南宋学者。著有《吕东莱集》《东莱博议》《历代制度详说》等。

⑳ 贯朽粟陈：《史记·平准书》：“汉兴七十余年之间……京师之钱累巨万，贯朽而不可校。太仓之粟陈陈相因，充溢露积于外，至腐败不可食。”贯朽，指穿钱的绳索腐朽了。

㉑ 二王不相见：指明世宗听信方士的话，专心修炼长生不死的丹药，不与儿子见面。

㉒ 西苑：即北京的三海（北海、中海、南海），在紫禁城西，故名，明代为御苑。

㉓ 室如悬磬：《左传·僖公二十六年》：“室如县罄，野无青草，何恃而不恐。”县罄，同“悬磬”，形容空无所有。这里指国库空虚。

㉔ 亿：预料，猜想。

㉕ 严嵩：字惟中，号介溪，分宜（今江西分宜县）人。明代权臣、奸臣，专朝政 20 年。他与子严世蕃操纵国事，排斥异己，残害忠良，卖官鬻爵，致使内外不宁，上下交困。后为御史邹应龙、林润等相继弹劾。严嵩罢归，世蕃伏法。

作者简介

海瑞（1514—1587 年），字汝贤，一字应麟，号刚峰，琼山（今海南海口）人。嘉靖举人，授南平教谕，迁淳安知县。政绩显著，因忤严嵩私党，谪兴国州判官。嘉靖末，擢户部主事，上《治安疏》，指斥皇帝，帝大怒，下狱论死。穆宗即位，始出狱，历两京左、右通政。隆庆三年（1569 年），以右佥都御史巡抚应天十府，除弊兴利，抑豪强，扶贫弱，均赋役，推行“一条鞭法”。因裁节邮传冗费被劾，谢病归。万历时，召为南京吏部右侍郎，旋迁南京右都御史。卒于任。海瑞以耿直刚正名世，“平日虽不以文名，而所作劲气直达，侃侃而谈，有凛然不可犯之概。”（《四库全书·备忘集》提要）其著作以中华书局版编校本《海瑞集》最为通行。

注者按

本文选自《海瑞集》上编五“京官时期”。这篇奏疏作于嘉靖四十五年（1566 年）。“时世宗享国日久，不视朝，深居西苑，专意斋醮，督抚大吏争上符瑞，礼官辄表贺，廷臣自杨最、杨爵得罪后，无敢言时政者。”（《明史·海瑞传》）正当此时，海瑞独上此疏，直接批评嘉靖帝“一意玄修”“侈兴土木”“二十余年不视朝”“天下吏贪将弱，民不聊生”“天下之人不直陛下久矣”。这种指责，虽然站在“正君道，明臣职”的维护朱明王朝统治的立场，但不能不说是捋虎须的冒死行为。海瑞为上此疏，事先买好棺木，诀别妻子，遣散童仆，准备就死。果然，“帝得疏大怒，抵之地，顾左右曰：‘趣执之！无使得遁。’……少顷，复取读之，日再三，为感动太息。”但终究因得罪皇帝，被捕下狱，论死。刚好嘉靖帝病死，海瑞才得出狱。文章披肝沥胆，洋洋洒洒，援古喻今，有理有据，令人信服。连想杀他的嘉靖帝也不得不把他此举比作比干的忠谏。

赠光禄少卿沈公传

徐　渭

青霞君者，姓沈，名錬，字纯甫，别号青霞君。生而以奇骜一世[①]。始补府学生，以文奇。汪公文盛以提学副使校浙士[②]，得君文惊绝，谓为异人，拔居第一。嘉靖辛卯[③]，逐举于乡，戊戌[④]，成进士。始知溧阳[⑤]，以政奇。御史惮之[⑥]，卒得诋，徙茌平[⑦]，再徙清丰[⑧]。

已乃擢经历锦衣卫[⑨]，以谏奇。庚戌冬[⑩]，虏入古北口[⑪]，抄骑至都城，大杀掠。时先帝仓卒集群臣议于廷，大官以百十计，率婞婀不敢出一语[⑫]。君独与司业赵公贞吉[⑬]，历阶抵掌相倡和，慷慨论时事。严氏党执格之[⑭]，君遂抗声诋严氏父子。又上疏请兵万人，欲出良、涿以西护陵寝[⑮]，遮虏骑使不得前，因得开都门，通有无便。不报[⑯]。无何，又上疏直诋严氏十罪。有诏廷杖君五十，削官。

徙保安为布衣[⑰]，以戆奇。当是时，君怀愤之日久，而忠不信于主上。乃削木为宋丞相桧象[⑱]，旦莫射捶之[⑲]，随事触景为诗赋文章，无一不慨时事，骂诃奸谀，怀忠主上也。当是时，边人苦虏残掠，而杨顺者方握符镇宣、大[⑳]，虏杀人如麻，顺不敢发一矢；退则削汉级，以虏首功上[㉑]。君飞书入辕门，数顺罪，顺痛忌之，承严氏旨，日夜奇构君。及甲寅[㉒]，虏复寇大同右卫，顺计不出前辙，君飞书益急。而君在边久，尝思结客以破虏，或散金募土人豪宕者为城守[㉓]。保安饥，又散金市远粟，粥僧舍，活万余人。顺谓诸事非放逐臣所宜为，可以叛构君，遂与御史巡宣、大者路楷会疏入告君叛状[24]。严氏父子从中下其事，弃君宣府市[25]，连坐死者五人。既又驰捕其长子襄，械抵宣府杖系，麋且死[26]。会给事中吴公时来疏上[27]，有诏逮顺、楷[28]，襄得免戍，时丁巳秋月也[29]。

先帝始再听谏臣邹公应龙、林公闰等说[30]，悟向者严氏奸罔，斩世蕃西市，夺嵩官，籍其家。再逾年而先帝崩，遗诏录嘉靖以来以言事得罪者，君得赠光禄寺少卿，荫子一人。今上立一年[31]，襄复疏父冤，顺、楷坐死。上感君戆，为制文，命省臣祭其墓。

注释

①骛（wù）：奔驰。

②汪公文盛：汪文盛，字希周，崇阳人。正德进士，累官右佥都御史，巡抚云南，召为大理卿，道病致仕卒。提学副使：提学道的副使，主掌一路州、县学政的副学官。

③嘉靖辛卯：嘉靖十年（1531年）。嘉靖为明世宗年号。

④戊戌：嘉靖十七年（1538年）。

⑤知溧阳：担任溧阳知县。溧阳在今江苏省。

⑥御史：监察官。惮：畏惧。

⑦茌（chí）平：县名，在今山东省。

⑧清丰：县名，在今河南省。

⑨擢：提拔。经历锦衣卫：掌管锦衣卫吏员及处理日常事务的

官员。

⑩ 庚戌：嘉靖二十九年（1550 年）。

⑪ 虏：指俺答，为明代蒙古鞑靼部右翼土默特万户首领，对明贡掠无常，为嘉靖中一大边患。古北口：在今北京市密云区东北，为长城隘口之一，为古代军事要地。

⑫ 率：都。媕婀（ān ē）：没有主见，依违随人。

⑬ 司业：国子监司业，为监内副长官，掌儒学训导之职。赵公贞吉：赵贞吉，字孟静，内江人。嘉靖进士，官至礼部尚书、文渊阁大学士。

⑭ 严氏党：指明代权奸严嵩及其子严世蕃的党羽。执格：阻挠。

⑮ 良、涿：指今北京良乡和河北涿州市。

⑯ 不报：指对奏疏搁置不理。

⑰ 保安：今陕西延安市。

⑱ 宋丞相桧：指秦桧，宋代奸相。

⑲ 旦莫：早晚。莫，同“暮”。

⑳ 杨顺：严嵩党羽，时总督宣大。宣、大：指宣府镇和大同镇。均为明代九边之一。

㉑ 汉级：汉人首级。此两句的意思是说，等虏敌退兵后，严嵩党羽杨顺则砍下汉人的头颅冒充虏敌的首级，向皇上邀功。

㉒ 构：诋毁。甲寅：嘉靖三十三年（1554 年）。

㉓ 豪宕：豪放而不受约束。

㉔ 路楷：汶上人。严嵩党羽，由进士累官至户部主事，因贪纵削籍，后被劾论斩。会疏：联合给皇帝上疏。

㉕弃：弃市，问斩。宣府市：宣是公示的意思；府市是保安府的闹市。全句意思在保安府闹市斩杀他示众。

㉖糜：糜烂。

㉗吴公时来：吴时来，字惟修，仙居人。嘉靖进士，擢刑科给事中。

㉘逮顺、楷：《明史·沈鍊传》谓“会顺、楷以他事逮，(襄)乃免”。

㉙丁巳：嘉靖三十六年（1557年）。

㉚邹公应龙：邹应龙，字云卿，长安人。嘉靖进士，擢御史，以弹劾严嵩父子得名。累官至兵部侍郎，巡抚云南。林公闰：林闰，《明史》作林润，字若雨，莆田人。嘉靖进士，进南京监察御史，官至右佥都御史，巡抚应天诸府。为人刚毅敢言，劾奸相严嵩之子严世蕃，将其戮死西市。

㉛今上：今天的皇帝，指明穆宗朱载垕。

作者简介

徐渭（1521—1593年），字文长，别号青藤道士等，山阴（今浙江绍兴）人。屡应乡试不中。入浙江总督胡宗宪幕，掌书记，受器重。宗宪被捕，他一度发狂，数次自杀未遂。后因杀继室入狱，张元忭救其出狱。晚穷困潦倒而卒。

徐渭多才多艺，自谓“吾书第一，诗二，文三，画四”。散文为唐顺之、茅坤、袁宏道等激赏。所作戏曲《四声猿》得汤显祖称誉。有中华书局整理本《徐渭集》。

注者按

本文删去了文末的“外史徐渭曰”一段。赠：追授。光禄少卿，光禄寺的副长官。本文为沈鍊写传，写他“以奇骜一世”，文奇、政奇、谏奇、戆奇，重点写他的谏奇与戆奇。由谏奇，他得罪了权奸严嵩父子，被廷杖削官；由戆奇，他被严党诬杀。由此，作者歌颂了沈鍊不避权奸，一身正气，为国为民，不计个人身家性命，直至被权奸构陷而死的斗争精神。这是爱国精神的升华。沈鍊的形象，就是在这一系列被世人视为“奇”的不屈不挠的斗争中树立了起来。与此同时，也就鞭挞了严党的种种令人发指的罪行。

五人墓碑记

张　溥

五人者，盖当蓼洲周公之被逮[①]，激于义而死焉者也。至于今，郡之贤士大夫请于当道[②]，即除魏阉废祠之址以葬之[③]；且立石于其墓之门，以旌其所为[④]。呜呼，亦盛矣哉！

夫五人之死，去今之墓而葬焉[⑤]，其为时止十有一月耳[⑥]。夫十有一月之中，凡富贵之子，慷慨得志之徒，其疾病而死，死而湮没不足道者，亦已众矣，况草野之无闻者欤！独五人之皦皦[⑦]，何也？

予犹记周公之被逮，在丁卯三月之望[⑧]。吾社之行为士先者[⑨]，为之声义[⑩]，敛赀财以送其行，哭声震动天地。缇骑按剑而前[⑪]，问"谁为哀者？"众不能堪，抶而仆之[⑫]。是时以大中丞抚吴者为魏之私人[⑬]，周公之逮所由使也；吴之民方痛心焉，于是乘其厉声以呵[⑭]，则噪而相逐[⑮]，中丞匿于溷藩以免[⑯]。既而以吴民之乱请于朝，按诛五人[⑰]，曰颜佩韦、杨念如、马杰、沈扬、周文元，即今之傫然在墓者也[⑱]。

然五人之当刑也，意气扬扬呼中丞之名而詈之[⑲]；谈笑而死。断头置城上，颜色不少变。有贤士大夫发五十金买五人之脰而函之[⑳]，卒与尸合。故今之墓中全乎为五人也。

嗟夫！大阉之乱[㉑]，缙绅而能不易其志者[㉒]，四海之大，有几人欤？而五人生于编伍之间[㉓]，素不闻诗书之训，激昂大义，蹈死不顾，亦曷故哉[㉔]？且矫诏纷出[㉕]，钩党之捕偏于天下[㉖]，卒以吾郡之发愤一击，不敢复有株治[27]；大阉亦逡巡畏义[28]，非常之谋难于猝发[29]。待圣人之出而投缳道路[30]，不可谓非五人之力也。

由是观之，则今之高爵显位[31]，一旦抵罪，或脱身以逃，不能容于远近[32]，而又有剪发杜门，佯狂不知所之者，其辱人贱行[33]，视五人之死，轻重固何如哉？是以蓼洲周公，忠义暴于朝廷，赠谥美显[34]，荣于身后；而五人亦得以加其土封[35]，列其姓名于大堤之上，凡四方之士，无有不过而拜且泣者，斯固百世之遇也。不然，令五人者保其首领以老于户牖之下[36]，则尽其天年，人皆得以隶使之[37]，安能屈豪杰之流，扼腕墓道[38]，发其志士之悲哉！故予与同社诸君子，哀斯墓之徒有其石也，而为之记，亦以明死生之大，匹夫之有重于社稷也。

贤士大夫者，冏卿因之吴公[39]，太史文起文公[40]，孟长姚公也[41]。

注释

①蓼洲周公：周顺昌，字景文，号蓼洲。吴县（今江苏苏州）人。东林党成员。明末太监魏忠贤独擅朝政，杀害异己。东林党人魏大中因触怒魏忠贤的党羽，被捕。当魏大中被押解途经吴县时，周顺昌曾招待他。于是周顺昌又被捕，后被杀害。

②郡：此处指吴郡，即今苏州市。当道：当政的人。

③除：清理。魏阉废祠：魏忠贤当权时，一些地方官曾为他立生祠。魏败后，各生祠俱废。

④ 旌：表彰。

⑤ 去：距离。墓：这里是修墓的意思。

⑥ 十有一月：即十一个月。

⑦ 皦（jiǎo）皦：洁白、明亮，这里指显赫。

⑧ 丁卯三月之望：天启七年（1627 年）农历三月十五日。

⑨ 吾社：指复社。行为士先者：行为能够成为士人表率的人。

⑩ 声义：伸张正义。

⑪ 缇骑：汉代执金吾手下的骑士。后世用以称呼逮捕犯人的官役。

⑫ 抶（chì）而仆之：打倒在地。

⑬ 以大中丞抚吴者：以大中丞职衔做江苏巡抚的人。即指毛一鹭。

⑭ 乘：趁着。其：指毛一鹭。呵：呵叱。

⑮ 噪：吵嚷。逐：追赶。

⑯ 溷（hùn）藩：厕所。

⑰ 按诛：判处死罪。

⑱ 傫然：重叠相连的样子。

⑲ 詈（lì）：骂。

⑳ 脰（dòu）：颈，这里指头。函：藏。

㉑ 大阉：指大宦官魏忠贤。

㉒ 缙绅：指士大夫。

㉓ 编伍：指平民百姓。古代乡里之间，每五家为一伍。

㉔ 曷：何。

㉕ 矫诏：伪托皇帝的名义而颁发的诏书。

㉖ 钩党之捕：认为某些人是一党的，就加以逮捕。

㉗ 株治：株连治罪。

㉘ 逡巡畏义：徘徊不定，畏惧正义。

㉙ 非常之谋：指魏忠贤篡夺天下的阴谋。猝发：立刻发动。

㉚ 圣人之出：指明思宗（朱由检）即位。投缳道路：指魏忠贤在被贬到凤阳的途中自缢。

㉛ 高爵显位：指魏党的大官僚们。

㉜ 不能容于远近：远近都不能容身。

㉝ 辱人贱行：使人格受到耻辱的卑贱行为。

㉞ 赠谥美显：指周顺昌被皇帝赠予“忠介”的谥号。

㉟ 加其土封：增加坟上的封土，指重修坟墓。

㊱ 户牖：门窗，代指自家的屋舍。

㊲ 隶使之：当作奴隶来使唤他们。

㊳ 扼腕：用手握腕。表示慨叹情绪的动作。

㊴ 冏卿：指太仆卿，掌管皇帝车马的官。因之吴公：即吴默，字因之，吴江人，万历时官太仆少卿。

㊵ 太史：古官名。为皇帝的文学侍从之臣。明代人借指翰林。文起文公：即文震孟，字文起，曾为翰林院修撰。

㊶ 孟长姚公：即姚希孟，字孟长。文震孟的外甥。按：以上三人即前面所说的“发五十金买五人之脰而函之”的贤士大夫。

作者简介

张溥（1602—1641 年），字天如，号西铭，太仓（今江苏太仓）人。明崇祯四年（1631 年）进士，授庶吉士，后乞假归家养亲，不再出仕。他和同郡张采组织复社，结交四方人士，成为东林党之后著名的在野政治社团，与阉党余孽进行斗争。后来成为抗清的爱国社团。

他曾编辑《汉魏六朝百三名家集》。著有《七录斋集》等。

注者按

天启六年（1626 年），东林党人周顺昌退居苏州，大阉魏忠贤派缇骑来捕，激起苏州市民数万人的义愤，打死缇骑一人。其后江苏巡抚毛一鹭逮捕颜佩韦等五人，以倡乱之罪处死。1627 年，明思宗（朱由检）即位，诛杀魏忠贤一党，苏州人重修五人的坟墓，张溥便撰写了这篇碑文。文章借叙说五人“激于义而死”的悲壮行为，追述了苏州市民反抗阉党暴行的英勇斗争场面。作者称颂五人激昂大义、蹈死不顾的精神，并与缙绅怯懦缺少气节的行为作了对比，从而说明了“死生之大，匹夫之有重于社稷”的道理。全文言辞激昂、议论深刻、发人深省。

送钦差大臣侯官林公序

龚自珍

钦差大臣兵部尚书都察院右都御史林公既陛辞[①]，礼部主事仁和龚自珍则献三种决定义[②]，三种旁义[③]，三种答难义[④]，一种归墟义[⑤]。

中国自禹、箕子以来[⑥]，食货并重。自明初开矿[⑦]，四百余载，未尝增银一厘。今银尽明初银也，地中实，地上虚[⑧]，假使不漏于海[⑨]，人事火患[⑩]，岁岁约耗银三四千两，况漏于海如此乎？此决定义，更无疑义。汉世五行家，以食妖、服妖占天下之变[⑪]。鸦片烟则食妖也，其人病魂魄[⑫]，逆昼夜[⑬]，其食者宜缳首诛[⑭]！贩者、造者，宜刎脰诛[⑮]！兵丁食宜刎脰诛！此决定义，更无疑义。诛之不可胜诛，不可不绝其源；绝其源，则夷不逞[⑯]，奸民不逞；有二不逞，无武力何以胜也？公驻澳门，距广州城远，夷荦也[⑰]。公以文臣孤入夷荦，其可乎？此行宜以重兵自随，此正皇上颁关防使节制水师意也[⑱]。此决定义，更无疑义。

食妖宜绝矣，宜并杜绝呢羽毛之至[⑲]。杜之则蚕桑之利重，木棉之利重[⑳]，蚕桑、木棉之利重，则中国实。又凡钟表、玻璃、燕窝之属，悦上都之少年，而夺其所重者[㉑]，皆至不急之物也，宜皆杜之。此一旁义。宜勒限使夷人徙澳门，不许留一夷。留夷馆一所，为互市之栖止[㉒]。此又一旁义。火器宜讲求，京师火器营[㉓]，乾隆中攻金川用之[㉔]，不知施于海便否？广州有巧工能造火器否？胡宗宪《图编》[25]，有可约略仿用者否？宜下群吏议[26]，如带广州兵赴澳门，多带巧匠，以便修整军器。此又一旁义。

于是有儒生送难者曰[27]：“中国食急于货。”袭汉臣刘陶旧议论以相抵[28]。固也，似也，抑我岂护惜货，而置食于不理也哉[29]？此议施之于开矿之朝，谓之切病[30]；施之于禁银出海之朝，谓之不切病。食固第一，货即第二，禹、箕子言如此矣。此一答难。于是有关吏[31]送难者曰：“不用呢羽、钟表、燕窝、玻璃，税将绌[32]。”夫中国与夷人互市，大利在利其米，此外皆末也[33]。宜正告之曰：行将关税定额，陆续清减，未必不蒙恩允，国家断断不恃榷关所入，矧所损细所益大[34]。此又一答难。乃有迂诞书生送难者[35]，则不过曰“为宽大”而已[36]，曰“必毋用兵”而已[37]。告之曰：刑乱邦用重典，周公公训也[38]。至于用兵，不比陆路之用兵，此驱之，非剿之也[39]；此守海口，防我境，不许其入，非与彼战于海，战于艅艎也[40]。伏波将军则近水，非楼船将军，非横海将军也[41]。况陆路可追，此无可追，取不逞夷人及奸民，就地正典刑[42]，非有大兵阵之原野之事[43]，岂古人于陆路开边衅之比也哉[44]？此又一答难。

以上三难，送难者皆天下黠猾游说而貌为老成迂拙者也[45]。粤省僚吏中有之，幕客中有之[46]，游客中有之[47]，商估中有之[48]，恐绅士中未必无之，宜杀一儆百[49]。公此行此心，为若辈所动，游移万一，此千载之一时，事机一跌，不敢言之矣！不敢言之矣[50]！古奉使之诗曰[51]：“忧心悄悄，仆夫况瘁[52]。”悄悄者何也？虑尝试也，虑窥伺也，虑泄言也[53]。仆夫左右亲近之人，皆大敌也，仆夫且忧形于色，而有况瘁之容，无飞扬之意[54]，则善于奉使之至也[55]。阁下其绎此诗[56]！

何为一归墟义也？曰：我与公约，期公以两期期年[57]，使中国十八行省银价平，物心实，人心定，而后归我报皇上。《书》曰："若射之有志。"我之言，公之鹄矣[58]。

注　释

① 兵部尚书：兵部的最高长官。兵部，主管全国军务的机构。这是林则徐被委任为钦差大臣后加给的官衔。都察院：最高监察机关，长官为左、右都御史。陛辞：向皇帝辞行。

② 礼部：主管礼乐、科考等事务的机构。主事：礼部中较低级的官员，负责起草文稿一类事务。作者时任礼部主客司主事。决定义：必须做的事，必须坚持的主张。

③ 旁义：供参考的建议。

④ 答难义：即回答责难的意见。

⑤ 归墟义：归结性的建议，指最后要达到的目的。归墟，原指大海最深处，众水所归。见《列子·汤问》。

⑥ "中国"两句：禹：夏禹，夏朝的开国君主。箕子：殷纣王的叔父。食货并重：粮食与货币都同等重视。托名箕子所著的《尚书·洪范》载夏禹治国"八正，一曰食，二曰货"。

⑦ 明初开矿：指开采银矿。明洪武年间在福建、贵州等地设场局，开采、冶炼银矿。

⑧ "地中实"两句：谓地下银矿丰富，而社会上流通的白银越

来越少。

⑨ 漏于海：指帝国主义倾销鸦片等商品，使中国大量白银从海上外漏。

⑩ 人事火患：指人为的消耗和自然灾害的损耗。

⑪“汉世”两句：汉代的阴阳五行家，以自然界及社会生活中出现的怪异、反常现象，如饮食、服饰出现的怪异现象，推测天下将要发生的变化。（见《汉书》《后汉书》中的《五行志》）龚自珍曾在《乙丙之际塾议一》中指斥五行说之虚妄。五行：水、火、木、金、土。妖：妖异、反常的现象。占：占验。

⑫ 病魂魄：指受鸦片毒害，人精神萎靡恍惚。

⑬ 逆：乱，颠倒。

⑭ 缳（huán）首诛：处以绞刑。缳，绞索。

⑮ 刎脰（dòu）诛：杀头。刎，割。脰，脖、颈。

⑯ 夷不逞：倾销鸦片的外国侵略者不甘心。逞，称心如意。

⑰ 夷荜（bì）：洋人居住的地方。荜，篱笆。

⑱“此正”句：这正是皇上颁发给印信，使能指挥水师的用意。关防：一种印信。节制：调度，指挥。水师：海军。

⑲ 呢羽毛：指外国毛纺织品。

⑳ 木棉：指棉花。

㉑“悦上都”两句：进口钟表之类的奢侈品，为京城纨绔子弟所喜好，从他们手中骗去了白银。上都：京城。所重者：指白银。

㉒ 互市之栖止：外国商人进行贸易的居住处。互市，互相贸易。栖止，居处。

㉓ 火器营：装备枪炮的部队，康熙三十年（1691 年）置，为

京师禁卫军之一。

㉔乾隆：清高宗弘历的年号。金川：今四川省大渡河上游。乾隆三十八年（1773 年），清政府命火器营前往金川地区镇压少数民族。

㉕胡宗宪（约 1512—1565 年）：字汝贞，为明代抗倭将领，官至兵部右侍郎。著有《筹海图编》一书，内容包括海岸驻防及兵器铸造等，并附有图。

㉖宜下群吏议：应交给官吏们讨论。下，交给。

㉗送难者：责问的人。

㉘袭：沿用。刘陶：字子奇，东汉桓帝时谏议大夫。当时有人上书朝廷，认为："货轻钱薄，故致贫困，宜改铸大钱。"刘陶则认为："当今之忧，不在于货，在乎民饥，夫生养之道，先食后货。"（见《后汉书》本传）抵：反对。

㉙"固也"四句：当然啰，这似乎有道理，但我们岂是为了爱惜银子而置粮食于不顾呢。

㉚切病：切中弊病。

㉛关吏：海关官吏。

㉜绌（chù）：短缺，不足。

㉝"大利"两句：对国家最为有利的是进口大米，别的都是次要的。

㉞"国家"两句：国家绝不能依赖于海关收入，何况这样做的结果是损失小而收益大。榷关所入：海关税入。海关是清政府设立在边境专门管理贸易税收的机关。矧（shěn）：何况。

㉟迂诞书生：迂腐狂妄的书生。

㊱“为宽大”：对贩卖鸦片者应宽大。

㊲“必毋用兵”：一定不要用武力。

㊳“刑乱邦”两句：语见相传为周公所作的《周礼·秋官》。意谓治理乱邦要用严刑峻法。重典：严刑。训：训示。

㊴剿：消灭。

㊵艅艎（yú huáng）：大型战舰。

㊶“伏波”三句：谓伏波将军只在海岸指挥作战，捍卫疆域，不同于楼船将军、横海将军出海作战。伏波、楼船、横海：都是汉代临时设置的将领的称号。

㊷正典刑：依法处死。

㊸阵之原野：在田野上布兵阵作战。

㊹开边衅：在边界寻衅挑战。

㊺黠猾：狡猾。貌为老成迂拙：样子好像老成持重实为迂腐笨拙。

㊻幕客：幕僚，谋士。

㊼游客：到处奔走游说，以投靠权贵为生的人。

㊽商估：商人。

㊾儆（jǐng）：警诫。

㊿“为若辈”六句：若为他们的游说所动，稍有犹豫，失掉千载难逢的良机，后果不堪设想。若辈：指上述这班人。游移：犹豫。跌：差误，错过。

51奉使：奉命出使。

52“忧心”两句：语出《诗经·小雅·出车》。悄悄：谨慎的样子。况瘁：憔悴。

㊸“虑尝试”三句：谓担心有人试探，有人暗地侦察，担心失言泄密。

㊹飞扬：得意、放纵的样子。

㊺善于奉使之至：这是善于奉命出使的官员应该做到的。

㊻其绎（yì）此诗：可以研究这首诗。绎，理出头绪。

㊼“期公”句：希望您能以两个周年为期限。期（jī）年：周年。

㊽“若射之”三句：谓好像射箭一样，要有一个目标。我所说的，应是您的目标。引文见《尚书·盘庚上》。志：目标。鹄（gǔ）：箭靶。

作者简介

龚自珍（1792—1841年），又名巩祚，字瑟人，号定盦，浙江仁和（今杭州）人。出身于三世京官、家学渊源的家庭。祖、父皆长于史学，母为著名小学家段玉裁之女。38岁中进士，历任内阁中书、礼部主事。道光十九年（1839年）四月辞官南归。道光二十一年（1841年），暴卒于江苏丹阳书院。

龚自珍不仅博学多才，精通经史小学，而且是著名的思想家、才华横溢的文学家。他主张改革内政，抵御外敌，是近代改良主义运动的先驱。他的诗歌反映了鸦片战争前夕的社会黑暗，强烈地追求理想，文辞清奇瑰丽，为诗界革命的先声。他的散文多抒发政见，旨远文奇，不拘一格。有的恣肆而立论严谨，有的条分缕析而构思奇诡。在文坛上一扫桐城积习，为近代文学的开山作家。著有《龚自珍全集》。

注者按

钦差大臣：皇帝直接任命出京办理重要事务的官员。侯官林公：即林则徐（1785—1850 年），字少穆，福建侯官（今福州）人。嘉庆十六年（1811 年）进士，道光十七年（1837 年）任湖广总督。次年为钦差大臣，赴广州查禁鸦片，于虎门销毁缴获英美商人之鸦片 200 余万斤，并严设海防。英国发动鸦片战争，则徐重创之。道光十九年为两广总督。后因英商与琦善勾结，谮毁而被革职。道光二十七年复起为云贵总督，加太子太保。咸丰（奕詝）即位，命为钦差，赴广西督办军务，卒于途。谥文忠。序：一种文体。这篇送序写于道光十八年（1838 年）十一月，林则徐奉命去广东赴任之时。

作者不在其位，偏谋其政，就查禁鸦片问题所涉及的内外政策，提出自己的主张，认为对内应以严刑峻法禁绝烟毒，发展农桑，防止白银外流；对外应杜绝鸦片及奢侈品倾销，抵御外国的经济掠夺和军事侵略。对可能发生的各种情况提出应对的策略，特别强调了防御英帝国主义海盗行径的重要。痛斥了投降派的卖国言论，激励林则徐将禁烟运动进行到底。表现出一个爱国者的满腔爱国热忱和清醒深刻的远见卓识。正如林则徐在《复札》中所说，这样的言论“非谋识宏远者不能言”，“非关注深切者不肯言”。至于文章的剀切恳挚、条分缕析则又自在不言中。

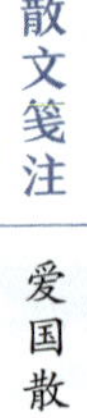

《海国图志》叙

魏　源

《海国图志》六十卷，何所据？一据前两广总督林尚书所译西夷之《四洲志》，再据历代史志及明以来岛志及近日夷图、夷语[①]。钩稽贯串，创榛辟莽，前驱先路[②]。大都东南洋、西南洋增于原书者十之八，大小西洋、北洋、外大西洋增于原书者十之六[③]，又图以经之，表以纬之，博参群议以发挥之。何以异于昔人海图之书？曰：彼皆以中土人谭西洋[④]，此则以西洋人谭西洋也。是书何以作？曰：为以夷攻夷而作，为以夷款夷而作，为师夷长技以制夷而作[⑤]。

《易》曰："爱恶相攻而吉凶生，远近相取而悔吝生，情伪相感而利害生。"故同一御敌，而知其形与不知其形，利害相百焉[⑥]；同一款敌，而知其情与不知其情，利害相百焉。古之驭外夷者，诹以敌形[⑦]，形同几席[⑧]；诹以敌情，情同寝馈[⑨]。

然则，执此书即可驭外夷乎？曰：唯唯，否否[⑩]。此兵机也，非兵本也；有形之兵也，非无形之兵也。明臣有言："欲平海上之倭患[⑪]，先平人心之积患。"人心之积患如之何？非水，非火，非刃，非金，非沿海之奸民，非吸烟、贩烟之莠民[⑫]。故君子读《云汉》、《车攻》，先于《常武》、《江汉》[⑬]，而知二《雅》诗人之所发愤；玩卦爻内外消息[⑭]，而知大《易》作者之所忧患。愤与忧，天道所以倾否而之泰也[⑮]，人心所以违寐而知觉也[⑯]，人才所以革虚而之实也。

昔准噶尔跳踉于康熙雍正之两朝[17]，而电扫于乾隆之中叶。夷烟流毒，罪万准夷[18]。吾皇仁勤，上符列祖；天时人事，倚伏相乘[19]。何患攘剔之无期，何患奋武之无会[20]？此凡有血气者所宜愤悱，凡有耳目心知者所宜讲画也[21]。去伪，去饰，去畏难，去养痈，去营窟，则人心之寐患祛，其一[22]。以实事程实功，以实功程实事[23]，艾三年而蓄之[24]，网临渊而结之，毋冯河[25]，毋画饼[26]，则人材之虚患祛，其二。寐患去而天日昌，虚患去而风雷行。传曰："孰荒于门，孰治于田？四海既均，越裳是臣。"[27] 叙海国图志。

注释

① 夷语：外文资料。

② "创榛辟莽"两句：铲除杂树野草，开辟道路。

③ 东南洋：指《海国图志》卷三至卷十二，其中根据《四洲志》的只有二卷。西南洋：指《海国图志》卷十三至卷十九，根据《四洲志》的只有三卷，所以说"增于原书者十之八"。大西洋：指《海国图志》卷二十四至卷三十五，有九卷根据《四洲志》；小西洋：指《海国图志》卷二十至卷二十三。北洋：指《海国图志》卷三十六至卷三十八。外大西洋：指《海国图志》卷三十九至卷四十三。

④ 中土：中国。谭：通"谈"。

⑤ 师：学习。长技：先进的科学技术。

⑥ 相百：相差百倍。

⑦ 诹（zōu）：询问。

⑧ 几席：桌子、床铺。

⑨ 寝馈：睡觉、吃饭。

⑩ 唯唯，否否：应答词。不置可否。

⑪ 倭：日本。

⑫ 莠民：恶人。

⑬《云汉》：《诗经·大雅》中篇名。《车攻》：《诗经·小雅》中篇名。《常武》：《诗经·大雅》中篇名。《江汉》：《诗经·大雅》中篇名。前两诗赞美周宣王治理内政；后两诗赞美周宣王讨伐外寇。作者借此说明要先修内政，再御外敌。

⑭ 卦爻内外：《易经·系辞》说："爻象动乎内，吉凶见乎外。"爻是构成卦的基本符号，爻象变化，可测吉凶。消息：变化。

⑮ 倾否而之泰：世运由不顺转入亨通。

⑯ 违：脱离。寐：此处喻愚昧。

⑰ 准噶尔：清代卫拉特的蒙古四部之一，以伊犁为中心，游牧于天山南北。跳踉（liáng）：跳梁，引申为叛乱。

⑱ 夷烟：鸦片。罪万：罪恶万倍于。准夷：指准噶尔。

⑲ 倚伏：《老子》："祸兮福之所倚，福兮祸之所伏。"相乘：互相依托转化。

⑳ 攘剔：铲绝（鸦片）。奋武：发挥武力。会：机会。

㉑ 讲画：议论、筹划。

㉒ 养痈：比喻姑息坏人坏事成祸害。营窟：土室、穴居。比喻个人谋算。寐患：愚昧的弊病。祛：除去。

㉓ 程：计量、考核。

㉔ 艾：草药名，越陈越好。

㉕ 毋冯河：不要徒步涉水过河。

㉖ 毋画饼：不要图虚名，不务实。语出《三国志·魏书·卢毓传》。

㉗ 传：指韩愈《琴操十首·越裳操》。越裳是臣：即臣越裳，指使边远之国臣服。越裳，古南海国名。

作者简介

魏源（1794—1857年），字默深，湖南邵阳人。近代经史学家、思想家、文学家。道光初入京师，与龚自珍结识，从刘逢禄受公羊《春秋》，编辑有《皇朝经世文编》，提倡经世致用的文章。道光二十年（1840年）鸦片战争爆发后，曾入钦差大臣裕谦幕府，参与抗英斗争。后辞归扬州，撰写《圣武记》、编纂《海国图志》，致力于探求富国强兵的方法，提出了著名的“师夷长技以制夷”的主张。道光二十四年始中进士。晚年皈依佛教。

他主张“贯经术、政事、文章于一”（《刘礼部遗书序》）。散文多论说时务政事，观察敏锐，文笔犀利，代表了鸦片战争前后新体散文的风貌。著作今有《魏源集》，中华书局1976年出版。

注者按

《海国图志》编于1842年。鸦片战争失败后，清政府签订了丧权辱国的《南京条约》。魏源为此悲愤满怀，闭门著书。他受林则徐的嘱托，在林则徐主持编译的《四洲志》的基础上，“再据历代史志及明以来岛志及近日夷图、夷语”，编写了《海国图志》，原为六十卷，后扩充至一百卷，成为当时我国自编的最为详尽的世界史地参考书。《海国图志》叙中说明编写此书的目的是“为以夷攻夷而作，为师夷长技以制夷而作”，并进而提出了“平人心之积患”，改革内政的主张，充分表现了作者的爱国热情和政治眼光。

全文开门见山，语言明快，层层深入，说理透辟，令人警醒。

五月卅一日急雨中

叶圣陶

从车上跨下，急雨如恶魔的乱箭，立刻湿了我的长衫。满腔的愤怒，头颅似乎戴着紧紧的铁箍。我走，我奋疾地走。路人少极了，店铺里仿佛也很少见人影。那里去了！？那里去了！？怕听昨天那样的排枪声，怕吃昨天那样的急射弹，所以如小鼠如蜗牛般，蜷伏在家里，躲藏在柜台底下么？这有什么用！你蜷伏，你躲藏，枪声会来找你的耳朵，子弹会来找你的肉体，你看有什么用？

猛兽似的张着巨眼的汽车冲驰而过，水泥溅污我的衣服，也溅及我的项颈，我满腔的愤怒。

一口气赶到“老闸捕房”的门前，我想参拜我们的伙伴的血迹，我想用舌头舐尽所有的血迹，咽入肚里。但是，没有了，一点儿没有了！已给仇人的水机冲得光光，已给腐心的人们践得光光，更给恶魔的乱箭似的急雨洗得光光！

不要紧，我想。血总是曾经淌在这地方的，总有渗入这块土的吧。那就行了。这块土是血的土，血是我们的伙伴的血，还不够是一课严重的功课么？血灌溉着，血湿润着，行见血的花开在这里，血的果结在这里。

我注视这块土，全神地注视着，其余什么都不见了，仿佛已把整个儿躯体融化在里头。

抬起眼睛，那边站着两个巡捕：手枪在他们的腰间；泛红的脸肉，深深的纹刻在嘴围，黄的睫毛下闪着绿光，似乎在那里狞笑。

手枪，是你么！？似乎在那里狞笑的，是你么！？

是的，是的，什么都是，你便怎样！我仿佛看见无量数的手枪颠头，听见无量数的狞笑的开口。

我吻着嘴唇咽下去，把看见的听见的一齐咽下去，如同咽一块糙石，一块热铁。我满腔的愤怒。

雨越来越急，风吹着把我的身体卷住，全身湿透了，伞全然不中用。我回身走才来的路，路上有人了。三四个，六七个，显然可见是青布大褂的队伍，虽然中间也有穿洋服的，也有穿各色衫子的断发的女子。他们有的张着伞，大部分却直任狂雨乱淋。

我开始惊异于他们的脸。从来没有看见过，这么严肃的脸，有如昆仑的耸峙，这么郁怒的脸，有如雷电之将作；青年的柔秀的颜色退隐了，换上了壮士的北地人的苍劲。他们的眼睛冒得出焚烧掉一切的火，吻紧的嘴唇里藏着咬得死生物的牙齿，鼻头不怕闻血腥与死人的尸臭，耳朵不怕听大炮与猛兽的咆哮，而皮肤简直是百炼的铁甲。

佩弦[①]的诗道，“笑将不复在我们唇上！”用以歌咏这许多的脸，正是适合。他们不复笑，永远不复笑！他们有的是严肃与郁怒，永远是严肃与郁怒！

似乎店铺里人脸多起来了，从家里才跑来呢，从柜台底下才探出来呢，我没有工夫想。这些人脸而且露出在店门首了，他们惊讶地望着路上那些严肃的郁怒的脸。

青布大褂的队伍便纷纷投入各家店铺，我也跟着一队跨进一家，记得是布匹庄。我听见他们开口了，差不多掬示整个的心，涌起满腔的血，这样真挚地热烈地讲说着。他们讲及民族的命运，他们讲及群众的力量，他们讲及反抗的必要；他们不惮郑重叮咛的是“咱们一伙儿！”我感动，我心酸，酸得痛快。

店伙的脸比较地严肃了；没有话说，暗暗颠头。

我跨出布匹庄，“中国人不会齐心呀！如果齐心，吓，怕什么！”这句带有尖刺的话传来，我回头去看。

是一个三十左右的男子，粗布的短衫露着胸，苍黯的肤色标记他是在露天出卖劳力的，眼睛里放射出英雄的光。

不错呀，我想。露胸的朋友，你喊出这样简要精炼的话来，你伟大！你刚强！你是具有解放的优先权者！我虔敬地向他颠头。

但是，恍惚有蓝袍玄褂小髭须的影子在我眼前晃过，玩世地微笑，又仿佛鼻子里发出轻轻的一声“嗤”。接着又晃过一个袖手的，漂亮的嘴脸，漂亮的衣着，在那里低吟，依稀是“可怜无补费精神！”[②]袖手的幻灭了，抖抖地，显现一个瘠瘦的中年人，如鼠的觳觫[③]的眼睛，如兔的颤动的嘴，含在喉际，欲吐又不敢吐的是一声“怕……”

我倒楣，我如受奇辱，看见这样等等的魔影！我愤怒地张大眼睛，什么魔影都没有了，只见满街恶魔的乱箭似的急雨。

微笑的魔影，漂亮的魔影，惶恐的魔影，我咒诅你们：你们灭绝！你们销亡！你们是拦路的荆棘！你们是伙伴的牵累！你们灭绝，你们销亡，永远不存一丝儿痕迹，永远不存一丝儿痕迹于这块土！

有淌在路上的血，有严肃的郁怒的脸，有露胸朋友那样的意思，“咱们一伙儿”，有救，一定有救——岂但有救而已！

我满腔的愤怒。再有露胸朋友那样的话在路上吧？我向前走去。

依然是满街恶魔的乱箭似的急雨。

注　释

① 佩弦：朱自清先生的字。

② 可怜无补费精神：作者借用王安石《韩子》诗句，意谓可怜的是毫无补益，白费精神，形容那些“漂亮的嘴脸，漂亮的衣着”的袖手者低吟这句诗嘲笑示威抗议毫无作用。

③ 觳觫（hú sù）：因恐惧而发抖貌。

作者简介

叶圣陶（1894—1988年），原名叶绍钧，字秉臣，后改为圣陶。江苏苏州人。出身贫民之家。现代文学家、教育家、语言学家。1907年考入草桥中学，毕业后历任中小学教员。1914年开始创作文言小说。1919年参加北京大学学生组织的新潮社，投入新文化运动，发表小说、论文，探讨社会改革。1921年与郑振铎、茅盾等人组织发起文学研究会，并在《小说月报》《文学旬刊》上发表作品。1923—1930年任上海商务印书馆编辑。1927年主编《小说日报》。1930年任开明书店编辑，参加“左联”。抗战时期举家内迁，在乐山任武汉大学中文系教授。后到成都主持开明书店编务。新中国成立后历任出版总署副署长、教育部副部长兼人民教育出版社社长、中央文史研究馆馆长、全国政协副主席等职。

叶圣陶创作甚丰，诗歌、散文、童话、小说在现代文学史上都占有重要位置。有《叶圣陶集》（1—5卷）等。享有“优秀的语言艺术家”之誉。

注者按

本文选自1925年6月28日《文学周报》第179期。文章记叙了作者在五卅惨案发生后一天的所见所闻所感。

1925年5月15日，上海日商纱厂日籍职员枪杀罢工的工人领袖、共产党员顾正红，打伤工人十余人，激起全市工人、学生、市民的极大愤怒。中共中央决定进一步发动群众开展反帝斗争。30日，上海学生2000余人在租界宣传声援工人斗争，要求收回租界。租界巡捕逮捕学生百余人。随后，万余群众集中在公共租界南京路巡捕房门前，要求释放被捕者。英国巡捕开枪，群众死十余人、伤数十人，酿成五卅惨案。

正是在这样的语境中，自然界的倾盆大雨成了恶魔的乱箭，引起作者“满腔的愤怒”。作者想去参拜血迹、舐尽血迹，然而已给“仇人的水机冲得光光”。但作者坚信“这块土是血的土”，“血灌溉着，血湿润着，行见血的花开在这里，血的果结在这里。”

接着作者描绘了他所见到的三种人：似乎在狞笑的巡捕；到各

店铺去宣传鼓动的青年知识分子队伍；玩世的、嘲笑的、胆怯的旁观者。抒发了他对这三种人的观感，重点则是对“青布大褂队伍”的观感：这么严肃的脸，有如昆仑的耸峙，这么郁怒的脸，有如雷电之将作，借他们的眼、嘴唇、鼻头、耳朵、皮肤抒发了作者的观感。最后抒发了作者坚定的信念：“有淌在路上的血，有严肃的郁怒的脸，有露胸朋友（实际是个工运领袖）那样的意思，‘咱们一伙儿’，有救，一定有救——岂但有救而已！”

最后一次讲演

闻一多

这几天，大家晓得，在昆明出现了历史上最卑劣最无耻的事情！李先生[①]究竟犯了什么罪，竟遭此毒手？他只不过用笔写写文章，用嘴说说话，而他所写的，所说的，都无非是一个没有失掉良心的中国人的话！大家都有一支笔，有一张嘴，有什么理由拿出来讲啊！有事实拿出来说啊！（闻先生声音激动了）为什么要打要杀，而且又不敢光明正大地来打来杀，而偷偷摸摸地来暗杀！（鼓掌）这成什么话？（鼓掌）

今天，这里有没有特务？你站出来！是好汉的站出来！你出来讲！凭什么要杀死李先生？（厉声，热烈的鼓掌）杀死了人，又不敢承认，还要诬蔑人，说什么"桃色事件"，说什么共产党杀共产党，无耻啊！无耻啊！（热烈的鼓掌）这是某集团的无耻，恰是李先生的光荣！李先生在昆明被暗杀，是李先生留给昆明的光荣！也是昆明人的光荣！（鼓掌）

去年"一二·一"昆明青年学生为了反对内战，遭受屠杀，那算是青年的一代献出了他们最宝贵的生命！现在李先生为了争取民主和平而遭受了反动派的暗杀，我们骄傲一点说，这算是像我这样大年纪的一代，我们的老战友，献出了最宝贵的生命。这两桩事发生在昆明，这算是昆明无限的光荣！（热烈的鼓掌）

反动派暗杀李先生的消息传出后，大家听了都悲愤痛恨。我心里想，这些无耻的东西，不知他们是怎么想法，他们的心里是什么状态，他们的心怎样长的！（捶击桌子）其实很简单，他们这样疯狂地来制造恐怖，正是他们自己在慌啊！在害怕啊！所以他们制造恐怖，其实是他们自己在恐怖啊！特务们，你们想想，你们还有几天，你们完了，快完了！你们以为打伤几个，杀死几个，就可以了事，就可以把人民吓倒了吗？其实广大的人民是打不尽的，杀不完的，要是这样可以的话，世界上早没有人了。

你们杀死一个李公朴，会有千百万个李公朴站起来！你们将失去千百万的人民！你们看着我们人少，没有力量？告诉你们，我们的力量大得很，强得很！看今天来的这些人，都是我们的人，都是我们的力量！此外还有广大的市民！我们有这个信心：人民的力量是要胜利的，真理是永远存在的。历史上没有一个反人民的势力不被人民毁灭的！希特勒，墨索里尼，不都在人民之前倒下去了吗？翻开历史看看，你们还站得住几天！你们完了！快完了！我们的光明就要出现了。我们看，光明就在我们眼前，而现在正是黎明之前那个最黑暗的时候。我们有力量打破这个黑暗，争到光明！我们的光明，就是反动派的末日！（热烈的鼓掌）

反动派故意挑拨美苏的矛盾，想利用这矛盾来打内战。任你们怎么样挑拨，怎么样离间，美苏不一定打啊？现在内外会议已经圆满闭幕了。这不是说美苏间已没有矛盾，但是可以让步，可以妥协，事情是曲折的，不是直线的。

李先生的血不会白流的！李先生赔上了这条性命，我们要换来一个代价。“一二·一”四烈士倒下了，年青的战士们的血

换来了政治协商会议的重开；现在李先生倒下了，他的血要换取政协会议的重开！（热烈的鼓掌）我们有这个信心！（鼓掌）

“一二·一”是昆明的光荣，是云南人民的光荣，云南有光荣的历史，远的如护国，就不用说了，近的如“一二·一”，都是属于云南人民的，我们要发扬云南光荣的历史！（听众表示接受）

反动派挑拨离间，卑鄙无耻，你们看见联大走了，学生放暑假了，便以为我们没有力量了吗？特务们！你们错了！你们看见今天到会的一千多青年，又握起手来了，我们昆明的青年决不会让你们这样蛮横下去的！

反动派，你看见一个倒下去，可以看得见千百万继起的！

正义是杀不完的，因为真理永远存在！（鼓掌）

历史赋予昆明的任务是争取民主和平，我们昆明的青年必须完成这任务！

我们不怕死，我们有牺牲的精神！我们随时像李先生一样，前脚跨出大门，后脚就不准备再跨进大门！（长时间热烈的鼓掌）

注　释

①李先生：李公朴（1902—1946年），原名永祥，号晋祥，又号仆如，笔名长啸。积极参加五四运动，抵制日货。1924年入上海沪江大学学习，1925年入国民党，次年参加北伐。四一二反革命政变后愤然离军。1928年留学美国。九一八事变后，积

极从事抗日救亡运动和群众文化教育工作。1936年任全国各界救国联合会执行委员。同年11月与沈钧儒、邹韬奋等被国民党政府逮捕，时称“七君子事件”。1938年11月到延安，赴晋察冀边区考察，写有《华北敌后——晋察冀》，介绍敌后抗日根据地。1941年赴昆明，1945年任中国民主同盟中央委员兼教委会副主任委员，积极参加爱国民主运动。1946年7月11日被国民党特务暗杀。

作者简介

闻一多（1899—1946年），原名闻家骅、闻亦多等，生于湖北浠水县。诗人、学者、民主战士。1912年考入北京清华学校。1919年积极参加五四运动。1920年发表白话文《旅客式的学生》、新诗《西岸》。1921年与梁实秋等发起成立清华文学社。次年写成《律诗底研究》，开始系统研究新诗格律化理论。1922年7月赴美国留学，学习美术、文学。1925年回国。先后任教于南京国立第四中山大学外文系、武汉大学中文系、青岛大学国文系和清华大学国文系，并致力于古典文学研究。学识精深，治学严谨。抗战期间，在西南联大任教8年。1944年加入中国民主同盟，积极投入抗战和反独裁、反内战、争民主的斗争。1946年7月15日在集会上怒斥国民党反动派暗杀李公朴先生的罪行，发表了著名的《最后一次讲演》，当天下午即被国民党特务暗杀。有《闻一多全集》（1—4册）。

注者按

本文是闻一多先生在云南大学至公堂李公朴夫人报告李先生死难经过大会上的讲演（1946 年 7 月 15 日），也是他生平的最后一次讲演、生命的最后呐喊。他在文章结尾说：“我们不怕死，我们有牺牲的精神！”他是这样说的，也是这样做的。这是他对牺牲的战友血的祭奠，是他义无反顾、视死如归的爱国精神的升华。如果说《一二·一运动始末记》是作者将烈火般的愤怒深蕴在平静翔实的记叙之中的话，那么在这篇最后的讲演中，作者作为诗人和战士的激情似井喷，愤怒斥责了反动派暗杀的卑鄙、造谣诽谤的无耻；无情嘲笑、深刻揭露了反动派的色厉内荏。通篇讲演充满着战斗的激情和为事业牺牲的无畏与骄傲。这是基于他坚信一个李公朴倒下了，“会有千百万个李公朴站起来”，坚信“人民的力量是要胜利的”。正是在讲演当日的下午，闻一多先生也被国民党特务暗杀了，为人民的民主自由献出了宝贵的生命。

反对分裂　誓平叛乱

维护统一　矢志不渝

统一是国家根基所在，命脉所系。民族融合则是国家巩固强盛的基本条件。因此，维护国家统一，促进民族融合，是公民义不容辞的责任，是爱国主义精神的基石。中华民族的形成是一个漫长的历史过程。各民族在迁徙贸易、文化交融，婚嫁来往，甚至矛盾冲突中，交流的范围不断扩大，融合的程度不断加深，逐步形成中华民族多元一体的格局。唯其来之不易，故更需要珍惜它，巩固它，维护它。

然而历朝历代总有一些强藩枭雄，为了个人的野心，不顾国家的安危，民生的疾苦，妄图恃强作乱，裂地自雄。西汉文帝时，刘邦之侄吴王刘濞，是同姓诸王中势力最大者。他在封地铸钱煮盐，招亡纳奸，扩张势力，图谋不轨。景帝时，他以“清君侧”为名，发动“吴楚七国之乱”。文学家枚乘，早年为刘濞郎中。在吴王谋叛之初，就上书苦口婆心地劝谏吴王不要背信弃义，走自取灭亡的反叛之路。同时上疏的还有文学家邹阳。无奈吴王利令智昏，执迷不悟，最终只落得身败名裂。西晋张载的《剑阁铭》、唐代吕温的《成皋铭》，均历数历史教训，警诫妄图割据的枭雄，地险不足恃，人心向背才是成败的关键。唐朝的“安史之乱”，葬送了大唐盛世，给国计民生造成空前的浩劫，最终还是以失败告终。而中晚唐的藩镇割据，则使唐朝一蹶不振，并最终走向灭亡。历代的忠臣良将纷纷为维护国家统一献计献策，为平叛靖难献力献身，留下许多可歌可泣的动人事迹。如韩愈的《〈张中丞传〉后叙》中的张巡，柳宗元《段太尉逸事状》中的段秀实，都是为维护国家统一，在与叛贼抗争中壮烈牺牲的英雄，他们的事迹感天动地。如吴武陵的《遗吴元济书》、李商隐的《为濮阳公檄刘稹文》分别对强藩妄图恃强作乱的野心作了义正词严的警告，举以例，喻以理，晓以利害，劝其归顺。他们不听忠告，一意孤行，最后都只能自取灭亡。平叛靖乱，事关社稷安危，民生福祉，广大百姓自然会竭诚拥护，积极参与。李翱的《杨烈妇传》为一位小城县令之妻作传。她在叛臣李希烈兵临城下、大军压境的危急时刻，毫不畏惧，对丈夫责以大义，献以良计，让他发动胥吏百姓，悬赏以激励士气，并身先士卒，终于以弱胜强，击退叛军，保全了一城百姓的身家性命。可谓巾帼不让须眉。李翱的《高愍女碑》在颂扬其满门忠烈中，突出作为幼女的她深明大义、临难不苟、舍生取义的壮烈事迹。也表明了作者反对割据、维护统一的立场。由上可见，维护祖国统一，反对分裂割据，是历史的潮流，是顺者昌、逆者亡的大势所趋，人心所向。

剑阁铭

张　载

岩岩梁山，积石峨峨[①]。远属荆、衡，近缀岷、嶓[②]。南通邛僰，北达褒斜[③]。狭过彭、碣，高逾嵩、华[④]。惟蜀之门，作固作镇[⑤]。是谓剑阁，壁立千仞[⑥]。穷地之险，极路之峻。世浊则逆，道清斯顺。闭由往汉，开自有晋[⑦]。秦得百二，并吞诸侯。齐得十二，田生献筹[⑧]。矧兹狭隘，土之外区。一人荷戟，万夫趑趄[⑨]。形胜之地，匪亲勿居[⑩]。昔在武侯，中流而喜。山河之固，见屈吴起。兴实在德，险亦难恃。洞庭、孟门，二国不祀[⑪]。自古迄今，天命匪易。凭阻作昏[⑫]，鲜不败绩。公孙既灭，刘氏衔璧[⑬]。覆车之轨，无或重迹。勒铭山阿，敢告梁、益[⑭]。

注　释

①岩岩：岩石积垒的样子。梁山：古代梁州的山。梁州，三国魏景元四年（263 年）分益州置，治所在沔阳（今陕西勉县东）。晋太康中移治南郑（今陕西汉中市）。峨峨：山岩高峻的样子。

②属：连接。荆：指荆山，在今湖北省。衡：指衡山，在今湖南省。缀：结连。岷：指岷山，在今四川松潘县北。嶓（bō）：指嶓冢山，在今甘肃省。

③邛（qióng）：地名。在今四川西昌市东南。僰（bó）：古少数民族名，居今四川宜宾市一带。这里即指这一地区。褒斜

(xié)：指褒斜道。因取道褒水、斜水二河谷得名。在陕西秦岭中部。自汉以后长时期为往来秦岭南北重要通道之一。

④ 彭：指彭门山，在今四川彭州市西北。其山峰对立如门，故称彭门。碣：指碣石山，在今河北昌黎县北。逾：超过。嵩、华：指河南的嵩山和陕西的华山。

⑤ 固：险阻，险固。镇：一方的主山。

⑥ 千仞：极言其高。仞，古以八尺为一仞。一说七尺为一仞。

⑦ 往汉：指蜀汉刘备。刘备据蜀建国，故言其门闭。开自有晋：指钟会伐蜀，其门又开。当时虽属曹魏，但政权已实归司马氏，所以称晋。

⑧"秦得百二"四句：田生：指田肯。《史记·高祖本纪》记田肯说汉高祖刘邦："秦，形胜之国，带河山之险，县隔千里，持戟百万，秦得百二焉。……夫齐，东有琅邪、即墨之饶，南有泰山之固，西有浊河之限，北有勃海之利。……齐得十二焉。"意谓秦地险要，以二万人可敌百万；齐地也有险阻，以二万人可敌十万。献筹：献计、献谋。

⑨ 矧(shěn)：况且。兹：此，指剑阁。外区：边远之地。相对中原"内地"而言。荷戟：指带着武器把守关口。荷，扛。赼趄(zī jū)：行走困难的样子。这两句犹李白《蜀道难》所谓"一夫当关，万夫莫开"。

⑩ 形胜之地：谓地形险固，故能胜人。匪：同"非"。

⑪"昔在武侯"八句：武侯，指战国时魏武侯。这八句扼要记述了兵家吴起和魏武侯的一番对答。魏武侯乘船行于西河中流，对吴起说："美哉乎山河之固，此魏国之宝也！"吴起回答

道："在德不在险。昔三苗氏左洞庭，右彭蠡，德义不修，禹灭之。……殷纣之国，左孟门，右太行……修政不德，武王杀之。由此观之，在德不在险。"难恃：难以依靠。洞庭：湖名，在今湖南省北部。孟门：山名，在今山西省吉县西北。二国：指三苗、殷商。不祀：宗庙毁坏，绝了祭祀，即亡国。

⑫ 作昏：作乱。

⑬ 公孙：指公孙述。东汉初年，公孙述据益州称帝，号成家（取起于成都之意）。后为汉军所破，被杀。刘氏：指蜀汉后主刘禅，刘备之子。衔璧：古代国君向人投降时，常背缚双手，口衔玉璧，故后世以"衔璧"代指投降。这里指刘禅在邓艾伐蜀、军迫成都时出降。

⑭ 勒：刻。山阿：大山。梁、益：古州名。指今四川省一带。

作者简介

张载（生卒年不详），字孟阳，安平（今河北安平）人。父张收，为蜀郡太守。弟张协、张亢，俱有文才，世称"三张"，扬名于晋武帝太康年间（280—289 年）。张载初任佐著作郎，出补肥乡令。后为著作郎，转太子中舍人，迁乐安相、弘农太守。长沙王司马乂请他做记室督。后拜中书侍郎，复掌著作。因见世乱，称病告归，不再出仕，卒于家中。原有集，已散佚，明人辑有《张孟阳集》。

注者按

选自《昭明文选》卷五十六。剑阁在今四川省剑阁县东北大剑山、小剑山之间。三国时诸葛亮主持在此凿剑山，开栈道。栈道也称阁道，故称剑阁。它是川、陕间的主要通道，为自古戍守要地。李善注引臧荣绪《晋书》说："张载父收，为蜀郡太守。载随父入蜀，作《剑阁铭》。益州刺史张敏见而奇之，乃表上其文，世祖（晋武帝司马炎）遣使镌石记焉。"《晋书·张载传》则说是张载"太康初，至蜀省父，道经剑阁"，"以蜀人恃险好乱，因著铭以作诫"。"铭"是一种文体，或刻于器物，或刻于石上，用纪功勋，或示警戒。本篇即写剑阁之险要，兼寓警诫之意：国祚长短，在德不在险。恃险割据作乱，自取灭亡。文章写得清壮警拔，赢得高度赞誉。明人张溥在《汉魏六朝百三家集·张孟阳景阳集题辞》中说："剑阁一铭，文章典则，砻石蜀山，古今荣遇。"

答卢谌书

刘　琨

琨顿首。损书及诗[①]，备辛酸之苦言，畅经通之远旨[②]，执玩反覆，不能释手。慨然以悲，欢然以喜。

昔在少壮，未尝检括[③]，远慕老庄之齐物[④]，近嘉阮生之放旷[⑤]，怪厚薄何从而生，哀乐何由而至[⑥]？

自顷辀张[⑦]，困于逆乱，国破家亡，亲友雕残[⑧]。负杖行吟，则百忧俱至，块然独坐[⑨]，则哀愤两集。时复相与举觞对膝，破涕为笑，排终身之积惨，求数刻之暂欢。譬由疾疢弥年，而欲一丸销之[⑩]，其可得乎？夫才生于世，世实须才。和氏之璧，焉得独耀于郢握[⑪]；夜光之珠，何得专玩于随掌[⑫]？天下之宝，当与天下共之。但分析之日[⑬]，不能不怅恨耳。然后知聃周之为虚诞[⑭]，嗣宗之为妄作也[⑮]。

昔騄骥倚辀于吴坂，长鸣于良乐[⑯]，知与不知也。百里奚愚于虞而智于秦[⑰]，遇与不遇也。今君遇之矣。勖之而已[⑱]。

不复属意于文[⑲]，二十余年矣。久废则无次，想必欲其一反，故称指送一篇[⑳]。适足以彰来诗之益美耳[㉑]。琨顿首顿首。

注　释

①损：对于别人向自己有所馈赠的敬辞，如同现在说“破费”。

②备：充满。畅：通达。经：常理。通：变通。远旨：深远的

意义。

③ 未尝检括：指生活放荡不羁，不遵守清规戒律。检括，遵守法度。

④ 老庄：指老子和庄子，即下文之聃周（老子与庄子）。齐物：《庄子》有《齐物论》。这里泛指道家思想。

⑤ 嘉：赞美。阮生：指阮籍。放旷：放诞旷达，任性疏放。

⑥ 厚薄：指外来的遭遇。哀乐：指自身的悲喜感情。这两句是《列子・力命》中一段文字的概括。该段文字是说，如果懂得听任命运，就无所谓厚薄之感，也无所谓哀乐之情。

⑦ 顷：近来。辀（zhōu）张：惊惧的样子。

⑧ 逆乱：指西晋末年，匈奴族刘渊、刘聪父子，羯族石勒等相继起事，怀帝被俘杀，愍帝投降，西晋灭亡。雕残：凋零。

⑨ 块然：孤独的样子。

⑩ 疾疢（chèn）：泛指疾病。疢，热病。弥年：长年。弥，长，久。丸：指药丸。销之：指消除疾病。

⑪ 和氏之璧：春秋时楚国卞和发现一块玉璞，先后献给楚厉王、武王，都被认为是欺诈，被截去双脚。楚文王即位，卞和抱玉哭于荆山下，楚文王使人剖璞得宝玉，世称“和氏璧”。郢握：指归楚国所有。郢，楚国都城。这里以楚玉不一定只归楚国所有，比喻卢谌不一定只被刘琨所用。下两句意同。

⑫ 夜光之珠：即隋侯之珠。隋，为汉东之国，姬姓诸侯。隋侯见大蛇受伤，以药傅之。后来蛇从江中衔大珠以报之。随：指隋侯。

⑬ 分析：这里指分离、分别。

⑭ 虚诞：空虚荒诞。

⑮ 妄作：轻率荒诞的行为。

⑯ 騄骥：良马。倚辀：靠着车辕。吴坂：吴地的山坡。良：王良。乐：伯乐。二人都是古代善相马的人。《战国策·楚策四》载，有良马拉盐车困难地上山坡，遇伯乐而见知己，便仰天长鸣。

⑰ 百里奚：虞国大夫，晋献公灭虞俘奚，作为秦穆公夫人陪嫁之臣。奚以为耻，脱逃而被楚人所执。秦穆公用五羖（黑羊）之皮赎之，委以朝政，被称为五羖大夫。辅穆公成就霸业。

⑱ 勖（xù）：勉励。

⑲ 属意：这里指用心。

⑳ 一反：一个回答。这里指答诗，刘琨随此信还赠答卢谌一首诗。称（chèn）指：称其意旨，即按照你的意旨。指，同“旨”。送一篇：即赠答一篇。

㉑ 彰：显。益：更。

作者简介

刘琨（271—318 年），字越石，中山魏昌（今河北无极县东北）人。汉中山靖王刘胜的后代，出身于世代官僚之家。少时以雄豪著名，好老庄之学。早年与石崇、陆机等人以文才依附权贵贾谧，号称“二十四友”。曾任著作郎、太学博士、尚书郎。后因迎晋惠帝到长安，以功封广武侯，食邑二千户。晋怀帝永嘉元年（307 年），出任并州（今山西）刺史，愍帝时拜大将军，都督并、冀、幽三州诸军事，长期捍卫北方边疆，与刘聪、石勒作战。后为石勒所败，投奔幽州刺史鲜卑酋长段匹磾（dī），相约共扶晋室，终因嫌隙被段杀害。刘琨的作品流传不多，但洋溢着爱国热情和英雄气概，在当时可谓超群拔俗，很受人重视。有《刘越石集》。

注者按

选自《昭明文选》卷二十五。卢谌（chén）：字子谅，范阳（今河北涿州市）人。好老庄，有文才，刘琨僚属，后随刘琨投段匹磾，段以卢谌为其别驾。卢谌曾寄信及诗赠别刘琨，本文即刘琨给卢谌的回信。不久，刘琨为段匹磾所害，当冉闵灭后赵时，卢谌亦遇难而死。西晋末年，国难深重，匈奴族刘渊、刘聪父子，羯人石勒等相继起事，西晋最后灭亡。刘琨身居要职，在北方辗转抗敌，志在剪灭枭雄，匡扶晋室。思想感情随之发生了重大变化。在这封信中，他对自己少壮之时"远慕老庄""近嘉阮生"的思想行为有所批判，斥之为"虚诞"和"妄作"。这是作者经过"国破家亡"的生活剧变之后在世界观和人生观上发生的转变。信中所表述的"当与天下共之"的思想，在当时无疑是极为可贵的。文章慷慨激昂，清刚挺拔，颇见英风豪气，其悲壮激越的情调分明基于作者深深的忧患意识。《晋书·刘琨传》（卷六十二）："越石才雄，临危效忠，枕戈长息，投袂徼功，崎岖汾晋，契阔獯戎。见欺段氏，于嗟道穷。"

成皋铭

吕　温

茫茫大野，万邦错峙。惟王守国[①]，设险于此。呀谷成堑[②]，崇颠若垒。势逸赤霄，气吞千里。洪河在下[③]，太室旁倚[④]。岗盘岭蹙[⑤]，虎伏龙起。锁天中区，控地四鄙。出必由户[⑥]，入皆同轨。拒昏纳明，闭乱开理。

昔在秦亡，雷雨晦冥。刘项分险，扼喉而争。汉飞镐京，羽斩东城[⑦]。德有厚薄，此山无情。[⑧]

维唐初兴，时未大同。王于东征，烈火顺风。乘高建瓴，擒建系充[⑨]。奄有天下[⑩]，斯焉定功。

二百年间，大朴既还[⑪]。周道如砥[⑫]，成皋不关。顺至则平，逆来惟难。敢迹成败[⑬]，勒铭巉顽[⑭]。

注　释

① 王：指周天子。《易经·坎卦·彖传》："王公设险，以守其国。"

② 呀谷成堑：空谷深如壕堑。呀，大、空的样子。

③ 洪河：指黄河。

④ 太室：即嵩山，在河南登封市北。以山上有石室，故名。

⑤ 蹙（cù）：紧迫，密聚。

⑥ 户：门户。此以喻虎牢关如门户，出入必经。

⑦“刘项”四句：成皋为刘邦和项羽长期对峙、反复争夺的地方。项羽曾在此数败刘邦，为解决军粮不继的问题，他统兵攻打彭越，行前告诫曹咎：“谨守成皋，则汉欲挑战，慎勿与战。”（《史记·项羽本纪》）汉军百般辱骂挑战，咎出兵半渡汜水而为汉军击败，咎等自刎。此役奠定了刘邦最后胜利的基础。不久，刘邦便建都长安，项羽则兵败垓下，自刎于乌江。

⑧“德有”两句：化用《左传·僖公五年》“皇天无亲，惟德是辅”之典，概括刘项胜败的原因。

⑨“王于”四句：唐高祖（李渊）武德四年（621年）二月，窦建德率兵十万救援王世充。秦王李世民败建德于虎牢关，并生擒了他，王世充也只得投降，所谓“烈火顺风”“乘高建瓴”，形容“所向披靡”，“追奔三十里，斩首三千余级，虏其众五万，生擒建德于阵。”“世充惧，率其官属二千余人诣军门请降，山东悉平。”（《旧唐书·太宗本纪》）

⑩奄：覆盖，包括。

⑪大朴既还：指再现了尧舜禹年代的淳朴世风。

⑫周道：大道。砥：磨刀石。

⑬迹：考核，推究。

⑭勒：刻。嶙岏：不齐。

作者简介

吕温（772—811年），字和叔，一字化光，旧说河中（今山西永济）人。据考，实居洛阳，祖籍东平。唐贞元十四年（798年）

进士，次年中博学宏词科，授集贤殿校书郎，擢左拾遗。贞元二十年（804 年）夏，以侍御史为入蕃副使，因留蕃中经年。未参与王叔文的“永贞革新”。及还，改革失败。累迁刑部郎中。元和三年（808 年），因与宰相李吉甫有隙，贬道州刺史，徙衡州，有政声，世称“吕衡州”。今存《吕衡州集》。

吕温曾从陆质治《春秋》，从梁肃为文章，学有渊源，长于铭赞、政论。论有卓识，文有逸气。与柳宗元、刘禹锡交契。卒后，柳为其作诔、祭，刘禹锡、元稹赋诗哀悼。《旧唐书》本传称：“温文体富艳，有丘明、班固之风。所著《凌烟阁功臣铭》《张始兴画赞》《移博士书》颇为文士所赏。”清代李慈铭也谓温文“根柢深厚，不在同时刘梦得、张文昌之下”（《越缦堂读书记》卷八）。

注者按

成皋：在今河南荥阳汜水镇西。古称虎牢关，春秋时郑国故地。相传周穆王射猎于郑，蒲芦丛中有虎，高奔戎捉而献于王，王命作木笼囚之，故称虎牢关。成皋地处险要，北临黄河，绝岸峻崖，历来为兵家必争之地。铭，一种刻于器物或碑石上的文体，多用四言韵文，或示警诫，或纪功德。《成皋铭》在描绘成皋地势雄峻险要方面，有汉赋铺张扬厉之风，气雄笔劲；而在诫乱警顽方面，则深受西晋张载《剑阁铭》的影响。所不同者：张载重在警诫割据的枭雄，险不足恃；吕温则运用拟人手法，历数史实典故，兼述成败，并有颂诫，意在说明成败兴衰在人心向背。藩镇割据已成中唐痼疾，作者此铭，有为而发。史称吕文“有丘明、班固之风”

(《旧唐书》本传)，从铭文的善陈史迹、明寓褒贬来看，所评得当。铭文用韵也十分讲究，如第一段用拗怒不平的上声纸韵以助表达成皋的险峻雄奇。第三段用响亮的上平声东韵以歌功颂德。

遗吴元济书

吴武陵

夫势有不必得，事有不必疑。徒取暴逆之名，而殄物败俗[①]，不可谓智。一日破亡，平生亲爱，连头就戮，不可谓仁。支属繁衍，因缘磨灭[②]，先魂伤馁[③]，不可谓孝。数百里之内，拘若槛阱[④]，常疑死于左右手，低回姑息[⑤]，不可谓明。且三皇以来[⑥]，数千万载，何有悖理乱常而能自毕者哉[⑦]？

贞元时[⑧]，德宗以函容御天下[⑨]。河北诸镇专地不臣，朝廷资以爵号，桀黠者自谓得计[⑩]，以反为利。于是杨惠琳、刘辟、李锜、卢从史等又乱。皇帝即位，赫然命偏师讨之，尽伏其辜，所谓时也[⑪]。日者张太尉厌垣捍之勤，谢易、定为国老[⑫]，田尚书知虑绝俗，又以魏博来归[⑬]，幽、檀、沧、景皆为信臣[⑭]。

然而与足下者，独齐、赵耳[⑮]。夫齐安可为恃哉？徐压其首[⑯]，梁薄其翼[⑰]，魏斫其胫[⑱]，滑针其腹[⑲]，淮南承其冲[⑳]，分兵不足相救，全举则曹、鲁、东平非其有也[㉑]。彼何苦而自弃哉？若赵则固竖子耳。前日主上以泽潞为之导，既斥从史，姑赦罪复爵禄之，天下之人，欲讨者十八[㉒]。无何，残丞相御史，朝廷以足下故，未加斧钺也[㉓]。然则中山薄藁城之险[㉔]，太原乘井陉之隘[㉕]，燕徇乐寿[㉖]，邢扼临城[㉗]，清河绝其南[㉘]，弓高断其北[㉙]，孤雏腐鼠求责不暇[㉚]，又曷以救人哉？二镇不敢动，亦明矣，足下何待而穷处邪？

昔仆之师裴道明尝言：唐家二百载[㉛]，有中兴主，当其时，很傲者尽灭[32]，河湟之地复矣[33]。今天子英武任贤，同符太宗；宽仁厚物，有玄宗之度[34]。罚无贷罪[35]，赏无遗功。诸侯豢齐、赵以稔其衅[36]，群帅筑室厉兵，进窥房、蔡[37]，屯田继漕，前锋扼喉，后阵抚背，左排右掖，其几何而不踣邪[38]？

足下勿谓部曲勿我欺[39]。人心与足下一也，足下反天子，人亦欲反足下。易地而论，则婴凶横之命[40]，不若奉大君官守矣。枕戈持矛[41]，死不得地[42]，不若坐兼爵命而保胤嗣也[43]。足下苟能挺知几之烈[44]，莫若发一介[45]，籍士马土疆[46]，归之有司。上以覆载之仁[47]，必保纳足下，涤垢洗瑕，以倡四海，将校官属，不失宠且贵。何哉？为国者，不以纤恶盖大善也。且贰而伐，服而舍[48]，宠荣可厚，骨肉可保，何独不为哉？

三州[49]，至狭也；万国，至广也。力不相侔，判然可知。假使官军百败，而行阵未尝乏[50]；足下一败，则成禽矣。夫一壮士不能当十夫者，以其左右前后咸敌也。矧以一卒欲当百人哉？昏迷不返，诸侯之师集城下，环垒刳堑[51]，灌以流潦，主将怨携[52]，士卒崩离，田儋、吕嘉发于肘腋[53]，尸不得裹，宗不得祀，臣仆以为诫，子孙所不祖，生为暗愎之人[54]，没为幽忧之鬼，何其痛哉？

注 释

①殄（tiǎn）：尽，绝。

②因缘磨灭：此指九族坐诛，子孙断绝。因缘，佛教语，指产生结果的条件和原因。

③ 先魂伤馁：指祖先无人祭奠。馁（něi），饥饿。《左传·宣公四年》："子文曰：'鬼犹求食，若敖氏之鬼，不其馁而！'"

④ 槛阱：捕捉野兽的机具和陷阱。《后汉书·扬雄传》："移书属县曰：'毁坏槛阱。'"注："槛谓捕兽之机也，阱谓穿地陷兽也。"

⑤ 姑息：苟容取安。

⑥ 三皇：所指不一。一般以为是伏羲、神农、黄帝。

⑦ 自毕：自成。

⑧ 贞元：唐德宗李适的年号（785—805 年）。

⑨ 函容：宽容。

⑩ 桀黠：桀骜不驯，狡黠。《史记·货殖列传》："桀黠奴，人之所患也。"

⑪"于是"五句：杨惠琳：夏绥节度使韩全义之甥。元和元年（806 年），"韩全义入朝，命其甥杨惠琳知留后。俄有诏除李演为节度，代全义。惠琳据城叛，诏发河东、天德兵诛之。辛巳，夏州兵马使张承金斩惠琳，传首以献。"（《旧唐书·宪宗本纪》上）刘辟：字太初，贞元中进士擢第，宏词登科，韦皋辟为从事，累迁至御史中丞、节度副使。皋卒，辟自为西川节度留后，奉表请降节钺，朝廷不许，除给事中，召之，不奉诏。宪宗新即位，以无事息人为务，即拜剑南西川节度使。辟益骄，求统三川。杜黄裳荐高崇文率兵西讨。诏许自新，不听。元和元年三月，崇文取东川，诏夺辟官。九月，辟被擒，槛送京师。斩之。李锜：李唐宗室国贞之子。德宗朝累官浙西盐铁转运使，专天下榷酒漕运，贪暴骄横。继为镇海节度使，

罢领盐铁转运，养兵图叛。宪宗立，诏拜尚书仆射，无入朝意，据润州反，杀判官王淡、大将赵琦。诏淮南节度使王锷率诸州兵马讨之。未几，润州大将张子良、李奉仙执李锜以献，斩之。卢从史：少好骑射，泽潞节度使李长荣署为督将。贞元时，长荣卒，拜昭义节度副大使，为非作歹。元和中，献计诛王承宗，又阴与之交，并上书求兼宰相。宪宗患之，用裴垍谋，敕神策中尉吐突承璀图之，伏壮士，擒于幕下。贬驩州司马，赐死。辜：罪。

⑫“日者”两句：日者：往日。张太尉：张茂昭，本名升云，德宗时赐今名，字丰明。张孝忠之子。德宗朝为义武军节度使，封延德郡王。顺宗立，进同中书门下平章事。为人恭谦礼让，元和初，王承宗叛，茂昭参与讨伐，以功加检校太尉，兼太子太傅。垣捍：指为藩镇卫护朝廷。《新唐书》本传载，茂昭不愿为藩，“乃请举宗还朝，表数上，帝乃许。”“茂昭奉两州（易、定）符节、管钥、图籍归之。”

⑬田尚书：田弘正（764—821年），本名兴，字安道，平州卢龙（今属河北）人。田承嗣之侄。元和七年（812年），为魏博节度使，表示将听命朝廷，诏书褒美，为更名弘正。后出兵讨吴元济，逼王承宗归唐。长庆元年（821年），为乱军所杀。

⑭幽：州名。治所在蓟县，辖地相当于今北京市和河北武清、永清、安次等地。檀：州名。隋开皇十六年（596年）分幽州置。唐时治所在今密云。沧：州名。唐时属河北道，治所在今河北沧县。景：州名。唐时治所在今河北东光县。信臣：忠臣。贾谊《过秦论》：“信臣精卒，陈利兵而谁何。”

⑮“然而”两句：与：助。齐：指淄青节度使李师道。其治所由青州（今山东青州）移郓州（今山东东平县西北），辖地为春秋齐国故地。赵：谓成德节度使王承宗。其治所在恒州（今河北正定），所辖恒、冀、深、赵四州，为战国赵国故地。

⑯徐：徐州。

⑰梁：指汴州，治所在今河南开封。薄：迫。

⑱魏：魏州，治所贵乡（今河北大名）。斫（zhuó）：斩断。胫：小腿。《水经·淇水注》：“纣乃于此斫胫而视髓也。”

⑲滑：滑州，治所白马（今河南滑县）。

⑳冲：要冲。

㉑全举：此指淄青节度使李师道倾巢出动。曹：曹州，治所左城（今山东曹县）。鲁：指兖州。东平：郡名，即今山东东平县一带。

㉒“若赵”六句：《旧唐书·宪宗本纪》上：元和五年（810年）秋七月，“王承宗遣判官崔遂上表自首，请输常赋，朝廷除授官吏。丁未，诏昭洗王承宗，复其官爵，待之如初。诸道行营将士，共赐物二十八万四百三十端匹。时招讨非其人，诸军解体，而藩邻观望养寇，空为逗挠，以弊国赋。而李师道、刘济亟请昭雪，乃归罪卢从史而宥承宗，不得已而行之也。”竖子：对人的鄙称，犹谓小子。《史记·项羽本纪》：“唉！竖子不足与谋。”泽潞：唐方镇名，即“昭义”，治所在潞州（今山西长治市）。此指昭义节度使卢从史。

㉓“无何”四句：《旧唐书·宪宗本纪》下载，元和十年（815年）六月，“镇州节度使王承宗遣盗夜伏于靖安坊，刺宰相武元

衡，死之；又遣盗于通化坊刺御史中丞裴度，伤首而免。是日，京城大骇。”元和十一年（816 年），韦贯之“以淮西、河北两处用兵，劳于供饷，请缓承宗而专讨元济”。

㉔ 中山：谓定州（今河北定州市）。春秋时中山国所在地。藁城：属今河北省。

㉕ 井陉：山名。太行山支脉，有要隘名井陉口。《元和郡县志》卷十七恒州：“井陉口今名土门口，（获鹿）县西南十里。”以地形四面高，中间低，似井，故名之。

㉖ 燕：指幽州，战国时燕国故地。徇：从。乐寿：唐时属河北道深州。在今河北献县。

㉗ 邢：唐河东道邢州，治龙冈县（今河北邢台）。临城：唐时属河北道赵州，今属河北省。

㉘ 清河：唐贝州清河郡，郡治清河县（今属河北）。

㉙ 弓高：唐河北道景州州治弓高县（今河北东光县）。

㉚ 孤雏腐鼠：喻微不足道的人或物。《后汉书·窦融传附窦宪传》：“帝大怒，召宪切责曰：‘……国家弃宪，如孤雏腐鼠耳。’”求责：此指受责罚刑戮。

㉛ 二百载：自唐高祖武德元年（618 年）建立唐朝至唐宪宗元和九年（814 年）吴元济叛逆，历时近二百载。

㉜ 很：通“狠”。

㉝ 河湟：指黄河、湟水两流域，泛指西部少数民族生活的今甘肃、青海地区。《资治通鉴·唐纪三十九》：代宗广德元年（763 年），“吐蕃入大震关，陷兰、廓、河、鄯、洮、岷、秦、成、渭等州，尽取河西陇右之地。”又《资治通鉴·唐纪五十四》曰：

宪宗元和五年（810 年），“上曰：今两河数十州，皆国家政令所不及，河湟数千里，沦于左衽，朕日夜思雪祖宗之耻，而财力不赡，故不得不蓄聚耳。”

㉞“今天子”四句：《旧唐书·宪宗本纪》：“史臣蒋係曰：宪宗嗣位之初，读列圣实录，见贞观、开元故事，竦慕不能释卷，顾谓丞相曰：‘太宗之创业如此，玄宗之致理如此，既览国史，乃知万倍不如先圣。当先圣之代，犹须宰执臣僚同心辅助，岂朕今日独能为理哉！’自是延英议政，昼漏率下五六刻方退。……军国枢机，尽归之于宰相。由是中外咸理，纪律再张，果能剪削乱阶，诛除群盗。”

㉟贷：宽免。

㊱稔：谷物成熟。引申为事物酝酿成熟。任昉《奏弹刘整》：“恶积衅稔，亲旧侧目。”

㊲房：房州，属唐山南道，州治为今湖北房县。蔡：蔡州，治所上蔡（河南汝南）。

㊳踣（bó）：跌倒。

㊴部曲：古时军队的编制单位。此泛指部下。

㊵婴凶横之命：谓受凶横为逆之命令的羁绊。婴，缠绕，羁绊。

㊶枕戈：枕着兵器，等待天明，形容杀敌心切。《世说新语·赏誉》注引《晋阳秋》：“刘琨与亲旧书曰：‘吾枕戈待旦，志枭逆虏，常恐祖生（逖）先吾着鞭耳！’”

㊷死不得地：由于叛逆而死无葬身之地。

㊸胤嗣：后代子嗣。

㊹知几：洞察预知事物细微的征兆。《易经·系辞下》："子曰：知几其神乎。"

㊺一介：一人，指使者。《左传·襄公八年》："亦不使一介行李告于寡君。"

㊻籍士马土疆：将兵马土地户口登记造册。

㊼覆载：天覆地载。谓庇养包容。陈琳《檄吴将校部曲文》："圣朝宽仁覆载，允信允文。"

㊽贰而伐，服而舍：叛逆而讨伐之，臣服而舍其罪。

㊾三州：淮西节度使领有蔡、光、申三州之地。

㊿行阵未尝乏：指不缺少兵员布阵。

51刳（kū）：剖开挖空。堑：防御用的壕沟。

52怨携：由怨恨而离心。携，离。《左传·僖公七年》："招携以礼，怀远以德。"

53田儋：狄人，故齐王族。"陈涉之初起王楚也，使周市略定魏地。北至狄，狄城守。田儋详（通"佯"）为缚其奴，从少年之廷，欲谒杀奴。见狄令，因击杀令。"(《史记·田儋列传》)自立为齐王。后为章邯所杀。吕嘉：汉时为南越王兴之相，相三王，越人信之，吕嘉等遂反，"与其弟将卒，攻杀王、太后及汉使者。"(《史记·南越列传》)立术阳侯建德为王，后为汉兵所擒。肘腋：喻近在左右。

54暗愎：昏乱愚昧，刚愎执拗。

作者简介

吴武陵（约784—835年），原名侃，信州（今江西上饶）人。元和初，擢进士第。淮西吴少阳闻其才，欲待以宾客，不答。少阳子元济叛，武陵遗书以劝，元济得书不悟，终遭失败。裴度征淮西，韩愈为司马，武陵劝愈为裴度画谋，虽因度部署已定，不获采用，却为度器遇。后入为太学博士，以杜牧之《阿房宫赋》荐于有司。后出为韶州刺史，贬播州司户参军卒。

吴武陵曾因事流永州，得柳宗元赏识。他也先后向裴度、孟简进言，为柳宗元久贬不迁鸣冤叫屈。又曾荐举李景俭、王湘，时号知人。

注者按

吴元济（783—817年），唐沧州清池（今河北沧县）人，淮西节度使吴少阳子。元和九年（814年），因袭位未遂，自领军务，纵兵焚掠舞阳、叶等县，威胁洛阳。朝廷命裴度合诸镇之兵讨伐之。其将士多叛离，割据地蔡州（今河南汝南）也为唐将李愬乘虚袭破，后被俘，斩于长安。

吴氏父子，专地称雄，跋扈不臣，吴武陵拒少阳延揽在前，诫元济作乱在后，既表明他拥护统一、反对割据的立场态度，也反映了他的远见卓识。

本文先一般地泛论叛乱之事自古无成；后以本朝藩镇的正反事例为证，说明逆者得祸、顺者得福的道理；又以淄青、成德，自顾不暇，打掉元济援恶为非、有恃无恐的幻想；再用天子圣明，赏罚分明，诸侯激怒，如箭在弦，说明若反必败的下场；最后用双方众寡悬殊的形势、得失利害的对比总绾全文，劝其归顺。

吴武陵与韩愈、柳宗元、杜牧等古文家均有交往，他的散文颇有秦汉之文的纵横之气，异于韩、柳，而类于杜牧。本文所论，关乎国计民生，是“辅时及物”之文，而文章理直气壮，义正词严，又有“气盛言宜”的特点。作者运用对比假设，晓以大义，举以事例，针对心理，剖析利害，文意剀切，笔锋凌厉。

《张中丞传》后叙

韩　愈

元和二年四月十三日夜[①]，愈与吴郡张籍阅家中旧书[②]，得李翰所为《张巡传》[③]。翰以文章自名[④]，为此传颇详密。然尚恨有阙者[⑤]，不为许远立传[⑥]，又不载雷万春事首尾[⑦]。

远虽材若不及巡者，开门纳巡，位本在巡上，授之柄而处其下，无所疑忌[⑧]，竟与巡俱守死[⑨]，成功名。城陷而虏，与巡死先后异耳[⑩]。两家子弟材智下，不能通知二父志[⑪]，以为巡死而远就虏，疑畏死而辞服于贼[⑫]。远诚畏死[⑬]，何苦守尺寸之地，食其所爱之肉[⑭]，以与贼抗而不降乎？当其围守时，外无蚍蜉蚁子之援[⑮]，所欲忠者，国与主耳，而贼语以国亡主灭[⑯]。远见救援不至，而贼来益众[⑰]，必以其言为信[⑱]。外无待而犹死守，人相食且尽[⑲]，虽愚人亦能数日而知死处矣[⑳]，远之不畏死亦明矣[㉑]。乌有城坏，其徒俱死，独蒙愧耻求活[㉒]，虽至愚者不忍为，呜呼，而谓远之贤而为之耶[㉓]？

说者又谓远与巡分城而守[㉔]，城之陷，自远所分始，以此诟远[㉕]，此又与儿童之见无异。人之将死，其脏腑必有先受其病者；引绳而绝之，其绝必有处[㉖]。观者见其然[㉗]，从而尤之[㉘]，其亦不达于理矣！小人之好议论，不乐成人之美如是哉[㉙]！如巡、远之所成就，如此卓卓[㉚]，犹不得免[㉛]，其他则又何说！

当二公之初守也，宁能知人之卒不救，弃城而逆遁[㉜]？苟此不能守，虽避之他处何益[㉝]？及其无救而且穷也[㉞]，将其创残饿羸之余，虽欲去，必不达[35]。二公之贤，其讲之精矣[36]。守一城，捍天下[37]，以千百就尽之卒[38]，战百万日滋之师[39]，蔽遮江淮，沮遏其势[40]，天下之不亡，其谁之功也？当是时，弃城而图存者，不可一二数[41]；擅强兵，坐而观者，相环也[42]。不追议此[43]，而责二公以死守[44]，亦见其自比于逆乱，设淫辞而助之攻也[45]。愈尝从事于汴徐二府[46]，屡道于两府间[47]，亲祭于其所谓双庙者[48]。其老人往往说巡、远时事云。

南霁云之乞救于贺兰也[49]，贺兰嫉巡、远之声威、功绩出己上，不肯出师救。爱霁云之勇且壮，不听其语，强留之。具食与乐，延霁云坐[50]。霁云慷慨语曰："云来时，睢阳之人不食月余日矣。云虽欲独食，义不忍。虽食，且不下咽。"因拔所佩刀，断一指，血淋漓以示贺兰。一座大惊，皆感激为云泣下[51]。云知贺兰终无为云出师意，即驰去。将出城，抽矢射佛寺浮图[52]，矢著其上砖半箭[53]，曰："吾归破贼，必灭贺兰，此矢所以志也[54]。"愈贞元中过泗州[55]，船上人犹指以相语。城陷，贼以刃胁降巡[56]，巡不屈，即牵去，将斩之。又降霁云，云未应，巡呼云曰："南八[57]，男儿死耳，不可为不义屈。"云笑曰："欲将以有为也[58]，公有言，云敢不死！"即不屈。

张籍曰：有于嵩者，少依于巡[59]，及巡起事，嵩常在围中[60]。籍大历中于和州乌江县见嵩[61]，嵩时年六十余矣。以巡初尝得临涣县尉[62]。好学，无所不读。籍时尚小，粗问巡、远事[63]，不能细也[64]。云：巡长七尺余[65]，须髯若神，尝见嵩读《汉书》，谓嵩曰："何为久读此？"嵩曰："未熟也。"巡曰："吾于书，读不过三遍，终身不忘也。"因诵嵩所读书，尽卷不错一字。嵩惊，以为巡偶熟此卷，因乱抽他帙以试[66]，无不尽然[67]。嵩又取架上诸书试以问巡，巡应口诵无疑[68]。嵩从巡久，亦不见巡常读书也。为文章，操纸笔立书，未尝起草。初守睢阳时，士卒仅万人，城中居人亦且数万，巡因一见问姓名，其后无不识者。巡怒，须髯辄张[69]。及城陷，贼缚巡等数十人，坐；且将戮，巡起旋[70]，其众见巡起，或起或泣。巡曰："汝勿怖[71]，死，命也。"众泣不能仰视。巡就戮时，颜色不乱，阳阳如平常[72]。远宽厚长者，貌如其心，与巡同年生，月日后于巡，呼巡为兄，死时年四十九。嵩贞元初死于亳、宋间[73]。或传嵩有田在亳、宋间，武人夺而有之，高将诣州讼理[74]，为所杀。嵩无子。张籍云。

注　释

① 元和：唐宪宗李纯的年号（806—820 年）。二年：807 年。

② 张籍（约 767—约 830 年）：字文昌，和州乌江（今安徽和县）人。原籍是吴郡（今属江苏苏州）。中唐著名诗人，韩愈之友，有《张司业集》。

③ 李翰：赵州赞皇（今属河北）人，李华的族子，张巡之友，官至翰林学士。"安史之乱"时，曾随同张巡在睢阳，亲见其战守事迹，巡在粮尽无援而殉难后，有人谓其降贼，翰撰《张中丞传》为其辩白，得到士林的称赞。（见《旧唐书·文苑列传》）他的《进张中丞传表》尚存。（见《唐文粹》卷二十五）

④ 自名：自称，自许。《旧唐书·文苑列传》谓翰"为文精密，用思苦涩"。

⑤恨：遗憾。阙：同“缺”，不足。

⑥许远（709—757年）：字令威。杭州盐官（今浙江海宁市）人。“安史之乱”时，任睢阳太守。与张巡共同坚守睢阳，城陷被掳往洛阳，“至偃师，亦以不屈死”。（《新唐书·张巡传》）

⑦雷万春：张巡之部将。巡入睢阳前，与巡同守雍丘。站城上与敌将令狐潮对话，中敌六箭而巍然不倒，敌疑为木人。其事迹不见于本文，清代有疑“雷万春”乃“南霁云”之误者。首尾：始末。

⑧“远虽材”五句：《资治通鉴·唐纪三十五》及《新唐书·张巡传》载，肃宗至德二年（757年）正月，安庆绪驱所部攻睢阳，许远告急于张巡，巡自宁陵带兵入睢阳。许远对他说：我不会打仗，你智勇双全，我来守城，请你指挥作战。“巡受不辞，远专治军粮战具。”授之柄：把权柄交给张巡。

⑨竟：最终。

⑩与巡死先后异耳：和张巡一样不屈而死，只是死的时间先后不同罢了。

⑪“两家子弟”两句：两家子弟：指张巡和许远的后人。材智下：才智低下。通知：完全了解。唐代宗大历（766—779年）中，张巡之子去疾曾上书，以睢阳“城陷而远独生”为由，说许远有降贼之嫌，请追削远之官爵。朝廷以为二人同为忠烈，且张巡死时，去疾尚幼，事未详知，未准其书。（见《新唐书·许远传》）

⑫“疑畏”句：怀疑许远怕死，而用言辞对贼表示屈服。

⑬诚：果真，的确。

⑭ 食其所爱之肉：睢阳被围时久，城中连鼠雀也被食尽，士卒多饿死。张巡曾杀爱妾，许远也杀童奴，以飨士卒。（见《资治通鉴·唐纪三十六》）

⑮“外无”句：外面连很小的一点军援都没有。蚍蜉（pí fú）：一种黑色大蚁。

⑯“而贼语”句：叛将令狐潮曾以“天下事去矣，足下以羸兵守危堞，忠无所立”等语，劝张巡投降，为张巡严词驳回。部将中亦有以“上（唐玄宗）存亡莫知”为由劝巡投降者，巡即斩之。（见《新唐书·张巡传》）此句或即指此事，但与许远无涉。

⑰ 益众：越来越多。

⑱ 信：真实，可靠。

⑲ 人相食且尽：指以老弱之人为食，将要吃光，城破时，遗民仅剩 400 多人。

⑳ 数日而知死处：算计日子而知道离死不远了。

㉑“远之”句：许远之不怕死也是明明白白的了。

㉒“乌有”三句：哪有城陷其手下众人皆死，而独自蒙受惭愧与耻辱来求活的呢？

㉓“虽至愚”三句：即使最愚蠢的人也不忍心这样做，难道说许远这样贤明的人却会做这种事情吗。

㉔“说者又谓”句：张巡与许远曾分段把守睢阳，张巡守东北，远守西南。城由许远所守西南隅先陷。

㉕ 诟：诋毁，嘲骂。

㉖“引绳”两句：拉绳而断之，必定有一处先断。

㉗ 然：这样（指先断一处）。

㉘ 尤：责备、非难。

㉙ 不乐成人之美：《论语·颜渊》："君子成人之美，不成人之恶。小人反是。"

㉚ 卓卓：卓越、突出。

㉛ 犹不得免：尚且不得幸免（指被小人诽谤）。

㉜"当二公"三句：当张、许二公开始守卫睢阳时，怎能知道别人始终不来救援，预先就弃城逃跑呢?《资治通鉴·唐纪三十六》载，至德二年（757年）十月，"城中食尽，议弃城东走。张巡、许远谋，以为睢阳江淮之保障，若弃之去，贼必乘胜长驱，是无江淮也。"宁能：岂能。卒：最终。逆遁：事先逃走。

㉝"苟此"两句：如果睢阳守不住，即使逃到别处又有什么好处?

㉞"及其"句：待到他们无救援而将山穷水尽之时。

㉟"将其"三句：率领那些残存的伤病之卒，即便想逃离睢阳，也肯定办不到。《资治通鉴·唐纪三十六》："张巡、许远谋……我众饥羸，走必不达。"将：率领。创：伤。羸（léi）：瘦弱。余：残余的士卒。

㊱ 其讲之精矣：他们（对于上面所说情况）考虑、研究得很精细周密了。讲，策划、算计。

㊲"守一城"两句：睢阳为江淮要冲，而江淮为平叛重要的物资基地。故云。李翰《进张中丞传表》："巡退军睢阳，扼其咽领，前后拒守，自春徂（至）冬，大战数十，小战数百，以

少击众，以弱击强，出奇无穷，制胜如神，杀其凶丑凡九十余万。贼所以不敢越睢阳而取江淮，江淮所以保全者，巡之力也。”

㊳ 就尽之卒：临近死亡的士卒。

㊴ 日滋：日日增多。

㊵ 沮（jǔ）遏：阻止。

㊶“弃城”两句：丢弃城池，以图自存的人，为数甚多，不能一个两个地计算。《资治通鉴·唐纪三十五》载：至德二年（757 年）五月，山南东道节度使鲁炅弃南阳奔襄阳；八月，灵昌太守许叔冀奔彭城。

㊷“擅强兵”三句：《资治通鉴·唐纪三十五》载，睢阳危急时，许叔冀在谯郡，尚衡在彭城，贺兰进明在临淮，皆拥兵不救。这些驻军都在睢阳周围。故云“相环”。

㊸ 不追议此：不追究谴责这类弃城图存和拥兵不救之徒。

㊹ 责二公以死守：指责张、许二公死守睢阳。李翰《进张中丞传表》：“议者或罪巡以食人，愚巡以守死。”

㊺“亦见”两句：这也就看出他们是和乱臣贼子站在一起，制造流言蜚语，攻击二公。比：并列。淫辞：流言。

㊻“愈尝”句：韩愈曾任汴州（今河南开封）节度使董晋的观察推官，又尝任徐州节度使张建封的节度推官。从事：唐代对幕僚的通称。此作动词“服务”讲。

㊼ 道：取道，经过。

㊽ 双庙：睢阳合祭张、许二公之庙。

㊾ 南霁云：魏州顿丘（今河南清丰县西南）人。少时曾为船夫。

钜野尉张诏讨安禄山，用他为将；后在尚衡军中任先锋，受遣往睢阳计议军事，遂留在张巡帐下效力。（见《新唐书·南霁云传》）贺兰：复姓，指贺兰进明，时为河南节度使，驻军临淮（今安徽凤阳县东北）。

㊿ 延：邀请。

51 感激：感动。

52 矢：箭。浮图：佛塔。

53 “矢著”句：箭射中佛塔上的砖，陷入半支箭的深度。

54 所以志：用来作为标志。

55 泗州：属河南道，治临淮（今江苏盱眙县东南）。

56 胁：胁迫。降：使动用法，使投降。

57 南八：即南霁云。他在同宗中排行第八，故称。

58 欲将以有为：将要寻找机会有所作为，伺机杀敌。

59 少依：自小依附。

60 常：同“尝”，曾经。

61 大历：唐代宗李豫的年号（766—779 年）。和州乌江县：今安徽和县东北。

62 “以巡”句：因张巡的缘故（张巡死难有功，朝廷封赏其故旧），曾得临涣县（今安徽宿州市西南）县尉的官职。尉：县令下管治安捕盗的官。

63 粗问：大略地询问。

64 细：详问。

65 七尺：古尺小于今，约相当于现在五尺多。

66 帙（zhì）：装书的布套，每十卷合装一帙，此指代书。

⑰ 尽然：都这样，指都能背诵。

⑱ 应口诵无疑：随着提问而背诵，毫无迟疑。

⑲ 辄张：就蓬开。

⑳ 旋：小便。《左传·宣公三年》杜预注："旋，小便也。"一说，指环顾四周。《楚辞·招魂》王逸注："旋，转也。"

㉑ 怖：恐惧。

㉒ 阳阳：神色自若、毫无畏惧的样子。

㉓ 亳（bó）：亳州，今安徽亳州市。宋：宋州，即睢阳。

㉔ 诣州讼理：到州衙门去提出诉讼。

注者按

张中丞，即张巡（709—757年），邓州南阳（今河南南阳）人，一说为蒲州河东（今山西永济）人。开元末进士。天宝中曾任真源（今河南鹿邑县东）县令。安禄山反，巡起兵讨贼，常以千余人与敌数万相周旋，颇著声誉。后因饷路断绝，转保宁陵，至睢阳（今河南商丘），与太守许远、城父令姚訚会合，坚守危城，屏蔽江淮。诏拜御史中丞。睢阳被围近一年，终因兵尽粮绝，于唐肃宗至德二年（757年）十月陷落，张巡等36人皆被俘，不屈而死。其后，有人诬巡降贼，友人李翰因撰《张中丞传》（今不传），上呈肃宗，以伸张正义，澄清事实。50年后，即唐宪宗元和二年（807年），韩愈读了李翰的文章后，感到犹有不足，因而写了这篇文章。题为"后叙"，实为"书后"，是对《张中丞传》本身的补充，采遗事以补《传》中所不足，使张巡、许远及其部属们为维护统一、平定叛乱而壮烈牺牲的事迹彪炳史册，感召后人。

本文前半篇以议论申辩为主：辩许远乃后死非怕死；辩睢阳之陷落，因兵粮皆尽，又无外援，而不是分城而守的谋划不当；论死守睢阳，屏蔽江淮，关系大局，驳斥无须死守的谬论。后半篇补叙南霁云和张巡的事迹。前者得之耆旧口述，虽仅百数十字，但运用对话、行动等细节描写，把南霁云的义烈表现得淋漓尽致。而“船上人犹指以相语”，更是画龙点睛之笔。后者乃张籍得之于于嵩，兼及于嵩下落。史实当取信于人，故须详述来历根据。

本文论辩“气盛言宜”，锋芒毕露，有《孟子》之风；补叙史传，人物形象栩栩如生，得太史公之体。

沈德潜《唐宋八大家读本》：“辩许远无降贼之理，全用议论。后于老人言，补南霁云乞师，全用叙事。本从张籍口中述于嵩，述张巡轶事，拉杂错综，史笔中变体也。争光日月，气薄云霄，文至此可云不朽。”

段太尉逸事状

柳宗元

太尉始为泾州刺史时[①]，汾阳王以副元帅居蒲[②]，王子晞为尚书[③]，领行营节度使[④]，寓军邠州[⑤]，纵士卒无赖[⑥]。邠人偷嗜暴恶者，卒以货窜名军伍中，则肆志，吏不得问[⑦]。日群行丐取于市[⑧]，不嗛[⑨]，辄奋击折人手足，椎釜鬲瓮盎盈道上[⑩]，袒臂徐去[⑪]；至撞杀孕妇人。邠宁节度使白孝德以王故[⑫]，戚不敢言[⑬]。

太尉自州以状白府[⑭]，愿计事[⑮]。至则曰："天子以生人付公理[⑯]，公见人被暴害，因恬然[⑰]，且大乱，若何？"孝德曰："愿奉教。"太尉曰："某为泾州，甚适，少事[⑱]，今不忍人无寇暴死，以乱天子边事。公诚以都虞候命某者[⑲]，能为公已乱[⑳]，使公之人不得害[㉑]。"孝德曰："幸甚。"如太尉请。

既署一月[㉒]，晞军士十七人入市取酒，又以刃刺酒翁[㉓]，坏酿器，酒流沟中。太尉列卒取十七人，皆断头注槊上，植市门外[㉔]。晞一营大噪，尽甲[㉕]。孝德震恐，召太尉曰："将奈何？"太尉曰："无伤也[㉖]，请辞于军[㉗]。"孝德使数十人从太尉，太尉尽辞去，解佩刀，选老躄者一人持马[㉘]，至晞门下。甲者出，太尉笑且入，曰："杀一老卒[㉙]，何甲也？吾戴吾头来矣。"甲者愕。因谕曰："尚书固负若属耶[㉚]？副元帅固负若属耶？奈何欲以乱败郭氏？为白尚书，出听我言。"晞出见太尉，太尉曰："副元帅勋塞天地，当务始终[㉛]。今尚书恣卒为暴[㉜]，暴且乱，乱天子边，欲谁归罪？罪且及副元帅。今邠人恶子弟以货窜名军籍中，杀害人，如是不止，几日不大乱？大乱由尚书出，人皆曰尚书倚副元帅不戢士[33]，然则郭氏功名其与存者几何[34]？”

言未毕，晞再拜曰：“公幸教晞以道，恩甚大，愿奉军以从。”顾叱左右曰：“皆解甲，散还火伍中[35]。敢哗者死！”太尉曰：“吾未哺食，请假设草具[36]。”既食，曰：“吾疾作，愿留宿门下。”命持马者去，旦日来。遂卧军中。晞不解衣，戒候卒击柝卫太尉[37]。旦，俱至孝德所，谢不能[38]，请改过。邠州由是无祸。

先是，太尉在泾州为营田官[39]，泾大将焦令谌取人田[40]，自占数十顷，给与农[41]，曰：“且熟[42]，归我半。”是岁大旱，野无草。农以告谌，谌曰：“我知入数而已[43]，不知旱也。”督责益急[44]。且饥死，无以偿，即告太尉。太尉判状，辞甚巽[45]，使人求谕谌[46]。谌盛怒，召农者曰：“我畏段某耶？何敢言我[47]！”取判铺背上，以大杖击二十，垂死，舆来庭中[48]。太尉大泣曰：“乃我困汝。”即自取水洗去血，裂裳衣疮，手注善药[49]，旦夕自哺农者[50]，然后食。取骑马卖，市谷代偿[51]，使勿知。

淮西寓军帅尹少荣[52]，刚直士也。入见谌，大骂曰：“汝诚人耶？泾州野如赭[53]，人且饥死，而必得谷，又用大杖击无罪者。段公，仁信大人也，而汝不知敬。今段公唯一马，贱卖市谷入汝，汝又取不耻。凡为人傲天灾[54]、犯大人、击无罪者，又取仁者谷，使主人出无马，汝将何以视天地[55]？尚不愧奴隶耶？”谌虽暴抗[56]，然闻言则大愧，流汗，不能食，曰：“吾终不可以见段公！”一夕自恨死[57]。

及太尉自泾州以司农征[58]，戒其族："过岐[59]，朱泚幸致货币[60]，慎勿纳。"及过，泚固致大绫三百匹。太尉婿韦晤坚拒，不得命[61]。至都，太尉怒曰："果不用吾言。"晤谢曰："处贱[62]，无以拒也。"太尉曰："然终不以在吾第[63]。"以如司农治事堂，栖之梁木上[64]。泚反，太尉终[65]。吏以告泚，泚取视，其故封识具存[66]。

太尉逸事如右。元和九年月日[67]，永州司马员外置同正员柳宗元谨上史馆[68]。

今之称太尉大节者，出入以为武人[69]，一时奋不虑死，以取名天下。不知太尉之所立如是。宗元尝出入岐周邠斄间[70]，过真定[71]，北上马岭[72]，历亭鄣堡戍[73]，窃好问老校退卒[74]，能言其事：太尉为人姁姁[75]，常低首拱手行步，言气卑弱，未尝以色待物[76]。人视之，儒者也。遇不可，必达其志[77]，决非偶然者[78]。会州刺史崔公来[79]，言信行直[80]，备得太尉遗事，覆校无疑[81]。或恐尚逸坠，未集太史氏[82]，敢以状私于执事[83]，谨状。

注 释

① 泾州：故治在今甘肃省泾川县北。刺史：州郡的长官。唐代宗广德二年（764 年），段秀实任泾州刺史。

② 汾阳王：郭子仪，唐肃宗上元三年（762 年）受封为汾阳王。代宗广德二年被任命为关内河东副元帅、河中节度使，出镇河中。蒲：州名，今山西永济市，当时为河中府府治。

③ 王子晞：郭晞，子仪第三子。善骑射，随父征伐有功。《通

鉴考异》:“据《实录》,时晞官为左常侍,宗元云尚书,误也。”

④领:代理。行营节度使:副元帅军营的统领。行营,出征时的军营。因当时郭子仪不在,故让郭晞“领行营节度使”,代理军务。

⑤寓:寄寓。邠州:今陕西彬州市。广德二年,吐蕃进逼邠州,子仪遣晞将兵万人救之。(见《资治通鉴·唐纪三十九》)

⑥纵:放纵。无赖:此作“为非作歹”讲。

⑦“邠人”四句:谓邠州人中那些诈伪、贪婪、凶残、邪恶的人,骤然用贿赂的手段,把名字混入军队,就任意妄为,而一般官吏不得干涉过问。偷:苟且、诈伪。嗜:嗜欲、贪婪。卒:同“猝”,“骤然”的意思。以货:以财贿的手段。窜名:把名字混入。肆志:任意妄为。

⑧丐取:求取。此为“强取”。

⑨不嗛(qiè):不满足。嗛,同“慊”,满足,快意。

⑩椎:同“槌”,打碎。釜(fǔ):锅。鬲(lì):一种鼎状的烹饪器。瓮:盛酒的陶器。盎(àng):腹大口小的瓦盆。盈:满。

⑪把臂:互挽着胳膊。

⑫宁:宁州,今甘肃宁县。白孝德:李光弼的部将,广德二年为邠宁节度使,后封昌化郡王。以王故:因为汾阳王的缘故。白当时受郭子仪节制,故有所顾忌。

⑬戚:忧愁。

⑭状:陈述事实的一种文书。白:禀告。府:指邠宁节度使衙门。

⑮ 计事：商议事情。

⑯“天子”句：谓天子把百姓交给您治理。

⑰ 因恬然：仍处之泰然。恬然，安适的样子。

⑱“某为”三句：我任泾州刺史，很安闲，事情不多。某：当时段太尉自称秀实，作者尊敬太尉，不直写他的名字，用“某”字代替。适：安适。

⑲ 都虞候：唐代中后期藩镇府中的一种武官，专管惩治不法军士。《旧唐书·段秀实传》：“秀实为都虞候，权知奉天行营事，号令严一，军府安泰。”命：委派，任命。

⑳ 已乱：制止暴乱。

㉑ 不得害：不受害。

㉒ 署：暂时代理。

㉓ 酒翁：此指酿酒者。

㉔“皆断头”两句：谓都砍头，插在长矛上，竖在市门外。注：附着。槊：丈八长矛。植：竖立。

㉕ 尽甲：全都披上铠甲。

㉖ 无伤：不要紧。

㉗ 请辞于军：请让我致辞于军中。

㉘ 躄（bì）：两脚瘸。一脚瘸叫跛。持马：牵马。

㉙ 一老卒：段太尉自称。

㉚ 固负若属耶：难道亏负了你们这班人吗？固，乃，此是“难道”的意思。负，亏负，对不起。若属，你们这班人。

㉛“副元帅”两句：谓郭子仪的功勋充满了天地，应当使他的功名有始有终。

㉜ 恣：纵任。

㉝ 戢（jí）士：管束士兵。

㉞ 与：句中助词，无义。

㉟ 火伍：唐代兵制，五人为伍，十人为火，此泛指队伍。

㊱“吾未”两句：我未吃晚饭，请借备些粗劣食物。哺食：晚饭。哺，申时，下午三点至五点。假：借用。设：置，安排。草具：粗食。

㊲“戒候卒”句：命令守卫的兵士打更以保卫太尉。戒：告诫，命令。候卒：守候的士兵。柝：巡夜打更用的梆子。

㊳ 谢不能：道歉谢罪，表示自己无能。

㊴ 营田官：指营田副使。唐代兵制，诸军万人以上置营田副使一人，掌管军队屯垦。《新唐书·食货志三》：“开军府以扞要冲，因隙地置营田……有警，则以兵若夫千人助收。”白孝德初任邠宁节度使时，曾以段秀实任度支、营田副使。（见《新唐书》本传）

㊵ 焦令谌：泾原节度使马璘的部将。取人田：强占民田。

㊶ 给与农：租与农民耕种。

㊷ 且熟：将来成熟时。

㊸ 入数：应收入的谷米数目。

㊹ 督责：催取。

㊺ 巽（xùn）：同“逊”，谦逊，恭顺。

㊻ 求谕谌：向焦令谌请求，并劝告他。

㊼ 言我：意为控告我。

㊽ 舆来庭中：抬到段秀实营田副使衙门的庭中。舆，抬。

㊾“裂裳”两句：撕破自己的衣裳，为农民包扎伤口，亲手敷上好药。

㊿哺：喂。

51 市：买。

52 淮西寓军帅：寄寓在泾州的淮西军帅。淮西，指淮西镇，辖蔡（今河南汝南县）、申（今河南信阳市）、光（今河南潢川县）三州。“安史之乱”后，唐朝削弱，吐蕃不断乘机侵扰，故唐廷常调别处军队到西北一带驻防戍边。

53 野如赭（zhě）：田野如赤色。形容干旱严重，禾苗干枯。

54 傲：此作“轻视”讲。

55 视天地：仰视天，俯视地，此指存活于人间。

56 暴抗：强横、傲慢无礼。

57 一夕自恨死：一天晚间自己为此事懊恨而死。此说与事实不符。《通鉴考异》：“按《段公别传》，大历八年（773 年）焦令谌犹存。盖宗元得于传闻，其实令谌不死也。”

58 司农：司农卿。《新唐书·百官志》：“司农寺卿一人……掌仓储委积之事。”征：召。德宗建中元年（780 年），朝廷将段秀实自泾州征召入京，委以司农卿之职。

59 岐：唐州名，治所在今陕西宝鸡市凤翔区。

60 朱泚（cǐ）：幽州昌平人。代宗时曾任卢龙节度使，时任凤翔尹。建中三年（782 年），其弟朱滔叛唐，泚被免职，赴长安，以太尉衔留京。次年，泾原节度使姚令言军在长安哗变，德宗奔奉天。姚军拥泚为帝，国号大秦。兴元元年（784 年）李晟收复长安，泚为部将所杀。幸：此是“倘若”之意。

致：送。

⑥① 不得命：不得允许。即推辞不掉。

⑥② 处贱：自己处于卑下的地位。

⑥③“然终”句：意谓然而终究不可以放在我宅中。

⑥④“以如”两句：把它送往司农办公的厅堂，安放在房梁上。

⑥⑤“泚反”两句：泚在谋划称帝时，召段秀实议事，秀实唾泚面，大骂道：“狂贼，吾恨不斩汝万段，我岂逐汝反邪！”并以笏击泚，中其额，溅血洒地，泚匍匐脱走，秀实被杀。（见《资治通鉴·唐纪四十四》）

⑥⑥“其故”句：它（指大绫）原包装外面的缄封字迹都在。识（zhì）：同“志”，题识。

⑥⑦ 元和九年：814 年。

⑥⑧ 员外置同正员：指定额以外设置的官员，但其待遇则与正员相同。

⑥⑨ 出入：不外乎，大抵之意。以为武人：认为不过是一介武夫。

⑦⓪ 出入：往来，经过。周：周代的“周原”，故址在今陕西岐山县东北岐山下。斄（tái）：同“邰”，在今陕西武功县西南。贞元十年（794 年），作者曾至邠州军中探望叔父。

⑦① 真定：今河北省正定县。其地理位置与文中所到方位不合，疑作“真宁”，唐县名，今甘肃正宁县。

⑦② 马岭：山名，在今甘肃庆阳市西北。

⑦③ 亭鄣堡戍：泛指各种驻防戍守的地方。亭鄣，古时边疆险要处供防守的堡垒。堡，土筑的小城。戍，边防地的营垒。

⑦④ 老校退卒：年老的下级军官、退伍士兵。

⑮ 煦（xǔ）煦：和善的样子。

⑯ 以色待物：用严厉的脸色待人。

⑰“遇不可”两句：遇到不同意的，一定把自己的意愿表达出来。

⑱ 决非偶然者：谓段秀实的忠义节烈决非“一时奋不虑死”。

⑲ 会：恰遇，适逢。崔公：崔能，字子才，元和九年（814 年）任永州刺史。

⑳ 言信行直：指崔公语言信实，行为正直。

㉑ 覆校无疑：反复印证核对，无可怀疑。

㉒“或恐”两句：又恐怕这些事散失不传，未被史官采集。

㉓ 私于执事：私下交给你。私，私自，表谦虚之词。执事，即侍从左右的人。不直接称呼对方，而称供使役的人，表示恭敬。此指时任职史馆的韩愈。

注者按

段太尉，名秀实，字成公，汧阳（今陕西千阳）人，官至司农卿。唐德宗建中四年（783 年），朱泚叛，据长安，僭帝号，迫段为官。段骂泚为狂贼，用笏击泚额，遂被害。德宗兴元元年（784 年），追赠太尉，谥忠烈。逸事：散佚而未经记载之事迹。状：行状，叙述死者生平事迹的一种文体。人死后，在写墓志铭或立传之前，先有一篇具死者世系、名字、爵里、行治、寿年之详的文字，称“状”或“行状”，以备写墓志铭或立传时采录。“逸事状”是“行状”的变体，只记逸事，其余则可略。本文写于元和九年（814

年），时柳宗元为永州司马，韩愈任史馆修撰，此文实际上是呈送韩愈的。

本文通过段秀实三件逸事的记述，满怀激情地歌颂了他的不畏强暴、同情人民、清廉耿介、大义凛然，大胆揭露了中唐社会藩镇的专横强暴、鱼肉百姓，具有很强的现实意义。

作者围绕着一个中心：段秀实与恶势力的抗争，选择了三件事，采用对比和侧面描写的手法：郭晞的放纵士卒为非作歹与段秀实的惩治邪恶，整饬军纪；白孝德的软弱、顾忌与段秀实的正义、果敢、不畏权势强暴；焦令谌的残暴、贪婪与段秀实的慈惠、爱民；朱泚的行贿、叛逆与段秀实的廉洁、义烈，无不形成鲜明对比，从几个不同角度，突出了段秀实不同侧面的性格。文中插入尹少荣怒斥焦令谌一段，更是从侧面烘托了段秀实的形象。

作者用遒劲简洁的语言，刻画人物的言与行。在客观的记叙中，倾注作者强烈的感情，虽不著议论，也无抒情，但爱憎褒贬十分鲜明。

杨烈妇传

李　翱

建中四年①，李希烈陷汴州②，既又将盗陈州③，分其兵数千人，抵项城县④。盖将掠其玉帛，俘缧其男女⑤，以会于陈州⑥。县令李侃不知所为⑦。其妻杨氏曰："君，县令，寇至当守；力不足，死焉，职也⑧。君如逃，则谁守？"侃曰："兵与财皆无，将若何？"杨氏曰："如不守，县为贼所得矣！仓廪皆其积也⑨，府库皆其财也，百姓皆其战士也，国家何有？夺贼之财而食其食⑩，重赏以令死士⑪，其必济⑫！"

于是召胥吏、百姓于庭⑬。杨氏言曰："县令，诚主也⑭，虽然，岁满则罢去⑮，非若吏人百姓然。吏人百姓，邑人也⑯，坟墓在焉，宜相与致死以守其邑⑰，忍失其身而为贼之人耶？！"众皆泣许之。乃徇曰⑱："以瓦石中贼者，与之千钱；以刀矢兵刃之物中贼者，与之万钱。"得数百人，侃率之以乘城⑲。杨氏亲为之爨以食之⑳，无长少㉑，必周而均㉒。使侃与贼言曰："项城父老，义不为贼矣㉓，皆悉力守死。得吾城不足以威㉔，不如亟去㉕，徒失利，无益也。"贼皆笑。有飞箭集于侃之手，伤而归。杨氏责之曰："君不在，则人谁肯固矣㉖！与其死在城上，不犹愈于家乎㉗？"侃遂忍之，复登陴㉘。

项城小邑也，无长戟劲弩、高城深沟之固。贼气吞焉，率其徒将超城而下㉙。有以弱弓射贼者，中其帅，坠马死。其帅，希烈之婿也。贼失势，遂相与散走。项城之人无伤焉。刺史上侃之功，诏迁绛州太平县令[30]。杨氏至兹犹存[31]。

妇人女子之德，奉父母舅姑尽恭顺[32]，和于娣姒[33]，于卑幼有慈爱，而能不失其贞者，则贤矣。至于辨行列[34]，明攻守、勇烈之道，此固公卿大臣之所难。厥自兵兴，朝廷注意宠旌守御之臣[35]。凭坚城深池之险，储蓄山积，货财自若[36]，冠胄服甲[37]，负弓矢而驰者[38]，不知几人。其勇不能战，其智不能守，其忠不能死，弃其城而走者，有矣！彼何人哉[39]！若杨氏者，妇人也。孔子曰："仁者必有勇[40]。"杨氏当之矣[41]。

赞曰：凡人之情，皆谓后来者不及于古之人，贤者自古亦稀，独后代邪[42]？及其有之，与古人不殊也。若高愍女、杨烈妇者[43]，虽古烈女，其何加焉[44]！予惧其行事堙灭而不传[45]，故皆序之，将告于史官。

注 释

① 建中：唐德宗李适的年号（780—783 年）。

② 李希烈：辽西人。初为李忠臣裨将。忠臣被逐，代宗令其专留后事。德宗立，拜淮宁节度使，进南平郡王。李纳叛，诏希烈往讨，希烈约纳为唇齿，与朱滔、田悦相勾结。后破汴州，僭帝位，国号楚。亲将陈仙奇阴令医毒杀之。汴州：州名。唐辖境相当于今河南开封市和尉氏、杞县、兰考等县地。治所在开封市。

③ 既：后来。盗：掠夺。陈州：今河南周口市淮阳区。

④ 项城县：今属河南省。

⑤ 缧（léi）：用绳索捆绑。

⑥ 会：会师。

⑦ 不知所为：不知该怎么办。

⑧ 死焉：死于拒守。职：职责。

⑨ 仓廪皆其积：粮仓所储都变成他们的积蓄。

⑩“夺贼”句：谓（动用仓廪府库等于）夺取贼兵的财物，吃他们的军粮。

⑪“重赏”句：用重赏以激励敢于死战的士兵。

⑫ 其必济：那必定成功。

⑬ 胥吏：衙门中的下级人员。

⑭ 诚主也：确实是一县之主。

⑮ 岁满：任期满了。罢去：离职而去。

⑯ 邑人：本地人。

⑰“宜相与”两句：谓应共同协力死守其城，难道忍心失身做乱臣贼子的子民吗？

⑱ 徇：宣布命令。

⑲ 乘城：登城（守御）。

⑳ 爨（cuàn）：烧饭。食（sì）：拿食物给人吃。

㉑ 无长少：无论年龄长幼。

㉒ 必周而均：必定分得周全而且均匀。

㉓ 义不为贼：守义而绝不从贼。

㉔ 不足以威：不足以显示兵威。

㉕ 亟（jí）：急切。

㉖ 固：固守，坚守。

㉗“与其”两句：如果死在城上，不还好于死在家里吗？与其：如果。愈：更好。

㉘陴（bí）：城墙上的小墙。

㉙“贼气”两句：谓叛贼气盛，似一口能吞下小城，率领贼兵越城墙而下。

㉚绛州太平县：今山西省临汾市。唐朝把全国的县分为赤、畿、望、紧、上、中、下七等，项城为上县，太平是紧县（要冲县），故由项城调太平县为升迁。

㉛至兹犹存：至今还活着。

㉜舅姑：公公婆婆。

㉝娣姒（sì）：泛指妯娌。

㉞辨行列：懂军事。

㉟宠旌：优待，表扬。

㊱自若：此指可自由支配。

㊲冠胄服甲：戴头盔，穿铠甲。

㊳负：背。驰：此指逃窜。

㊴彼何人哉：那都是些什么样的人啊。

㊵仁者必有勇：语见《论语·宪问》。

㊶当之矣：当得起这话了。

㊷独后代邪：岂独后代贤者稀耶？

㊸高愍（mǐn）女：高彦昭的女儿高妹妹。建中二年（781年），她全家惨遭叛军杀害，妹妹年仅七岁，从容就义。唐德宗赐号愍女，李翱为她作《高愍女碑》。

㊹其何加焉：有什么胜过她们的地方。

㊺ 堙（yīn）灭：埋没。

作者简介

李翱（772—841 年），字习之，陇西成纪（今甘肃秦安）人。贞元十四年（798 年）进士及第。历任国子博士、史馆修撰，官至山南东道节度使。

他是韩愈的学生，是古文运动的主要成员之一。文章平正谨严，发展了韩文“文从字顺”的一面。著有《李文公集》。

注者按

唐德宗建中三年（782 年），淮宁节度使李希烈拥兵割据，自称建兴王、天下都元帅。次年，又四出略地，攻陷汴州（今河南开封）等地，自称楚帝。这篇文章为一位小城的县令之妻作传。她在叛军压境、兵临城下的危急时刻，毫不畏惧，对丈夫责以大义，献以良计，让他发动胥吏百姓，悬赏以激励士气，并身先士卒，终于以弱胜强，击退了叛军，保全了一城百姓的生命财产。

作者把杨氏置于生死存亡的关头，记叙了她责夫、谕民、斥敌的语言和勇敢果断的行动，表现了她的远见卓识和临危不惧，成功地塑造了一位栩栩如生的巾帼英雄。作者特意用有责任守、有条件守的官吏临敌脱逃的可耻行径来反衬她的义烈行为，赞颂之情，注于笔端。篇末以古之贤者为陪衬，将赞颂之意申足。但封建妇道的标准，则反映了作者的局限。全文叙事生动完整，议论有力，语言简明。

孙忠烈公世乘序[①]

张 岱

概观古今死忠义与立功业之臣，大略务名者什之七，务实者什之三。务名者出于意气，其发扬尚浅；务实者本之性情，其蕴酿甚深。某尝以宸濠之叛观之[②]，因变故而立功业者，王文成、伍吉安是也[③]，伍吉安务名，而王文成则务实。遭变故而死忠义者，孙忠烈、许忠节是也，许忠节则务名[④]，而孙忠烈则务实。夫实岂易言哉！“桃李不言，下自成蹊[⑤]”者，以实也。李广口呐呐不能吐[⑥]，而亡之日，无识不识哀者，以实也。黄宪、郭林宗无功名事业文章于世[⑦]，而天下颂之，后世信之者，以实也。

忠烈公知宸濠必变，不敢摘伏发奸[⑧]，实意实心，早防预备。实结民心，则缓征宽役；实剪羽翼，则捕盗除凶；实防要害，则筑城浚隍；实置声援，则设板选锐；实备挽输，则编船储粮。公盖缜密绸缪[⑨]，不露声色。日后除残戡乱，非公预为之计，则斩使者不能斩，守城者不能守，集兵者不能集，挽饷者不能挽，起义者不能起，擒王者不能擒。总计平濠勋绩，皆本于忠烈公一人之性情。后当临难，公蚤知必有此事，亦持重端严，从容就义。许忠节公呼公骂贼，公只侃侃正言，伸明大义，不以声音笑貌之末，乱我靖恭坚忍之心。“天无二日，民无二王”，以此八字留之天壤，直与日月争光，可令狐狸貒貉遂能噉尽之乎[⑩]。于是知公惟一实，实则可以格豚鱼[⑪]，可以伏豺虎，可以动天地，可以泣鬼神。务名者天以名报，书绩旂常[12]，勒名钟鼎，施之后世，斯亦已矣。务实者天以实报，子孙繁衍，科第连绵，传忠传孝，允文允武[13]。今观公之云礽五世[14]，后且玉树盈阶[15]，方兴未艾，天之酬报忠贞，何其蕴隆若此耶[16]？

昔范尧夫属东坡序《文正公集》[17]，东坡曰：轼总角时闻范公名，即疑为天人，焉敢妄加论著？第得挂名文字中，自附门下士之末，则深幸矣[18]。今中翰君嘱某序《世乘》[19]，忠烈公固属天人，而某视东坡，犹虫臂之与麟定[20]，尤为惭恧。第东坡之颂文正公以一诚，某之颂忠烈公以一实，此皆发千古确论，余小子亦何敢多让焉？

注 释

①孙忠烈公：孙燧，字德成，余姚（今属浙江）人。弘治进士，授刑部主事，历官河西右布政。时宸濠有逆谋，朝议欲得才节大臣前往制之，擢燧为右副都御史巡抚江西。既至，时为宸濠陈说大义。七次上疏言宸濠必反，皆因宸濠贿权臣遮阻而不能达。及宸濠反，伏兵召燧至，执而击之，折左臂，仍骂不绝口，遂被害。赠礼部尚书，谥忠烈。世乘：世史。此或为记载家世的史书。乘，春秋时晋国史书名。后以指代史书。今存浙江余姚《孙氏世乘》三卷：（清）孙兆熙、孙兆动等辑，清康熙间刻本。卷上载孙燧生平事迹。谓其子孙多忠孝节义者。

②宸濠之叛：明正德间，宁王朱宸濠发动的叛变。宸濠封藩南昌，久蓄反谋。地方屡有上书奏告，权臣得贿而庇护之。正德

十四年（1519 年）六月，因谋反事泄，宸濠集兵万人，叛于南昌。杀都御史孙燧、按察司副使许逵，发兵克九江、南康，围安庆。提督南赣军务都御史王守仁闻变，与吉安知府伍文定等集兵趋南昌，在黄家渡败回师救南昌的叛军。朱宸濠后为官军再次击溃被俘，不久被赐死。

③ 王文成：王守仁（1472—1529 年），浙江余姚人。曾讲学于阳明洞，人称“阳明先生”。弘治进士，任刑部、兵部主事。正德初，因忤刘瑾，谪为贵州龙场（今修文）驿丞。瑾诛，历官都察院右佥都御史，巡抚南赣，平宸濠之叛。嘉靖时，官至兵部尚书，封新建伯。创心学，以“灭人欲，存天理”为旨归，风靡一时。卒谥文成。伍吉安：伍文定（1470—1530 年），字时泰，号松月，湖广松滋（今属湖北）人。弘治进士。朱宸濠叛乱时，任吉安知府，以平叛功擢江西按察使。嘉靖初，官至兵部尚书兼右都御史，后遭劾致仕。

④ 许忠节：许逵，字汝登，固始（今属河南）人。身长巨口，猿臂燕颔，沉静有谋略。历任乐陵知县、山东佥事、江西副使。宸濠之变，不屈被害。世宗时追谥忠节。

⑤“桃李”两句：见于《史记·李将军列传》所引民谚。“言桃李以其华实之故，非有所召呼，而人争归趣，来往不绝。其下自然成蹊，以喻人怀诚信之心，故能潜有所感也。”（颜师古《汉书注》）

⑥“李广”句：《史记·李将军列传》：“太史公曰：‘余睹李将军悛悛如鄙人，口不能道辞；及死之日，天下知与不知，皆为尽哀。彼其忠实心诚信于士大夫也。’”呐呐：言语迟钝。

⑦ 黄宪（75—122 年）：字叔度，汝南慎阳人。家世贫贱，荀淑誉之为颜子（回）。陈蕃、周举常相谓："时月之间不见黄生，则鄙吝之萌，复存乎心。"郭泰谓："叔度汪汪若千顷波，澄之不清，淆之不浊，不可量也。"卒年四十八，世号为征君。郭林宗：郭泰（128—169 年），字林宗，太原介休人。博通经典，居家教授。弟子至千人。品题海内人物，不为危言覈论，故党锢祸起，得免于祸。嗣后，蔡邕为作碑铭，自言所撰碑铭，唯于郭有道（泰曾以有道征，不应，故称。）无愧色。

⑧ 摘伏发奸：揭露隐恶奸谋。作者谓其"不敢"未得其实，且不符孙公性格。其实孙公曾七次上疏言宸濠必反，皆因宸濠贿权臣遮阻而不能达。后因不愿授宸濠之叛以口实，才隐而不发。详文后按。

⑨ 绸缪：紧缠密绕。后常以"未雨绸缪"喻防患于未然。

⑩ 貒貉（tuān hē）：《世说新语·品藻》："人皆如此，便可结绳而治，但恐狐狸猯（同貒）狢（同貉）噉尽。"貒，猪獾。貉，似狸，锐头尖鼻。噉：同"啖"，食。

⑪ 格：格杀。

⑫ 书绩旂常：古代王用太常，诸侯用旂，以作纪功授勋的仪制。旂常，均为旗名。《周礼·春官·司常》："日月为常，交龙为旂。"

⑬ 允文允武：形容既能文又能武。语出《诗经·鲁颂·泮水》："允文允武，昭假烈祖。"允，文言语首助词。

⑭ 云礽：远孙。《尔雅·释亲》："曻孙之子为仍孙，仍孙之子为云孙。"注："仍，亦重也。云，言轻远如浮云。"礽：亦作

“仍”，自身以下至八世为仍孙。燧之子、孙、曾孙多为达官，详《越中杂识·忠节》。

⑮ 玉树：喻姿貌秀美、才干优异的人。《世说新语·容止》：“魏明帝使后弟毛曾与夏侯玄共坐，时人谓蒹葭倚玉树。”

⑯ 蕴隆：暑气郁结而隆盛。引申为炽盛，显赫。

⑰ 范尧夫：范仲淹的次子，名纯仁，字尧夫，皇祐进士。元祐间拜相。属：请。《文正公集》：范仲淹，字希文，才兼文武，庆历间拜参知政事，与富弼、欧阳修等推行庆历新政。出知地方，颇有德政。卒谥文正。有《范文正公文集》传世。

⑱ “东坡”七句：苏东坡《范文正公文集叙》：“呜呼！公之功德，盖不待文而显，其文亦不待叙而传。然不敢辞者，自以八岁知敬爱公，今四十七年矣！彼三杰（指韩琦、富弼、欧阳修）者，皆得从之游，而公独不识，以为平生之恨，若获挂名其文字中以自托于门下士之末，岂非畴昔之愿也哉!”总角：古代少儿束发两结，状如角，故称，并以指代少儿。天人：有道而出类拔萃的人。

⑲ 中翰：内阁中书。此指孙燧子孙中任此官职者。

⑳ 虫臂：喻微小卑贱之物。《庄子·大宗师》：“以汝为鼠肝乎？以汝为虫臂乎?”《释文》：“王（叔之）云：取微蔑至贱。”麟定：麟额。《诗经·周南·麟之趾》：“麟之定，振振公姓。”朱熹集注：“定，额也。”

作者简介

张岱（1597—1679 年），字宗子，又字石公，号陶庵，又号蝶庵，绍兴山阴（今浙江绍兴）人。出身于仕宦家庭，早年生活优渥，自云："好精舍，好美婢，好娈童，好鲜衣，好美食，好骏马，好华灯，好烟火，好梨园，好鼓吹，好古董，好花鸟，兼以茶淫橘疟，书蠹诗魔。"（《自为墓志铭》）明亡后，曾参加过抗清斗争，因见小朝廷腐朽不堪辅佐，便携家避难嵊县西白山中，过着担粪舂米、躬耕自食的艰苦生活，发愤著书。他博学多闻，著述颇丰。他沿袭公安派、竟陵派的文学主张，文笔舒放，题材广泛，语言生新，博采众长，成为晚明小品文的大家。明亡后所作《陶庵梦忆》《西湖梦寻》及《琅嬛文集》是他的代表作，多抒发他对故国风土人情的怀恋。史学方面，他先后耗时 27 年，"五易其稿，九正其讹"而成的《石匮书》和《石匮后书》，是明朝（及明亡后小朝廷）的皇皇巨著。

注者按

《越中杂识·忠节》载：孙燧"正德十年，擢江西巡抚。时宁王宸濠有逆谋，燧闻命叹曰：'是当死生以之矣。'遣妻子还乡，独携二僮往。至则宸濠逆状已大露。察副使许逵忠勇可属大事，因与之谋。先是，副使胡世宁以白宸濠谋，得罪去，燧念讼言于朝无益，乃托御他寇，城进贤、南康、瑞州，请设通判于弋阳，兼辖五县兵……逵劝燧先发后闻，燧曰：'奈何与贼以名，且需之。'会御史萧淮尽发宸濠不轨状，诏遣大臣宣谕。宸濠闻，遂决计反。宸濠生日宴众官，明日燧及诸大吏入谢，宸伏兵于府，大言曰：‘孝宗为李广所误抱民间子，我祖宗不血食者十四年。今太后有诏，令我起兵讨贼，亦知之乎?’众相顾错愕，燧直前曰：‘安得此言，请出诏示我。’宸濠言：‘毋多言，我往南京，汝当扈驾。’燧大怒曰：‘汝速死耳。天无二日，我岂从汝违逆哉。’宸濠怒，叱缚燧。逵奋曰：‘逆贼安得辱天子大臣!’因以身蔽燧。贼并缚逵。二人且缚且骂，贼击燧折左臂，与逵同曳出。逵谓燧曰：‘吾劝公先发者，知有今日故也。’二人同日遇害于惠民门外。巡抚王金、布政使梁宸以下，皆稽首呼万岁。宸濠……大索兵器于城中，不得，贼多持白梃。伍文定起义兵，设两人木主于文信公祠中，率吏民哭之。王守仁与共平贼。诸逋贼走安义，而安义为燧所新设县，遣重兵戍之，贼至，皆见获，无脱者。于是人思燧功”。以上所载，足以与本文相发明。

全文在名与实的对比中，颂扬孙燧报国以实；在六个“实”字排比句中，突出孙燧御寇务实，未雨绸缪，防患周全；又在六个“不能”的排比句中，突出其一系列防范的举措在日后平叛中的作用。作者善于以虚衬实，写“立功业者”王文成、伍吉安是虚，写忠义者孙燧、许逵是实；颂许忠节是虚，颂孙忠烈是实。作者还善于以陪衬突出主体，以李广、黄宪、郭泰为陪衬，烘托孙燧之“实”，得天下人哀而颂之；以苏轼序《范文正公集》颂文正公以“一诚”为陪衬，烘托自己序《世乘》颂孙公以“一实”。故文虽着墨不多，孙燧之忠烈功业，已肝胆照人矣。

民族节概　浩气长存

忠肝义胆　万古流芳

中华民族历来讲究气节风骨的养成和修炼砥砺。孔子曰："三军可夺帅也，匹夫不可夺志也。""岁寒，然后知松柏之后凋也。"(《论语·子罕》)"志士仁人，无求生以害仁，有杀身以成仁。"(《论语·卫灵公》)孟子曰："吾善养吾浩然之气。"(《孟子·公孙丑上》)"富贵不能淫，贫贱不能移，威武不能屈。"(《孟子·滕文公下》)屈原曰："民生各有所乐兮，余独好修以为常。"(《离骚》)正是因为屈原好修为常，所以他能成为我国历史上第一位伟大的爱国诗人。司马迁云："人固有一死，或重于泰山，或轻于鸿毛。"(《报任安书》)这些先贤哲人砥砺名节、淬炼风骨的教导，作为中华文化的精华，成就了一大批正气凛然、铁骨铮铮、勇赴国难、舍身取义的爱国英雄。班固的《苏武传》记述了苏武奉节出使，"始以强壮出，及还，须发尽白"。被滞留匈奴长达19年之久，历尽艰辛、受尽折磨的悲惨境遇。盛赞了他面对匈奴的威逼利诱，百折不挠的英雄气概，忠贞不渝、宁死不屈的民族气节。他的事迹被编成歌曲和戏曲，百世传颂。著名的民族英雄文天祥，他的《〈指南录〉后序》题名取"臣心一片磁石针，不指南方不肯休"(《过扬子江》)之意，记叙了他临危受命出使元军，与敌抗争，被囚脱逃，九死一生，回归宋廷的艰难历程。表达了他碧血丹心的爱国精神和大义凛然、九死不悔的民族气节。"人生自古谁无死，留取丹心照汗青。"(《过零丁洋》)他的《〈正气歌〉序》作于兵马司狱中，自叙其如何凭借着一身正气、满腔忠贞，抵御狱中七种邪恶志气，战胜极其恶劣的囚系环境，充分显示了他崇高的爱国精神和百折不挠的坚强意志。王炎午的《望祭文丞相文》祭吊文公，泣血锥心，令人几不忍卒读。茅盾的《白杨礼赞》、丰子恺的《中国就像棵大树》、孙犁的《采蒲台的苇》，都是以托物为喻的手法，从不同的角度、不同的层面丰富了我们民族精神的内涵，礼赞了中华民族不屈不挠的精神。

正是这种浩然正气、凛然风骨作为爱国主义精神的支柱，构成了中华民族的脊梁，擎起了中华民族悠久的历史和宏伟的广厦。

苏武传

班 固

武字子卿，少以父任[①]，兄弟并为郎[②]。稍迁至栘中厩监[③]。时汉连伐胡[④]，数通使相窥观[⑤]。匈奴留汉使郭吉、路充国等前后十余辈[⑥]。匈奴使来，汉亦留之以相当[⑦]。

天汉元年[⑧]，且鞮侯单于初立[⑨]，恐汉袭之，乃曰："汉天子，我丈人行也[⑩]。"尽归汉使路充国等[⑪]。武帝嘉其义[⑫]，乃遣武以中郎将使持节送匈奴使留在汉者[⑬]；因厚赂单于，答其善意[⑭]。武与副中郎将张胜及假吏常惠等[⑮]，募士、斥候百余人俱[⑯]。既至匈奴，置币遗单于[⑰]。单于益骄，非汉所望也[⑱]。

方欲发使送武等，会缑王与长水虞常等谋反匈奴中[⑲]——缑王者，昆邪王姊子也[⑳]，与昆邪王俱降汉，后随浞野侯没胡中[㉑]，及卫律所将降者[㉒]，阴相与谋劫单于母阏氏归汉[㉓]。会武等至匈奴，虞常在汉时，素与副张胜相知，私候胜[㉔]，曰："闻汉天子甚怨卫律，常能为汉伏弩射杀之。吾母与弟在汉，幸蒙其赏赐。"张胜许之，以货物与常。

后月余，单于出猎，独阏氏、子弟在。虞常等七十余人欲发[㉕]；其一人夜亡告之[㉖]。单于子弟发兵与战，缑王等皆死；虞常生得。单于使卫律治其事。张胜闻之，恐前语发[㉗]，以状语武。武曰："事如此，此必及我。见犯乃死，重负国[㉘]！"欲自杀。胜、惠共止之。虞常果引张胜[㉙]。单于怒，召诸贵人议，欲杀汉使者。左伊秩訾曰[㉚]："即谋单于，何以复加？宜皆降之[㉛]。"单于使卫律召武受辞[32]。武谓惠等：“屈节辱命，虽生，何面目以归汉！”引佩刀自刺，卫律惊，自抱持武，驰召毉[33]。凿地为坎[34]，置煴火，覆武其上，蹈其背以出血[35]。武气绝，半日复息[36]。惠等哭，舆归营[37]。单于壮其节，朝夕遣人候问武，而收系张胜[38]。

武益愈[39]。单于使使晓武，会论虞常[40]，欲因此时降武。剑斩虞常已，律白：“汉使张胜，谋杀单于近臣[41]，当死。单于募降者赦罪[42]。”举剑欲击之，胜请降。律谓武曰：“副有罪，当相坐[43]。”武曰：“本无谋[44]，又非亲属，何谓相坐？”复举剑拟之[45]，武不动。律曰：“苏君！律前负汉归匈奴，幸蒙大恩，赐号称王；拥众数万，马畜弥山[46]，富贵如此！苏君今日降，明日复然。空以身膏草野[47]，谁复知之！”武不应。律曰：“广君因我降，与君为兄弟。今不听吾计，后虽欲复见我，尚可得乎？”

武骂律曰：“女为人臣子[48]，不顾恩义，畔主背亲，为降虏于蛮夷，何以女为见[49]！且单于信女，使决人死生；不平心持正，反欲斗两主[50]，观祸败！南越杀汉使者，屠为九郡[51]。宛王杀汉使者，头县北阙[52]。朝鲜杀汉使者，即时诛灭[53]。独匈奴未耳。若知我不降明[54]，欲令两国相攻。匈奴之祸，从我始矣！”律知武终不可胁，白单于。单于愈益欲降之，乃幽武，置大窖中，绝不饮食[55]。天雨雪，武卧啮雪，与旃毛并咽之[56]，数日不死，匈奴以为神。乃徙武北海上无人处，使牧羝，羝乳乃得归[57]。别其官属常惠等[58]，各置他所。

武既至海上，廪食不至[59]，掘野鼠去屮实而食之[60]。杖汉节牧羊，卧起操持，节旄尽落[61]。积五六年，单于弟於靬王弋射海上[62]。武能网纺缴，檠弓弩[63]，於靬王爱之，给其衣食。三岁余，王病，赐武马畜、服匿、穹庐[64]。王死后，人众徙去。其冬，丁令盗武牛羊，武复穷厄[65]。

初，武与李陵俱为侍中[66]。武使匈奴明年，陵降，不敢求武[67]。久之，单于使陵至海上，为武置酒设乐。因谓武曰："单于闻陵与子卿素厚，故使陵来说足下，虚心欲相待[68]。终不得归汉，空自苦亡人之地，信义安所见乎[69]？前长君为奉车[70]，从至雍棫阳宫[71]，扶辇下除[72]，触柱折辕，劾大不敬[73]，伏剑自刎，赐钱二百万以葬。孺卿从祠河东后土[74]，宦骑与黄门驸马争船[75]，推堕驸马河中溺死。宦骑亡，诏使孺卿逐捕，不得，惶恐饮药而死[76]。来时，太夫人已不幸，陵送葬至阳陵[77]。子卿妇年少，闻已更嫁矣。独有女弟二人[78]，两女一男，今复十余年，存亡不可知。人生如朝露，何久自苦如此！陵始降时，忽忽如狂[79]，自痛负汉，加以老母系保宫[80]，子卿不欲降，何以过陵[81]！且陛下春秋高，法令亡常[82]，大臣亡罪夷灭者数十家[83]，安危不可知。子卿尚复谁为乎？愿听陵计，勿复有云[84]！"

武曰："武父子亡功德，皆为陛下所成就[85]，位列将，爵通侯[86]，兄弟亲近，常愿肝脑涂地[87]。今得杀身自效[88]，虽蒙斧钺汤镬[89]，诚甘乐之。臣事君，犹子事父也；子为父死，亡所恨。愿勿复再言！"

陵与武饮数日，复曰："子卿壹听陵言[90]。"

武曰："自分已死久矣[91]！王必欲降武，请毕今日之驩，效死于前[92]！"陵见其至诚，喟然叹曰："嗟乎，义士！陵与卫律之罪，上通于天！"因泣下霑衿，与武决去[93]。陵恶自赐武[94]，使其妻赐武牛羊数十头。

后陵复至北海上，语武：“区脱捕得云中生口，言太守以下吏民皆白服[95]，曰：‘上崩[96]。’”武闻之，南乡号哭，欧血，旦夕临，数月[97]。

昭帝即位[98]，数年，匈奴与汉和亲。汉求武等，匈奴诡言武死。后汉使复至匈奴，常惠请其守者与俱[99]，得夜见汉使，具自陈道[100]。教使者谓单于，言“天子射上林中[101]，得雁，足有系帛书，言武等在某泽中。”使者大喜，如惠语以让单于[102]。单于视左右而惊，谢汉使曰：“广武等实在。”

于是李陵置酒贺武曰：“今足下还归，扬名于匈奴，功显于汉室。虽古竹帛所载，丹青所画，何以过子卿[103]！陵虽驽怯[104]，令汉且贳陵罪，全其老母，使得奋大辱之积志[105]，庶几乎曹柯之盟[106]，此陵宿昔之所不忘也[107]！收族陵家，为世大戮，陵尚复何顾乎[108]？已矣，令子卿知吾心耳！异域之人，壹别长绝！”陵起舞，歌曰：“径万里兮度沙幕[109]，为君将兮奋匈奴[110]。路穷绝兮矢刃摧[111]，士众灭兮名已隤[112]。老母已死，虽欲报恩将安归！”陵泣下数行，因与武决。单于召会武官属[113]，前以降及物故[114]，凡随武还者九人。

武以始元六年春至京师[115]。诏武奉一太牢谒武帝园庙[116]。拜为典属国[117]，秩中二千石[118]；赐钱二百万，公田二顷，宅一区。常惠、徐圣、赵终根皆拜为中郎[119]，赐帛各二百匹。其余六人，老，归家，赐钱人十万，复终身[120]。常惠后至右将军，封列侯，自有传。武留匈奴凡十九岁，始以强壮出，及还，须发尽白。

武来归明年，上官桀、子安与桑弘羊及燕王、盖主谋反[121]，武子男元与安有谋[122]，坐死。初，桀、安与大将军霍光争权[123]，数疏光过失予燕王[124]，令上书告之。又言苏武使匈奴二十年，不降，还，乃为典属国。大将军长史无功劳，为搜粟都尉[125]，光颛权自恣[126]。及燕王等反，诛，穷治党与[127]，武素与桀、弘羊有旧[128]，数为燕王所讼[129]，子又在谋中，廷尉奏请逮捕武[130]。霍光寝其奏[131]，免武官。

数年，昭帝崩。武以故二千石与计谋立宣帝[132]，赐爵关内侯，食邑三百户[133]。久之，卫将军张安世荐武明习故事[134]，奉使不辱命，先帝以为遗言[135]。宣帝即时召武待诏宦者署[136]。数进见，复为右曹典属国[137]。以武著节老臣[138]，令朝朔望[139]，号称祭酒[140]，甚优宠之。武所得赏赐，尽以施予昆弟故人，家不余财。皇后父平恩侯、帝舅平昌侯、乐昌侯、车骑将军韩增、丞相魏相、御史大夫丙吉[141]，皆敬重武。

武年老，子前坐事死，上闵之[142]。问左右：“武在匈奴久，岂有子乎?”武因平恩侯自白[143]：“前发匈奴时，胡妇适产一子通国，有声问来[144]，愿因使者致金帛赎之。”上许焉。后通国随使者至，上以为郎。又以武弟子为右曹[145]。

武年八十余，神爵二年病卒[146]。……

注 释

① 以父任：凭靠父亲的职位而任官。汉制，官至二千石以上的人，其子弟可任为郎。苏武的父亲苏建曾任代郡太守，因功封平陵侯，所以苏武得享这种待遇。

② 兄弟并为郎：苏武及其兄苏嘉、弟苏贤，都以父亲的关系，

同为郎官。郎，官名，皇帝近侍。

③ 栘中厩监：栘园中掌管鞍马、鹰犬及射猎用具的官。栘（yí），汉宫中的园名。厩，马棚。

④ 连伐胡：接连地讨伐匈奴。

⑤ 数（shuò）通使：屡次派遣使者。窥观：窥探、观察对方情况。

⑥ 留：这里有扣留的意思。十余辈：十几批。

⑦ 以相当：作为抵偿。当，抵。

⑧ 天汉元年：即公元前 100 年。天汉，汉武帝年号。

⑨ 且（jū）鞮（dī）侯：匈奴乌维单于的兄弟。单（chán）于：匈奴君主的称号。

⑩ 丈人：对男子长辈的尊称。行（háng）：行辈。这句是说：汉朝的皇帝是我的长辈。

⑪ 尽归：全部送还。

⑫ 嘉其义：赞许他的行为得体。

⑬ 中郎将：官名。节：使臣所持的一种信物，也叫“旄节”。以竹为柄，柄长八尺，上面缀三层旄牛尾的装饰品。这句意谓汉武帝于是派遣苏武以中郎将的身份出使，持着旄节，护送原扣留在汉的匈奴使者回国。

⑭ 厚赂：赠送丰厚的礼物。善意：指友好的表示。

⑮ 假吏：临时充任的属吏。这里指使臣的随员。

⑯ 募：招募。士：士兵。斥候：侦察员。俱：同行。一说，“募士”为名词，即指招募来的兵士。

⑰ 置：准备，安排。币：泛指用作礼物的玉、马、皮、帛等。

遗（wèi）：赠送。

⑱ 非汉所望：不是汉王朝所期望的那样。

⑲ 会：适逢。缑（gōu）王：匈奴的一个贵族亲王。长水：地名，在今陕西蓝田县。虞常：人名。

⑳ 昆（hūn）邪王：匈奴贵族亲王，统率所部居于匈奴西方，于武帝元狩二年（前 121 年）降汉。

㉑ 浞（zhuó）野侯：即汉将赵破奴，太原人。太初二年（前 103 年），他曾率二万骑击匈奴，兵败被俘而降，全军皆没于匈奴。当时缑王也随他征匈奴，因兵败而重新陷于胡地。

㉒ 卫律：原是长水胡人，生长于汉。曾由李延年推荐，出使匈奴。返回时正值李延年因罪被捕，他恐受到牵连，便逃奔匈奴。匈奴封他为丁零王。沈钦韩说，“降者”下脱去“虞常”二字。虞常当时属卫律统辖。

㉓ 阏（yān）氏（zhī）：匈奴王后的称号。

㉔ 私候胜：偷偷地拜访张胜。候，拜问。

㉕ 发：指起事。

㉖ 夜亡告之：夜间逃出去向单于告密。

㉗ 前语：指不久前虞常私访张胜时二人的谈话。发：指被揭发出来。

㉘ 见犯：被侵犯，被凌辱，指事情发生后必将受到匈奴的凌辱。重：更加。这两句意谓自己作为使臣，不能约束副使张胜，已有负于国，若不此时自杀，等到被凌辱才死，那就更加辜负了国家。

㉙ 引：牵引，指连带把张胜供出。

㉚ 左伊秩訾：匈奴的王号。有左、右之分。

㉛ 即：假使。加：加重。这几句大意是说：他们只是谋杀卫律便被处死，假使谋害单于的话，又该怎样加重他们的处罚呢？应该让他们全部投降。

㉜ 召武受辞：叫苏武来受审。受辞，受审，取口供。

㉝ 驰召毉：骑马去叫医生。毉，古“医”字。

㉞ 凿（záo）：挖。坎：坑。

㉟ 煴（yūn）火：初燃未旺有烟无焰的火。覆武其上：意即把苏武的身体面向下伏在坑上。蹈其背以出血：即轻扣其背使出血，不让血瘀滞体中为害。蹈，通“掐”。

㊱ 复息：恢复正常呼吸。息，呼吸。

㊲ 舆归营：指把苏武抬回汉使的营帐。舆，用作动词，指用轿子抬着。

㊳ 单于壮其节：意谓单于认为苏武很有气节，有雄壮的气概。壮：用作动词，认为其节壮。朝夕：早晚。收系：逮捕监禁于狱中。收，逮捕。系，拘囚。

㊴ 武益愈：苏武的创伤更好些了。

㊵ 晓：告知。会：共同。论：判决。这两句说，单于派人通知苏武，要共同来判虞常的罪。

㊶ 近臣：亲近的大臣。这里是卫律自指。

㊷ 募：招求。这句是说：单于招求投降的人，赦免他们的罪。

㊸ 副：副使，指张胜。相坐：相连坐。古代法律，凡犯谋反大罪者，其亲属也要连同治罪，叫作连坐。这里是说，副使有罪，正使也应当连带治罪。

㊹本无谋：本来就没有和他同谋。

㊺拟之：做出要杀他的样子。拟，比拟。

㊻弥山：满山。

㊼膏：用作动词，使之肥沃。这句意谓白白地死后身葬草野，化为肥料。

㊽女：即“汝”，你。

㊾畔：同“叛”。何以女为见：见你干什么！王念孙《读书杂志》说原句本作“何以见女为”，意思相同。

㊿斗两主：意谓挑拨汉朝天子和匈奴单于的关系，使他们互相争斗。

51 南越杀汉使者，屠为九郡：指武帝元鼎五年（前112年），南越王相吕嘉杀死南越王、王后及汉使者，叛汉。武帝派兵讨伐，吕嘉败死。汉以其地设置南海、苍梧、合浦、交阯、九真、儋耳、珠厓、郁林、日南等九郡。屠，平定。

52 宛王：大宛国王。大宛为西域国名。县：同“悬”。北阙：汉宫的北门。事指汉武帝太初元年（前104年），汉派使者去大宛求良马，大宛不给，并攻杀汉使。太初四年（前101年），汉攻大宛，其国中贵人杀死国王毋寡，汉军另立其贵人亲汉者昧蔡为王。毋寡的头被悬挂在汉朝宫殿的北门之下。

53 朝鲜杀汉使者，即时诛灭：事指武帝元封二年（前109年）派遣涉何出使朝鲜。涉何派御者刺死伴送他的朝鲜人，谎报为杀了朝鲜将领，因而被武帝封为辽东东部都尉。朝鲜发兵袭击涉何，杀之。汉武帝遣将攻朝鲜。至第二年，朝鲜相杀其王右渠，降汉。

(54) 若：你。明：明白。这句说：你明知我不会投降。

(55) 幽：囚，关押。大窖：储藏东西的地下仓库。绝不饮食：即断绝其生活供应，不给喝的和吃的东西。一说，“不”下脱“与”字，句本作“绝不与饮食”，如此则“饮食”作名词，指饮品和食物。饮（yìn）食（shì），用作动词。

(56) 啮（niè）：咬。旃（zhān）：同“毡”。咽：吞。

(57) 北海：即今西伯利亚的贝加尔湖。当时为匈奴北界。羝乳乃得归：要公羊生小羊才得放回。这是匈奴方面故意出难题，以表示决不放还。羝（dī），公羊。乳，生育，这里指生小羊。

(58) 别：分开、隔离。

(59) 廪（lǐn）食：公家供给的食物。这里指匈奴应供给苏武的粮食。

(60) 去：通“弆（jǔ）”，收藏。屮（cǎo）：古“草”字。这句说：挖掘野鼠并储存草实作为食物。王先谦《汉书补注》引刘攽说：“今北方野鼠之类甚多，皆可食也。武掘野鼠，得即食之；其草食，乃颇弆藏耳。”一说，此言苏武掘取野鼠所储藏的草实而食之。

(61) 杖：用作动词，拄着。卧起操持：夜晚睡觉和白天牧羊时都拿着它。节旄：指节上缀挂的旄牛尾饰物。

(62) 於（wū）靬（jiān）王：且鞮侯单于之弟。弋（yì）射：射猎。

(63) 网：王念孙说，“网”前应有“结”字。缴（zhuó）：系在箭上的丝绳。檠（qíng）：矫正弓弩的器具，这里用作动词，指矫正弓弩。

(64) 服匿：一种口小腹大底平的容器，用来盛酒酪，类似坛子。

穹庐：圆顶的毡帐。

⑥⑤ 丁令：即丁零，匈奴族的别支，当时卫律为丁零王。穷厄：穷困。

⑥⑥ 李陵：汉名将李广之孙，字少卿。武帝时曾为侍中，后任骑都尉。天汉二年（前 99 年），率兵五千，与匈奴作战，因无接应，力竭而降。侍中：官名，汉时为加官（即由他官兼任者），掌管皇帝的车马服御。

⑥⑦ 武使匈奴明年：即天汉二年。苏武于天汉元年（前 100 年）出使匈奴。求：访。此言李陵因降自愧，不敢拜访苏武。

⑥⑧ 素厚：指一向交情深厚。足下：称对方的敬辞，这里指苏武。虚心欲相待：主语是“单于”。

⑥⑨ 空自苦亡人之地：空自在无人之地受苦。亡，无。前略“于”字。信义安所见乎：你的信义又表现在哪里呢？意谓有谁看得见呢。见，同“现”。

⑦⓪ 长君：指苏武的哥哥苏嘉。奉车：即奉车都尉，掌管皇帝乘车的官。皇帝出行，例须随侍。

⑦① 从：随从。雍：地名，在今陕西凤翔南。棫（yù）阳宫：在雍之东北。

⑦② 除：殿阶。

⑦③ 劾：被弹劾。大不敬：即不敬天子，是十种不可赦免的重罪之一的大罪名。

⑦④ 孺卿：苏武弟苏贤的字。从祠：随从皇帝前往祭祀。河东：郡名，在今山西南部黄河以东地区。后土：地神。

⑦⑤ 宦骑（jì）：骑马侍卫皇帝的宦官。黄门驸马：皇帝的骑侍。

黄门，宫禁的门。

⑯ 饮药：指服毒。

⑰ 来时：指李陵出兵离开长安时。太夫人：指苏武母亲。不幸：指逝世。阳陵：汉县名，在今陕西咸阳市东，汉景帝陵墓所在地。

⑱ 女弟：妹妹。

⑲ 忽忽：心神不安、迷惘恍惚的样子。

⑳ 系：拘囚。保宫：本名“居室”，汉代少府属下的衙门，有时用作拘囚的地方，犹今之“看守所”。李陵降匈奴后，其家属曾被囚于保宫。当李陵对苏武讲这话时，其家族早已被诛灭了。

㉑“子卿”两句：您不想投降的心情，怎么能胜过我呢？

㉒ 春秋高：谓年老。春秋，指年岁。亡常：即无常，没有定规。意谓随心所欲，滥用刑法。

㉓ 夷灭：诛杀，即指灭族。

㉔“愿听”两句：希望你听从我的计议，不要再说什么。

㉕ 成就：栽培，提拔。

㉖ 位列将：指苏武之父苏建曾为右将军，武为中郎将，兄嘉为奉车都尉，弟贤为骑都尉。爵通侯：指苏建封爵平陵侯。

㉗ 亲近：指为武帝所亲近的随从。肝脑涂地：形容竭尽忠诚之心，牺牲自己也在所不惜。

㉘ 杀身自效：牺牲自己来效忠天子。

㉙ 蒙：受到。斧钺（yuè）：古军法用来杀人的斧子。汤镬（huò）：一种把人投入滚汤中煮死的酷刑。镬，无足大鼎。这

里都泛指刑戮。

⑩ 壹：决定之辞，犹言“一定”，与下文“壹别长绝”的“壹”（同“一”）不同。

⑪ 自分（fèn）：自己料定。

⑫ 王：指李陵，匈奴封他为右校王。一说指单于。毕：结束。驩：通“欢”。效死于前：意即死在你（李陵）的面前。

⑬ 霑：同“沾”，沾湿。衿：同“襟”，衣襟。决：同“诀”，诀别，辞别。

⑭ 恶（wù）：指羞恶，不好意思。赐：赠与。

⑮ 区（ōu）脱：亦作“瓯脱”，两国边界地带。云中：郡名，在今内蒙古河套东部一带。生口：活人，指俘虏。白服：指穿孝衣。

⑯ 上崩：皇帝死，这里指后元二年（前 87 年）汉武帝死。

⑰ 南乡：向着南方。乡，通“向”。欧（ǒu）：通“呕”。旦夕：早晚。临：哭奠。数月：指一连数月如此。

⑱ 昭帝：汉武帝之子，名弗陵，于前 87 年即位。

⑲ 守者：指看守常惠的人。与俱：指与他一道去见汉使。

⑳ 具自陈道：自己完全陈述了事情的经过。具，完全。陈道，陈述。

⑪ 上林：即上林苑，本秦时旧苑，汉武帝时扩建，周围三百里，是汉代皇帝的猎场。故址在今陕西西安附近。

⑫ 如惠语：按常惠所教的一番说辞。让：责备。

⑬ 竹帛：竹简和白绢，古时供书写用。这里指史册。丹青：丹砂和青雘（huò），都是绘画用的颜料。这里指绘画。这几句是

说：即使古代史书上所记载的和图画上所描绘的杰出人物，也没有能超过您的。

⑩④ 驽怯：谦辞，指无能和胆怯。

⑩⑤ 令：假使。且：姑且。贳（shì）：宽赦。全：保全。奋：施展，奋发。大辱：指自己兵败投降事。积志：积蓄已久的志愿。这句意谓让我能奋起实现在奇耻大辱下积蓄已久的志愿。

⑩⑥ 庶几：也许可以，表希望。曹柯之盟：指春秋时鲁庄公将领曹沫在齐、鲁于柯邑会盟时，执匕首劫持齐桓公，迫使桓公归鲁侵地事。这句意谓希望做出像曹沫劫持齐桓公那样的折服敌国的事。

⑩⑦ 宿昔：以前。李陵投降匈奴之初，汉并未杀其家属。后因讹传李陵为匈奴训练军队，以与汉军对敌，武帝遂处死其全家。这里的“宿昔”，当指李陵已降而其家属尚未被杀之时。一说，“宿昔”即“夙夕”，犹言“早晚”。

⑩⑧ 收：逮捕。族：灭族。戮：耻辱。顾：留恋。

⑩⑨ 径：经过。度：渡过，越过。沙幕：即沙漠。幕，通“漠”。

⑪⓪ 为君将：指作为汉武帝的将领。奋：奋战。

⑪① 路穷绝：指被困狭谷，无路可走。矢刃摧：兵器都已折毁。

⑪② 士众：指兵士。隤（tuí）：败坏。

⑪③ 召会：召集。官属：指随从苏武出使匈奴的人员。

⑪④ 物故：死亡。

⑪⑤ 始元六年：即前81年。始元，汉昭帝年号。

⑪⑥ 奉：进献。太牢：以牛、羊、豕三牲为祭品。谒：这里指祭告。园庙：陵墓的祀庙。

⑰ 典属国：官名，掌管臣属于汉朝的外族事务。

⑱ 秩：俸禄的等级。中二千石：汉代官吏俸禄以粮食数量分等级。二千石中又分出“中二千石”“二千石”“比二千石”三等。中二千石月俸为一百八十斛谷。

⑲ 徐圣、赵终根：都是随苏武出使的官吏。中郎：官名，掌宿卫侍值，属郎中令。

⑳ 复：免除徭役。

㉑ 上官桀：武帝末封安阳侯，与霍光同辅昭帝。其子上官安，娶霍光女，生女，为昭帝皇后。上官安被封为桑乐侯。上官桀父子欲废昭帝，杀霍光，立燕王，事败被灭族。桑弘羊：武帝时任治粟都尉，领大司农，掌管全国盐铁及均输。昭帝年幼即位，他与霍光等共同辅政，任御史大夫。因被指与上官桀等谋废昭帝而立燕王，被杀。燕王：名旦，武帝第三子，昭帝之兄。盖主：武帝长女，昭帝长姊，封鄂邑长公主，因嫁盖侯（王信），故又称盖主。谋反事败，她与燕王都自杀。

㉒ 安：即上官安。

㉓ 霍光：字子孟，河东平阳（今山西临汾西南）人。武帝时任奉车都尉。昭帝年幼即位，他与桑弘羊等同受武帝遗诏辅政，任大司马大将军，封博陆侯。昭帝死后，迎立昌邑王刘贺为帝，不久又废，改立宣帝。一切政事，都由他决定。

㉔ 数：屡次。疏：条陈。这句意谓上官桀父子屡次把霍光的过失分条记录下来，交给燕王旦。

㉕ 大将军：指霍光。长史：指大将军属下的长史杨敞。搜粟都尉：官名，也称治粟都尉，掌管收纳军粮。

⑫⑥ 颛：通“专”。恣：放肆。

⑫⑦ 穷治：彻底追查根究。党与：犹“党羽”，同党合谋的人。

⑫⑧ 有旧：有旧交。

⑫⑨ 讼（sòng）：为人辩冤。这句意谓燕王曾屡次上书，为苏武功高而官位太低抱不平。

⑬⓪ 廷尉：主管刑狱的官。

⑬① 寝：搁置不理。这句说，霍光把廷尉的奏章搁置起来，也就是没有同意逮捕苏武。

⑬② 故二千石：即前二千石。苏武已被免官，所以称“故”。与（yù）：参与。宣帝：汉武帝曾孙刘询。这句说，苏武以前任二千石官的身份，参与了谋立宣帝的计划。

⑬③ 关内侯：一种封爵。有侯的称号，但无统辖的土地。食邑：又称采邑，采地。食其封邑的租税，所以称为食邑。汉制封爵大致按等级的高低，给以封地户数。

⑬④ 张安世：字子孺，杜陵（今陕西西安市东南）人，张汤之子。昭帝时，任右将军、光禄勋，封富平侯。昭帝死，与霍光定策立宣帝，为大司马。明习：通晓熟习。故事：指朝章典故。

⑬⑤ 先帝：指昭帝。这句说，昭帝遗言曾讲到苏武的“明习故事，奉使不辱命”。

⑬⑥ 待诏：指听候宣召。宦者署：宦者令的衙门。因其靠近皇宫，所以在这里待诏。

⑬⑦ 右曹：尚书令下面的官，是一种加官。这里说苏武除任典属国的官职外，再加上“右曹”衔。

⑬⑧ 著节：节操卓著，人所共知。

⑬⑨令朝朔望：令苏武只在每月的初一和十五去朝见皇帝，其余时间免其朝见。这是皇帝对苏武的特殊优待。朔，初一日。望，十五日。

⑭⓪祭酒：古代宴会和祭祀时，必推一年高有德的人先举酒以祭，称为“祭酒”。故后来称年高有德的人为“祭酒”。亦是古代官名。

⑭①平恩侯：宣帝皇后之父许广汉的封号。平昌侯：宣帝之舅王无故的封号。乐昌侯：王无故之弟王武的封号。韩增、魏相、丙吉：都是宣帝初年的功臣。

⑭②子前坐事死：指苏武子元与上官安谋反事被处死。闵：同“悯”，怜悯。

⑭③因平恩侯自白：通过平恩侯向皇帝陈述。

⑭④声问：音讯，消息。

⑭⑤武弟子：苏贤的儿子。

⑭⑥神爵二年：即前60年。神爵，宣帝年号。

作者简介

班固（32—92年），字孟坚，东汉扶风安陵（今陕西咸阳市东北）人。父班彪是当时著名学者，曾续《史记》作《史记后传》。班固自幼聪颖，16岁入洛阳太学，博览群书。25岁继承父业，在《史记后传》的基础上开始撰写《汉书》。后有人告发他“私改作国史”，被捕下狱，尽取其家书。其弟班超上书辩解，因而获释。后被召为兰台令史，又升为郎，典校秘书，同时继续《汉书》的撰写。经20余年努力，基本完成。汉和帝永元初（89年），以中护军身份随大将军窦宪出征匈奴。后窦宪因谋反案被诛，班固受牵连入狱，死于狱中，时年60岁。其妹班昭及班昭弟子马续将《汉书》未完成的一部分志、表续成。

《汉书》是我国第一部纪传体断代史，体例承袭《史记》而有所改进。全书分十二帝纪、八表、十志、七十传，共一百篇，记载了自汉高祖元年（公元前206年）到王莽地皇四年（23年）间229年的历史。较真实地暴露了汉代的社会矛盾和统治阶级的面目。《汉书》以宏博、典雅、深厚、严密见长，其写人叙事“言皆精练，事甚该密”（刘知几《史通·六家》），对后代文章影响颇大。

注者按

选自《汉书》卷五十四《李广苏建传》，略有删节，传末赞语亦从略。本篇记述了苏武在匈奴的艰苦处境和高尚情操，赞美了苏武坚贞不屈的民族气节，表现了他不畏强权，不为利诱，历尽艰辛，受尽折磨，百折不挠，宁死不屈的英雄气概，字里行间渗透了作者对苏武的颂扬之情。本篇通过典型的场面、具体的情节和生动的细节描写来刻画人物形象。运用对比反衬的手法，突出人物的性格特点，又以精彩的对话描写揭示人物的精神世界，塑造出血肉丰满的动人形象。

姚长子墓志铭

张 岱

姚长子者，山阴王氏佣也[①]。嘉靖间[②]，倭寇绍兴[③]，由诸暨掩至鉴湖铺[④]。长子方踞稻床打稻[⑤]，见倭至，持稻叉与斗，被擒。以藤贯其肩，嘱长子曰："引至舟山放侬[⑥]。"长子误以为吴氏之州山也。道柯山[⑦]，逾柯岭，至化人坛。自计曰："化人坛四面皆水，断前后两桥，则死地矣，盍诱倭入[⑧]？"乃私语乡人曰："吾诱贼入化人坛矣，若辈亟往断前桥[⑨]，俟倭过，即断后桥，则倭可擒矣。"及抵化人坛，前后桥断，倭不得去，乃寸脔姚长子[⑩]，筑土城自卫。困之数日，饥甚。我兵穴舟窒袽以诱之[⑪]。倭夜窃舟为走计[⑫]，至中流，掣所窒[⑬]，舟沉。四合蹙之[⑭]，百三十人尽歼焉。乡人义姚长子，裹其所磔肉[⑮]，藁葬于钟堰之寿家岸[⑯]。无主后者[⑰]，纵为牛羊践踏之墟，邻农且日去一锸[⑱]，其不为田塍道路者几希矣[⑲]。余为立石清界，因作铭曰：

醢一人[⑳]，醢百三十人，功不足以齿[㉑]；醢一人，活几千万人，功那得不思？仓卒之际，救死不暇，乃欲全桑梓之乡[㉒]。旌义之后，公道大著，乃不欲存盈尺之土。悲夫！

注 释

① 山阴：与下文诸暨均为县名，属会稽郡，今浙江绍兴。

② 嘉靖：明世宗朱厚熜的年号（1522—1566 年）。

③ 倭：嘉靖以后，日本进入“战国”时代，在封建王侯的支持下，日本海盗与中国海盗相勾结，在江浙福建沿海走私抢劫，攻略乡镇城邑，倭寇之患日渐严重。寇：入侵之意。

④ 掩至：突袭而至。鉴湖铺：当为鉴湖旁一镇。鉴湖，即镜湖，在绍兴县西南。东汉太守马臻筑塘蓄水而成。周围310里，宋后渐废为田。

⑤ 稻床：南方一种供摔打稻禾脱粒用的竹架。

⑥ 舟山：群岛名。由大小400多座岛屿组成，以舟山岛为最大，在浙江杭州湾东海上。

⑦ 柯山：“在山阴县西南三十五里。”(《越中杂识·山》)

⑧ 盍：何不。

⑨ 若辈：你们。

⑩ 寸脔：剁成小肉块。

⑪ 穴舟窒袽：把船凿洞再塞上败絮。袽，败絮。

⑫ 为走计：做逃跑的打算。

⑬ 掣所窒：受到所塞的漏洞牵制。

⑭ 蹙：逼近，缩小。

⑮ 磔（zhé）肉：切割下的碎肉。磔，分裂肢体的酷刑。

⑯ 虀（jī）葬：将碎尸入殓下葬。虀，齏之俗字。

⑰ 无主后者：没有后辈亲友主管后事者。

⑱ 邻农：邻近的农民。锸：铁锹。

⑲ 田塍（chéng）：田埂，田畦。塍，同“塍”。

⑳ 醢（hǎi）：古代酷刑，把人剁成肉酱。

㉑ 不足以齿：不值得称道，提及。

㉒桑梓：古代宅边常栽的两种树木，后以指代家乡。

注者按

姚长子在那些文武达贵眼中不过是一介仆役，但当外敌入寇之时，他却能置个人生死于度外，勇赴国难。他先是不顾势单力薄，持稻叉与人数众多、装备精良的倭寇搏斗；继而对倭寇为其带路即可放生的诱惑置若罔闻；最后巧设妙计，以一己之死，歼敌百三十名，活同胞成千上万。可谓大义凛然，智勇双全。他是渺小的，又是伟大的，称得上是中华民族的脊梁。作者为之树碑立传，这反映出作者的思想立场，也说明他在明亡后避迹山林，能闭门著述，贫贱自守，并非偶然。文章以极洗练、简洁的笔墨，生动完整地记叙了事件的经过，铭赞用“功不足以齿”与“功那得不思”的对比，盛赞墓主的丰功伟绩；用“乃欲”与“乃不欲”的对比，旌表了墓主的忠义智勇和不图回报的牺牲精神。

《指南录》后序

文天祥

德祐二年正月十九日[1]，予除右丞相兼枢密使[2]，都督诸路军马[3]。时北兵已迫修门外[4]，战、守、迁皆不及施[5]，缙绅、大夫、士萃于左丞相府[6]，莫知计所出。会使辙交驰[7]，北邀当国者相见[8]，众谓予一行，为可以纾祸[9]。国事至此，予不得爱身，意北亦尚可以口舌动也[10]。初，奉使往来无留北者[11]，予更欲一觇北[12]，归而求救国之策。于是辞相印不拜[13]，翌日[14]，以资政殿学士行[15]。

初至北营，抗辞慷慨，上下颇惊动，北亦未敢遽轻吾国[16]。不幸吕师孟构恶于前[17]，贾余庆献谄于后[18]，予羁縻不得还[19]，国事遂不可收拾[20]。予自度不得脱[21]，则直前诟虏帅失信，数吕师孟叔侄为逆[22]，但欲求死，不复顾利害。北虽貌敬[23]，实则愤怒，二贵酋名曰馆伴[24]，夜则以兵围所寓舍，而予不得归矣。

未几，贾余庆等以祈请使诣北[25]，北驱予并往，而不在使者之目[26]，予分当引决[27]，然而隐忍以行[28]，昔人云："将以有为也"[29]。至京口，得间，奔真州[30]，即具以北虚实告东西二阃[31]，约以连兵大举，中兴机会，庶几在此。留二日，维扬帅下逐客之令[32]，不得已，变姓名[33]，诡踪迹[34]，草行露宿，日与北骑相出没于长淮间，穷饿无聊[35]，追购又急[36]，天高地迥[37]，号呼靡及[38]。已而得舟，避渚洲[39]，出北海[40]，然后渡扬子江[41]，入苏州洋[42]，展转四明、天台以至于永嘉[43]。

鸣呼！予之及于死者，不知其几矣[44]：诋大酋[45]，当死；骂逆贼，当死；与贵酋处二十日争曲直[46]，屡当死；去京口，挟匕首以备不测，几自刭死[47]；经北舰十余里，为巡船所物色，几从鱼腹死[48]；真州逐之城门外[49]，几彷徨死[50]；如扬州[51]，过瓜洲扬子桥[52]，竟使遇哨[53]，无不死；扬州城下，进退不由[54]，殆例送死[55]；坐桂公塘土围中，骑数千过其门，几落贼手死[56]；贾家庄几为巡徼所陵迫死[57]；夜趋高邮，迷失道，几陷死；质明，避哨竹林中，逻者数十骑，几无所逃死[58]；至高邮，制府檄下，几以捕系死[59]；行城子河，出入乱尸中，舟与哨相后先，几邂逅死[60]；至海陵，如高沙，常恐无辜死[61]；道海安、如皋，凡三百里，北与寇往来其间，无日而非可死[62]；至通州，几以不纳死[63]；以小舟涉鲸波[64]，出无可奈何，而死固付之度外矣[65]！鸣呼！死生昼夜事也。死而死矣[66]，而境界危恶，层见错出[67]，非人世所堪，痛定思痛，痛何如哉[68]。”

予在患难中，间以诗纪所遭[69]，今存其本不忍废。道中手自抄录，使北营，留北关外[70]，为一卷；发北关外，历吴门、毗陵，渡瓜洲，复还京[71]，为一卷；脱京口，趋真州、扬州、高邮、泰州、通州，为一卷；自海道至永嘉，来三山[72]，为一卷。将藏之于家，使来者读之[73]，悲予志焉。

鸣呼！予之生也幸，而幸生也何为[74]？所求乎为臣，主辱臣死有余僇[75]；所求乎为子，以父母之遗体行殆而死，有余责[76]。将请罪于君[77]，君不许；请罪于母，母不许。请罪于先人之墓，生无以救国难，死犹为厉鬼以击贼[78]，义也；赖天之灵，宗庙之福，修我戈矛[79]，从王于师，以为前驱[80]，雪九庙之耻[81]，复高祖之业[82]，所谓誓不与贼俱生，所谓“鞠躬尽力，死而后已”，亦义也[83]。嗟夫，若予者，将无往而不得死所矣[84]。向也，使予委骨于草莽[85]，予虽浩然无所愧怍[86]，然微以自文于君亲[87]，君亲其谓予何[88]？诚不自意，返吾衣冠，重见日月[89]，使旦夕得正丘首，复何憾哉[90]，复何憾哉！

是年夏五[91]，改元景炎[92]，庐陵文天祥自序其诗[93]，名曰《指南录》。

注 释

①德祐：宋恭帝的年号（1275—1276年）。1276年，元兵掳恭帝，文天祥等在福州立赵昰为帝，即端宗，改元景炎。

②予：我。除：授官。右丞相：南宋置左右丞相。是执掌朝政的最高行政职务。枢密使：掌管全国军权的最高职务。

③都督：统领监督。

④北兵：元兵。修门：原为战国时楚国都城郢都的城门。《招魂》：“魂兮归来，入修门些。”王逸注：“修门，郢城门也。”此代指临安城门。《〈指南录〉自序》：“时北兵驻高亭山，距修门三十里。”

⑤“战、守”句：是战，是守，或是迁都，都已来不及实施了。

⑥缙绅：本指把手板插入衣带的官僚服饰，后用以指代官吏。萃：聚集。左丞相：指吴坚。

⑦会：正当。使辙交驰：指宋元双方使者的车马往来奔驰。

⑧当国者：主持国政的人。

⑨“众谓”两句：众人认为我去一趟，可以消解祸患。纾祸：解除祸患。《宋史·文天祥传》：“寻除右丞相兼枢密使，使如军中请和，与大元丞相伯颜抗论皋亭山。”同行者有吴坚、谢堂、贾余庆等人。

⑩意：料想。尚可以口舌动：还可以用言辞说服。

⑪初：先前。无留北者：没有被扣留在元营的。

⑫“予更欲”句：我更想要察看一下元营的虚实。觇（chān）：察看。

⑬不拜：不接受任命。

⑭翌（yì）日：第二天。

⑮资政殿学士：宋朝优遇宰相罢政后的荣誉官衔，为皇帝高级顾问，此指以资政殿学士的身份前往。

⑯“初至”四句：抗辞：正言直词。《风俗通·穷通·孔子》：“抗辞以拒其侮。”文天祥要元军撤退，“巴延（伯颜）语渐不逊。天祥曰：‘我南朝状元、宰相，但欠一死报国，刀锯鼎镬，非所惧也。’巴延辞屈，诸将相顾动色。”（见《续资治通鉴·宋纪一八二》）

⑰吕师孟构恶于前：吕师孟，汉奸吕文焕（原为宋襄阳守将，后叛降元）之侄，时为兵部尚书。构恶，结怨。《指南录·纪事》：“先是，予赴平江，入疏言：‘叛逆遗孽不当待以姑息，乞举《春秋》诛乱贼之法。’意指吕师孟。”构恶事当指此。或说，构恶为做坏事的意思。《新元史·吕文焕传》载，至元十二年（1275 年），伯颜分兵南下，以吕文焕为向导，趋常州。宋遣兵部侍郎吕师孟去元军中求和，他阴请吕文焕促成和议。

⑱贾余庆献谄于后：贾余庆，官同签书枢密院事、知临安府，在文天祥辞相印后任右丞相。与文天祥同使元，却向元军献计囚文天祥。《指南录·纪事》："予既絷维，贾余庆以逢迎继之，而国事遂不可收拾。"又《使北》："贾余庆凶狡残恶，出于天性，密告伯颜，使启北庭，拘予于沙漠。"

⑲羁縻：此作扣留讲。《元史·伯颜传》："天祥数请归，伯颜笑而不答。天祥怒曰：'我此来为两国大事，彼皆遣归，何故留我？'伯颜曰：'勿怒。汝为宋大臣，责任非轻，今日之事，政当与我共之。'令忙古歹、唆都馆伴羁縻之。"

⑳遂：终于。

㉑自度（duó）：自己忖度，估量。

㉒"则直前"两句：诟：责骂。虏帅：指元相伯颜。失信：指不放文天祥归宋。《指南录·纪事》："正月二十日至北营……越二日，予不得回阙，诟虏酋失信，盛气不可止。"数（shǔ）：列举罪状，严加斥责。《续资治通鉴·元纪一》："元巴延引文天祥与吴坚等同坐。天祥面斥贾余庆卖国，且责巴延失信。吕文焕从旁谕解之。天祥并斥文焕及其侄师孟，父子兄弟受国厚恩，不能以死报国，乃全族为逆。文焕等惭恚，遂与余庆共劝巴延拘天祥，令随祈请使北行。"（亦见《指南录·纪事》）

㉓貌敬：表面上恭敬。

㉔二贵酋：指忙古歹（时为万户）、唆都（时任宣抚），皆元军高级将领。馆伴：指接待外国使臣的人员。

㉕祈请使：奉表请降的使节。宋时祈请金放还徽、钦二帝时所派使臣，称"祈请使"。此时尚沿用此称。

㉖ 目：列。前去元军谈判的使者，除文天祥被扣留外，其余贾余庆、吴坚、谢堂等人于德祐二年（1276）二月充任祈请使，往元京大都（今北京）请降。（见《宋史·瀛国公纪》）

㉗ 分：本分。引决：自杀。

㉘ 隐忍：屈志忍耐。司马迁《报任安书》中有“引决自裁”“隐忍苟活”的话。

㉙“昔人”两句：韩愈《〈张中丞传〉后叙》记载：张巡与其部将南霁云被俘，将斩，张巡激励南霁云“不可为不义屈”，“云笑曰：‘欲将以有为也。公有言，云敢不死?’即不屈。”文天祥引以表示自己暂时隐忍，以图有所作为。

㉚“至京口”三句：《指南录·脱京口》：“二月二十九日夜，予自京口城中间道出江浒，登舟泝金山，走真州。”与文天祥同时脱险者有杜浒等 11 人。京口：今江苏省镇江市。时在元军手中。间：空隙。此指机会。真州：今江苏省仪征市。时在宋军手中。

㉛ 东西二阃（kǔn）：指淮东制置使李庭芝和淮西制置使夏贵。阃，城郭门限。《史记·张释之冯唐列传》：“阃之外者，将军制之。”此外“阃”代指统兵在外的将军。

㉜“维扬帅”句：维扬：扬州府的别称。庾信《哀江南赋》：“淮南维扬，三千余里。”当时是淮东制置使驻地。文天祥逃到真州后，与安抚使苗再成计议中兴之事，写信约淮东帅李庭芝等共破元军。李庭芝怀疑文天祥通敌，命令苗再成把他杀掉，苗再成不忍，把他放走。（见《指南录·议纠合两淮复兴》《出真州》）

㉝变姓名：文天祥被逐出后，曾改姓名为清江人刘洙。（见《指南录·过黄岩》）

㉞跪踪迹：隐秘自己的行踪。

㉟无聊：无聊赖，没有依靠和托身之所。

㊱追购：悬赏追缉。

㊲迥：远。

㊳号呼靡及：呼天不应，呼地不灵。靡，无。

㊴渚洲：长江中的沙洲（因已被元军所占，故“避”。）

㊵北海：指淮海，在长江口以北。

㊶扬子江：长江自扬州以下旧称扬子江。

㊷苏州洋：今上海附近的海域。

㊸四明：今浙江省宁波市。天台：今浙江省天台县。永嘉：今浙江省温州市。

㊹不知其几：不知有多少次。

㊺诋：骂。大酋：指敌帅伯颜。

㊻争曲直：争辩是非曲直。

㊼“去京口”三句：《指南录·候船难》：“予先遣二校坐舟中，密约待予甘露寺下，及至，船不知所在。意窘甚，交谓船已失约，奈何！予携匕首，不忍自残，甚不得已，有投水耳。余元庆褰裳涉水，寻一二里许，方得船至，各稽首以更生为贺。”

㊽“经北舰”三句：物色：本指形貌，引申为按形貌索求。《后汉书·严光传》：“乃令以物色求之。”此指搜寻。《指南录·上江难》：“予既登舟，意泝流直上，他无事矣。乃不知江岸皆北船，速亘数十里，鸣梆唱更，气焰甚盛。吾船不得已，皆从北

船边经过，幸而无问者。至七里江，忽有巡者喝云：‘是何船?’梢答以‘河屯船’。巡者大呼云：‘歹船!’歹者，北以是名反侧奸细之称。巡者欲经船前，适潮退，阁浅不能至。是时舟中皆流汗。其不来，侥倖耳。”

㊾“真州”句：《文山先生全集》卷十七《纪年录》：“丙子，宋德祐二年，三月初三日，真州绐（诓骗）出西城门，闭弗纳，寻遣兵护送出境。”即上文维扬帅下令逐客事。

㊿ 徬徨：徘徊，不知所往。

51 如：往。

52 瓜洲：在江苏省扬州市南东边。扬子桥：在扬州市南15里。

53 竟使：倘使。

54 不由：不由自主。

55 殆例送死：几乎照例是要送死的。

56“坐桂公塘”三句：桂公塘：地名，在扬州城外。《指南录·至扬州》：“予不得已，去扬州城下，随卖柴人趋其家。而天色渐明，行不能进。至十五里头，半山有土围一所，旧是民居，毁荡无余，无椽瓦，其间马粪堆积。时惟恐北有望高者，见一队人行，即来追逐，只得入此土围中暂避。……数千骑随山而行，正从土围后过。一行人无复人色，傍壁深坐，恐门外得见。若一骑入来，即无噍类矣！时门前马足与箭筒之声，历落在耳，只隔一壁。幸而风雨大作，骑只径去。”

57“贾家庄”句：贾家庄：在扬州城北。巡徼：指宋方巡逻兵。《指南录·贾家庄》：“予初五日随三樵夫，黎明至贾家庄，止土围中。”又《扬州地分官》：“初五至晚，地分官五骑咆哮而来，挥刀欲击人，凶焰甚于北，亟出濡沫（给钱），方免毒手。”

(58)“夜趋”七句：高邮：今江苏高邮市。质明：黎明。《指南录·高沙道中》：“予雇骑夜趋高沙，越四十里，至板桥，迷失道。一夕，行田畈中，不知东西。风露满身，人马饥乏。旦行雾中，不相辨。须臾，四山渐明，忽隐隐见北骑，道有竹林，亟入避。须臾，二十余骑绕林呼噪。虞庆张庆右眼内中一箭，项二刀，割其髻，裸于地，帐兵王青缚去。杜架阁与金应林中被获，出所携黄金赂逻者得免。予藏处距杜架阁不远，北马入林，过吾傍三四，皆不见，不自意得全。”

(59)“至高邮”三句：制府：指淮东制置使李庭芝的官府。檄：晓谕或声讨的文书，捕系：拘捕。《指南录·至高沙》：“予至高沙，奸细之禁甚严……闻制使有文字报诸郡，有以丞相来赚城，今觉察关防。于是不敢入城，急买舟去。”

(60)“行城子河”四句：城子河：在高邮市境内，舟：指自己所乘的船。哨：指元军哨兵。邂逅：不期而遇，此指与敌军遭遇。《指南录·发高沙》：“二月六日城子河一战，我师大捷。”又：“自军城子城，积尸盈野，水中流尸无数，臭不可当，上下几二十里无间断。”又：“自高邮至稽家庄……以水为寨，统制官稽耸……云：‘今早报湾头马（指湾头镇敌骑）出，到城子河边，不与之相遇，公福人也。’为之嗟叹不置。”

(61)“至海陵”三句：海陵：今江苏省泰州市。高沙：高邮旧名（见乾隆《高邮州志》）。无辜：无罪。

(62)“道海安”四句：道：经过。海安、如皋：均江苏省地名。《指南录·泰州》：“予至海陵，问程趋通州，凡三百里河道，北与寇出没其间，真畏途也。”

63“至通州”两句：通州：今江苏南通市。纳：接纳。当时通州也属李庭芝管辖，所以通州守官杨师亮也不敢接纳。《指南录·闻谍》：“予既不为制钺（指淮东制置使李庭芝）所容，行至通州，得谍者云：‘镇江府走了文相公，许浦一路有马来提。’闻之悚然。”

64 鲸波：指汹涌的海浪。

65 固付之度外：本来就把它（指死）置之度外。

66 死而死矣：死就死吧。

67 层见错出：层叠交错地出现。

68“痛定思痛”两句：韩愈《与李翱书》：“如痛定之人，思当痛之时，不知何能自处也。”意谓一人遭受痛苦之后，再追忆当时的痛苦，更加悲痛。

69 间：空隙，此为抽空的意思。

70 留：拘留。北关外：指临安城北的高亭山，时为元兵驻地。

71 吴门：即吴县，今苏州市。毘（pí）陵：即常州，今常州市。

72 三山：即今福州市，因城中有闽山、越王山、九仙山三山，故名。这时宋端宗（赵昰）在福州即位。

73 来者：后来的人。

74 幸生：侥幸生存，苟活。

75“所求乎”两句：谓君已受辱，自己做臣子的虽身死也有余罪（因未能使君免于受辱）。《礼记·中庸》：“君子之道四，丘未能一焉。所求乎子以事父，未能也；所求乎臣以事君，未能也；所求乎弟以事兄，未能也；所求乎朋友，先施之，未能也。”僇（lù）：罪。

(76)“以父母”两句：父母之遗体：指父母所给的自己的身体。行殆：轻冒危险。《礼记·祭义》：“不敢以先父母之遗体行殆。”殆，危险。

(77) 请罪：即请求处分自己未死之罪。

(78) 厉鬼：凶恶的鬼。

(79) 修我戈矛：修整我的武器。《诗经·秦风·无衣》：“王于兴师，修我戈矛，与子同仇。”

(80) 以为前驱：愿为先锋。《诗经·卫风·伯兮》：“伯也执殳，为王前驱。”

(81) 九庙之耻：指皇帝祖宗的耻辱。九庙，古代帝王立七庙以祀祖先，至王莽增建黄帝太初祖庙和帝虞始祖昭庙，共九庙。后代帝王沿用九庙。

(82) 高祖：指宋太祖赵匡胤。

(83)“所谓”三句：诸葛亮《后出师表》：“先帝虑汉贼不两立，王业不偏安，故托臣以讨贼也。……臣鞠躬尽瘁，死而后已。”

(84)“若予”两句：像我这样的人，将无处不是我死的合适场所。

(85) 委骨于草莽：死于荒野。委骨，弃骨。

(86) 浩然无所愧怍：意即正大光明，没有惭愧的地方。《孟子·公孙丑上》：“我善养吾浩然之气。”又《孟子·尽心上》：“仰不愧于天，俯不怍于人。”怍（zuò），惭愧。

(87) 微以自文：不能以此向国君父母文饰自己的过失。

(88)“君亲”句：国君、父母将会怎样责备我啊。其：表推测语气。

⑧⑨“返吾”两句：衣冠：衣冠之乡，即南宋国土。日月：喻帝、后。德祐二年（1276年）五月，端宗即位于福州，任命文天祥为右丞相、枢密使。

⑨⓪“使旦夕”两句：如果能旦夕之间死于故国（宋朝），我还有什么可遗憾的呢。《礼记·檀弓上》：“古之人有言曰：狐死正丘首，仁也。”传说狐死时，头一定对着自己的窟穴，以示不忘本。后人引申指死在故乡。

⑨①是年夏五：这年的夏历五月。

⑨②改元：改变年号。景炎：宋端宗年号（1276—1278年）。

⑨③庐陵：今江西省吉安市。

作者简介

文天祥（1236—1283年），字履善，一字宋瑞，号文山，吉州庐陵（今江西吉安）人，理宗宝祐四年（1256年）状元。开庆元年（1259年），因反对宦官劝帝迁都，弃官归家。后受奸相贾似道的排挤，再度罢官。度宗时，起为湖南提刑，改知赣州。恭帝德祐元年（1275年），元军东下，乃起兵勤王，入卫临安（今浙江杭州）。次年，任右丞相，出使元营谈判，被扣留。逃脱后又回温州拥立端宗，力图恢复，辗转抗战。最后兵败被俘，拘囚大都（今北京）四年，坚贞不屈，从容就义。他后期的诗文激昂慷慨，苍凉悲壮，表现了崇高的爱国精神和民族气节。有《文山先生全集》。

注者按

《指南录》是文天祥的一部诗集名。共4卷。内容反映元兵攻临安（今杭州），作者出使敌营被拘囚，后又逃出，辗转长江南北的一段抗敌生活，时间是宋恭帝德祐二年，即端宗景炎元年（1276年）至景炎二年（1277年），地点包括自浙江至福建。集名取“臣心一片磁针石，不指南方不肯休”（《渡扬子江》）的意思。卷首已有《自序》一篇，这是《后序》。

作者简括地记叙了自己临危受命，出使元营，与敌抗争，被囚脱逃，九死一生，投奔宋廷的艰险历程。作者在夹叙夹议中直抒胸臆，表达出碧血丹心、气贯长虹的爱国精神和大义凛然、九死不悔的民族气节，揭露了敌人的骄横无理和宋廷的腐败无能，表达了对时局的忧患和对屈膝媚敌者的愤懑。为文不假雕饰，而感情奔放饱满，气势悲壮慷慨，文字遒劲简练，故感人至深。文中一连用了21个“死”字，促节短句，有令人惊心动魄的审美效果。韩雍：“至其自誓尽忠死节之言，未尝辍诸口，读之，使任流涕感奋，可以想见其为人。”（《文山先生文集序》）“热血腔中只有宋，孤忠岭外更无人”（海丰县方饭亭联）刻画出文公的忠肝义胆。

《正气歌》序

文天祥

余囚北庭[①]，坐一土室[②]。室广八尺，深可四寻[③]，单扉低小[④]，白间短窄[⑤]，汙下而幽暗[⑥]。当此夏日[⑦]，诸气萃然[⑧]：雨潦四集[⑨]，浮动床几，时则为水气[⑩]；涂泥半朝[⑪]，蒸沤历澜[⑫]，时则为土气；乍晴暴热，风道四塞[⑬]，时则为日气；檐阴薪爨[⑭]，助长炎虐[⑮]，时则为火气；仓腐寄顿[⑯]，陈陈逼人[⑰]，时则为米气；骈肩杂遝[⑱]，腥臊汗垢[⑲]，时则为人气；或圊溷[⑳]，或毁尸，或腐鼠，恶气杂出，时则为秽气。叠是数气，当之者鲜不为厉[㉑]。而予以孱弱[㉒]，俯仰其间[㉓]，于兹二年矣[㉔]。是殆有养致然[㉕]，然尔亦安知所养何哉[㉖]？孟子曰："我善养吾浩然之气。"[㉗]彼气有七，吾气有一，以一敌七，吾何患焉！况浩然者乃天地之正气也[㉘]。作正气歌一首。

注 释

① 北庭：汉代以匈奴所居之地为北庭，此指元都大都。

② 坐：如言寄居。

③ 寻：古代长度单位，相当于八尺。

④ 单扉：一扇门。

⑤ 白间：本为窗边涂白，此指未油漆的窗户。

⑥ 汙下：脏而低下。

⑦ 夏日：指至元十七年（1280 年）、十八年（1281 年）的夏天。

⑧ 萃然：聚集。

⑨ 雨潦：雨水。

⑩ 时：此，这。

⑪ 涂泥：泥泞地。半朝：半个屋子。朝，宫室，此指房子。

⑫ 蒸沤：东西久泡水中，发出的臭恶气味。历澜：糜烂的样子。

⑬ 风道四塞：四面不通风。

⑭ 檐阴：屋檐下。薪爨（cuàn）：烧柴做饭。

⑮ 炎虐：炎热的肆虐。

⑯ 仓腐：仓中腐烂的粮食。寄顿：积储。

⑰ 陈陈：即阵阵。

⑱ 骈肩杂遝（tà）：许多人肩并肩杂乱地挤在一起。骈，两物并列。杂遝，纷杂堆集。

⑲ 腥臊汗垢：人身上的污垢汗液散发出的腥臊臭气。

⑳ 圊溷（qīng hùn）：厕所。

㉑ 鲜：少。厉：病。

㉒ 孱弱：虚弱。

㉓ 俯仰：低头抬头，此指代生活。

㉔ 二年：从至元十六年（1279 年）到十八年（1281 年）。

㉕“是殆”句：这大约是有修养才能达到这样。

㉖ 然尔：然而。

㉗“孟子”两句：语出《孟子·公孙丑上》。意谓我善于培养我的浩然之气。

㉘ 浩然者：至大至刚的。

注者按

文天祥于南宋祥兴元年（1278年）冬，在广东兵败为元军所俘。次年十月解到元都大都。元世祖逼其投降，他坚强不屈，被囚于兵马司狱中。其间他写了很多充满爱国激情的诗文。《正气歌》是其中最著名的一首，作于元世祖至元十八年（1281年）。本文是《正气歌》的序文。

序文自叙了作者是如何凭借着一身浩气，满腔忠贞，抵御七种邪恶之气，战胜极其恶劣的囚禁环境，充分显示了他崇高的爱国精神和百折不挠的意志。

望祭文丞相文

王炎午

呜呼！扶颠持危[①]，文山、诸葛[②]，相国虽同，而公死节[③]。倡义举勇[④]，文山、张巡[⑤]，杀身不异，而公秉钧[⑥]。名相烈士，合为一传；三千年间，人不两见。[⑦]

事谬身执[⑧]，义当勇决[⑨]；祭公速公[⑩]，童子易箦[⑪]。

何知天意，佑忠怜才；留公一死，易水金台[⑫]？乘气轻命，壮士其或[⑬]；久而不易，雪松霜柏[⑭]！

嗟哉文山，山高水深[⑮]；难回者天，不负者心[⑯]！常山之舌、侍中之血[⑰]，日月韬光，山河改色[⑱]。

生为名臣，没为列星[⑲]，不然劲气[⑳]，为风为霆。干将莫耶，或寄良冶[㉑]，出世则神，入土不化[㉒]。今夕何夕，斗转河斜[㉓]，中有光芒，非公也耶？

注释

①扶颠持危：扶持危亡颠覆。

②文山：文天祥的号。他受命于南宋存亡之际，任相抗元。诸葛：诸葛亮，蜀汉的丞相。

③“相国”两句：在危难存亡之际任相国虽同，但诸葛亮是病故的，而文天祥是为保民族气节而死的。

④倡义举勇：首倡民族大义，组织义勇抗敌。

⑤张巡："安史之乱"爆发的第二年（756年），御史中丞张巡起兵与叛军战，曾偕许远一起固守睢阳，城破被俘，英勇不屈，壮烈殉国。详见前韩愈《〈张中丞传〉后叙》注。

⑥秉钧：执掌国政。文天祥任丞相，故称。秉，掌握。钧，制作陶器的旋转机械，喻为政之权。

⑦"名相"四句：谓文天祥既是名相，又是烈士，合二而一，按史传体例，名相、烈士各属一类。三千年间，再无第二人。

⑧事谬：指抗元事败。谬，差错。

⑨义当勇决：宜当勇于自杀。义，宜。决，自裁，自杀。

⑩速公：催促文公。指作《生祭文》盼望其早日取义成仁。

⑪"童子"句：意谓与曾参之子易席，而使曾参安心合礼而死同一道理。童子：作者自谓。易箦（zé）：本指调换寝席。箦，竹席。后用以喻将死。春秋鲁国曾参临终前，以寝席过于华美，不合当时礼制，命子曾元扶起易箦。既易，反席未安而死。（见《礼记·檀弓上》）

⑫易水：在今河北省，流经易县。战国末年，燕太子丹曾在易水设宴为前去行刺秦王的荆轲饯行诀别。金台：黄金台，故址在今河北易县东南。相传战国燕昭王筑台于此，置千金于台上，延请天下贤士，故名。

⑬"乘气"两句：恃仗一时勇气而轻忽性命，壮士或许能做到。

⑭"久而"两句：至死而不易其志，不改其心，犹如雪中苍松，霜里翠柏。

⑮山高水深：喻人品节操高尚，影响深远。范仲淹《严先生祠堂记》："云山苍苍，江水泱泱，先生之风，山高水长。"

⑯“难回”两句：难以挽留的是宋朝灭亡的命运，不曾辜负的是自己的一片忠心、满腔热血。

⑰常山之舌：“安史之乱”时，常山（今河北正定）太守颜杲卿起兵拒敌，为叛军所执，骂不绝口，被割下舌头，壮烈殉国。文天祥《正气歌》有“为颜常山舌”句。侍中之血：西晋嵇绍官侍中，惠帝时，皇室内乱，东海王司马越奉惠帝与成都王司马颖战，兵败，百官溃散，飞箭如雨，嵇绍为护惠帝，死于乱军之手，血溅帝衣。事后，左右欲洗血衣，惠帝说：“此嵇侍中血，勿洗。”

⑱“日月”两句：谓日月山河都为文天祥的节烈忠义而动容改色。韬：收敛。

⑲“生为”两句：古人认为忠臣贤士死后，会化为星宿，光照人间。谢翱《登西台恸哭记》哭祭文天祥，即有“化为朱鸟（星宿）兮”之句。

⑳不然：海虞瞿氏藏旧抄本作“凛然”。劲气：刚劲之气。

㉑干将莫邪：皆宝剑名。相传春秋时吴人干将与妻莫邪善铸剑，铸有二剑，一名干将，一名莫邪，锋利无比。（见《吴越春秋·阖闾内传》）良冶：优秀的冶炼能手。

㉒“出世”两句：出世时为神物，埋入土中也不腐朽。

㉓斗转河斜：斗宿旋转，银河倾斜。

作者简介

王炎午（生卒年不详），字鼎翁，初名应梅，号梅边，宋庐陵

（今江西吉安）人。宋度宗咸淳年间补太学生。宋景炎元年（1276年）元兵陷临安，文天祥起兵抗敌，王炎午投谒，散家产作义军军饷，任文天祥幕府。后母病而归。宋祥兴元年（1278年）文天祥被俘后，他作《生祭文》以激励文天祥为国殉节。文天祥英勇就义后，他作《望祭文》痛悼。从此隐居不出，著有《吾汶稿》。

注者按

望祭：遥祭。元世祖至元十九年十二月初九（1283年1月9日），被囚禁达4年左右的文天祥慷慨就义。王炎午继《生祭文》之后，又作本文望祭。文前序曰："相国文公再被执时，余尝为文生祭之。已而吉水张千载弘毅自燕山持丞相发与齿归。呜呼，丞相既得死矣！谨痛哭望奠，再致一言。"

作者用诸葛亮、张巡比较陪衬，突出文天祥的伟大："名相烈士，合为一传；三千年间，人不两见。"以荆轲逞一时之勇，反衬文天祥的忠贞不渝："乘气轻命，壮士其或；久而不易，雪松霜柏!"用颜杲卿、嵇绍的典故，讴歌了文天祥的忠烈，用想象写出文天祥光照人间，英气长存，表达了作者高山仰止的崇敬之心和哀痛之情。全文语调慷慨，情感浓烈，一唱三叹，令人回肠荡气。

《奇零草》序

张煌言

余自舞象[①]，辄好为诗歌。先大夫虑废经史[②]，屡以为戒，遂辍笔不谈。然犹时时窃为之。及登第后[③]，与四方贤豪交益广，往来赠答，岁久盈箧。会国难频仍，余倡大义于江东[④]，敹甲𢿛干[⑤]，凡从前雕虫之技[⑥]，散亡几尽矣。于是出筹军旅[⑦]，入典制诰[⑧]，尚得于余闲吟咏性情。及胡马渡江[⑨]，而长篇短什，与疏草代言[⑩]，一切皆付之兵燹中[⑪]，是诚笔墨之不幸也。

余于丙戌始浮海[⑫]，经今十有七年矣。其间忧国思家，悲穷悯乱，无时无事不足以响动心脾。或提师北伐[⑬]，慷慨长歌；或避虏南征，寂寥短唱。即当风雨飘摇，波涛震荡，愈能令孤臣恋主，游子怀亲。岂曰亡国之音，庶几哀世之意[⑭]。

乃丁亥春[⑮]，舟覆于江，而丙戌所作亡矣。戊子秋[⑯]，节移于山[⑰]，而丁亥所作亡矣。庚寅夏[⑱]，率旅复入于海，而戊子、己丑所作又亡矣。然残编断简，什存三四。迨辛卯昌国陷[⑲]，而笥中草竟靡有孑遗[⑳]。何笔墨之不幸，一至于此哉！

嗣是缀辑新旧篇章[㉑]，稍稍成帙。丙申[㉒]，昌国再陷，而亡什之三。戊戌覆舟于羊山[㉓]，而亡什之七。己亥[㉔]，长江之役，同仇兵燹[㉕]，予以间行得归[㉖]，凡留供覆瓿者[㉗]，尽同石头书邮[㉘]，始知文字亦有阳九之厄也。[㉙]

年来叹天步之未夷[㉚]，虑河清之难俟[㉛]，思借声诗[㉜]以代年谱。遂索友朋所录，宾从所抄，次第之[㉝]。而余性颇强记[㉞]，又忆其可忆者，载诸楮端[35]，共得若干首。不过如全鼎一脔耳[36]。独从前乐府歌行，不可复考，故所订几若广陵散[37]。

嗟乎！国破家亡，余谬膺节钺[38]，既不能讨贼复仇，岂欲以有韵之词，求知于后世哉！但少陵当天宝之乱，流离蜀道，不废风骚，后世至今，名为“诗史”[39]。陶靖节躬丁晋乱，解组归来，著书必题义熙[40]。宋室既亡，郑所南尚以铁匣投史智井，至三百年而后出[41]。夫亦其志可哀，其情诚可念也已。然则何以名《奇零草》？是帙零落凋亡[42]，已非全豹[43]，譬犹兵家握奇之余，亦云余行间之作也[44]。时在永历十六年[45]，岁在壬寅端阳后五日[46]，张煌言自识。

注 释

① 舞象：古代一种武舞。《礼记 · 内则》：“成童，舞象。”成童指 15 岁以上。后世常以舞象代指成童。

② 先大夫：指死去的父亲。

③ 登第：考中。作者 23 岁时中举人。

④ 倡大义于江东：指顺治二年（1645 年）南明弘光王朝垮台后，清兵南下江南，钱肃乐等起兵浙东，派张煌言迎立鲁王朱以海为监国，号召东南抗清之事。（详全祖望著《年谱》）

⑤ 敹（liáo）甲：缝合甲胄。敿干：把盾牌上的绳子系好。敿（jiǎo），系连。

⑥ 雕虫之技：汉代扬雄曾称写赋是“雕虫篆刻”，后世便用“雕虫”指代诗文写作。

⑦ 筹：筹划，谋划。

⑧ 入典制诰：入朝掌管起草诏令。典，主管。鲁王曾授作者以翰林院检讨、知制诰。

⑨ 胡马渡江：指清兵南下。

⑩ 疏草代言：自己上疏的底稿和为鲁王起草的制诰。

⑪ 兵燹（xiǎn）：战火。

⑫ 丙戌始浮海：顺治三年（1646 年），当时清兵已占领了浙东，反清势力兵败。鲁王奔台州（今浙江临海），张煌言随后东行。（见全著《年谱》）

⑬ 提师：统兵。

⑭ 庶几：近于，几乎。哀世：哀叹世事。

⑮ 丁亥：清顺治四年（1647 年）。这年四月，张煌言行军至崇明，大风覆舟，被俘，后乘机逃归。（见赵之谦撰《年谱》）

⑯ 戊子：清顺治五年（1648 年）。

⑰ 节移于山：主将移驻山上。张煌言在这年到上虞招募义兵，入平冈山寨。

⑱ 庚寅：顺治七年（1650 年）。这年鲁王驻舟山，张煌言前往护卫。（见赵撰《年谱》）

⑲ 迨：及，到。辛卯：顺治八年（1651 年）。昌国：舟山。这年被清兵攻陷。

⑳ 笥：竹箱。靡有孑（jié）遗：一个也没剩。孑，单独，孤独。语出《诗经·大雅·云汉》。

㉑ 嗣是：其后。嗣，继承。

㉒ 丙申：顺治十三年（1656 年）。前一年张煌言曾联合郑成功

部队入吴淞口，进攻京口，不利，东还，攻克舟山。而这一年又失守。

㉓ 戊戌：顺治十五年（1658 年）。这年煌言与郑成功驻兵舟山北边的羊山，遇大风，碎船百余。（见赵撰《年谱》）

㉔ 己亥：顺治十六年（1659 年）。这年张煌言与郑成功会师，再从长江西上攻京口，直趋芜湖。（见赵撰《年谱》）

㉕ 同仇：《诗经·秦风·无衣》："修我戈矛，与子同仇。"后世指战友，此指郑成功。熸（jiān）：火熄灭。《左传·襄公二十六年》孔颖达疏："吴楚之间谓火灭为熸，相传有此语也。言军师之败，若火灭燃。"此指郑成功在南京被清兵打败后，撤军出海。

㉖ 间行：从小路走。当时在芜湖力战的张煌言听说郑成功兵败，自己归路已断，只好潜行山谷，东归临亹。

㉗ 覆瓿（bù）：小瓦罐。汉代刘歆曾说扬雄的《太玄》将来只能用来盖盛酱的瓦罐子。后因以喻著作无价值。此是作者自谦之词。

㉘ 石头书邮：石头，地名。在江西新建县西北贡水西岸，地有盘石，又称石头渚。晋代殷羡，字洪乔，为豫章太守，临去，众人托他带信百余封。殷羡行至石头，把书信全部抛入水中，说："沉者自沉，浮者自浮，殷洪乔不能作致书邮（寄信人）。"（见《世说新语·任诞》）此指自己文稿全都沉水了。

㉙ 阳九之厄：古代律历家认为一百零六年中要有旱灾九次，即所谓"百六阳九"。（见《汉书·食货志上》）厄，厄难，厄运。

㉚ 天步：国家的命运。夷：平，平定。

㉛ 河清之难俟：古人认为等待黄河澄清是不可能的。此借喻等待世乱平定遥遥无期。俟（sì），等候。

㉜ 声诗：古代诗歌大多入乐能唱，故称“声诗”。

㉝ 次第：依次序编排。

㉞ 强记：强于记忆。

㉟ 楮（chǔ）：桑类树，皮可制纸，因以代指纸。

㊱ 全鼎一脔（luán）：意谓尝一块肉，即可知全鼎肉味。脔，切成小块的肉。一作“脟”。

㊲ 几若广陵散：这些作品几乎同《广陵散》一样绝世了。广陵散，古乐曲名。此喻绝唱。晋嵇康善弹此曲。他被司马昭处死。刑前索琴弹之，曰：“昔袁孝尼尝从吾学《广陵散》，吾每靳固之。《广陵散》于今绝矣。”（《晋书》本传）

㊳ 谬膺节钺：受命掌军事的谦词。谬，谦词。膺，承受，当。节钺，皇帝任命将帅时授予的符节和斧钺。张煌言曾被鲁王授兵部左侍郎；被桂王朱由榔任为兵部尚书，内则制诰筹谋，出则统兵抗清。

㊴ “但少陵”五句：唐玄宗天宝十四年（755 年），安禄山在范阳（今北京）叛乱。杜甫曾一度被叛军掳至长安，后逃脱。颠沛流离至凤阳见肃宗，任左拾遗。因疏救房琯而获罪。乾元二年（759 年）历尽艰难险阻，辗转到达四川。写下大量诗歌反映时代动乱，民生苦难，被誉为“诗史”。

㊵ “陶靖节”三句：相传陶渊明因不肯臣服刘宋，所以作品书晋帝年号。晋亡，则只书甲子，不题年号。后世称为“靖节先生”。躬：亲身。丁：当，遭逢。解组：解去系在自己身上的

印带。此指陶渊明不愿“为五斗米折腰”，辞去彭泽县令之职，回家躬耕。义熙：晋安帝年号。

㊶“宋室既亡”三句：郑所南：又名郑思肖，南宋诗人、画家。宋亡，隐耕吴中。著《心史》（诗集），装入铁匣，投于枯井中，明末才被发现，世称“铁匣心史”。（见《四库全书总目》卷一百七十四）眢（yuān）：《六书故·目部》：“眢：眸子枯陷也。”引申为枯竭。

㊷帙（zhì）：包书的套子。此指诗作。

㊸全豹：事物的全貌。《晋书·王羲之传》：“管中窥豹，只见一斑。”一斑，指豹的一个斑纹。

㊹“譬犹”两句：意谓《奇零草》的取义，除零落凋亡的意思之外，还兼取“握奇之余”，写于军中的意思。握奇：即《握奇经》，古代的一部兵书。一说，指军阵名。天、地、风、云四阵曰正，龙、虎、鸟、蛇四阵曰奇，余一阵曰握奇。（见《握奇发微·握奇陈图说》）

㊺永历十六年：清康熙元年（1662 年）。永历，南明桂王朱由榔在广东建国的年号。

㊻岁在壬寅：即康熙元年。岁，岁星。

作者简介

张煌言（1620—1664 年），字玄著，号苍水，浙江鄞县（今浙江宁波）人。崇祯十五年（1642 年）举人。明末清兵攻占南京后，张煌言与钱肃乐等尊奉鲁王监国，以右佥都御史领兵抗清，官至兵部尚书，兼东阁大学士。与郑成功联合作战，在东南沿海抗清达17年之久。鲁王死后，解散部伍，隐居悬岙岛。后因叛徒告密被执，不屈而死。著有《张苍水集》。

张煌言的诗文感慨悲凉，有似宋末文天祥、谢枋得的风格。

注者按

《奇零草》是张煌言的诗集名。本文是作者为自己诗集作的序。写于康熙元年（1662年），作者就义的前二年。作者是一位慷慨豪放的诗人，又是气节高尚、誓死抗清的民族英雄。他为诗结集，并非“欲以有韵之词，求知于后世”，不过“思借声诗，以代年谱”，记述其可歌可泣的事迹。不幸诗稿丧失殆尽，只能以“奇零”名集。而作者在为集作序时，仍然是把写诗和编集的过程与抗清的斗争道路、把国家民族之不幸与“笔墨之不幸”紧密地交织在一起加以叙述的。这构成了本文的一大特色。文章又是在作者强烈的民族意识和壮烈的抗清斗争遭受失败的痛苦的情况下写就的，因此字里行间既有百折不挠的英雄气概，也有痛心疾首的悲壮情怀，时而高亢激越，时而沉郁顿挫，充分地表现了这位民族英雄高昂的爱国热情和悲壮的战斗历程。

中国人失掉自信力了吗

（一九三四年）

鲁　迅

从公开的文字上看起来：两年以前，我们总自夸着“地大物博”，是事实；不久就不再自夸了，只希望着国联[①]，也是事实；现在是既不夸自己，也不信国联，改为一味求神拜佛[②]，怀古伤今了——也是事实。

于是有人慨叹曰：中国人失掉自信力了。

如果单据这一点现象而论，自信其实是早就失掉了的。先前信“地”，信“物”，后来信“国联”，都没有相信过“自己”。假使这也算一种“信”，那也只能说中国人曾经有过“他信力”，自从对国联失望之后，便把这他信力都失掉了。

失掉了他信力，就会疑，一个转身，也许能够只相信了自己，倒是一条新生路，但不幸的是逐渐玄虚起来了。信“地”和“物”，还是切实的东西，国联就渺茫，不过这还可以令人不久就省悟到依赖它的不可靠。一到求神拜佛，可就玄虚之至了，有益或是害，一时就找不出分明的结果来，它可以令人更长久的麻醉着自己。

中国人现在是在发展着“自欺力”。

“自欺”也并非现在的新东西，现在只不过日见其明显，笼罩了一切罢了。然而，在这笼罩之下，我们有并不失掉自信力的中国人在。

我们从古以来，就有埋头苦干的人，有拼命硬干的人，有为民请命的人，有舍身求法的人[③]，……虽是等于为帝王将相作家谱的所谓“正史”[④]，也往往掩不住他们的光耀，这就是中国的脊梁。

这一类的人们，就是现在也何尝少呢？他们有确信，不自欺；他们在前仆后继的战斗，不过一面总在被摧残，被抹杀，消灭于黑暗中，不能为大家所知道罢了。说中国人失掉了自信力，用以指一部分人则可，倘若加于全体，那简直是诬蔑。

要论中国人，必须不被搽在表面的自欺欺人的脂粉所诓骗，却看看他的筋骨和脊梁。自信力的有无，状元宰相的文章是不足为据的，要自己去看地底下。

九月二十五日。

注 释

① 国联：国际联盟（又译“国际联合会”），简称“国联”。第一次世界大战后，据 1919 年巴黎和会通过的《国际盟约》，于 1920 年 1 月成立。先后有 63 个国家加入。美国本为倡议国之一，因与英法争夺领导权失败而没参加。国联标榜“促进国际合作，维持国际和平与安全”，实际却是帝国主义列强巩固强权统治的工具，主要机构有大会、行政院、秘书处，附设国际法庭、国际劳工局等，总部在瑞士日内瓦。1946 年 4 月正式宣告解散。

② 求神拜佛：指 1934 年国民党反动政客戴季陶和下野的北洋

军阀段祺瑞发起，请当时的班禅在杭州灵隐寺举行“时轮金刚法会”，求神拜佛。

③ 舍身求法：原为佛教用语，指为取佛经、弘扬佛法，或不顾安危，或自加苦行。此指为崇高信仰、为正义事业而献身。

④ 正史：指封建王朝官修史书。其中人物多为帝王将相，观点多反映统治者的褒贬好恶。

作者简介

鲁迅（1881—1936年），伟大的文学家、思想家、革命家。原名周树人，字豫才，浙江绍兴人。出身破落封建家庭。1902年留学日本，原学医，后为改造国民精神，改从事文艺工作。1909年回国，任教杭州、绍兴。辛亥革命后，曾任南京临时政府和北洋政府教育部部员、佥事，兼在北京大学、北京女子师范大学等校授课。1918年5月首次用鲁迅的笔名发表中国现代文学史上第一篇白话小说《狂人日记》。五四前后与李大钊、陈独秀等一起参加《新青年》杂志编辑工作，猛烈抨击封建文化与道德，成为五四新文化运动的伟大旗手。1918—1926年，陆续出版《呐喊》《坟》《彷徨》《野草》《朝花夕拾》《热风》《华盖集》《华盖集续编》等小说和杂文专集。1926年8月因支持北京爱国学生运动，受到反动当局通缉，南下先后任教于厦门大学、中山大学。1927年四一二反革命政变后，愤然辞去中山大学教职。同年10月到上海。1930年起先后参加中国自由运动大同盟、中国左翼作家联盟和中国民权保障同盟。在中国共产党领导下，介绍马克思主义文艺理论，同国民党政府的御用文人和反动文学进行了不懈的斗争，粉碎了他们的文化“围剿”，成为中国文化革命的伟人。1936 年“左联”解散，响应中国共产党的号召，积极参加文学界和文化界的抗日民族统一战线。同年 10 月 19 日病逝于上海。著作收为《鲁迅全集》。

注者按

本文最初发表于 1934 年 10 月 20 日《太白》半月刊第一卷第三期，署名公汗。后由作者编入《且介亭杂文》。

1931 年九一八事变后，日寇加紧侵略我国，国土日益沦丧。一味妥协的国民党反动政府寄希望于“国联”的调停，并于 1934 年派亲日分子黄郛向日本乞求和平，遭到日本公使有吉明的拒绝。日本蚕食华北地区后，悲观绝望的气氛笼罩中国上层社会。当时资产阶级报纸《大公报》发表社论，指责中华民族失去了自信力，为国民党反动政府推卸责任。

鲁迅针锋相对地撰写了本文予以批驳。指出尽管统治阶级只能以自欺欺人的手段麻痹自己、欺骗别人，但中国自有充满自信力的人存在，这样的人古已有之，于今为多。“他们有确信，不自欺；他们在前仆后继的战斗，不过一面总在被摧残，被抹杀，消灭于黑暗中，不能为大家所知道罢了”。作者既热情地讴歌了他们是“中国的脊梁”，又悲愤地揭露了统治者对他们的“摧残”“抹杀”。

作者用一分为二和透过现象洞察本质的辩证方法，揭露了统治者的由“自夸”到“他信力”到“自欺力”，歌颂了中国人民的自信力。

采蒲台的苇

孙　犁

我到了白洋淀[①]，第一个印象，是水养活了苇草，人们依靠苇生活。这里到处是苇，人和苇结合的是那么紧。人好像寄生在苇里的鸟儿，整天不停的在苇里穿来穿去。

我渐渐知道，苇也因为性质的软硬、坚固和脆弱，各有各的用途。其中大白皮和大头栽因为色白、高大，多用来织小花边的炕席；正草因为有骨性，则多用来铺房、填房碱；白毛子只有漂亮的外形，却只能当柴烧；假皮织篮捉鱼用。

我来的早，淀里的凌还没有完全融化。苇子的根还埋在冰冷的泥里，看不见大苇形成的海。我走在淀边上，想像假如是五月，那会是苇的世界。

在村里是一垛垛打下来的苇，它们柔顺的在妇女们的手里翻动。远处的炮声还不断传来，人民的创伤并没有完全平复。关于苇塘，就不只是一种风景，它充满火药的气息，和无数英雄的血液的记忆。如果单纯是苇，如果单纯是好看，那就不成为冀中的名胜。

这里的英雄事迹很多，不能一一记述。每一片苇塘，都有英雄的传说。敌人的炮火，曾经摧残它们，它们无数次被火烧光，人民的血液保持了它们的清白。

最好的苇出在采蒲台。一次，在采蒲台，十几个干部和全村男女被敌人包围。那是冬天，人们被围在冰上，面对着等待收割的大苇塘。

敌人要搜。干部们有的带着枪，认为是最后战斗流血的时候到来了。妇女们却偷偷的把怀里的孩子递过去，告诉他们把枪支插在孩子的裤裆里。搜查的时候，干部又顺手把孩子递给女人……十二个女人不约而同的这样做了。仇恨是一个，爱是一个，智慧是一个。

枪掩护过去了，闯过了一关。这时，一个四十多岁的人，从苇塘打苇回来，被敌人捉住。敌人问他："你是八路?""不是!""你村里有干部?""没有!"敌人砍断他半边脖子，又问："你的八路!"他歪着头，血流在胸膛上，说："不是!""你村的八路大大的!""没有!"

妇女们忍不住，她们一齐沙着嗓子喊："没有！没有!"

敌人杀死他，他倒在冰上。血冻结了，血是坚定的，死是刚强!

"没有！没有!"

这声音将永远响在苇塘附近，永远响在白洋淀人民的耳朵旁边，甚至应该一代代传给我们的子孙。永远记住这两句简短有力的话吧!

一九四六年

注　释

① 白洋淀：在河北安新县。水域300余平方公里，有大小淀泊92个，是华北一大天然淡水湖。淀内沟渠交错，绿洲棋布，盛

产鱼虾、芦苇。白洋淀不仅景色秀丽，且富有革命传统。1926年建立共产党基层组织，1939年在党领导下建立“雁翎队”，是著名的水上游击队，在苇塘和白洋淀人民的掩护下，神出鬼没，重创日寇。

作者简介

孙犁（1913—2002年），原名孙树勋，河北安平人。现代作家。1933年毕业于保定育德中学。1936年任教于安新县同口镇小学，白洋淀人民的生活成为他一生创作的主要题材和特色。1937年参加抗战工作，先后在晋察冀通讯社、晋察冀文联、华北联大任编辑和教员。1944年到延安，在鲁艺学习和工作。发表了反映白洋淀军民抗日斗争生活的短篇小说《荷花淀》，受到广泛好评。

1949年后，任天津作协副主席，发表了长篇小说《风云初记》、中篇小说《村歌》《铁木前传》和短篇小说集《白洋淀纪事》等，形成朴实深沉、优美淡雅的文风，人称“荷花淀派”。有五卷本《孙犁文集》。

注者按

本文写于1946年。作者先泛写白洋淀的苇与白洋淀的水、白洋淀的人之间的关系。介绍了各类苇的不同用途。然后由描绘苇塘景色中的炮火和火药气息，过渡到重点写白洋淀的人——“每一片苇塘，都有英雄的传说”。白洋淀的苇不仅是白洋淀的水养活，而且是英雄的血浸沃。在一片片苇塘、无数的英雄事迹中，突出采蒲台的苇、采蒲台的人。面对荷枪实弹、嗜杀成性的穷凶极恶的敌人，采蒲台的干部群众机智沉着、坚毅不屈、视死如归。作品熔状物写景、叙事抒情于一炉，亦苇亦人、即苇即人，既有英雄群像的描写，又有英雄个体的特写，深切地表达了对白洋淀爱国抗日英雄群体的歌颂。

勇赴国难　同仇敌忾

舍生取义　义薄云天

中华民族是爱好和平的民族。爱好和平是中华民族精神的重要内容。西汉张骞凿空西域，成功开辟了中国与西域诸国沟通往来之路，极大地促进了中原与西域各民族的交流往来和融合，为后来的丝绸之路和中西方文明的交流融合奠定了基础。明代郑和七下西洋，大大加强了明朝与东南亚各国各民族的联系和商贸交易交流，向他们展示了灿烂的中华文明，播下了和平友谊的种子。中华民族热爱和平，反对穷兵黩武。西汉主父偃、徐乐、严安都曾上书劝谏好大喜功的汉武帝，指出穷兵黩武外则结怨构仇，内则疲兵苦民，后患无穷。但是中华民族并不惧战，每当国家危难、社稷将倾、民族生死存亡之际，正是爱国主义精神高涨迸发之时，涌现出了大批彪炳史册的英雄人物和感天动地的英勇事迹。那些忠臣良将，作为社稷栋梁，挺身而出，当仁不让，他们反对割地求和，输金苟安，纷纷求战御敌，献计献策，身先士卒，勇赴国难。如北宋名将宗泽，宋高宗时任汴京留守，兼开封府尹。曾集义军，擢岳飞，修城池，置武备，储粮食，屡败金军。多次上书，请高宗回汴京主持北伐抗金，备受主降派排挤打压，壮志难酬，悲愤成疾，大呼三声“过河”而卒。黄震的《跋〈宗忠简行实〉后》对宗泽的壮志未酬，赍志而没，不胜悲愤，无限叹惋；对其抗金安邦的种种功绩，赞美之情，溢于言表。岳飞进《南京上高宗书略》时年仅 24 岁，官不过宗泽部下的秉义郎，却上书数千言，全文已佚，此为其所存节录。文章首先指出当前正是抗金的有利时机；其次斥责了黄潜善、汪伯彦之流的南迁主张，并指出其危害；最后提出收复失地的具体办法。作者忠胆义肝，文章剀切简明，却被朝廷以“越职”罪名罢官。岳飞的《五岳祠盟记》壮怀激烈，情词慷慨，充分表现了广大军民同仇敌忾的爱国精神和誓复山河的迫切志向。作为一代名将，岳飞的《乞出师札》体现了他高瞻远瞩、运筹决胜的战略眼光和军事才能。针对战争变化莫测和可能发生的情况，从三个方面提出应对的作战方案。筹谋擘画，精细周到，忠义之情，溢于言表。以致高宗见后，情不自禁地说："有臣如此，顾复何忧""中兴之事，一以委卿"。(《宋史·岳飞传》) 可惜这只是他的一时激动而已，在秦桧等主降派的挑唆下，高宗马上收回了增拨军马的成命。岳飞的悲剧在于他长于军事，疏于政治。对于高宗害怕北伐胜利，二帝还銮，他失去帝位，所以只图苟安，不思恢复的本质，岳飞恐怕是至死未悟的。精忠报国的岳飞虽然被高宗、秦桧君臣以莫须有的罪名杀害了，但"青山有幸埋忠骨，白铁无辜铸佞臣"，秦桧等奸臣国贼被永远地钉在历史的耻辱柱上，而岳飞等民族英雄的丰碑则不朽地树立在中华儿女的心中。全祖望的《梅花岭记》歌颂了民族英雄史可法，勠力抗清，扼守扬州，明知"势不可为"却"誓与城为殉"，并嘱将其遗骸葬于梅花岭。被俘后从容就义。梅花高洁，傲霜凌雪，正是史公重气节、轻生死的人品的写照。作者举颜真卿、文天祥的身后传说作陪衬，是因为三人忠烈义勇，一脉相承。所发议论："忠烈遗骸，不可问矣，百年而后，予登岭上，与客述忠烈遗言，无不泪下如雨。"其人虽已殁，"其气浩然，长留天地之间"。可以"英、霍山师大起"；孙兆奎嘲讽汉奸洪承畴，义不苟活；钱氏烈女及史公弟媳，以死抗暴，坚拒清将凌辱数例印证之。足见英雄遗骸虽亡，但浩气长存。每当国家危难、社稷存亡之际，更有千千万万的平民百姓，人不分男女，地不计南北，位不论高低，万众一心，义无反顾，前仆后继，奋不顾身，抗敌杀寇，保家卫国。正所谓"天下兴亡，匹夫有责”。如王禹偁的《唐河店妪传》记述了一位边地老妪临危不惧，机智勇敢杀敌的故事，歌颂了边地军民的骁勇善战和爱国精神，借此议论了边将举措之失误、朝廷政策之弊病，提出了改革的意见和方法。徐梦莘的《王彦与八字军》实录了王彦所统率的八字军，在与金军的艰难转战中逐渐壮大，以至威震敌胆的过程，真实地表现了沦陷区军民众志成城的爱国精神。同样，他的《张荣》，主人公原为梁山泊渔民，率舟数百抗金，聚众至数万，大破金军，以功被擢为都统制，生动反映了沦陷地区人民自发组织起来抗金的爱国精神，并成为牵制和重创金军的重要力量。虞集的《陈炤小传》传主陈炤在“江东西守者皆已降”，心知常州无险可守的情况下，毁家舍身，“拥兵巷战”，舍弃逃生的机会，以死明志。其情怀之慷慨，节义之高尚，事迹之悲壮，足以惊天地，泣鬼神。可见南宋军民抗元之奋勇壮烈。王慎中的《海上平寇记》表彰了抗倭名将俞大猷，身先士卒，同甘共苦，所以能率“未素教之兵”，以有限之物资，在茫茫大海中重创倭寇。李攀龙的《报刘都督》传主都督刘显，是抗倭名将。他会同俞大猷、戚继光等驻扎东南沿海，歼灭入侵的倭寇，保一方平安。文章歌颂了抗倭将士兵容之盛，军心之齐，具有无坚不摧的气势。《邑令战死》的作者李诩，本人就是一位抗倭义士，曾躬率家童，操版筑，供军租，抵御倭寇侵犯，其子死于倭乱。文章表彰了江阴县令钱錞，为保民护民，挺身而出，勇斗倭寇，英勇献身，时年仅 31 岁。景仰之心，痛惜之情，溢于字里行间。同时讽刺抨击了那些畏敌如鼠、苟活全已的官僚。明末清初的夏完淳 14 岁就随父夏允彝抗清，父死，与老师陈子龙等继续抗清。被捕后，拒绝诱降，从容就义，年仅 17 岁。他的《狱中上母书》为其绝笔。书中为自己“不得以身报母”深感歉疚，为家中八口的生计无着而甚为忧虑，他又认为：“淳之身，父之所遗；淳之身，君之所用，为父为君，死亦何负于双慈（生母嫡母）。”“人生孰无死，贵得死所耳。父得为忠臣，子得为孝子”，是死得其所，“可以无愧矣。”书中表达了他以身赴义、视死如归的民族气节。全文叹惋有情，慷慨悲壮，感人至深。正是有了这些千千万万的英雄志士、爱国军民和由他们薪火相传的爱国献身精神，中华民族才能抵御战火兵燹，经磨历劫，生生不息，巍然屹立于世界民族之林。

唐河店妪传

王禹偁

唐河店，南距常山郡七里，因河为名[①]。平时虏至店饮食游息，不以为怪。兵兴以来[②]，始防捍之，然亦未甚惧。

端拱中[③]，有妪独止店上。会一虏至，系马于门，持弓矢坐定，呵妪汲水[④]。妪持绠缶趋井[⑤]，悬而复止[⑥]。因胡语呼虏为王[⑦]；且告虏曰："绠短，不能及也。妪老力惫，王可自取之。"虏因系绠弓杪[⑧]，俯而汲焉。妪自后推虏堕井，跨马诣郡[⑨]。马之介甲具焉[⑩]，鞍之后复悬一彘首[⑪]。常山民吏，观而壮之。

噫！国之备塞，多用边兵，盖有以也[⑫]，以其习战斗而不畏懦矣。一妪尚尔，其人可知也[⑬]。近世边郡骑兵之勇者，在上谷曰"静塞"[⑭]，在雄州曰"骁捷"[⑮]，在常山曰"厅子"[⑯]，是皆习干戈战斗而不畏懦者也。闻虏之至，或父母辔马[⑰]，妻子取弓矢，至有不俟甲胄而进者[⑱]。顷年胡马南下，不过上谷者久之，以"静塞"骑兵之勇也[⑲]。会边将取"静塞"马分隶帐下以自卫，故上谷不守[⑳]。

今"骁捷"、"厅子"之号尚存而兵不甚众，虽加召募，边人不应，何也？盖选归上都[㉑]，离失乡土故也；又月给微薄，或不能充；所赐介胄鞍马，皆脆弱羸瘠[㉒]，不足御胡；其坚利壮健者，悉为上军所取；及其赴敌，则此辈身先，宜其不乐为也。

诚能定其军，使有乡土之恋；厚其给，使得衣食之足；复赐以坚甲健马，则何敌不破？如是得边兵一万，可敌客军五万矣[23]。谋人之国者[24]，不于此而留心，吾未见其忠也。

故因一妪之勇，总录边事，贻于有位者云[25]。

注　释

①“唐河店”三句：常山郡，宋为真定府，治所为今河北正定县。唐河流经河北唐县、定州市（宋为中山府治），而不经正定县。故疑“郡”为“关”之误。常山关，在唐县西北，为当时边防重镇。

②兵兴以来：宋太宗雍熙三年（986 年）伐辽，败于岐沟关（今河北涿州西南）。此后辽数次南侵，陷不少郡县。

③端拱：宋太宗赵光义年号（988—989 年）。

④呵（hē）：大声吆喝。

⑤绠（gēng）：绳索。缶（fǒu）：瓦罐。

⑥悬而复止：用绳系罐打水，却又悬空而止。

⑦因：用。

⑧系绠弓杪：把绳系在弓末尾（以增加长度）。

⑨诣：往。

⑩介甲：此指马之护甲。

⑪彘（zhì）：猪。

⑫有以：有原因。

⑬其人：指边郡的军民。

⑭上谷：郡名。治所在今河北易县。

⑮ 雄州：州治在河北雄县。

⑯ 厅子：与上文“静塞”“骁捷”一样，均为各部队敢死突击队之番号。

⑰ 辔马：为马配辔鞍等马具。辔，马嚼子和缰绳，用如动词作“准备”讲。

⑱ 不俟甲胄：等不及穿戴盔甲。

⑲“顷年”三句：近年来，胡人之所以不敢南下过上谷的原因，在于“静塞”骑兵的骁勇。

⑳“会边将”两句：《续资治通鉴·宋纪十四》载：先是，易州“静塞”骑兵尤骁果，（李）继隆取以隶麾下，留其妻子城中。（李）继忠言于继隆曰：“此精卒，止可令守城。万一寇至，城中谁与捍敌？”继隆不从，既而辽师果至，易州遂陷。

㉑ 上都：指宋都汴京（今河南开封）。《宋史·兵志一》载：建隆元年（960 年），诏诸州长吏，选所部兵送都下，以补禁旅之缺。端拱二年（989 年），成德军节度使田重进请以易州“静塞”兵备宿卫。

㉒ 羸（léi）瘠：瘦弱。

㉓ 敌客军：抵得上从内地调来戍边的军队。

㉔ 谋人之国者：为国家出谋划策的人，指宰相。

㉕ 贻（yí）：给。有位者：执政者，指朝廷的文武大臣。

作者简介

王禹偁（954—1001 年），字元之，济州巨野（今属山东）人。

宋太宗太平兴国八年（983 年）进士，官拜左司谏、知制诰。任大理评事，因论妖尼道安罪，贬为商州团练副史，淳化四年（993 年）召回。至道元年（995 年），因“讪谤朝廷”贬知滁州。真宗即位，复知制诰，预修《太宗实录》。以直书史事，得罪宰相，咸平二年（999 年）贬知黄州。移任蕲州，卒。人称“王黄州”。

王禹偁曾作《三黜赋》见志：“屈于身兮不屈其道，任百谪而何亏！”其诗文多触及时政，反映民生疾苦，风格质朴平易，清新淡雅，反对宋初的浮华文风。著有《小畜集》《小畜外集》。

注者按

本文约写于宋太宗端拱二年（989 年）或稍后，文章前半记叙，后半议论，记述了一位边地老妪机智勇敢杀敌的故事，并由此生发，歌颂边地军民同仇敌忾、骁勇善战，议论边将举措之失误、朝廷政策之弊病，提出募骁勇边民组军，“定其军”“厚其给”“赐以坚甲健马”，可以一致的改革的意见和方法。

文章“因一妪之勇，总录边事”，在记叙的基础上议论，正反映衬，不仅描述简洁生动，而且议论切实中肯。文笔朴实晓畅，具有很强的说服力。

乞毋割地与金人疏

宗　泽

臣闻天下者，我太祖、太宗肇造一统之天下也[①]；奕世圣人继继承承、增光共贯之天下也[②]。陛下为天眷佑[③]，为民推戴，入绍大统[④]，固当兢兢业业，思传之亿万世；奈何遽议割河之东[⑤]，又议割河之西[⑥]，又议割陕之蒲、解乎[⑦]？此三路者[⑧]，太祖太宗基命定命之地也[⑨]；奈何转听奸邪附敌张皇者之言[⑩]，而遂自分裂乎？

臣窃谓渊圣皇帝有天下之大[⑪]，四海九州之富[⑫]，兆民万姓之众[⑬]，自金贼再犯，未尝命一将，出一师，厉一兵[⑭]，秣一马[⑮]，曰征曰战；但闻奸邪之臣朝进一言以告和，暮入一说以乞盟，惟辞之卑，惟礼之厚，惟敌言是听，惟敌求是应。因循逾时[⑯]，终至二圣播迁[⑰]，后妃亲王流离北去。臣每念是祸[⑱]，正宜天下臣子弗与贼虏俱生之日也[⑲]。

臣意陛下即位[⑳]，必赫然震怒[㉑]，旋乾转坤[㉒]，大明黜陟[㉓]，以赏善罚恶，以进贤退不肖[㉔]，以再造我王室，以中兴我大宋基业。今四十日矣，未闻有所号令，作新斯民[㉕]；但见刑部指挥[㉖]，有不得誊播赦文于河东、河西，陕之蒲、解[㉗]。兹非新人耳目也[㉘]，是欲蹈西晋东迁既覆之辙耳[㉙]，是欲裂王者大一统之绪为偏霸耳[㉚]。为是说者[㉛]，不忠不孝之甚也。既自不忠不孝，又坏天下忠义之心，褫天下忠义之气[㉜]，俾河之东、西，陕之蒲、解[㉝]，皆无路为忠为义，是贼其民者也[㉞]。臣虽驽怯[㉟]，当躬冒矢石[㊱]，为诸将先，得捐躯报国恩足矣。臣衰老，不胜感愤激切之至。

注　释

① 太祖：宋朝的开国皇帝赵匡胤。太宗：赵光义，太祖之弟，继兄位为宋朝第二位皇帝。肇（zhào）：开始。

② 奕世：历代。共贯：一脉相承。

③ 眷佑：眷顾，保佑。

④ 入：高宗赵构不是以太子，而是以藩王的身份入朝继位为帝，故称“入”。绍：继承。

⑤ 遽（jù）：急促，仓猝。河之东：指河东路，领辖今山西省之大部分。

⑥ 河之西：指河北西路。宋初置河北路（领辖今河北省及河南省、山东省黄河以北部分），神宗时将其分为河北东路、河北西路。

⑦ 陕：指陕西路，治所在今陕西西安市。蒲、解：陕西路的两个州名。相当于今山西闻喜、运城、永济等县市的地界。

⑧ 路：行政区划名。宋初为加强中央集权，仿唐代道制，分境内为二十一路，其后分合不一。金、元相仍，至明而废。

⑨ 基命：事业的根基，开始。《诗经·周颂·昊天有成命》：“夙夜基命宥密。”定命：决定命运。

⑩ 张皇：夸大。

⑪ 窃：私下，谦词。渊圣皇帝：指宋钦宗赵桓。1126—1127 年在位，于靖康二年（1127 年）向入侵的金军纳降为虏，北宋遂

告灭亡。史称“靖康之耻”。

⑫ 四海九州：泛指中国国土。

⑬ 兆：万亿，极指数多。

⑭ 厉：磨。兵：兵器。

⑮ 秣：喂牲口。

⑯ 因循：沿袭守旧。此指苟且偷安。逾时：度日。

⑰ 二圣：指宋徽宗（后逊位为太上皇）、宋钦宗。靖康二年（1127 年）汴京被金兵攻破，徽、钦二宗及太子、亲王、后妃等被虏北去，中原沦陷。播迁：流离迁徙。

⑱ 是祸：这场灾祸。

⑲ “正宜”句：谓天下臣子正应与贼虏不共戴天。

⑳ 意：料想，揣测。

㉑ 赫然：盛怒貌。

㉒ 旋乾转坤：旋转天地。乾坤，天地。《易经·说卦》：“乾，天也，故称乎父；坤，地也，故称乎母。”

㉓ 大明：分明。黜：贬退。陟：升用。

㉔ 不肖：不才，不正派。《商君书·画策》：“不明主在上，所举必不肖。”

㉕ 作新：振作、更新。

㉖ 指挥：宋代公文用语，指命令、指示。

㉗ “有不得”句：（刑部颁文中）有不准誊写、传播大赦天下的布告于河东、河西及蒲、解二州之语。赦文：赦免罪犯刑罚的布告。新即位的皇帝照例要颁文大赦天下。

㉘ 新人耳目：令人耳目一新。

㉙“是欲”句：这是要重蹈西晋东迁已覆车之故辙。西晋东迁：西晋末年，匈奴、鲜卑、羯、氐、羌等五族的上层贵族借各族人民起义之机纷纷先后建立政权，晋朝王室南渡，建立东晋。

㉚裂：断。绪：世业，功绩。《诗经·鲁颂·閟宫》：“至于文武，缵太王之绪。”为偏霸：做偏安一方之霸主。

㉛为是说者：提出这种主张的人。

㉜褫（chǐ）：剥夺。

㉝俾：使。

㉞贼：残害。《孟子·梁惠王下》：“贼仁者谓之贼，贼义者谓之残。”

㉟驽：劣马，喻才能低下，谦词。

㊱躬：亲自。

作者简介

宗泽（1060—1128年），字汝霖，婺州义乌（今浙江义乌）人，抗金名将。元祐六年（1091年）进士，曾任衢州龙游、晋州赵城等地县令。靖康元年（1126年）知磁州（今属河北），募集义勇抗金。任河北义兵都总管、副元帅，屡败金兵。高宗即位，任汴京（今河南开封）留守，兼开封府尹。召集各路义军，任用岳飞，多次上书请高宗回汴京主持抗金北伐。备受主降派的排挤压抑，壮志难酬，悲愤成疾，大呼三声“过河”而卒。谥忠简。有《宗忠简公集》。

注者按

本文作于建炎元年（1127年）宋高宗即位之初。宋钦宗时，曾割让黄河以东、以北及陕西路的蒲、解二州给金人。高宗即位后，命令不得誊播赦文给上述地方，这不仅是主动承认这些地方归金所有，而且意味着宋高宗将沿袭徽、钦二宗屈辱求和、割地乞降的政策。宗泽上奏谏阻割地予金，意在激励高宗雪耻光复。

文章开始，高屋建瓴，从太祖、太宗创业奠基，说明高宗“入绍大统”，“固当兢兢业业，思传之亿万世”。接着便直截了当连用两个反诘句责问。特别点明“三路”乃太祖太宗“基命定命”之地，力陈割地之非。义正词严，不容辩驳。然后是两组情理与实际的对比：首先是钦宗由于奉行苟安乞和的政策，以必胜之主客观条件和形势，竟致败亡；其次是预料高宗会“赫然震怒”，力扭乾坤，却一依旧制，仍求偏安。实际是以徽、钦二宗的前车之鉴告诫高宗勿蹈覆辙。作者虽年老体衰，仍不忘国耻，请缨光复，其捐躯报国之心光照日月，感愤激切之情风云动容。

南京上高宗书略

岳　飞

陛下已登大宝[①]，黎元有归[②]，社稷有主，已足以伐虏人之谋[③]。而勤王御营之师日集[④]，兵势渐盛。彼方谓我素弱，未必能敌，正宜乘其怠而击之[⑤]。

而黄潜善、汪伯彦辈不能承陛下之意[⑥]，恢复故疆，迎还二圣[⑦]；奉车驾日益南[⑧]，又令临安、维扬、襄阳准备巡幸[⑨]。有苟安之渐[⑩]，无远大之略[⑪]，恐不足以系中原之望[⑫]。虽使将帅之臣戮力于外[⑬]，终亡成功[⑭]。

为今之计，莫若请车驾还京[⑮]，罢三州巡幸之诏[⑯]，乘二圣蒙尘未久[⑰]，虏穴未固之际[⑱]，亲帅六军[⑲]，迤逦北渡[⑳]。则天威所临[㉑]，将帅一心，士卒作气，中原之地，指期可复[㉒]。

注　释

①大宝：指帝位。《易·系辞下》："圣人之大宝曰位。"

②黎元有归：百姓有所归依。

③"已足"句：已足以破除敌人的计谋。《孙子兵法·谋攻》："故上兵伐谋。"

④勤王：起兵救援朝廷。《左传·僖公二十五年》："求诸侯莫如勤王。"《续资治通鉴·宋纪九十八》载，建炎元年（1127年）五月，康王即帝位于南京（今河南商丘），"时诸道勤王兵皆至行

在”。御营：皇帝的禁卫军。《续资治通鉴·宋纪九十八》：“初制，殿前、侍卫马步司三衙禁旅合十余万人。高俅得用，军政懈弛。靖康末，卫士仅三万人。及城破，所存无几。”高宗即位时，“禁卫寡弱。诸将杨维忠、王渊、韩世忠以河北兵，刘光世以陕西兵，张俊、苗傅等以帅府及降盗兵，皆在行朝，不相统一。乃置御营司，总齐军政，因所部为五军。”日集：日益增多集中。

⑤“彼方”三句：敌人正认为我方一向软弱，不能抵抗，正应趁他们懈怠而去攻打。方：正。素：一向。敌：抵御。怠：轻慢，懈怠。

⑥黄潜善（？—1129年）：字茂和，邵武（今属福建）人。徽宗时进士。康王开大元帅府，他被任为副元帅。高宗即位后，任右仆射兼中书侍郎，次年进左仆射。排挤打击李纲、宗泽等主战派。“猥持国柄，嫉害忠良。”力主南迁扬州，却不备战，以致建炎三年（1129年）扬州失陷。被贬英州，死于梅州（今均属广东省）。（见《宋史》本传）汪伯彦（1069—1141年）：字廷俊，祁门（今属安徽）人。北宋末知相州（州治今河南安阳），护康王有功，高宗即位后，进右仆射，与黄潜善同居相位，也是主和派。专权自恣，扬州失守后罢职。不能承陛下之意：是曲为高宗回护之辞。其实高宗也是决意南逃的，所以才信用黄、汪两人。

⑦二圣：指徽、钦二宗。

⑧车驾：以皇帝御辇指代皇帝。

⑨临安：今浙江杭州市。维扬：今江苏扬州市。襄阳：宋郡名。故治在今湖北省襄阳市。巡幸：皇帝巡行外地。《宋史纪事本末》

卷六十一："建炎元年六月，（宗）泽闻黄潜善复倡和议……上疏请帝还京师。俄有诏，荆、襄、江、淮悉备巡幸……（宗泽）累表请帝还京，而帝用黄潜善计，决意幸东南。"

⑩ 苟安之渐：苟且偷安的苗头。

⑪ 远大之略：指抗金雪耻、收复失土的战略谋划。

⑫ "恐不足"句：恐不能维系中原父老对朝廷的希望。意即有失民心。

⑬ 戮力：勉力，尽力。

⑭ 亡：无。

⑮ 京：指汴京开封。

⑯ 三州：指临安、维扬、襄阳。

⑰ 蒙尘：旧指帝王逃亡在外，蒙受风尘。《左传·僖公二十四年》："天子蒙尘于外，敢不奔向官守？"此指徽、钦二宗被金所虏之事。

⑱ 虏穴未固：指金灭辽和北宋，尚未巩固其新占领区的统治。

⑲ 六军：《周礼·夏官·司马》："凡制军，万有二千五百人为军。王六军，大国三军，次国二军，小国一军。"此泛指朝廷军队。

⑳ 迤逦（yǐ lǐ）：曲折地行走。

㉑ 天威：皇帝的威严。临：到。

㉒ 指期：指日。意为期不远。

作者简介

岳飞（1103—1142年），字鹏举，汤阴（今河南汤阴）人。宋代著名民族英雄。少喜读《孙吴兵法》和《左氏春秋》，受母精忠报国的教育，应募从军。高宗朝力主抗金，反对苟安投降，屡败金兵，战功卓著，累官至宣抚使、枢密副使等。备遭主和派排挤迫害，被派去镇压农民起义。绍兴十年（1140 年），大败金兵于郾城，乘胜追击，直抵朱仙镇，收复东京，指日可待，却遭投降派的阻挠。绍兴十一年（1141 年），被秦桧设计召回，解除兵权，并诬以谋反，以莫须有的罪名下狱处死。直到绍兴三十二年（1162 年），始追复官礼葬，追谥武穆；宁宗时追封鄂王，改谥忠武。有《岳忠武王集》。

注者按

靖康二年（1127 年）四月，金虏徽、钦二宗北迁。五月，康王赵构（钦宗之弟，时为河北兵马大元帅）即位于南京（今河南商丘），改元建炎，是为高宗。当时李纲、宗泽等力主依靠诸路勤王之师及各地民兵“回銮”东京，恢复中原。高宗既惧金兵，又怕失位，信用黄潜善、汪伯彦“幸东南”的主张，想南逃偏安。当时岳飞年仅 24 岁，官不过宗泽部下的秉义郎，却“上书数千字”，力主北伐，反对南逃，竟被朝廷以“越职”的罪名罢官。上书的全文已佚，本文当是原文的节录。

文章首先分析敌我双方的情势，指出当前正是抗金的有利时机；接着斥责了黄、汪南迁之议的危害；最后提出恢复失地具体做法。作者忠肝义胆，勃郁流溢，文章论述分析，剀切简明，气势劲健。

乞出师札

岳 飞

臣自国家变故以来[①]，起于白屋[②]，从陛下于戎伍，实怀捐躯报国，雪复仇耻之心。幸凭社稷威灵，前后粗立薄效[③]。陛下录臣微劳，擢自布衣，曾未十年，官至太尉[④]，品秩比三公，恩数视二府[⑤]。又增重使名，宣抚诸路[⑥]。臣一介贱微，宠荣超躐[⑦]，有逾涯分[⑧]。今者又蒙益臣军马，使济恢图[⑨]。臣实何能？误辱神圣之知如此！敢不昼度夜思，以图报称。

臣窃揣敌情，所以立刘豫于河南而付之齐、秦之地[⑩]，盖欲荼毒中原生灵，以中国攻中国。粘罕因得休兵养马[⑪]，观衅乘隙[⑫]，包藏不浅[⑬]。臣谓不以此时禀陛下睿算妙略[⑭]，以伐其谋，使刘豫父子隔绝[⑮]，五路叛将还归[⑯]，两河故地渐复，则金贼之诡计日生，浸益难图。

然臣愚望陛下假臣岁月，勿复拘臣淹速[⑰]，使敌莫测臣之举措。万一得便可入，则提兵直趋京、洛，据河阳、陕府、潼关[⑱]，以号召五路叛将，则刘豫必舍汴都而走河北，京畿、陕右可以尽复。至于京东诸郡，陛下付之韩世忠、张俊[⑲]，亦可便下。臣然后分兵浚、滑[⑳]，经略两河[㉑]，刘豫父子断可成擒。如此，则金贼有破灭之理，四夷可以平定。为陛下社稷长久无穷之计，实在此举。

假令汝、颍、陈、蔡坚壁清野[㉒]，商於、虢略分屯要害[㉓]，进或无粮可因，攻或难于馈运，臣须敛兵还保上流。贼必追袭而南，臣俟其来，当率诸将，或挫其锐，或待其疲。贼利速战，不得所欲，势必复还。臣当设伏邀其归路[24]，小入则小胜[25]，大入则大胜，然后徐图再举。

设若贼见上流进兵，并力来侵淮上，或分兵攻犯四川，臣即长驱捣其巢穴。贼困于奔命，势穷力殚，纵今年未尽平殄[26]，来岁必得所欲。亦不过三二年间，可以尽复故地。陛下还归旧京，或进都襄阳、关中[27]，惟陛下所择也。

臣闻兴师十万，日费千金，邦内骚动七十万家，此岂细事？然古者命将出师，民不再役，粮不再籍[28]，盖虑周而用足也。今臣部曲远在上流[29]，去朝廷数千里，平均每有粮食不足之忧。是以去秋臣兵深入陕洛，而在寨卒伍有饥饿而死者[30]，故臣急还，不遂前功[31]。致使贼地陷伪，忠义之人，旋被屠杀，皆臣之罪。今日惟赖陛下戒敕有司[32]，广为储备。俾臣得一意静虑[33]，不为兵食乱其方寸[34]，则谋定计审[35]，仰遵陛下成算，必能济此大事。

异时迎还太上皇帝、宁德皇后梓宫[36]，奉邀天眷以归故国[37]，使宗庙再安，万姓同欢，陛下高枕无北顾之忧，臣之志愿毕矣。然后乞身还田里，此臣夙昔所自许者。

伏惟陛下恕臣狂易，臣无任战汗[38]，取进止[39]。

注　释

①国家变故：指靖康二年（1127年），金灭北宋，虏二帝。

②白屋：古代平民住屋不能施彩，故称白屋。一说指白茅覆盖

的房屋，为平民所居。后以指代平民。岳飞家“世力农”。(《宋史》本传）

③“从陛下”五句：“康王至相，飞因刘浩见……从浩解东京围，与敌相持于滑南，领百骑习兵河上。敌猝至，飞麾其徒曰：‘敌虽众，未知吾虚实，当及其未定击之。’乃独驰迎敌。有枭将舞刀而前，飞斩之，敌大败。迁秉义郎，隶留守宗泽。战开德、曹州皆有功。”(《宋史》本传）

④太尉：宋代三公之一。为武臣阶官之首。岳飞于绍兴七年（1137年）二月拜太尉。

⑤恩数：恩泽礼遇。二府：枢密院、中书门下分掌宋朝军政大权，为最高国务机关，合称二府。

⑥“又增重”两句：绍兴七年，继拜岳飞太尉之后，又除宣抚使兼营田大使。

⑦起躐（liè)：越次擢升。

⑧涯分：边际和本分。此指等级。

⑨“今者”两句：“岳飞乞并统淮西兵以复京畿、陕右，许之，使飞尽护王德等诸将军。既而秦桧等以合兵为疑，事遂寝。”(《宋史·高宗纪五》)

⑩刘豫（1073—1146年)：字彦游，景州阜城（今属河北）人，元符进士。建炎二年（1128年），知济南府，杀守将降金。建炎四年（1130年)，被金人册立为帝，“国”号“大齐”。都大名，后迁汴京（今开封)。后为金人所废。其子刘麟，并降金任伪职。齐、秦：指山东和陕西。分别为战国齐、秦之故地。

⑪粘罕：完颜宗翰（1080—1137年)，金宗室。金侵宋，为西

路军统帅，靖康二年（1127 年），虏徽、钦二帝。迁移中原之民于河北。南下取徐州，袭高宗于扬州。还朝后，拜太保、尚书令。

⑫ 观衅：伺隙而欲有所图。《左传・宣公十二年》："公闻用师，观衅而动。"注：衅是间隙之名。

⑬ 包藏：包藏祸心。

⑭ 禀：承受。睿算：聪明的谋算。

⑮ 使刘豫父子隔绝：绍兴六年（1136 年）伪齐刘豫自己镇守汴京，派其子刘麟、侄刘猊进攻南宋江淮一带。按岳飞计划出兵唐州、蔡州，则可切断刘氏父子的联系。

⑯ 五路：指秦川五路，即秦凤、鄜延、环庆、泾原、熙河路。建炎四年（1130 年）九月，张浚遣都统制刘锡统五路兵与金军战于富平，官军败绩。

⑰ 勿复拘臣淹速：不再用进军的迟速来限制臣。

⑱ 河阳：县名（今河南孟州）。陕府：即陕州（今河南三门峡）。

⑲ 韩世忠（1089—1151 年）：字良臣，延安人，抗金名将，屡创金军和伪齐，官至枢密使，后被解除兵权。张俊（1086—1154 年）：字伯英，成纪（今甘肃天水）人，曾为南宋抗金名将之一。后迎合高宗、秦桧旨意，排挤刘锜，参与迫害岳飞，为世人诟骂。晚年，拜太师，封清河郡王。

⑳ 浚：浚州。治所在今河南浚县。滑：滑州。治所在今河南滑县。

㉑ 经略：经营谋划。

㉒ 汝：汝州。治所在今河南汝州。颍：颍州。治所在今安徽阜

阳。陈：陈州。治所在今河南淮阳。蔡：蔡州。治所在今河南汝南。坚壁清野：坚固壁垒，使敌人不易攻击；转移人口、物资，使敌人无所获取，是一种对付优势敌人入侵的战术。

㉓ 商於：今陕西商州南，河南淅川县、内乡县一带。虢略：宋县名。今河南灵宝市。

㉔ 邀：邀击，阻截。

㉕ 入：指敌侵。胜：指我方胜。

㉖ 殄（tiǎn）：灭，绝。

㉗ 进都：前移国都。

㉘ 籍：征收。

㉙ 部曲：古时军队的编制单位。此泛指所辖部队。

㉚“是以”两句：指绍兴六年（1136 年）八月，岳飞统兵，遣牛皋、杨再兴、王贵等将先后攻克虢州、蔡州等地。九月，“岳飞以孤军无援，复还鄂州”。(《宋史·高宗纪五》)

㉛ 不遂前功：血战攻克之地，不久大多得而复失。

㉜ 戒敕：勒令。有司：有关部门和官吏。

㉝ 一意静虑：指一门心思地考虑战略战术。

㉞ 方寸：心。

㉟ 审：周密。

㊱ 太上皇帝：此指高宗之父徽宗赵佶。已于绍兴五年(1135 年)死于金五国城（今黑龙江依兰）。宁德皇后：徽宗郑皇后，钦宗受禅，迁宁德宫，称宁德太后。随二帝被虏留金五年而卒。梓宫：皇帝、皇后的灵柩。

㊲ 天眷：皇帝的亲眷。靖康之难中，包括高宗之父徽宗及生母

韦氏在内的大批皇族宗亲被虏北去。

㊳战汗：敬畏。

㊴取进止：听候同意与否的决定，奏章结尾套语。

注者按

史称岳飞“尤好《左氏春秋》《孙吴兵法》”，并称赞其“文武全器、仁智并施”，“一代岂多见哉”。验诸本文，殆非虚誉。

这篇《乞出师札》作于高宗绍兴七年（1137年）。文章充分体现了岳飞作为一代名将，高瞻远瞩、运筹决胜的战略眼光和军事才能。他首先简明扼要地分析了敌伪的战略和所包藏的祸心。然后针对战争变化莫测的态势和可能发生的情况，从三个方面提出应对的作战方案：一是勿拘淹速，使敌莫测，得便即入，直取京洛，尽复京畿、陕右的方案；二是敌人坚壁，分屯要害，则诱敌深入，或挫其锐，或待其弊，邀击归路，可收到“小入则小胜，大入则大胜”的战果；三是若敌侵淮上，攻四川，则长驱捣穴，使敌疲于奔命。总之，“不过三二年间，可以尽复故地”。最后，又以“去秋”为例，特别强调粮草筹集的重要。筹谋擘画，精细周到。忠义之情，出自肺腑，以致高宗见札后说“有臣如此，顾复何忧”“中兴之事，一以委卿”。（《宋史》本传）遗憾的是这不过是高宗的一时激动，岳飞的慷慨陈词，敌不过秦桧“以合兵为疑”（《宋史·高宗纪五》）的谗言，高宗马上收回了增拨军马的成命。岳飞的悲剧在于：明于军事，暗于政治；长于料敌，疏于全己，对于高宗只图苟安、不思恢复的本质，他恐怕至死未悟。

跋《宗忠简行实》后

黄 震

呜呼！余读公行实，不能不为天地之纲常哭之恸也[①]。方金虏围京城不下而以和给我也，四方勤王之师坐视不得进[②]。公独曰："既曰通和，请亟退师。设有诡谋，吾兵已在城下。"[③]遂发兵大名，至东平，至济州，至卫南，直入贼区；据韦城而徙南华，转战无前矣[④]。斯时也，使赵野、范讷协其谋，则二圣可以不北狩，而野也、讷也不其然[⑤]。方金虏拥吾二圣而北，天下尚皆我有也，四方之勤王而不得遂者，纷纷无所向。公既尹京，寻兼留守[⑥]。如王善、赵再隆、丁进、孔彦舟、马皋、赵海、杨进、王大节之流，以兵附者，百八十万[⑦]。契丹九州，日附中国[⑧]。且议遣辩士西使夏，东使高丽以灭金[⑨]。已二十五表，疏请回銮京师矣。斯时也，使黄潜善、汪伯彦不从中沮其谋，则中原固金瓯无缺之天下。而潜善也，伯彦也，又不其然[⑩]。考论至此，则二圣本不至北狩而终不免北狩者，公之谋不遂也；中原本未尝沦没而终不免沦没者，公之请不行也。

呜呼惜哉！自时厥后，虽有英雄百战，皆不过救败扶伤，况偏安日久乎？故我宋中兴与否，特系公用舍间，他尚何言？虽然，非公守磁，我高宗已先入虏庭，虽江南谁与保[⑪]；公虽身不及用，尚能为我宋得一岳飞[⑫]。

注 释

①纲常：指三纲（君为臣纲、父为子纲、夫为妻纲）与五常（仁义礼智信），是封建的伦理道德之根本。

②“方金虏”两句：靖康元年（1126年）十一月，金兵再次大举南下，一面猛攻汴京，一面“复使刘晏来，趣亲王、宰相出盟”。钦宗和战举棋不定，先“命刑部尚书王云副康王使斡离不军，许割三镇，奉衮冕、车辂，尊其主为皇叔，且上尊号”。后又命康王为天下兵马大元帅，速领兵入卫。（《宋史·钦宗纪》）因此各路勤王兵马，多迟疑不进。绐（dài）：欺骗。勤王：原意为王事尽力，后以出兵救援朝廷为勤王。

③“公独曰”五句：《宋史·宗泽传》：“时康王开大元帅府，檄兵会大名。泽履冰渡河见王，谓京城受围日久，入援不可缓，会签书枢密院事曹辅赍蜡封钦宗手诏，至自京师，言和议可成。泽曰：‘金人狡谲，是欲款我师尔。君父之望入援，何啻饥渴，宜急引军直趋澶渊，次第进垒，以解京城之围。万一敌有异谋，则吾兵已在城下。’汪伯彦等难之，劝王遣泽先行，自是泽不得预府中谋议矣。”

④“遂发兵”七句：《宋史·宗泽传》：靖康“二年正月，泽至开德，十三战皆捷，以书劝王檄诸道兵会京城”。大名：今属河北。东平：今属山东。济州：今山东巨野县。卫南：今河南滑县东。韦城：今河南滑县东南。南华：今山东东明县东南。转战无前：转战所向披靡。

⑤“斯时也”四句：靖康二年（1127年）正月，宗泽“又移书北道总管赵野、河东北路宣抚范讷、知兴仁府曾楙合兵入援。

三人皆以泽为狂，不答”。（《宋史·宗泽传》）二圣：指徽、钦二帝。北狩：被金北虏而去的讳词。狩，古以狩猎为演武。

⑥“公既尹京”两句：“开封尹阙，李纲言绥复旧都，非泽不可。寻徙知开封府。”后“除延康殿学士、京城（指南京，今河南商丘）留守、兼开封尹”。（《宋史·宗泽传》）留守：古代皇帝巡行、出征时，以亲王或重臣镇守京师，得便宜行事，称京城留守。

⑦“如王善”三句：《宋史·宗泽传》：“王善者，河东巨寇也。拥众七十万，车万乘，欲据京城。泽单骑驰至善营，泣谓之曰：‘朝廷当危难之时，使有如公一二辈，岂复有敌患乎？今日乃汝立功之秋，不可失也。’善感泣曰：‘敢不效力。’遂解甲降。时杨进号没角牛，兵三十万，王再兴、李贵、王大郎等各拥众数万，往来京西、淮南、河南北，侵掠为患。泽遣人谕以祸福，悉招降之。”赵再隆、马皋、王大节：均不详，当为河北义军领袖。丁进：河北义军领袖。《宋史·高宗纪二》有京城都巡检使丁进，或为宗泽招抚后的官职。后复叛。孔彦舟（1107—1160 年）：字巨济，相州林虑人。初为避罪从军，尝败金军，后叛，屡为宗弼攻宋前锋，历金朝工、兵部尚书，西京、南京留守，后为金海陵王鸩杀。

⑧“契丹”两句：宋徽宗宣和七年（1125 年），辽天祚帝为金人虏获，辽亡。此后“故辽旧部人，日有归中国者。间有捕获，宗泽选契丹汉儿引坐侧，推诚与语，谕以期奋忠义，共灭金人，以刷君父之耻。即给资粮遣之，且赐以公凭，俟官军渡河，以为信验”。（《续资治通鉴·宋纪一百一》）

⑨“且议”两句：建炎二年（1128年）五月宗泽上奏，请赵构还开封，其中有遣辩士使西夏、东使高丽联络他们的建议。据《续资治通鉴·宋纪一百二》载，建炎二年六月，“丁卯，国信使杨应诚、副使韩衍至高丽”，欲联高丽抗金。

⑩“斯时也”六句：《宋史·宗泽传》：“泽前后建议，经从三省、枢密院，辄为潜善等所抑，每见泽奏疏，皆笑以为狂。”金瓯无缺：喻国土完整无损。《南史·朱异传》：“我国家犹若金瓯，无一伤缺。”金瓯，黄金制的盆。

⑪“非公守磁”三句：靖康元年（1126年），宗泽知磁州。“康王再使金，行至磁，泽迎谒曰：‘肃王一去不反，今敌又诡辞以致大王，愿勿行。’王遂回相州。”（《宋史·宗泽传》）

⑫尚能为我宋得一岳飞：岳飞（1103—1142年），自20岁起，先后四次从军。建炎元年（1127年），上书反对京都南迁，被革职。投河北招抚司，张所破格擢为统制。随王彦渡河复新乡，在太行山刺杀金将。因率部擅自行动，险遭军法处决。“秉义郎岳飞犯法将刑，泽一见奇之，曰：‘此将材也。’会金人攻汜水，泽以五百骑授飞，使立功赎罪。飞大败金人而还。遂升飞为统制，飞由是知名。”（《宋史·宗泽传》）

作者简介

黄震（1213—1280年），字东发，庆元府慈谿（今属浙江）人。宝祐四年（1256年）进士。性刚直，不畏强权。修史揭露民贫兵弱财匮和士大夫无耻等时弊，触怒理宗，贬官三级。复因抨击权相贾似道侄儿不法，被罢官。似道罢相，震官至浙东提举常平。卒，门生私谥为“文洁先生”。著有《黄氏日钞》《古今纪要》等。

注者按

跋：附在文章或书后的读后感一类的议论文。行实，记叙死者一生主要事迹的文章。宗忠简，即宗泽。详见《乞毋割地与金人疏》作者介绍。

靖康之际，宗泽之进退用舍，不仅是朝廷和战的标志，而且是社稷安危之转捩。作者对宗泽在国家存亡的关键时刻，遭主和派排挤，两次未获重用，致使社稷倾覆，二帝北狩，不胜悲愤，无限叹惋；对宗泽团结河北义军、重创金兵、阻拦康王、擢用岳飞的功绩，赞美崇敬之情，溢于言表。语简情长，正是本文的特色。

王彦与八字军

徐梦莘

王彦既得卫州新乡县[①]，即传檄州郡[②]。金人以为大兵至也，率数万众薄彦垒[③]，围之数重，矢注如雨。彦兵寡，且器甲疏略[④]，疾战，辄不利，彦决围以出，其众遂溃。金人见彦所乘甲马独异，复尽锐追击；彦与麾下数十人驰赴之[⑤]，所向披靡。转战十数里，弓矢且尽，会日暮，得免[⑥]。

他将往往复渡河以还[⑦]。彦收散亡，得七百人，保共城县西山[⑧]。常虑变生不测[⑨]，夜则徙其寝所。其部曲曰[⑩]："我曹所以弃妻子，冒万死以从公者，感公之忠愤，期雪国家之耻耳！今使公寝不安席，乃反相疑耶？我则非人矣！"遂皆面刺"赤心报国，誓杀金贼"八字，以示其诚。

彦益自感励，大布威信，与士卒同甘苦。未几，两河响应[⑪]，招集忠义民兵首领如傅选、孟德、刘泽、焦文通等一十九寨，十余万众，绵亘数百里，金鼓之声相闻[⑫]，自并、汾、相、卫、怀、泽间倡义讨贼者[⑬]，皆受彦约束。禀朝廷正朔[⑭]，威震燕代。金人患之，列戍相望[⑮]，时遣劲兵，挠彦粮道。彦每勒兵以待之，且战且行，大小无虑数十百战，斩获银牌首领、金环女真及夺还河南被虏生口[⑯]，不可胜计。（以上系建炎元年十月二十九日）

王彦在西山聚兵，既集，常虑粮储不继。一日，尽发军士运粟。会奸人有告虏帅者，金人乘虚，遽以大兵薄彦垒，彦率亲兵乘高御之。众稍却，彦大呼贾勇[17]，士众力战，且以强弩飞石齐发[18]，金人方稍退。金人有死者，皆以马负尸而去。自此金人布长围，欲持久困彦，彦绝馈运者旬余。彦檄召诸寨兵，大至，金人乃遁去[19]。

《遗史》曰[20]：“金人时锐意中原，特以彦在河朔[21]，兵势张甚，未暇南侵。一日，虏帅召其众酋领，俾以大兵再攻彦垒，酋领跪而泣曰：‘王都统寨坚如铁石，未易图也！必欲使某将者，愿请死，不敢行[22]。’其为虏所畏如此！”（以上系建炎元年十一月九日）

注释

①卫州：治所在今河南卫辉市。新乡县：今河南新乡市。

②传檄：把号召抗金的军事文告分送各州郡。

③薄：迫，逼近。

④器甲疏略：兵器、铠甲等装备落后。

⑤麾下：部下。

⑥得免：得以脱险。据《三朝北盟会编·炎兴下帙》卷一百一十三载，此次战役在建炎元年（1127年）十月二十九日。

⑦“他将”句：其他溃散的将领往往再渡到黄河以北来归队。

⑧共城县：今河南辉县。西山：即太行山。

⑨常虑变生不测：常常忧虑突发意外事变。

⑩部曲：古代军队编制名称。此指部下、部属。

⑪两河：指河北、河东两路。河东路领有今山西省大部，治

所太原。河北路领有今河北省及山东省黄河以北部分，治所大名府。

⑫ 金鼓：锣与鼓，古代战争，擂鼓则进，鸣金则止，以节制军队。

⑬ 并：并州，今山西太原市。汾：汾州，今山西汾阳市。相：相州，今河南安阳市。卫：卫州。怀：怀州，今河南沁阳市。泽：泽州，今山西晋城市。倡义：发起，倡导义举。

⑭ 禀朝廷正朔：指王彦所部八字军，仍承认和拥戴宋朝，用建炎年号。正朔，本指正月初一。古代改朝换代，帝王都要改正朔。此正朔指历法。

⑮ 列戍相望：防卫岗哨严密。

⑯ 银牌首领：金太祖时，始铸金、银、木牌，分别授予万户、猛安、谋克及蒲辇等官员佩戴，以示功赏。金环女真：佩有金环饰的女真贵族。生口：被活捉人口，俘虏。

⑰ 贾（gǔ）勇：拿出勇气来。

⑱ 弩（nǔ）：用机械发射的弩弓。

⑲ 金人乃遁去：据《三朝北盟会编·炎兴下帙》卷一百一十四，时在建炎元年（1127 年）十一月九日。

⑳《遗史》：宋赵甡之《中兴遗史》。是《三朝北盟会编》所引 200 余种书之一。《四库全书总目》卷四十九称《三朝北盟会编》“其征引皆录原文，无所去取，亦无所论断……故以会编为名”。则本文所引当是原文。

㉑ 特：只。

㉒“必欲”三句：一定要让我为将的话，宁愿请求处死，也不敢前去。

作者简介

徐梦莘（1126—1207年），字商老，清江（今江西樟树西）人。绍兴进士。初授南安军教授，后改知湘阴县，寻主管广西转运司文字，知宾州。在任关心民生利病，以议盐法不合，罢归。生平嗜学博闻，感慨于靖康之乱，发愤研究政和七年（1117年）以后45年间宋金和战历史。于绍熙四年（1193年），撰成《三朝北盟会编》250卷，钩稽旧闻，并列异同，引用官私著述200余种，年经月纬，按日胪载，具有极高的史料价值，书成，擢直秘阁。

注者按

王彦（1090—1139年），字子才，隆德上党（今山西长治）人，一说泽州高平（今属山西）人。徙怀州河内（今河南沁阳）。曾从种师道御西夏。建炎元年（1127年）隶张所部，任都统制。率7000兵渡河，收复新乡。未几，遭金兵围困，突围入共城（今河南辉县）西山，创“八字军”，屡创金兵，聚众至十余万，曾赴行在，力陈两河兵民切盼恢复之意，为黄潜善、汪伯彦所忌，后为张浚部前军统制，金、均、房州安抚使，击退金及伪齐军，收复秦、金等州。后被解兵权，出知邵州。

本文分别选自《三朝北盟会编》卷一百一十三、一百一十四，作者以简洁的史笔实录了王彦及其所统率的“八字军”，在与金军的艰苦辗转战斗中逐渐壮大以至威震敌胆的过程，真实地表现了沦陷区军民同仇敌忾的爱国精神。这从一个侧面证明了北宋之所以亡，南宋之所以屈辱求和，完全是由于统治者的腐败和苟安。文章借敌酋之口，从侧面烘托出王彦之智勇令敌闻风丧胆，笔墨经济。

陈炤小传

虞　集

陈炤，字光伯，毗陵人[①]。少游群庠有声[②]，三领乡荐[③]，登咸淳乙丑进士第[④]，年已四十六，调丹阳尉[⑤]。淮东帅印应雷素知其才[⑥]，辟为寿春教而留之幕府[⑦]，掌笺翰。有《进琼花表》，文甚清丽，人甚称之。炤以功业自许，乐仕边郡。举者满数，改官知朐山县[⑧]。应雷犹留之幕府，丁母忧[⑨]，归毗陵。

岁甲戌[⑩]，大元大兵渡江，江东西守者皆已降。大兵自沙武口冒雪徐渡，至马洲，将攻常州。明年乙亥，宋命故参知政事、蜀人姚希得之子訔居常起知其州[⑪]。以炤知兵，起复添差通判常州以佐之[⑫]。訔、炤心知常无险，去临安近，不可守，而不敢以苟免求生[⑬]。同起治郡事，率羸惫将尽之卒[⑭]，以抗全盛日进之师。厉士气以守，缮城郭[⑮]，备粮糗[⑯]，治甲兵。炤输私财以给用，不敢以私丧失国事。身当矢石者四十余日，心力罄焉[⑰]。及兵至城下，拥壕而阵。城上矢尽，不降。城且破，訔死之，炤犹拥兵巷战。家人进粥，不复食。从者进马于庭曰："城东北门围缺，可从常熟塘驰赴行在[⑱]。"炤曰："孤城力尽援绝而死，职分也[⑲]。去此一步，无死所矣[⑳]。"遣子出城求生曰："存吾家之血食[㉑]，勿回顾。"驱之，号泣以去。兵至，炤遂死之。

宋人闻之，犹诏赠朝奉大夫直宝章阁，与一子[㉒]。恩泽下，有司立庙[㉓]。

炤死时，有仆杨立者，守之不去。北兵见而义之，缚之以归。它日，将以畀人[24]，立曰："吾从子得生，愿终身焉。若以畀人，则死耳。"从之。至燕，得不死。往来求常州人，得僧璘者，具以炤死时事告其子孙乃已。既罢兵，丞相军士管为炤孙曰："城破时，兵至天庆观。观主不肯降，曰：'吾为吾主死耳，不知其他。'遂屠其观。"云一时节义所激如此。

炤平生多文章，乱后略无存者。今唯有《进琼花表》、《印应雷圹志》[25]、《应进士》等文百余篇存焉。徒观其文华者，不知其能节义如此也。子四人：应凤早卒；应鼋、应麟皆乡贡进士[26]。其曾孙显曾今为儒。陵阳牟献之曰[27]："舍门户而守堂奥，势已甚蹙[28]。而訔、炤死，殆无愧于巡、远[29]。"炤之友邵焕有曰："宋之亡，守藩方擐甲胄而死国难者百不一二[30]；儒者知兵、小臣仓卒任郡寄而死，千百人中一二耳。若炤者不亦悲夫！"

史官曰：伯颜丞相之取江南[31]，行军功簿大小具在，官府可以计日而考之也。国朝纪世大典尝次第而书之[32]。若炤之死事，可以参考其岁月矣。

注 释

① 毗陵：古县名。本春秋时吴季札的封地延陵邑，而汉置县。治所在今江苏常州市。

② 庠：古代乡学名。

③ 乡荐：唐代应进士试，由州县地方官荐举，称乡荐。后称乡试中试为乡荐。

④ 咸淳乙丑：1265 年。咸淳，宋度宗赵禥年号（1265—1274 年）。

⑤ 丹阳：今属江苏省。

⑥ 印应雷：通州人，曾知温州，计平州卒之乱。

⑦ 寿春：古县名。今安徽寿县西南。教：指教授。学官名。宋制，诸路州军立学，置教授。以经术行义教导诸生，并掌课试之事。

⑧ 朐山：古县名，治所在今江苏连云港市西南锦屏山侧。锦屏山，古名朐山，县以此得名。《宋史·陈炤传》称炤“少工词赋，登第，为丹徒县尉，历两淮制置司参议官、大军仓曹、寿春府教授，复入帅府，改知朐山县，仍兼主管机宜文字”。

⑨ 丁母忧：遭母丧。古制：父母死后，子女在家守丧三年，不做官，不婚娶，不赴宴，不应考。丁，当。

⑩ 岁甲戌：甲戌年，即咸淳十年（1274 年）。

⑪“大兵”五句：《宋史·陈炤传》：“北兵至常，常守赵与鉴走匿，郡人钱訔以城降。淮民王通居常州，阴以书约刘师勇，许为内应，朝议乃以姚希得子訔知常州。师勇复常州，走钱訔，执安抚戴之泰等，遂迎訔以入。”沙武口：疑即“沙芜口”。《续资治通鉴·宋纪一八〇》：咸淳十年“十二月丙午，巴延乘间遣阿喇罕将奇兵倍道袭沙芜口，夺之。辛亥，自汉口开坝引船入沦河。转沙芜口以达江”。姚希得（？—1269 年）：字逢原，潼川（今四川三台）人。嘉定进士。先后任知蒲江县、通判太平州、知庆元府、沿江制置使、知建康府、江东安抚使等职。理宗朝曾上书极论危亡之征。所任皆积极备战。度宗朝任参知政事（副宰相）、同知枢密院事。姚訔（？—1275 年）：姚希得之子。德祐元年（1275 年）三月，元军陷常州，他力图恢复。

后宋师克复常州，遂知州事。辟陈炤为通判。入城十余日，元军又来攻。与陈炤、王安节等率义兵顽强抵御，加太府寺丞。元丞相伯颜亲自率兵猛攻。訔阻壕水为阵，严拒招降。固守常州达半年之久，城破而死。

⑫起复：封建时代，官吏有丧，守孝未满而复起用，谓之起复。添差：在原官职之外增加的派遣职差。通判：州府副长官，有监察所在州府官员之权。

⑬苟免：以不正当的手段求免。

⑭羸（léi）：瘦弱。惫：疲惫。

⑮缮：整修。

⑯糗（qiǔ）：干粮。

⑰罄（qìng）：尽。

⑱行在：亦作“行在所”，封建帝王所至所在的地方。宋高宗南渡，建都临安（今浙江杭州），称临安为行在（即行都之意），示不忘旧都汴梁。

⑲职分：身任之职所应尽的本分。

⑳无死所矣：即《宋史》本传“非死所矣”。

㉑血食：古时杀牲取血，用以祭祀，故名。此同“血嗣”，即承祭祖先的后代。

㉒“犹诏”两句：《宋史·陈炤传》：“追赠訔龙图阁待制，希得赠太师，炤直宝章阁，并官其子。”

㉓有司：有关职能官署。

㉔畀（bì）：给与。

㉕圹志：犹墓志。圹，墓穴。

㉖ 乡贡进士：唐代取士之法，出自学馆者称“生徒”，出自州县者称“乡贡”。后代沿称之。

㉗ 陵阳牟献之：牟巘，字献之，其先蜀人，徙居湖州。宋端明学士子才之子。擢进士第，官至大理少卿。以忤贾似道去官，宋亡不出。与子应龙讨论经学，以义理相切磋。有《陵阳集》，学者称陵阳先生。

㉘“舍门户”两句：门户：指南宋江防门户。堂奥：堂的深处。入门先升堂，升堂而后入室，室的西南角为奥。此指常州为腹地。蹙：紧迫。

㉙ 巡：张巡，详前。

㉚ 擐（guān）：贯，穿。

㉛ 伯颜：亦作巴延（1236—1295 年），蒙古八邻部人。至元十一年（1274 年），任左丞相，行省荆南，总率襄阳兵攻宋。取鄂州（今武汉），领水陆军沿江东下。十二年（1275 年），下建康，升行省右丞相。分兵三路进临安。

㉜ 纪世大典：即元仁宗朝，作者虞集等所撰《经世大典》。原书不存。本文题解中所引《续资治通鉴》注中曾引《经世大典》以考订常州城陷之日。

作者简介

虞集（1272—1348 年），字伯生，世称邵庵先生。崇仁（今属江西）人。师从吴澄。泰定初，除国子司业，累迁翰林学士，兼国子祭酒。

大德、延祐为元代盛世，虞集作为文坛领袖，诗文被奉为盛世之文的典范，与杨载、范梈、揭傒斯并称“元诗四大家”。有《道园学古录》《道园类稿》。

注者按

本文为力战固守、抗元至死的常州通判陈炤立传（亦见于《宋史》卷四百五十《忠义五》）。由于常州军民奋力抵抗，元军久攻不下。陈炤在“江东西守者皆已降”，心知常州无险可守的情况下，毁家舍身，勇赴国难；在城陷将亡之后，犹“拥兵巷战”，舍弃突围逃生的机会，以死明志，其情怀之慷慨、节义之高尚、事迹之悲壮，足以动天地、泣鬼神。作者通过义仆、观主及其友人的言与行，从侧面加以烘托，反映出南宋军民抗元之奋勇激烈。

海上平寇记

王慎中

守备汀漳俞君志辅[①]，被服进趋[②]，退然儒生也[③]。瞻视在鞸芾之间[④]，言若不能出口，温慈款悫[⑤]，望之知其有仁义之容。然而桴鼓鸣于侧[⑥]，矢石交乎前，疾雷飘风[⑦]，迅急而倏忽，大之有胜败之数，而小之有死生之形，士皆掉魂摇魄，前却而沮丧[⑧]；君顾意喜色壮，张扬矜奋[⑨]，重英之矛[⑩]，七注之甲[⑪]，鸷鸟举而虓虎怒[⑫]，杀人如麻，目睫曾不为之一瞬，是何其猛厉孔武也[⑬]！

是时漳州海寇张甚，有司以为忧，督府檄君捕之[⑭]。君提兵不数百，航海索贼，旬日遇焉。与战海上，败之；获六十艘，俘八十余人，其自投于水者称是。贼行海上，数十年无此衄矣[⑮]。由有此海所[⑯]，为开寨置帅，以弹制非常者[⑰]，费巨而员多；然提兵逐贼，成数十年未有之捷，乃独在君；而君又非有责于海上者也。亦可谓难矣！

予观昔之善为将，而能多取胜者，皆用素治之兵，训练齐而约束明，非徒其志意信而已；其耳目亦且习于旗旒之色[⑱]，而挥之使进退则不乱，熟于钟鼓之节，而奏之使作止则不惑，又当有以丰给而厚享之，椎牛击豕，酾酒成池[⑲]，餍其口腹之所取；欲遂气闲[⑳]，而思自决于一斗以为效，如马饱于枥，嘶鸣腾踏而欲奋，然后可用。君所提数百之兵，率召募新集，形貌不相识；宁独训练不夙，约束不豫而已[㉑]，其于服属之分，犹未明也。君又穷空，家无余财，所为市牛酒，买粱粟，以恣士之所嗜，不能具也。徒以一身率先士卒，共食糗糒[22]，触犯炎风，冲冒巨浪，日或不再食，以与贼格，而意以取胜。君诚何术，而得人之易，致效之速如此？予知之矣！用未素教之兵，而能尽其力者，以义气作之而已[23]；用未厚养之兵，而能鼓其勇者，以诚心结之而已。

予方欲以是问君，而玄钟所千户某等来乞文勒君之伐[24]，辄书此以与之。君其毋以予为儒者，而好揣言兵意云[25]。君之功在濒海数郡；而玄钟所独欲书之者，君所获贼在玄钟境内，其调发舟兵诸费，多出其境，而君清廉不扰，以故其人尤德之尔[26]。

君名大猷，志辅其字，以武举推用为今官。

注　释

① 守备：明代指防守城堡的武官。汀：汀州府，治所在今福建长汀。漳：漳州府，治所在今福建漳州。俞君志辅：俞大猷，字志辅，号虚江，福建晋江人。明代抗倭名将，与戚继光齐名。官至右都督。

② 被服进趋：指衣装和行动。

③ 退然：逊让的样子。

④“瞻视”句：形容其逊让的样子，目光只在衣饰之间。韠芾（bǐ fú）：古代朝觐或祭祀时遮蔽在衣裳前面的一种服饰。芾，同“韍”。

⑤ 款悫（què）：诚恳。

⑥ 桴（fú）鼓：战鼓。桴，鼓槌。

⑦ 飘风：旋风。

⑧ 前却：前进或后退。

⑨ 矜奋：犹奋勉。

⑩ 重（chóng）英：重叠的矛上羽饰。

⑪ 七注之甲：用许多铁片连缀而成的铠甲。注，同“属”，连缀。

⑫ 虓（xiāo）虎：怒吼的老虎。

⑬ 孔：甚，很。

⑭ 督府：都督府。檄：用公文传达命令。

⑮“其自”三句：意谓投水自杀的倭寇数目与被俘获的人数相当。称：相称。是：此，代指俘获的人数。倭寇横行海上几十年，从未有过如此的惨败。衄（nǜ）：挫折，失败。

⑯ 由：自从。海所：指沿海地区的卫所。

⑰ 弹制：镇压。

⑱ 旐（zhào）：画有龟蛇的旗。

⑲ 釃（shī）酒：犹言斟酒。

⑳ 欲遂：谓欲望满足。

㉑ 不豫：预先没有。

㉒ 糗糒（qiǔ bèi）：干粮。

㉓ 作：振奋。

㉔ 玄钟所：卫所名，在今福建诏安县东南，明初在此设千户所。千户：千户所的军官。勒：刻石纪功。伐：功勋。

㉕“君其毋”两句：君：指俞大猷。其：表示祈望，意即请俞君不要以为我是儒生却喜好揣测用兵之道。

㉖“君之功”七句：解释玄钟所千户来乞求文章给俞大猷立碑纪功的原因，是俞君在玄钟境内剿倭寇，而对当地百姓清廉不扰，百姓都称颂俞君的功德。德之：称颂俞君之功德。

作者简介

王慎中（1509—1559年），字道思，号遵岩居士，晋江（今属福建）人。嘉靖五年（1526年）进士，历任户部主事、礼部员外郎、山东提学佥事、江西参议、河南参政。因忤大学士夏言，于嘉靖二十年（1541年）罢归。王慎中与唐顺之为明中叶散文“唐宋派”的代表作家。李贽称其文“铺叙详明，部伍整密，语华赡而意深长”。著有《遵岩集》。

注者按

本文通过一次灭倭战役，表彰了俞大猷海上平倭的功勋。作者将俞君平昔的温良逊让像一位儒生，与剿寇时的“猛厉孔武”作对比；将一般将士的“掉魂摇魄”与他的“张扬矜奋”相对比，使俞大猷的形象十分鲜明。再将“昔之善为将，而能多取胜者”的取胜条件与俞大猷的取胜条件之优劣作对比，突出俞大猷的以“未素教”“未厚养”之兵，取胜之道在于以“义气作之”“诚心结之”，且自身“清廉不扰”，故人“尤德之”。文章题曰“记”，却重在议论。在写法上也有独到之处，不同凡俗。

狱中上母书

夏完淳

不孝完淳今日死矣[①]，以身殉父，不得以身报母矣。痛自严君见背[②]，两易春秋[③]。冤酷日深，艰辛历尽。本图复见天日[④]，以报大仇，恤死荣生[⑤]，告成黄土[⑥]。奈天不佑我，钟虐先朝[⑦]。一旅才兴[⑧]，便成齑粉[⑨]。去年之举[⑩]，淳已自分必死，谁知不死，死于今日也！斤斤延此二年之命[⑪]，菽水之养无一日焉[⑫]。致慈君托迹于空门[⑬]，生母寄生于别姓[⑭]，一门漂泊，生不得相依，死不得相问。淳今日又溘然先从九京[⑮]，不孝之罪，上通于天。

呜呼！双慈在堂[⑯]，下有妹女，门祚衰薄[⑰]，终鲜兄弟[⑱]。淳一死不足惜，哀哀八口，何以为生？虽然，已矣。淳之身，父之所遗；淳之身，君之所用。为父为君，死亦何负于双慈？但慈君推干就湿[⑲]，教礼习诗，十五年如一日；嫡母慈惠，千古所难。大恩未酬，令人痛绝。慈君托之义融女兄[⑳]，生母托之昭南女弟[㉑]。

淳死之后，新妇遗腹得雄[㉒]，便以为家门之幸；如其不然，万勿置后[㉓]。会稽大望[㉔]，至今而零极矣[㉕]。节义文章，如我父子者几人哉？立一不肖后如西铭先生[㉖]，为人所诟笑[㉗]，何如不立之为愈耶[㉘]？呜呼！大造茫茫，总归无后[㉙]，有一日中兴再造[㉚]，则庙食千秋[㉛]，岂止麦饭豚蹄、不为馁鬼而已哉[㉜]？若有妄言立后者，淳且与先文忠在冥冥诛殛顽嚚[㉝]，决不肯舍！

兵戈天地[㉞]，淳死后，乱且未有定期。双慈善保玉体，无以淳为念。二十年后，淳且与先文忠为北塞之举矣[㉟]。勿悲勿悲！

相托之言，慎勿相负。武功甥将来大器[36]，家事尽以委之[37]。寒食盂兰[38]，一杯清酒，一盏寒灯，不至作若敖之鬼[39]，则吾愿毕矣。新妇结褵二年[40]，贤孝素著，武功甥好为我善待之，亦武功渭阳情也[41]。

语无伦次，将死言善[42]。痛哉痛哉！人生孰无死，贵得死所耳[43]。父得为忠臣，子得为孝子，含笑归太虚[44]，了我分内事[45]。大道本无生[46]，视身若敝屣[47]。但为气所激[48]，缘悟天人理[49]。恶梦十七年，报仇在来世。神游天地间，可以无愧矣。

注　释

① 不孝：对双亲谦称自己。

② 严君见背：父死的婉词。严君，对父亲的敬称。背，背离，抛舍。

③ 两易春秋：过了两年。作者的父亲在 1645 年殉国，本文写于 1647 年，故云。

④ 图：谋划。复见天日：指恢复明朝。

⑤ 恤死荣生：抚恤死者（父），荣封生者（母）。

⑥ 告成黄土：向祖先坟茔祭告恢复国土成功。

⑦ 钟虐先朝：汇聚各种惩罚降临明朝。钟，聚集。虐，祸罚。

⑧ 一旅：古代兵制，五百人为一旅。据《左传 · 哀公元年》和《史记 · 吴太伯世家》载，夏朝中期失国后，少康曾凭借有土一成，有众一旅，最终恢复了国家。后世遂以一旅代称初建的义军。

⑨ 齑（jī）粉：粉末。此喻溃散。1646 年春，夏完淳与他的老师陈子龙、岳父钱栴在太湖起兵，他在吴易部任参谋。不久即败。齑，细，碎。

⑩ 去年之举：即指 1646 年起兵抗清失败事。

⑪ 自分：自料。吴易兵败，夏完淳曾只身流落江浙隐匿在民间，次年被捕遇害。斤斤：此同“仅仅”。

⑫ 菽水之养：指贫家对父母的微薄供养。《礼记·檀弓下》：“啜菽饮水尽其欢，斯之谓孝。”菽，大豆。

⑬ 慈君：指作者的嫡母盛氏。托迹：寄身。空门：佛门，佛寺。盛氏削发为尼。

⑭ 生母：作者的生身之母陆氏，是夏允彝之妾。寄生：寄居。

⑮ 溘（kè）然：淹忽。此指死。先从九京：先从父亲于九泉之下。九京，亦称“九原”，本是晋国贵族的墓地（见《礼记·檀弓下》），后泛指墓地。

⑯ 双慈：指嫡母、生母。

⑰ 门祚（zuò）衰薄：家门运衰福薄。祚，福，运。

⑱ 终鲜兄弟：句出《诗经·郑风·扬之水》。鲜，少。此指没有。

⑲ 推干就湿：把床上干燥处让给幼儿，自己睡湿处，指鞠育之辛劳。《孝经援神契》：“母之于子也，鞠养殷勤，推燥居湿，绝少分干。”

⑳ 义融女兄：作者的姐姐夏淑吉，号义融。

㉑ 昭南女弟：作者的妹妹夏惠吉，号昭南。

㉒ 新妇：指妻。雄：指男孩。

㉓ 置后：抱养过继别人的孩为后嗣。

㉔ 会稽大望：指夏姓为会稽的望族。松江当时属会稽郡。古代传说夏禹曾会诸侯于会稽。会稽夏姓即奉禹为祖。

㉕ 零极：零乱至极。

㉖ 不肖后：不贤的后代。西铭先生：张溥，号西铭。明末文学家，复社的领袖。死于崇祯十四年（1641 年），无后。次年由钱谦益代为立嗣。（见钱谦益《嗣说》及张采《祭文·附言》）钱谦益后来降清，为士林所轻，并认为这是对张西铭的辱没。

㉗ 诟笑：诟骂，耻笑。

㉘ 愈：更。此指“更好”。

㉙ “大造”两句：意谓如果上天不明，使明朝不能复兴，那么自己即便有后代，也会遭捕杀，终归于无。大造：造化，指天。茫茫：不明。

㉚ 中兴再造：指明朝复兴。

㉛ 庙食千秋：指亡灵在祠庙享受千秋万代的祭祀。

㉜ “岂止”句：哪里只有些简单的祭品，不至做饿鬼而已。麦饭：麸做成的面食。豚蹄：猪蹄。

㉝ 文忠：夏允彝死后，明鲁王谥为文忠。冥冥：即阴曹地府。诛殛；诛杀。顽嚚（yín）：愚顽而又多言不正的人。嚚，《左传·僖公二十四年》：“口不道忠信之言为嚚。”

㉞ 兵戈天地：战乱遍地。

㉟ “二十年后”两句：如死后再生，则二十年后将再与父亲举兵北方反清。

㊱ 武功甥：作者外甥侯檠，字武功。作者被捕后，曾写信给他

说："大仇俱未报，仗尔后生贤。"（《寄荆隐女兄兼武功侯甥》）大器：大材。

㊲ 委：委托。

㊳ 寒食：此指清明节，民俗为上坟祭祖的时节。盂兰：旧俗农历七月十五日夜燃灯祭祀，"超度鬼魂"，称盂兰盆会。

㊴ 若敖：春秋时楚国公族名。该族的令尹子文见族人越椒品行不端，忧虑他会祸及全族，死前哭曰："鬼犹求食，若敖氏之鬼，不其馁而。"后来若敖氏终因越椒叛楚而遭族灭。（见《左传·宣公四年》）后世用这个典故指无后嗣的饿鬼。

㊵ 结褵（lí）：指成婚。褵，一种佩巾。古代女子出嫁时，母亲为其结褵。

㊶ 渭阳情：指甥舅情谊。渭阳，是《诗经·秦风》的篇名。据说是秦穆公太子康公（晋公子重耳的外甥）所作。重耳曾避难秦国，穆公助他回国为君，康公送他到渭水之阳（水北为阳），作诗赠别，有句云："我送舅氏，曰至渭阳。"

㊷ 将死言善：《论语·泰伯》："鸟之将死，其鸣也哀；人之将死，其言也善。"

㊸ 得死所：死得其所，死得有意义。

㊹ 太虚：指天堂。

㊺ 分内事：本分应做的事。

㊻ 大道本无生：道家认为人由无而生，死后复归于无。

㊼ 敝屣（xǐ）：破草鞋。

㊽ 但为气所激：只是被忠愤之气所激发。

㊾ 缘悟天人理：因为明白了天意与人事的关系。

作者简介

夏完淳（1631—1647年），原名复，字存古，华亭（今属上海市松江区）人。聪明早慧，天赋甚高。父亲夏允彝明亡后起兵抗清，明福王南都失陷后，兵败投水自杀。夏完淳14岁就随父抗清。父亲死后，又随老师陈子龙继续抗清，明鲁王曾遥授中书舍人。1647年7月，兵败被执，痛骂降将洪承畴，不屈而死。

夏完淳诗文俱佳，并擅长填词作曲。早期作品内容较单薄，有拟古倾向。明亡后的诗文抒发政治抱负，反映斗争生活，慷慨悲歌，展示了高昂的抗战激情和崇高的民族气节。著有《南冠草》。近人编有《夏完淳集》。

注者按

这是作者被囚狱中，临刑之前写给嫡母和生母的绝命书。

这篇书信熔骨肉之情与家国之痛于一炉，既表达了依依缠绵、生死诀别的亲情悲情，又表达了慷慨壮烈的民族气节；既有国亡家破嗣绝的无限悲痛，更有视死如归的战斗精神。字血声泪，力透纸背。读之令人扼腕，催人奋发。

当然由于阶级和时代的局限，文章也不可避免有封建忠孝思想的烙印，有男尊女卑的影响，但它们又具有特定的抗清复明的内涵，故可存而不论。

梅花岭记

全祖望

顺治元年乙酉四月[①]，江都围急[②]，督相史忠烈公知势不可为[③]，集诸将而语之曰："吾誓与城为殉[④]，然仓惶中不可落于敌人之手以死，谁为我临期成此大节者[⑤]？"副将军史德威慨然任之[⑥]。忠烈喜曰："吾尚未有子。汝当以同姓为吾后，吾上书太夫人，谱汝诸孙中[⑦]。"

二十五日，城陷。忠烈拔刀自裁[⑧]，诸将果争前抱持之，忠烈大呼德威，德威流涕不能执刃，遂为诸将所拥而行。至小东门，大兵如林而至[⑨]。马副使鸣騄、任太守民育及诸将刘都督肇基等皆死[⑩]。忠烈乃瞠目曰[⑪]："我史阁部也[⑫]。"被执至南门，和硕豫亲王以先生呼之[⑬]，劝之降，忠烈大骂而死。

初，忠烈遗言[⑭]："我死，当葬梅花岭上。"至是，德威求公之骨不可得，乃以衣冠葬之。或曰，城之破也，有亲见忠烈青衣乌帽，乘白马，出天宁门投江死者，未尝殒于城中也。自有是言，大江南北，遂谓忠烈未死。已而英、霍山师大起，皆托忠烈之名[⑮]，仿佛陈涉之称项燕[⑯]。吴中孙公兆奎以起兵不克[⑰]，执至白下[⑱]，经略洪承畴与之有旧[⑲]，问曰："先生在兵间，审知故扬州阁部史公果死耶[⑳]，抑未死耶？"孙公答曰："经略从北来，审知故松山殉难督师洪公果死耶，抑未死耶？"承畴大恚[㉑]，急呼麾下驱出斩之。呜呼！神仙诡诞之说，谓颜太师以兵解[㉒]，文少保亦以悟大光明法蝉蜕[㉓]，实未尝死。不知忠义者圣贤家法[㉔]，其气浩然，长留天地之间，何必出世入世之面目[25]？神仙之说，所谓为蛇画足[26]。即如忠烈遗骸，不可问矣。百年而后，予登岭上；与客述忠烈遗言，无不泪下如雨，想见当日围城光景，此即忠烈之面目，宛然可遇[27]，是不必问其果解脱否也；而况冒其未死之名者哉！

墓旁有丹徒钱烈女之冢[28]，亦以乙酉在扬，凡五死而得绝，时告其父母火之，无留骨秽地。扬人葬之于此。江右王猷定、关中黄遵岩、粤东屈大均[29]，为作传铭哀辞。

顾尚有未尽表章者[30]。予闻忠烈兄弟，自翰林可程下[31]，尚有数人。其后皆来江都省墓。适英、霍山师败，捕得冒称忠烈者，大将发至江都，令史氏男女来认之。忠烈之第八弟已亡，其夫人年少有色，守节，亦出视之。大将艳其色，欲强娶之。夫人自裁而死。时以其出于大将之所逼也，莫敢为之表彰者。呜呼！忠烈尝恨可程在北，当易姓之间[32]，不能仗节[33]，出疏纠之[34]。岂知身后乃有弟妇以女子而踵兄公之余烈乎[35]！梅花如雪，芳香不染，异日有作忠烈祠者，副使诸公，谅在从祀之列，当另为别室以祀夫人，附以烈女一辈也。

注　释

①顺治：清世祖福临的年号（1644—1661 年）。乙酉：1645 年。

②江都围急：顺治元年（1644 年），明弘光帝朱由崧命史可法督师扬州（江都）。次年四月，清豫亲王多铎率兵围扬州。史可法闭门坚守，檄各镇赴援，无一至者。

③ 督相史忠烈公：即史可法，字宪之，明代祥符（今河南开封）人。崇祯进士。扬州城破，被俘就义。“忠烈”是福王赠他的谥号。当时史可法以兵部尚书、大学士的名义督战扬州。明代大学士相当宰相职位，故称督相。

④ 与城为殉：与城共存亡，以殉大义。

⑤ 临期：指城陷之时。成此大节：帮助（史公）殉职，将他杀死，成全其节义。

⑥ 史德威：山西平阳人。任之：担当这项任务。

⑦ “吾上书”两句：我给太夫人写信，把你列入史家的孙子辈中。太夫人：指史可法的母亲。诸孙：相对太夫人而言的孙辈。

⑧ 自裁：自杀。

⑨ 大兵：指清兵。

⑩ 副使：指按察副使。马鸣騄：陕西褒城人。太守：汉时一郡之长。明代专指知府。任民育：字时泽，山东济宁人。“以才擢扬州知府，可法倚之。城破，绯衣端坐堂上，遂见杀。阖家男女尽赴井死。”（《明史》本传）都督：明时有五军都督府，置左右都督及诸官，分领全国卫所，后仅存空名，都督也成虚衔。刘肇基：字鼎维，辽东人。《明史》本传载，史公督师扬州，肇基请从征自效。守北门，发炮杀伤清兵甚众。城破，“率所部四百人巷战，格杀数百人……力不支，一军皆没。”

⑪ 瞠（chēng）目：瞪眼直视。

⑫ 史阁部：明仿宋制，置诸殿阁大学士，协助皇帝理政。后大学士兼领六部。史可法以大学士兼领兵部，故称史阁部。

⑬ 和硕豫亲王：清太祖努尔哈赤第十五子，名多铎。顺治元年

（1644 年）为定国大将军，统军下江南。和硕，满语，为“方面”“方隅”的意思，只有最尊贵的亲王才能冠以“和硕”。由妃嫔生的皇女，称“和硕公主”。

⑭ 忠烈遗言：《小腆纪年附考》卷十载，扬州被围，史可法作书辞其家人，呼部将史德威诀曰：“我无子，汝为我嗣，以奉吾母，我不负国，汝毋负我。我死，当葬我于高皇帝侧；其或不能，梅花岭可也。”

⑮“已而”两句：意谓不久英山、霍山一带大起义兵，反抗清朝，都假托史公的名义。事见《明通鉴·附编》卷五。英山：县名，今属湖北省；霍山：县名，今属安徽省。清时两县均属安徽省六安州。

⑯“仿佛”句：好像当年陈涉起义时假托项燕的名义。事见《史记·陈涉世家》。

⑰ 吴中：在今江苏省苏州市。孙兆奎：字君昌，吴江举人，曾与吴日星合兵抗清，兵败被俘。

⑱ 白下：古地名。故城在今南京市北，东晋时陶侃曾在此筑白石垒，后因而为城，南京也以此又称“白下”。

⑲ 经略：官名，明代用兵时设置，权重势要在总督之上。洪承畴：字彦演，号亨九，福建南安人。明万历进士。崇祯时任兵部尚书、蓟辽总督。崇祯十五年（1642 年）与清兵战于松山（今辽宁省锦州市南），兵败被俘降清。官至武英殿大学士、七省经略。他初降清，传说他不屈殉难，崇祯曾想设坛祭奠。所以有下文“公果死耶，抑未死耶”的话讽刺他。

⑳ 审知：确实知道。

㉑恚（huì）：恼怒。

㉒颜太师以兵解：意谓把颜太师就义而说成解脱成仙。颜真卿，字清臣，德宗时官至太子太师。建中三年（782年），李希烈自称天下都元帅，颜真卿奉命前去劝谕，被执，不屈而死。传说他的仆人曾在洛阳同德寺见他"衣长白衫、张盖，在佛殿上坐"，因此，"时人皆称鲁公尸解得道焉"。（《太平广记》卷三十二）兵解，道家称学道的人死于兵刃为兵解，意为借兵刃解脱躯壳而成仙。

㉓"文少保"句：谓文天祥也因参悟了大光明法登仙而去。传说文天祥抗元失败被执，在狱中曾遇一道人，授出世法。（见《文文山年谱》）死后数日，妻收其尸，颜面如生。大光明法：佛法，指被杀头后成佛。《大方便佛报恩经》说，佛祖释迦牟尼在前世做波罗奈国王，称大光明，布施一切。敌人要布施他的头，他让砍头后成佛。蝉蜕：宗教称有道之人的死为尸解登仙，如蝉蜕皮一样。

㉔家法：此指道德法则和传统。

㉕"何必"句：为忠义而死，精神即不朽，何必说成是成佛成仙，或问他形骸是否存在呢？出世：脱离尘世，成仙而去。入世：生在世间。

㉖为蛇画足：即画蛇添足。见《战国策·齐策二》。此喻神仙之说，纯属多余。

㉗宛然可遇：仿佛可以遇到。

㉘丹徒：县名，今属江苏省镇江市。钱烈女：名淑贤，扬州城陷时壮烈殉城，轰动当时。

㉙江右：此指江西省。王猷定：字于一，号轸石，江西南昌人。明遗民，隐居不出，著有《四照堂文集》。黄遵岩：生平不详。屈大均：初名绍隆，字介子，号翁山，广东番禺人。明亡后，曾出家为僧。中年还俗，更今名。参与郑成功、张煌言的抗清之师，事败，流亡，与顾炎武等志士订交。著有《道援堂集》《翁山诗外》《翁山文外》等。清初重要的诗文作家。

㉚表章：同“表彰”，表扬。

㉛可程：史可法弟，崇祯十六年（1643年）进士，曾降李自成。

㉜易姓：封建时代，把国家视作皇帝一姓所有，因此称改朝换代为“易姓”。

㉝仗节：保守节操。

㉞出疏纠之：上疏明弘光帝，加以纠弹。

㉟踵：追随。兄公：妻称夫之兄为兄公。

作者简介

全祖望（1705—1755年），字绍衣，一字谢山，鄞县（在今浙江省）人。雍正七年（1729年）入京应顺天府乡试。得户部侍郎李绂赏识。乾隆元年（1736年）中进士，选为翰林院庶吉士，因受权贵排斥，以知县候选，遂辞官归里，专心讲学著述，曾主讲绍兴蕺山书院、广东端溪书院，为士林景仰，贫病而卒。

全祖望是清代著名史学家、文学家。学问渊博，写过不少碑传，表彰有民族气节的忠义之士。《清史稿·儒林传》说：“仪征阮元尝谓经学、史才、词科三者得一足传，而祖望兼之。”著有《鲒埼亭集》，编辑校笺史书多种。

注者按

梅花岭：在江苏省江都县（今扬州市）广储门外。史可法的衣冠冢在此。

文章题作《梅花岭记》，好似游记，实属人物传记。作者歌颂了民族英雄史可法勠力抗清，抚宁扬州，明知“势不可为”却“誓与城为殉”的不屈精神，崇高气节，恰如傲霜凌雪的梅花。作者举颜真卿、文天祥的身后传说为陪衬，是因为三人的忠烈义勇一脉相承。所发议论：“忠烈遗骸，不可问矣。”“其气浩然长留于天地之间”。则可以“英、霍山师大起”，孙兆奎嘲讽汉奸洪承畴义不为活，史公弟媳及钱氏烈妇以死抗暴数例印证之。足见英雄遗骸虽亡，但浩气永存。文章取材简约、叙次井然，记叙议论相结合，缘事析理，不断深化主旨。对比手法的运用，使文章褒贬鲜明，感情深挚，充分表达作者对抗清烈士的景仰和对汉奸降臣的鄙薄之情。

关忠节公家传

鲁一同

公名天培，字仲因，一字滋圃，姓关氏，山阳人也[①]。起家行伍[②]，历淮安城守营守备、扬州中营守备，获私铸王国英等十八人[③]，署溧阳营都司，获逆严加烈等二十五人，移两江督标左营守备，历中军都司、外海水师奇营守备、奇营游击。道光二年，外泽获盗最[④]，三年，署吴淞营参将，旋即真[⑤]。后二年，东南方议海运。海运自明以来，辍数百年，议者纷错，大府举公任其事[⑥]。六年二月，督米船千百四十五艘，米百二十四万一千余石，自吴淞抵天津，先期功最，署太湖营副将，明年，署苏松营总兵官，旋即真。十三年入朝，上御便殿召见五，军机记名[⑦]。

明年[⑧]，夷事萌芽。先是，西南诸夷暹罗、真腊、安南之属[⑨]，皆恭顺受职贡。惟英吉利最远，强黠[⑩]。嘉庆间一入贡，严卫入海[⑪]。至是夷目律劳卑来[⑫]，不如约，兵船驶至黄埔河，两广总督卢坤、水师提督李增阶坐疏防落职，而以公为广东水师提督。公至则亲历重洋，观阨塞，建台守，排铁索，军务肃然，东南倚以为重。

公容貌如常人，悛悛畏谨[⑬]，而洞识机要，口占应对悉中。暇则习弓马击技，技绝精。在广东著《筹海集》，识者比之戚少保云[⑭]。

居虎门六年而禁烟事起。当是时，洋烟流毒遍天下，前侍郎黄爵滋发其事[15]，上命内外大臣杂议，议定，著为令。而英吉利趸船适至[16]，趸船者，贩烟船也。公既习于海，而前钦差大臣林公则徐，威略素著，与公尤协力，至则拘夷目，锢其船，船不得发，获烟土二万二百余箱，焚之。奏闻，上大悦，叙功有差。

夷计不得逞，明年四月，骤师入浙江，据定海，分船溯大洋，上天津，诡投书乞和[17]，而前直隶总督琦善，驰传赴广东[18]，林公以罪去。于是和议兴，海防撤矣。广东边海门户曰香港、虎门。香港奥衍[19]，易盘据，去省少纡远[20]；虎门险狭，海道曲折，去省近。虎门外列十台，最外大角、砂角二台，屹为东南屏蔽。是年十二月[21]，夷攻大角、砂角，坏师船，而大帅日以文书与夷往来[22]，冀得少辽缓[23]。夷不报命而急战，战方交则投书议和，书报复战，昼夜攻掠不已。时诸军集广府者[24]，驻防满兵、督标、抚标兵，兵不下万人，又调集客兵、团练、乡勇、民兵数万，而大帅所遣助守台者，抚标二百人，驻东莞提标兵二百人备策应。由是二台日益孤危，相继陷没。

二十一年五月，夷进攻威远、靖远诸台，守者羸兵数百[25]，公遣将恸哭请师，无应者。初，公之以海运入都也，时从故人饮酒肆中，醉而言曰："日者谓吾禄命[26]，生当扬威，死当血食[27]。今吾年四十余，安有是哉！"已而叹曰："丈夫受国恩，有急，死耳，终不为妻子计。"公老母年八十余，长子奎龙，吴淞参将，前卒。幼子先遣归。及是乃缄一匣寄家人，坚不可开，公死后启视，则堕齿数枚，旧衣数袭而已[28]。公既自度众寡不敌而援绝，乃决自为计，住靖远台，昼夜督战。已而夷大艅奄至[29]，公率游击麦廷章奋勇登台大呼，督厉士卒。士卒呼声撼山，海水沸扬，杳冥昼晦。自卯至未[30]，所杀伤过当，而身亦受数十创，血淋漓，衣甲尽湿。事急，呼其仆孙长庆使去。长庆哭曰："奴随主数十年矣，今有急，义不使主死而已独全。"手持公衣不可开，公怒，拔刀逐之曰："吾上负皇上，下负老母，死犹晚，汝不去，今斩汝矣。"投之印，长庆号而走。比及半山，回顾，公陨绝于地[31]。时二月六日也。

长庆既去，悬厂自缒下[32]，下负水多芦根，刺体如猬，卒负重创，送印大府所，而身复至台求公尸。夷人严兵守台，则乞通事吴某以情告[33]。吴某者，尝为汉奸，公得之，宥弗杀[34]，给事左右[35]，恒思所以报公。至是为长庆说夷，诚恳反复，夷人义许之。入求尸，铍交于胸[36]，长庆膝行前，遍索不得。卒诣公所立处，举他尸数十乃得之，半体焦焉。

事闻，天子轸悼[37]，予骑都尉世职，谥忠节，赐葬如礼。丧至之日，士大夫数百人，缟衣送迎，道旁观者，或痛哭失声。而长庆得公尸后，复求得麦廷章之半体，与公尸皆徒负以归，水陆七千里。公葬后，恒郁郁不乐，言及公，必泣下。未几卒。

论曰：甚矣！虎门之败也。悲夫！可为流涕者矣。方公之经营十台，累战皆捷。奏上，公卿相贺，主上为之前席，嘉叹至于再三。然而衅发于定海，作成于天津，夷不为无谋，要岂夷人能死公哉[38]！诗曰："谁生厉阶，至今为梗。"[39]厉有阶矣。长庆义士，诚感犬羊，吴某奸耳，知感恩为一日之报，异哉。

注　释

① 山阳：今江苏淮安市。

② 行伍：军队的代称。

③ 私铸：私自铸造钱币。

④ 最：军功上者称最。

⑤ 署：暂时代理。即真：由暂时代理改为实授其职。

⑥ 大府：明清时称总督、巡抚为大府。

⑦ 军机记名：在军机处记录官员政绩，以备提升。

⑧ 明年：指道光十四年（1834 年）。

⑨ 暹罗：泰国的旧名。真腊：柬埔寨的旧名。安南：越南的旧称。

⑩ 强黠：强横狡猾。

⑪ “嘉庆”两句：嘉庆二十一年（1816 年），英国派使臣来华。入海：指进入我国海防。

⑫ 律劳卑：英国上议院议员、海军高级将领。1834 年任英国驻华商务监督。

⑬ 恂恂（xún）：谨慎厚道的样子。

⑭ 戚少保：明朝抗倭名将戚继光，因战功加封太子少保。

⑮ “黄爵滋”句：黄爵滋（1793—1853 年），字德成，号树斋，抚州宜黄县人。官至礼、刑二部侍郎，禁烟名臣。1838 年上书《严塞漏卮以培国本疏》，请严禁鸦片。

⑯ 趸（dǔn）船：停大舟岸旁，以备他舟往来行旅上下及囤积货物的船。

⑰ “明年”六句：道光二十一年（1841 年），英军攻占浙江定

海。诡投书乞和：指英军向清政府投递照会。诡，欺诈。

⑱ 琦善（约 1790—1854 年）：满洲正黄旗人，博尔济吉特氏，字静庵。历任河南、山东巡抚，擢四川总督，拜文渊阁大学士、直隶总督。鸦片战争爆发，奉命与义律谈判，诬林则徐措置失当。任钦差大臣赴广东，撤去战备，力主对英妥协。升两广总督，因《穿鼻草约》被奏劾革职，后又被起用，充任驻藏大臣、四川总督等职。驰传：乘驿站车马疾行。

⑲ 奥（yù）衍：海岸深曲。

⑳ 省：广东省会广州。少：稍。纡远：道路迂回且远。

㉑ 是年十二月：道光二十一年十二月（1841 年 1 月）。

㉒ 大帅：指琦善。

㉓ 迂缓：推迟时间。

㉔ 广府：广州府。

㉕ 羸（léi）：瘦弱。

㉖ 日者：以占候卜筮为业的人。

㉗ 死当血食：指死后受人祭祀。血食，古时杀牲取血，用以祭祀。

㉘ 袭：衣一套称一袭。

㉙ 艅：船队。奄：忽。

㉚ 自卯至未：从卯时至未时。卯时，五时至七时。未时，十三时至十五时。

㉛ 陨：通“殒”，死亡。

㉜ 厂（hǎn）：山崖。缒（zhuì）：用绳子拴住人放下去。

㉝ 通事：翻译人员。

㉞宥：宽宥、赦罪。

㉟给事：供职。

㊱铍（pī）：武器。

㊲轸（zhěn）悼：痛悼。

㊳要：总之。

㊴“诗曰”句：见《诗经·大雅·桑柔》。厉阶：祸端。梗：病。

作者简介

鲁一同（1805—1863年），字兰岑，一字通甫。江苏山阳（今淮安）人。道光十五年（1835年）举人。他为文注重经世，内容多涉及时事，气势刚健。如《胥吏论》《复潘四农书》等，都是切中时弊之作。传记文《关忠节公家传》，记叙他的同乡名将关天培在鸦片战争中英勇作战、为国捐躯的事迹，充满爱国深情。

著有《通甫类稿》6卷、《通甫诗存》6卷等。

注者按

本文详细描述了关天培（1781—1841年）在第一次鸦片战争中英勇抗敌、为国捐躯的事迹。特别是在英军进攻威远、靖远诸台时，关天培临危不惧，昼夜督战，与所率将士直至战死的场面，写得逼真又传神，感人至深。结尾的论语指出虎门之败、关天培之死，是由于琦善不发援兵，表达了作者为国事悲叹、为英雄流涕的沉重心情。关天培死后，谥忠节。

冯婉贞胜英人于谢庄

徐　珂

咸丰庚申[①]，英法联军自海入侵[②]，京洛骚然[③]。

距圆明园十里[④]，有村曰谢庄，环村居者皆猎户。中有鲁人冯三保者[⑤]，精技击[⑥]。女婉贞，年十九，姿容妙曼，自幼好武术，习无不精。是年，谢庄办团[⑦]，以三保勇而多艺，推为长。筑石砦土堡于要隘[⑧]，树帜曰“谢庄团练冯”。

一日晌午[⑨]，谍报敌骑至[⑩]。旋见一白酋督印度卒约百人[⑪]，英将也，驰而前。三保戒团众装药实弹[⑫]，毋妄发[⑬]，曰：“此劲敌也，度不中而轻发[⑭]，徒糜弹药[⑮]，无益吾事，慎之！”

时敌军已近砦，枪声隆然[⑯]，砦中人踡伏不少动[⑰]。既而敌行益迩[⑱]，三保见敌势可乘，急挥帜，曰：“开火！”开火者，军中发枪之号也。于是众枪齐发，敌人纷堕如落叶。及敌枪再击，砦中人又鹜伏矣[⑲]。盖借砦墙为蔽也。攻一时，敌退，三保亦自喜。

婉贞独戚然[⑳]，曰：“小敌去，大敌来矣，设以炮至，吾村不齑粉乎[㉑]？”三保瞿然曰[㉒]：“何以为计？”婉贞曰：“西人长火器而短技击，火器利袭远，技击利巷战。吾村十里皆平原，而与之竞火器，其何能胜？莫如以吾所长，攻敌所短，操刀挟盾，猱进鸷击[㉓]，侥天之幸，或能免乎？”三保曰：“悉吾村之众[㉔]，精技击者不过百人，以区区百人[㉕]，投身大敌，与之扑斗，何异以孤羊投群狼，小女子毋多谈。”婉贞微叹曰：“吾村亡无日矣[㉖]！吾必尽吾力以拯吾村！拯吾村，即以卫吾父！”于是集谢庄少年之精技击者而诏之曰[27]：“与其坐而待亡，孰若起而拯之[28]？诸君无意则已，诸君而有意，瞻予马首可也[29]。”众皆感奋。

婉贞于是率诸少年结束而出[30]，皆玄衣白刃，剽疾如猿猴[31]。去村四里有森林，阴翳蔽日[32]，伏焉。未几，敌兵果舁炮至[33]，盖五六百人也。挟刃奋起，率众袭之。敌出不意，大惊扰，以枪上刺刃相搏击，而便捷猛鸷终弗逮[34]。婉贞挥刀奋斫[35]，所当无不披靡[36]，敌乃纷退。婉贞大呼曰：“诸君！敌人远吾[37]，欲以火器困吾也，急逐弗失！”于是众人竭力挠之[38]，彼此错杂，纷纭拏斗[39]，敌枪终不能发。日暮，所击杀者无虑百十人[40]。敌弃炮仓皇遁，谢庄遂安。

注 释

① 咸丰：清文宗奕詝的年号（1851—1861 年）。庚申：咸丰十年（1860 年）。

② 英法联军自海入侵：指第二次鸦片战争（1856—1860 年）。英法侵略者为从中国攫取更多更大的殖民特权，蓄意制造“亚罗号事件”，挑起了第二次鸦片战争。先后攻陷了广州、天津、北京等城市，中国军民进行了英勇的浴血奋战，而腐败无能的清廷仓皇出逃热河，并签订了屈辱的《天津条约》《北京条约》。

③ 京洛：原指长安、洛阳，历史上不少朝代在那里建都，此指代北京。骚然：骚动慌乱的样子。

④ 圆明园：在今北京海淀区东部，清代皇家御苑，占地约 5200 亩，与附园的长春、绮春（后改名万春）合称“圆明三

园”。自康熙至乾隆年间陆续修成，共有楼台殿阁、亭榭轩馆140多处，有景点百余处，汇集了江南无数名园的胜景。长春园北还有一组欧式宫苑，俗称西洋楼。被西方称为“万园之园”，珍藏极为丰富的图书字画文物，堪称人类文化艺术的宝库。却在咸丰十年（1860年）被野蛮的英法侵略军洗劫一空，焚为废墟。

⑤鲁：山东。

⑥技击：武术。

⑦团：即团练。谢庄团练办于“是年”，则目的在御侮卫村，不同于一般的地主武装团练。

⑧砦（zhài）：同“寨”。用土木构筑的卫围村子的防御工事。要隘：险要之处。

⑨晌（shǎng）午：正午。

⑩骑（jì）：骑兵。

⑪旋：一会儿。白酋：指欧洲白人侵略军首领。

⑫戒：告诫。

⑬毋：不要。

⑭度（duó）不中：估计打不中。轻发：轻易、随便地发射。

⑮徒：白白地。糜：耗费。

⑯隆然：象声词。形容枪声大作。

⑰少：稍。

⑱益迩：更接近了。

⑲凫伏：如鸭子入水般潜伏。凫，野鸭。

⑳戚然：忧虑的样子。

㉑ 齑（jī）粉：此作动词，被碾为碎粉的意思。

㉒ 瞿然：吃惊的样子。

㉓ 猱（náo）进鸷（zhì）击：像猴一样敏捷灵活，像鹰一样勇猛地进击敌人。猱，猴类。鸷，凶猛的禽鸟。

㉔ 悉：尽。

㉕ 区区：少小，微不足道。

㉖ 无日：不日，不久。

㉗ 诏：告。

㉘ 与其……孰若……：与其……还不如……。拯：救。

㉙ 瞻予马首：看我的马头行事，即听我指挥。

㉚ 结束：此指整装。

㉛ 剽（piāo）疾：剽悍轻捷。

㉜ 阴翳（yì）：此指树荫浓密。翳，遮蔽。

㉝ 舁（yú）：扛抬。

㉞“而便捷”句：在轻捷勇猛上到底比不上。弗逮：不及。

㉟ 斫（zhuó）：砍。

㊱ 当：遇。披靡：草木随风倒伏，此状溃败。

㊲ 远吾：与我们拉开距离。

㊳ 挠之：搅乱他们。

㊴ 拏斗：擒拿，格斗。

㊵ 无虑：约略，大概。

作者简介

徐珂（1868—1928年），字仲可，杭县（今杭州市）人，清光绪间举人。袁世凯在小站练兵时，曾参其戎幕，未几辞退。在上海商务印书馆任编辑。曾先后师事谭献、况周颐，长于文学，善于诗词，尤善搜辑有清一代朝野遗闻。数十载不辍。卒年六十。著有《小自立斋文》《可言》《康居笔记》等。编有《天苏阁丛刊》初集、二集和《清稗类钞》。

《清稗类钞》分92类，1.3万余条，300余万言，收集了清代自顺治至宣统上下268年间的朝野逸闻，有一定的史料价值。

注者按

本文叙述了在英法帝国主义进攻北京，清廷逃窜妥协的情况下，谢庄人民团结一致，抗击人数、装备都远过于自己的侵略者，取得胜利的史实，从一个侧面反映出中国人民同仇敌忾、保卫家乡、抗击侵略的英雄气概。

作品结构完整，用笔简洁，重点突出。对于冯婉贞的深谋远虑、坚决果断、知己知彼、机智勇敢都作了生动的描写，并善于用冯三保来衬托其女婉贞，用比喻来描述形势，形容场景，使文章更形象而有感染力。

与妻书

林觉民

意映卿卿如晤[1]，吾今以此书与汝永别矣！吾作此书时，尚是世中一人；汝看此书时，吾已成为阴间一鬼。吾作此书，泪珠和笔墨齐下，不能竟书而欲搁笔[2]，又恐汝不察吾衷[3]，谓吾忍舍汝而死，谓吾不知汝之不欲吾死也，故遂忍悲为汝言之。

吾至爱汝，即此爱汝一念，使吾勇于就死也。吾自遇汝以来，常愿天下有情人都成眷属[4]；然遍地腥云，满街狼犬[5]，称心快意，几家能彀[6]？司马春衫[7]，吾不能学太上之忘情也[8]。语云：仁者“老吾老以及人之老，幼吾幼以及人之幼[9]”。吾充吾爱汝之心[10]，助天下人爱其所爱，所以敢先汝而死，不顾汝也。汝体吾此心[11]，于啼泣之余，亦以天下人为念，当亦乐牺牲吾身与汝身之福利，为天下人谋永福也。汝其勿悲！

汝忆否？四五年前某夕，吾尝语曰：“与使吾先死也，无宁汝先吾而死[12]。”汝初闻言而怒，后经吾婉解[13]，虽不谓吾言为是，而亦无词相答。吾之意盖谓以汝之弱，必不能禁失吾之悲，吾先死留苦与汝，吾心不忍，故宁请汝先死，吾担悲也[14]。嗟夫！谁知吾卒先汝而死乎？吾真真不能忘汝也！回忆后街之屋，入门穿廊，过前后厅，又三四折，有小厅，厅旁一室，为吾与汝双栖之所[15]。初婚三四个月，适冬之望日前后[16]，窗外疏梅筛月影，依稀掩映；吾与（汝）并肩携手[17]，低低切切，何事不语？何情不诉？及今思之，空余泪痕。又回忆六七年前，吾之逃家复归也。汝泣告我："望今后有远行，必以告妾，妾愿随君行。"吾亦既许汝矣。前十余日回家，即欲乘便以此行之事语汝，及与汝相对，又不能启口，且以汝之有身也，更恐不胜悲，故惟日日呼酒买醉。嗟夫！当时余心之悲，盖不能以寸管形容之⑱。

吾诚愿与汝相守以死，第以今日事势观之⑲，天灾可以死，盗贼可以死，瓜分之日可以死，奸官污吏虐民可以死，吾辈处今日之中国，国中无地无时不可以死，到那时使吾眼睁睁看汝死，或使汝眼睁睁看我死，吾能之乎？抑汝能之乎？即可不死，而离散不相见，徒使两地眼成穿而骨化石⑳，试问古来几曾见破镜能重圆㉑？则较死为苦也，将奈之何？今日吾与汝幸双健。天下人人不当死而死与不愿离而离者，不可数计，钟情如我辈者，能忍之乎？此吾所以敢率性就死不顾汝也㉒。吾今死无余憾，国事成不成，自有同志者在。依新已五岁㉓，转眼成人，汝其善抚之，使之肖我㉔。汝腹中之物，吾疑其女也，女必像汝，吾心甚慰。或又是男，则亦教其以父志为志，则我死后尚有二意洞在也。甚幸，甚幸！吾家后日当甚贫，贫无所苦，清静过日而已。

吾今与汝无言矣。吾居九泉之下遥闻汝哭声㉕，当哭相和也。吾平日不信有鬼，今则又望其真有。今人又言心电感应有道㉖，吾亦望其言是实。则吾之死，吾灵尚依依旁汝也㉗，汝不必以无侣悲。

吾平生未尝以吾所志语汝，是吾不是处；然语之，又恐汝日日为吾担忧。吾牺牲百死而不辞，而使汝担忧，的的非吾所忍㉘。吾爱汝至，所以为汝谋者惟恐未尽。汝幸而偶我㉙，又何不幸而生今日之中国！吾幸而得汝，又何不幸而生今日之中国！卒不忍独善其身[30]。嗟夫！巾短情长[31]，所未尽者，尚有万千，汝可以模拟得之[32]。吾今天能见汝矣！汝不能舍吾，其时时于梦中得我乎[33]！一恸[34]！辛未三月念六夜四鼓[35]，意洞手书。

家中诸母皆通文[36]，有不解处，望请其指数，当尽吾意为幸[37]。

注 释

①意映：作者之妻陈意映。卿卿：旧时夫妻间的爱称。如晤：旧时书信中的常用语。谓见信如当面相见一样。

②竟书：写完。竟，终，尽。

③衷：心事。

④“常愿”句：语出《西厢记》第五本第四折：“【清江引】谢当今盛明唐圣主，敕赐为夫妇，永老无别离，万古常完聚，愿普天下有情的都成了眷属。”

⑤“然遍地”两句：比喻清廷的残酷统治，血腥镇压。

⑥彀：同“够”。

⑦司马春衫：春衫，应为“青衫”。白居易《琵琶行》：“座中泣下谁最多，江州司马青衫湿。”后世常用“司马青衫”喻极度悲伤的心情。

⑧“吾不能”句：谓自己不能如圣人那样忘情。太上：指境界高尚的圣人。《世说新语·伤逝》：“圣人忘情，最下不及情，

情之所钟，正在我辈。”

⑨“老吾老”两句：语出《孟子·梁惠王上》。意谓当推己及人。

⑩ 充：扩充。

⑪ 体：体察，体谅。

⑫ 与使……无宁……：与其让……不如……。

⑬ 婉解：委婉解释。

⑭ 担悲：承受，承担悲伤。

⑮ 双栖：夫妻双居。

⑯ 适：正逢。望日：阴历每月十五日。

⑰ 汝：原文缺，据文意补。

⑱ 寸管：毛笔。

⑲ 第：但。

⑳ 眼成穿：即“望眼欲穿”。形容盼望殷切。骨化石：即望夫石。相传古代有一男子从役未归，其妻思念甚切，每日登山远望，盼夫归来。久之，其体化而为石，人称望夫石。（见《幽明录》）

㉑ 破镜能重圆：喻夫妻离散后重新团聚。孟棨《本事诗·情感》载：南朝陈将亡，驸马徐德言料妻乐昌公主可能被掠，便剖一铜镜，两人各持一半，并约定正月十五日卖镜于市，以通音讯，陈亡，乐昌公主为杨素所获。徐德言依约至京城，见一老者所卖之镜与己合，遂题诗于镜。公主见之，悲泣不食。杨素知而感其情笃，乃使公主与徐德言重新团聚。

㉒ 率性：任性。

㉓ 依新：作者长子。

㉔肖：像。

㉕九泉之下：指地下。

㉖心电感应：近代唯心论者认为，人死心灵尚有知觉，能与生人精神心情相感应。

㉗依依：眷恋的样子。旁（bàng）：同“傍”，靠，近。

㉘的的：的的确确。

㉙偶我：以我为配偶，即嫁我。

㉚独善其身：此指只顾个人的利益。

㉛巾短情长：此信书于白巾上，故云。犹言纸短情长。

㉜模拟：想象。

㉝其：将要。

㉞恸：强烈的悲痛。

㉟辛未：应为“辛亥”，系作者笔误。念六：二十六日。作者的绝命信写于阴历三月二十六日夜。四鼓：四更天。

㊱诸母：伯母、叔母等。

㊲尽：完全理解。

作者简介

林觉民（1887—1911年），字意洞，号抖飞，又号天外生。福建闽侯（今福州市）人。14岁进福建高等学堂读书，接受民主革命的思想影响，认识到“中国不革命不能自强”。毕业后留学日本，参加革命活动。1911年春，得知同盟会将举事起义，回国约集同乡，准备参加。同年4月27日，广州起义爆发，林觉民与方声洞等人率先袭击两广总督府，不幸受伤被捕。刑讯时，林觉民慷慨陈词，宣传革命，痛斥清廷。后英勇就义，年仅24岁。是著名的“黄花岗七十二烈士”之一。

注者按

这是林觉民烈士在广州起义（1911年4月24日，阴历三月二十六日）的前夕，写给妻子的一封绝笔书。

作者在信中反复阐明了个人幸福、家庭美满与天下的安危、国家的兴亡息息相关的道理。信中有对新婚的甜蜜生活的眷恋与回忆，有对妻子的依依深情，千回百转，委婉缠绵，悱恻动人。但作者能把这种对妻子的挚爱，推而广之，融化到对国家、民族的深爱之中，“以天下人为念，当亦乐牺牲吾身与汝身之福利，为天下人谋永福也”。正因为愿天下有情人都成眷属，不愿天下人“不当死而死与不愿离而离”，所以作者不惜牺牲个人的幸福与生命。这种胸襟是伟大的，这种精神是崇高的，形诸笔墨，便是真情至理的交织，既有诀别的衷肠寸断，更有就义的慷慨壮烈。全文酣畅淋漓地表达了一位民主革命的义士为推翻封建王朝、建立民主共和国而英勇献身的伟大爱国精神。

炮火的洗礼

茅　盾

我遇到了许多的眼睛，都异样地睁得很大：

这里虽然有悲痛，但也有钢铁似的冷光；有忿怒，但也有成仁取义[①]的圣哲的坚强；有憎恨，有焦灼，然而也有“余及汝偕亡”[②]的激昂。

这都是十天的恶战，三昼夜沪东区的大火，在中国儿女的灵魂上留着的烙印，在酝酿，在锻炼，在净化而产生一个至大至刚，认定目标，不计成败，——配担当这大时代的使命的气魄！

惋惜着悲痛着沪东区的精华付之一炬么？不错，那边有我们同胞血汗的结晶，有我们民族工业的堡寨，我们不能不悲痛。但是敌人的一把火烧得了我们的庐舍和厂房，却烧不了我们举国一致的抗战的力量！不，敌人这一把火，将我们万万千千颗心熔成一个至大无比的铁心了！

不错，那边有我们同胞血汗的结晶，有我们民族工业的堡寨，然而那边也正是敌人的巢，也正是敌人经济侵略的触角！三日三夜的赤焰是敌人的毒火，然而也是我们出地狱升天堂的净火！在炮火的洗礼中，中国民族就更生了！让不断的炮火洗净了我们民族数千年来专制政治下所造成的缺点，也让不断的炮火洗净了我们民族百年来所受帝国主义的侮辱。

古老的伟大的中华民族，需要在炮火里洗一个澡！

大炮对大炮，飞机对飞机，我们有我们抵抗侵略的爪，抵抗侵略的牙！尤其因为我们有炮火锻炼出来的决心和气魄！

四万万人坚决地沉着地接受炮火的洗礼了！四万万人的热血，在写出东亚历史最伟大的一页了！无所谓悲观或乐观，无所谓沮丧或痛快，我们以殉道者的精神[③]，负起我们应负的十字架[④]！

1937 年 8 月 23 日

注　释

① 成仁取义：为正义的事业和信念而献身。成仁，成就仁德。《论语·卫灵公》："志士仁人，无求生以害仁，有杀身以成仁。"取义，就义而死。《孟子·告子上》："生亦我所欲也，义亦我所欲也；二者不可得兼，舍生而取义者也。"因二词出自孔孟，故有"圣哲的坚强"之说。

② "余及汝偕亡"：出自《尚书·汤誓》："时日曷丧，予及汝皆亡。"意谓你几时灭亡，我情愿与你一起灭亡。

③ 殉道者：为信仰和理想而不惜牺牲舍身的人。

④ 十字架：基督教的主要标志，象征耶稣基督被钉在十字架上受难死亡，以救赎世人，代表基督本身和基督教信仰。

作者简介

茅盾（1896—1981 年），原名沈德鸿，字雁冰，笔名茅盾。浙江桐乡人。文学家。1916 年北京大学预科毕业，到上海商务印书馆工作。在俄国十月革命影响下，积极参加五四运动和中国早期共产主义运动。1920 年与郑振铎等发起成立“文学研究会”，主编《小说月报》。1921 年在上海先后加入共产主义小组和中国共产党，在上海商务印书馆工作 10 年，从事大量文学创作、评论和外国文学译介工作。1928 年离上海去日本，与党失去联系。1930 年回国，参加并领导“左联”工作。创作《子夜》《林家铺子》《春蚕》等长、短篇小说。抗战期间先后在上海、新疆、香港、桂林、重庆等地积极从事抗日救亡活动，还曾到延安参观。创作了以上海“八一三”抗战为题材的长篇《第一阶段的故事》《腐蚀》《霜叶红似二月花》等。1946 年年底曾应邀访问苏联。新中国成立后历任文联副主席、作协主席、文化部部长、政协副主席等职务。去世后中共中央根据他生前的请求，恢复了他的党籍。有《茅盾全集》行世。

注者按

本文是作者 1937 年 8 月 23 日写的纪念“八一三”抗战的文章。

1937 年 7 月日军侵占平津之后，又以驻沪日本海军陆战队两名官兵驱车闯入虹桥机场武装挑衅被击毙为借口，于 8 月 13 日大举进攻上海。驻上海的第九集团军在张治中将军率领下奋起抵抗。国民党政府陆续调集 6 个集团军 70 余万人参战抗击日军，初战获胜。日军逐次增兵，总兵力达 9 个师团 22 万余人。从 8 月 23 日起，日军多次在长江口登陆，攻击守军左翼，遭顽强抗击。11 月 5 日，日军一部从杭州湾登陆，迂回守军侧后，合围上海，使守军被迫撤退。11 月 12 日淞沪陷落，史称淞沪会战。

作者以辩证的分析，既愤怒地控诉了日寇的炮火对生命财产的摧残和毁坏，又深刻地指出了炮火的熔炼、洗礼和净化作用；以昂扬的笔调、坚定乐观的信心激励人们让不断的炮火洗净“我们民族数千年来专制统治下所造成的缺点”，洗净“我们民族百年来所受帝国主义的侮辱”。

黍离之悲　家国之痛

撕心裂肺　字血声泪

哀莫哀兮国破，痛莫痛兮家亡。经历了江山易主、国破家亡的沧桑巨变之后，那些昔日的皇亲国戚、金枝玉叶之辈，有的沦为阶下之囚、苦役之奴，过着悲惨的生活。洪迈的《北狄俘虏之苦》，客观真实地描绘了他们的凄苦境遇。所谓覆巢之下，焉有完卵？那些沦陷区的广大百姓，更是生活在水深火热之中。但他们的故国之思，日夜盼望恢复之愿，令人动容。他们的爱国之情，至死不渝。楼钥在他的《北行日录》中记载的道旁几位老妪，见到南宋使者所言："此我大宋人也。我辈只见得这一次在（语尾助词，无义），死也甘心。"言罢，"因相与泣下。"可以印证之。许多不愿身事二主的遗民，往往坚拒应召出仕，选择隐逸山林，或遁身空门，或开馆授徒，或发愤著书。如南宋遗民郑思肖，原名之因，宋亡，始改今名，寓思赵宋之意，字忆翁，号所南，寓有以"南"为"所"之意。宋亡，思肖隐居吴下，岁时伏腊，南向野哭，题所居为"本穴世界"，寓"大宋世界"之意。工画兰，易代后，所画兰根无土，为土地已丧之意。他在所著《心史》的《总后叙》中，直言其所著述，"所谓诗，所谓文，实国事、世事、家事、身事心事系焉。"誓言："我断断为大宋办中兴事，即所以报我父母大德"，"若剐、若斩、若碓、若锯……卒不能以毫发紊我一定不易之天"。他将"大宋天下""赵氏天下"视为天下国家的思想，虽不免迂执，但不可否认，在古代封建社会，亡朝亡君，作为一种爱国主义的标识，在遗民中具有一定的反抗入侵、收复失地的感召力、凝聚力。遗民在备尝亡国之痛、亡家之苦之后，具有这样的思想，不难理解。可贵的是他们为抗敌复国而万死不辞的爱国精神和民族气节。他们这样的精神气节，发而为文，或如林景熙的《磷说》，托物言情，借题发挥。借磷火之怪异，揭露朔骑屠戮之酷烈。或如谢翱的《登西台恸哭记》，托古凭吊。文中以张巡、颜真卿喻文天祥，以记游为名，行伤时吊亡之实，诉亡国之痛。猿哀鹃啼，悲不自胜。又或如张岱之流，曾是钟鸣鼎食之家的官宦子弟，有过纵情声色、裘马轻狂的生活。国破家亡对他们而言，无异于天崩地裂。他也曾有过短暂的抗清经历，终因小朝廷腐败孱弱，赍志难酬而弃之。于是在衣食不继，不得不舂米担粪、躬耕自活的艰难悲苦的境地中，发愤著书。他的《石匮书》这部220卷纪传体的明史皇皇巨著，前后历时27年（其中明亡后10年），呕心沥血始成。后又续撰成《石匮书后集》，以纪传体补记明崇祯及南明朝史事。清代史家毛奇龄言称："将先生慷慨亮节，必不欲入仕，而宁穷年矻矻以究竟此一编者，发皇畅茂，致有今日。"他的《陶庵梦忆》《西湖梦寻》是他"沉醉方醒，恶梦始觉"（《蝶庵题像》）后，再忆梦、寻梦而撰成。在城池山川今昔盛衰的强烈鲜明对比中，抒发其黍离之悲，铜驼荆棘之慨："余于甲午年，偶涉于此（西湖柳洲亭）。故宫离黍，荆棘铜驼，感慨悲伤，几效桑苎翁之游苕溪，夜必恸哭而返。"（《西湖梦寻·柳洲亭》）所以伍崇曜将张岱的"两梦"比之为南宋孟元老的《东京梦华录》和吴自牧的《梦粱录》。在《姚长子墓志铭》中，他为一个智歼倭寇百三十人，以自己牺牲救活全乡百姓的仆佣树碑立传，盛赞其风节功绩。焉知其目的不是借旌表抗倭义烈，赞颂抗清英雄呢？在《赠沈歌叙序》中，他盛赞友人沈素先"坚操劲节，侃侃不挠，固刀斧所不能磨，三军所不能夺矣。国变之后，寂寞一楼，足不履地，其忠愤不减文山（文天祥），第不遭柴市之惨耳（文天祥就义之地）"。他认为："忠臣义士，多见于国破家亡之际，如敲石出火，一闪即灭……

不急起收之，则火种绝矣。”（《越绝诗小序》）为使“忠义一线不死于人心”，他编撰《古今义烈传》，含辛茹苦，10 年搜得烈士数百人。旌表忠烈，维系国脉，可谓用心良苦。张岱的身世经历、著述内容及其所寓深意，在历代遗民中都具有相当的代表性。明代遗民顾炎武，撰《与叶讱庵书》，时年 67 岁。秉先母“无仕异代”的遗训，面对清廷延其出仕的威逼利诱，决绝地表示：“七十老翁何所求，正欠一死。若必相逼，则以身殉之矣。”义正词严地表现了凛然不可犯的民族气节和老而弥坚的爱国思想。这些遗民，故国虽亡，风骨犹存，并以传承弘扬中华民族的爱国精神为己任。中华民族的爱国思想和气节风骨得以薪火相传，不断发扬光大，他们功不可没。

哀江南赋序

庾 信

粤以戊辰之年[①]，建亥之月[②]，大盗移国，金陵瓦解[③]。余乃窜身荒谷，公私涂炭[④]。华阳奔命，有去无归[⑤]。中兴道销，穷于甲戌[⑥]。三日哭于都亭[⑦]，三年囚于别馆[⑧]，天道周星，物极不反[⑨]。傅燮之但悲身世[⑩]，无处求生；袁安之每念王室[⑪]，自然流涕。昔桓君山之志事，杜元凯之平生，并有著书，咸能自序[⑫]。潘岳之文采，始述家风；陆机之辞赋，先陈世德[⑬]。信年始二毛[⑭]，即逢丧乱，藐是流离，至于暮齿[⑮]。燕歌远别[⑯]，悲不自胜；楚老相逢，泣将何及[⑰]。畏南山之雨，忽践秦庭[⑱]；让东海之滨，遂餐周粟[⑲]。下亭漂泊，高桥羁旅[⑳]。楚歌非取乐之方，鲁酒无忘忧之用[㉑]。追为此赋，聊以记言，不无危苦之辞，唯以悲哀为主。

日暮途远，人间何世。将军一去，大树飘零；壮士不还，寒风萧瑟[㉒]。荆璧睨柱，受连城而见欺[㉓]；载书横阶，捧珠盘而不定[㉔]。钟仪君子，入就南冠之囚[㉕]；季孙行人，留守西河之馆[㉖]。申包胥之顿地，碎之以首[㉗]；蔡威公之泪尽，加之以血[㉘]。钓台移柳，非玉关之可望[㉙]；华亭鹤唳，岂河桥之可闻[㉚]！

孙策以天下为三分，众才一旅[㉛]；项籍用江东之子弟，人唯八千[㉜]。遂乃分裂山河，宰割天下。岂有百万义师，一朝卷甲，芟夷斩伐，如草木焉[㉝]！江淮无涯岸之阻，亭壁无藩篱之固[㉞]。头会箕敛者，合从缔交[㉟]；锄耰棘矜者，因利乘便[㊱]。将非江表王气，终于三百年乎[37]？是知并吞六合，不免轵道之灾[38]，混一车书，无救平阳之祸[39]。呜呼！山岳崩颓，既履危亡之运[40]；春秋迭代[41]，必有去故之悲。天意人事，可以凄怆伤心者矣！况复舟楫路穷，星汉非乘槎可上[42]；风飙道阻，蓬莱无可到之期[43]。穷者欲达其言；劳者须歌其事。陆士衡闻而抚掌，是所甘心[44]；张平子见而陋之，固其宜矣[45]！

注　释

①粤：发语词。戊辰之年：梁武帝太清二年（548 年）。

②建亥之月：农历十月。

③大盗：窃国篡位者，这里指侯景。移国：易国，篡国。《南史·梁武帝纪》："太清二年八月戊戌，侯景举兵反。十月……至建邺。"金陵：即建邺，今之南京，梁都。瓦解：指沦陷。

④窜身：逃亡。荒谷：这里借指江陵。公私：公室私门。涂炭：陷入泥途炭火之中，喻遭受灾难。

⑤华阳：指江陵。江陵在华山之阳（山南）。梁元帝平定侯景之乱后，都于江陵。奔命：这里指奉命奔走，出使西魏。有去无归：庾信于梁元帝承圣三年（554 年）出使西魏，同年十一月，西魏攻陷江陵，元帝被杀，庾信被扣于北方不得南归。

⑥中兴道销：指梁朝经侯景之乱后中兴之道就此消亡。穷：穷尽，完结。甲戌：元帝承圣三年，岁在甲戌。

⑦都亭：都城内的亭子。据《晋书·罗宪传》载，蜀将罗宪守永安城，听说蜀后主刘禅降魏，率领部下在都亭哭了三天。这

里借表自己对梁亡的哀痛。

⑧ 三年，并非实数。别馆：正馆以外的馆舍。馆，客馆，使者住的馆舍。春秋时，鲁国叔孙婼（chuò）出使晋国，曾被拘于晋国别都箕邑（今山西太谷东）的客馆。这里借表自己被羁留西魏。

⑨ 天道：自然之道。周星：岁星12年运行一周，故称周星，古人认为岁星是天之贵神，其所临之国有福。这两句意谓：按照天理，周星照临梁地，应使梁有中兴之福，可称“物极则反”；但事实不然，则为“物极不反”了。

⑩ 傅燮：字南容，东汉末为汉阳太守。《后汉书》本传载，王国、韩遂等围攻汉阳，城中兵少粮尽。其子傅干劝他弃城归乡，他慨然而叹：“汝知吾必死邪！盖圣达节，次守节。……世乱不能养浩然之志，食禄又欲避其难乎？吾行何之，必死于此。”终于进兵战死。这里借表自己被羁留异国，只能悲叹身逢厄运，困死他乡。

⑪ 袁安：字邵公，东汉人，官司徒。《后汉书》本传载，袁安因皇帝幼弱，外戚专权，每逢上朝或与公卿谈及国事，“未尝不噫呜流涕”。这里借以悲叹梁王朝的覆亡。

⑫ 桓君山：即桓谭，字君山，东汉人，著有《新论》29篇。志事：有志于事业。杜元凯：即杜预，字元凯，西晋人，著有《春秋左氏经传集解》。平生：一生。自序：自己写文章阐述生平志趣。序，同“叙”，阐述。

⑬ 潘岳：字安仁，西晋诗人，曾作《家风诗》，述其家族风尚。陆机：字士衡，西晋作家，曾作《祖德赋》《述先赋》，歌颂其

祖先功德。陈：陈述。

⑭二毛：头发斑白，黑、白二色毛发相间。侯景之乱时，庾信35岁。

⑮藐：远。是：此。暮齿：晚年。

⑯燕歌：指燕太子丹在易水送别荆轲时，荆轲临别作歌："风萧萧兮易水寒，壮士一去兮不复还。"这里是作者借言出使后一去不返。一说"燕歌"指乐府《燕歌行》，乃伤别之作。

⑰楚老：代指故国父老。《汉书·龚胜传》载，汉末楚人龚胜，仕汉为光禄大夫，王莽即位，不应征而饿死。死后有楚地父老来吊，哭甚哀。这里借言自己身事二君，有愧故人。泣将何及：只有相对而泣罢了，无可奈何。

⑱南山之雨：《列女传·贤明传》载，南山有玄豹，雾雨天七日而不出来求食，是为了保护皮毛，藏而远害。这里是说，自己本来也有避害全身的愿望，但国事危急不得不奉命出使西魏。忽：匆匆。践：到。秦庭：详下申包胥事注。此以喻指西魏。

⑲东海之滨：《孟子·离娄上》："伯夷避纣，居北海之滨。太公避纣，居东海之滨。"周粟：武王灭纣，伯夷、叔齐以为不义，不食周粟而饿死首阳山。事载《史记·伯夷列传》。这两句意谓：自己没能像伯夷、叔齐那样以身殉义，而是失节做了西魏、北周的官。

⑳下亭：地名。《后汉书·范式传》载，汉代孔嵩赴京都，途经下亭，马被盗。高桥：一作"皋桥"，在苏州市阊门内。《后汉书·梁鸿传》说，汉代皋伯通住在桥边，梁鸿曾投靠于他，

住在廊房下，被人雇用舂米。这里用孔嵩、梁鸿羁旅漂泊的不幸来喻说自己羁官异国的痛苦。

㉑ 楚歌：楚地之歌，喻悲歌恨曲。项羽被围垓下，夜闻四面楚歌。鲁酒：鲁地之酒。《庄子·胠箧》："鲁酒薄而邯郸围。"这两句是说国亡身困，歌与酒都不能消忧解愁。

㉒ 将军：指东汉冯异。据《后汉书》本传，冯异为人谦虚谨慎，当别人自夸军功时，他常独自倚树不语，军中称他为"大树将军"。壮士：指荆轲。这几句是说，自己离开故国，一去不返，想到旧地风物，有无限萧瑟零落之感。

㉓ 荆璧：即和氏璧。这两句是用蔺相如奉璧使秦完璧归赵的故事，见《史记·廉颇蔺相如列传》。意谓蔺相如使秦未被秦欺，自己出使西魏却被欺而不得归。

㉔ 载书：盟书。珠盘：诸侯盟誓所用器物。盟誓要割牛耳，取血歃盟，珠盘用来盛牛耳。《史记·平原君列传》载，毛遂随平原君出使楚国，与楚合从。楚王未决，毛遂按剑历阶而上，终于使楚王捧铜盆歃血为盟。这两句是说毛遂帮助平原君与楚定了盟，而自己却未能定盟而返。

㉕ 钟仪：春秋时楚人。南冠：楚冠。《左传·成公七年》载，钟仪被囚于晋，戴南冠而操南音。这里以钟仪自比，言己本楚人，羁留西魏、北周，实如南冠之囚。

㉖ 季孙：即季孙意如，春秋时鲁国大夫。他随鲁昭公去参加诸侯的盟会，晋国拘留了他。在放他回国之前，又曾威胁要将他拘留于西河之馆。行人：使者。事见《左传·昭公十三年》。这里用以自喻。

㉗ 申包胥：春秋时楚国大夫。顿地：叩头至地。吴攻楚，申包胥求救于秦，秦国不肯出兵。他倚墙而立，痛哭七日不绝，直至秦答应出兵救楚，才“九顿首而坐”。事见《左传·定公四年》。这两句是说江陵沦陷，自己不能像申包胥那样求得救兵。

㉘ 蔡威公：刘向《说苑·权谋》载，春秋时蔡威公见国家将亡，闭门哭了三天，泪尽而继之以血。这里借表自己对梁亡的悲痛心情。

㉙ 钓台：在武昌西北，这里借指南方故国。移柳：《晋书·陶侃传》载，侃为武昌太守时，曾“整阵于钓台”，种过许多柳树。都尉夏施盗官柳种于自家之门，陶侃见了问道：“此是武昌西门前柳，何因盗来此种?”夏施惶恐谢罪。玉关：玉门关，在今甘肃敦煌西北，这里借指北地。这两句意谓：故国的风物不是羁留北地的人所能望见的。

㉚ 华亭：在今上海市松江区西。《世说新语·尤悔》记，陆平原（陆机）兵败于河桥，为人所谗，被司马颖杀害，临刑叹曰：“欲闻华亭鹤唳，可复得乎?”这两句是说：华亭鹤鸣，哪里是败于河桥的陆机所能听到的呢？意谓故国的鸟鸣自己也听不到了。

㉛ 孙策：字伯符，三国时吴郡富春（今浙江杭州市富阳区）人。先以数百人依袁术，后平定江东，建立吴国。三分：指魏、蜀、吴三分天下。一旅：五百人。《三国志·吴书·陆逊传》说，昔孙策创基立业，“兵不一旅，而开大业”。

㉜ 项籍：即项羽。江东：长江南岸南京一带地区。《史记·项羽本纪》载，项羽开始起兵于江东时，有精兵八千人。

㉝百万义师：指平定侯景之乱的梁朝大军。卷甲：卷起兵甲，形容溃败奔逃。芟（shān）夷：铲除，消灭。这几句是说，梁拥有百万大军，却一下就溃败，致使侯景等叛军像除草伐木一样滥杀百姓。

㉞涯岸：河岸。亭壁：军中的亭障、营垒。藩篱：以竹木编织的屏障。这两句是说：江淮没有高岸为险阻，营垒还不如藩篱坚固。

㉟头会箕敛：《汉书·陈余传》："头会箕敛以供军费。""头会"指按人头数出谷，"箕敛"是说用箕征收。头会箕敛者：指主管征收赋税的下级官吏。合从缔交：这里指起事者合谋结交，相互勾结。

㊱锄耰棘矜者：指出身下层的人。耨（nòu），锄一类的锄草工具。一作"櫌（yōu）"，形如大木榔头，捣碎土块平整土地的农具。棘矜，用枣木做的杖，即枣木棍棒。棘，酸枣树。矜，杖。这两句语出贾谊《过秦论》。这里意谓出身微贱的陈霸先（陈高祖）和一些下层人士，乘梁朝衰弱混乱之机，取而代之。

㊲江表王气：指长江以南的王朝命运。江表，江外，指长江以南建康一带。王气，天子之气。三百年：从吴到梁五个朝代都建都于建康，前后共约三百年。

㊳六合：天地四方，即指天下。轵（zhǐ）道之灾：指刘邦入关，秦王子婴奉符玺在轵道向刘邦投降。轵道，在今陕西咸阳市西北。这两句以秦轵道之降喻指梁元帝江陵之降。

㊴混一车书：即指统一天下。这里指晋的统一中国。干宝《晋纪·总论》："太康之中，天下书同文，车同轨。"混一，统一。

平阳之祸：指西晋怀、愍二帝先后被刘聪、刘曜捉到平阳杀害之事。平阳，今山西临汾。

㊵ 崩颓：垮塌。《国语·周语》："山崩川竭，亡之征也。"履：经遇。

㊶ 春秋迭代：喻朝代更替。迭代，循环更替。

㊷ 楫（jí）：船桨。星汉：即银河。槎（chá）：水中浮木，即木筏。张华《博物志》有乘浮槎上天河的记载。这两句意谓走投无路，没有归宿。

㊸ 飙（biāo）：暴风。蓬莱：传说中的东海上的神山。

㊹ 陆士衡：即陆机，字士衡。抚掌：拍手。《晋书·左思传》载，陆机听说左思在写《三都赋》时，抚掌嘲笑，以为左思不自量力。这两句借此表示自己作《哀江南赋》，即使受人嘲笑，也心甘情愿。

㊺ 张平子：即张衡，字平子。陋：轻视。《艺文类聚》卷六十一载，张衡认为班固的《两都赋》鄙陋，于是自己另作《二京赋》。这两句是作者的谦辞。

作者简介

庾信（513—581年），字子山，南阳新野（今河南新野）人。出身贵族。其父庾肩吾为梁太子中庶子，官度支尚书，是齐、梁时著名宫体诗人。庾信自幼出入梁朝宫廷，与徐陵同为梁朝宫廷文人，写了不少淫靡绮丽的诗赋，世称"徐庾体"。侯景叛乱，梁都建邺失守，他逃往湖北江陵，辅佐梁元帝。后奉命出使西魏，在出使期间梁亡。他被西魏强留长安，一直到死，未能回到南朝。北周代魏后，他更被重视，官高位显。但因国破家亡，羁旅北地，内心痛苦，常有“乡关之思”。故其后期所作诗赋，萧瑟悲凉，内容、风格与其早期作品迥然不同。庾信艺术造诣颇高，可说是六朝诗文集大成的作家，在文学史上有承前启后之功。著作今传《庾子山集》。

注者按

《哀江南赋》是庾信晚年的名作，据《北史》本传载，他滞留北地，“虽位望通显，常作乡关之思，乃作《哀江南赋》，以致其意”。“哀江南”取自《楚辞·招魂》“魂兮归来哀江南”句。梁武帝都建邺，元帝都江陵，均在江南，故借以为题。该赋以作者自身遭遇为线索，生动而真实地概括了梁朝由盛而衰的历史，揭露了梁朝政治的腐败，统治集团的昏庸无能和争权夺利给国家、人民带来的灾难与痛苦，抒发了作者的故国之思，饱含着作者对乱离中人民的同情。序中列叙作赋意图，说明背景并概括了赋的基本内容。序用骈文的艺术形式，大量用典使事，倾诉难言之隐，抒写复杂的思想感情。写得气韵恢宏，“凄怆伤心”，风格苍凉、悲壮，感人肺腑。正如杜甫在《咏怀古迹》中所称：“庾信生平最萧瑟，暮年诗赋动江关！”

北行日录

楼钥

八日己丑[1]，晴，东行六十里，雍丘县早顿[2]。县故杞国，武王封禹后东楼公；故至今土人犹曰杞县。祖逖镇此，以御石勒[3]。圉城镇在东南[4]，本汉圉县，属睢阳县。王莽击翟义，为京观于此[5]。汉外黄县故城在东[6]。又有葵丘[7]，齐桓公所会也。承应人杜从自言邑手分[8]。邑有令、簿、尉、酒税都监、同监[9]，共五员。二税[10]，输粟及米。亦纳绢，但薄而小。此间只是旧时风范[11]，但改变衣装耳。

又行二十里，过空桑[12]，伊尹所生之地也[13]。又里余，过伊尹墓，惟一大枯木在侧，断碑卧其下，曰："汤相伊尹之墓。"又数里，过三家。驾车人自言姓赵，云："向来不许人看南使，近年方得纵观。我乡里人善，见南家有人被掳过来[14]，都为藏了。有被军子搜得，必致破家，然所甘心也。"

十日辛卯[15]，阴晴。歇泊。承应人有及见承平者，多能言旧事；后生者亦云见父母备说。有言其父嘱之曰："我已矣！汝辈当见快活时[16]。岂知担阁三四十年[17]，犹未得见。"多是市中提瓶人[18]，言倡优尚有五百余[19]，亦有旦、望接送礼数[20]。又言旧日衣冠之家[21]，陷于此者，皆毁抹旧告[22]，为戎酋驱役，号"闲粮官"，不复有俸，仰其子弟就末作以自给[23]。有旧亲事官[24]，自言月得粟二斗，钱二贯短陌[25]，日供重役，不堪其劳。语及旧事，泫然不能已。

十日辛酉[26]，晴。四更东行五十里，新乐县早食[27]。又行七十里，宿真定府[28]。道傍老妪三四辈指曰："此我大宋人也。我辈只见得这一次在[29]，死也甘心！"因相与泣下。

注　释

①八日己丑：宋孝宗乾道五年（1169年）十二月八日。

②雍丘县：今河南杞县。周武王灭商，求夏禹子孙，得东楼公，封于杞。春秋时为杞国国都。汉置雍丘县，五代晋复改为杞县。顿：停息。此指旅途中休息进食。

③"祖逖"两句：祖逖（266—321年），字士稚。范阳遒县（今河北涞水）人。少孤，慷慨有节操。元帝时为豫州刺史。自募军，收复黄河以南为晋土。石勒（274—333年）：羯族。上党武乡（今山西榆社）人。起于行伍，为匈奴族刘渊部将。大兴二年（319年），刘渊自称赵王，建后赵，都襄国（今河北邢台）。大兴三年（320年），"逖镇雍丘，数遣兵邀击后赵兵。后赵镇戍归逖者甚众，境土渐蹙。"（《资治通鉴·晋纪十三》）

④圉（yǔ）：春秋时宋国领地。秦置睢阳，汉置圉县。今河南杞县有圉城镇。

⑤"王莽"两句：王莽（前45—23年），字巨君，元城（今河北大名）人。汉元帝皇后之侄。平帝时，元后以太皇太后临朝称制。以莽为大司马，独擅朝政。后篡汉自立，改国号曰新。翟义：字文仲，汝南上蔡（今河南上蔡西南）人。为汉东郡太

守。平帝死，莽立孺子婴为太子，自称摄皇帝。义恶王氏之专政篡汉，故“立（刘）信为天子，义自号大司马、柱天大将军”，举兵而反。王莽“遂攻围义于圉城，破之”。（《汉书·翟义传》）京观：古代战胜者为炫耀武功，收敌尸首，封土成高冢。因观如阙形而称京（高）观。王莽在圉等地筑京观并“勿令败坏，以惩淫慝”，事亦见《汉书·翟义传》。

⑥ 外黄：春秋时宋邑，汉置县。其地在今河南杞县东 60 里。

⑦ 葵丘：在外黄县东。《左传·僖公九年》载，齐桓公会诸侯于葵丘。

⑧ 承应人：听差。临时指派来侍候宋使。邑手分：县上的差役。

⑨ 令：县令，一县之长。簿：主簿，掌文书。尉：县尉，管捕盗治安。酒税都监：管酒税征输。同监：掌监押。

⑩ 二税：宋分夏秋二季收税。

⑪ 旧时风范：指北宋时的习俗风气。

⑫ 空桑：今河南陈留镇南。

⑬ 伊尹：名挚，原为商汤妻的陪嫁奴，后佐汤伐夏桀，被尊为阿衡（宰相）。其生于空桑的传说，见于《吕氏春秋·本味》。

⑭ 南家：北方沦陷区对南宋的称呼。

⑮ 十日辛卯：乾道五年（1169 年）十二月十日。

⑯ 快活时：指南宋光复失土，重建承平时。

⑰ 担阁：拖延，耽误。

⑱ 提瓶人：宋都市里有“提茶瓶之人，每日邻里互相支茶，相问动静”。（《东京梦华录》卷五）

⑲ 倡优：指以歌舞、奏乐、杂耍为业的艺人。

⑳ 旦、望接送礼数：指倡优在每月初一、十五承应官府的礼节。

㉑ 衣冠之家：指士绅之家。

㉒ 旧告：指北宋授官时发给的告身（凭证）。

㉓ 末作：做工、经商。

㉔ 亲事官：唐置亲事府，掌守卫陪从。以六七品官之子、年十八以上者任之。

㉕ 短陌：以不足一百实数的钱当作一百使用，陌即“百”，为防改字作弊而以陌作百。

㉖ 十日辛酉：乾道六年（1170年）正月十日。

㉗ 新乐县：今属河北。

㉘ 真定府：今河北正定县。

㉙ 在：语尾助词，无义。

作者简介

楼钥（1137—1213年），字大防，号攻媿主人。明州鄞县（今浙江宁波）人。隆兴元年（1163年）进士。考官胡铨誉为“翰林才”。试教官，调温州教授，为敕令所删定官，又任宗正寺主簿等职，出知温州。乾道间，以书状官从汪大猷使金。光宗时，任起居郎兼中书舍人。不久又兼直学士院。因论事得罪韩侂胄，去官。开禧北伐失败，韩侂胄被杀，起为翰林学士。累迁至同知枢密院事，进参知政事。著有《攻媿集》。

注者按

这是楼钥于宋孝宗乾道年间随其舅父汪大猷使金贺正旦时，日记见闻，所作《北行日录》中的三则。

楼钥并非主战派，其《北行日录》，多记道里古迹。但未尝没有黍离之悲寓于其中。他对于沦陷区遗民的遭遇，所记不多，但偶一涉及，也笔端挟情。沦陷区遗民的悲惨境遇，令人动容，而他们的故国之思、爱国之情，更足以令人泫然。遗民父老的遗嘱，表达出他们日夜盼望恢复的愿望；赵姓驾车人及道旁老妪们所言，反映沦陷区人民爱国之情，至死不渝。这篇纪实文字，可与容斋所记《北狄俘虏之苦》相参。

《心史》总后叙

郑思肖

《咸淳集》一卷，《大义集》一卷，《中兴集》一卷，计诗二百五十首，《杂文》自《两盟檄》而下凡四十篇[①]，又前后自序五篇，总目之曰《心史》，毋乃僭乎[②]？夫天下治，史在朝廷；天下乱，史寄匹夫。史也者，所以载治乱，辨得失，明正朔[③]，定纲常也[④]。不如是，公论卒不定，亦不得当史之名。史而匹夫，天下事大不幸矣[⑤]！

我罹大变[⑥]，心疚骨寒[⑦]。力未昭于事功[⑧]，笔已断其忠逆。所谓诗，所谓文，实国事、世事、家事、身事、心事系焉。大事未定，兵革方殷[⑨]。凡闻语正大事，必疾走而去，不肯终听，畏祸相及，况此书耶？则其存不存，诚非可计，纸上语可变坏，心中誓不可磨灭。若剐、若斩、若碓、若锯等事，数尝熟思冥想——至苦至痛，庸试此心，卒不能以毫发紊我一定不易之天[⑩]。熟知心之所以为心者，万万乎生死祸福亦莫能及之[⑪]；盖实无所变，实无所坏，本然至善纯正虚莹之天也[⑫]。以是，敢誓曰《心史》。且天地万化，悉自此心出。纵大于天地，亦不能违乎此心[⑬]；既秉誓不变[⑭]，决当有成，必然之理[⑮]。我断断为大宋办中兴事，即所以报我父母大德，天理一本而已矣[⑯]。

敬沥血为语[⑰]，发明《心史》之义，荐序于后云[⑱]。维大宋德祐辛巳岁季冬十有八日[⑲]，思肖后叙。

注 释

①“《咸淳集》”五句：《咸淳集》《大义集》《中兴集》《杂文》，都是《心史》编集的大标题。《两盟檄》：《杂文》的首篇。

②毋乃：只怕，表推测语气。僭：超越本分。旧时史属官修，私家撰修，被视为僭越。东汉班固曾因私修国史而下过狱。

③明正朔：正，指正月，一年之始；朔，指初一，一月之始。古代改朝换代，往往同时“改正朔”，后遂以“改正朔”指代改朝换代。本文作于元朝至元年间，而作者仍用南宋德祐年号，即有“明正朔”之意。

④定纲常：明确重申三纲（君为臣纲，父为子纲，夫为妻纲）五常（仁义礼智信）。

⑤“史而”两句：史书到了要匹夫执笔而为之的地步，则是国家之大不幸。

⑥罹：遭遇（不幸之事）。大变：指1279年元亡南宋。

⑦疢（chèn）：热病。《诗经·小雅·小弁》：“心之忧矣，疢如疾首。”

⑧昭：显著。事功：事业、功绩。此指复国中兴的事业。下文“大事”同此。

⑨殷：盛。

⑩“若剐”五句：像剐肉、斩首、碓骨、锯腿等酷刑曾反复深思默想过，确实苦痛至极。但用以来考验我的心，却最终丝毫也不能扰乱我坚定不移的意志。

⑪“万万乎”句：生死祸福绝对不能影响和改变它。万万：绝对，断然。

⑫ 本然：本来就是这样。虚莹：纯洁晶莹。天：指良心本性。本于陆九渊“宇宙便是吾心，吾心即是宇宙”的理论。

⑬“纵大于”两句：纵有比天地更剧烈的变化，也不能违背人心中的理。

⑭ 秉誓：坚持誓言。

⑮ 必然之理：必定如此的道理。

⑯“我断断”三句：我专诚守一地致力于宋朝的再兴，也就是我用以报答父母对我的恩德的，这两件事都本于“天理良心”罢了。断断：专诚守一。

⑰ 沥血为语：犹言以血为书。沥血，滴血。

⑱ 荐：献。

⑲ 辛巳：元世祖至元十八年（1281 年）。季冬十有八日：十二月十八日。

作者简介

郑思肖（1241—1318 年），字忆翁，号所南，福州连江（今属福建）人。原名之因，宋亡，始改今名，寓思赵氏之意，号“所南”，亦寓以“南”为“所”之意。思肖曾为太学上舍生，且曾应博学宏词科。元兵南侵，曾叩阍上书，辞意切直，不报。宋亡，郑思肖隐居吴下，岁时伏腊，南向野哭。题所居室为“本穴世界”，寓意“大宋世界”。工画兰，易代后，画兰而根不著土，为土地已丧之意。终身不娶，漫游而终。著有《心史》，以铁函密封，置于苏州承天寺井中。明末发现，得以传世。

注者按

作为亡国之人，郑思肖的以史明志，犹如文天祥之作《指南录》，均为精神寄托。他们无论为诗为文，都将“国事、世事、家事、身事、心事系焉”。郑思肖视天下国家为“赵氏天下”“大宋天下”，不免迂执，但作为遗民，备尝亡国之痛，具有这种思想，也不难理解。更为可贵的是他为抗元复国万死不辞的爱国精神和气节：“纸上语可变坏，心中誓不可磨灭。若剐、若斩、若碓、若锯等事……卒不能毫发紊我一定不易之天。”慷慨沉痛，感人至深。世人或谓《心史》出自依托，非郑思肖所作。但看来《心史》记事虽有出入，但“沥血为语”，非国破家亡，痛心疾首如郑思肖者不能作。

登西台恸哭记

谢　翱

始，故人唐宰相鲁公[①]，开府南服[②]，余以布衣从戎[③]。明年，别公漳水湄[④]。后明年[⑤]，公以事过张睢阳及颜杲卿所尝往来处[⑥]，悲歌慷慨[⑦]，卒不负其言而从之游[⑧]，今其诗具在[⑨]，可考也。余恨死无以藉手见公[⑩]，而独记别时语，每一动念，即于梦中寻之，或山水池榭、云岚草木[⑪]，与所别之处及其时适相类[⑫]，则徘徊顾眄[⑬]，悲不敢泣。

又后三年[⑭]，过姑苏[⑮]。姑苏，公初开府旧治也[⑯]。望夫差之台而始哭公焉[⑰]。

又后四年[⑱]，而哭之于越台[⑲]。又后五年及今，而哭于子陵之台[⑳]。

先是一日[㉑]，与友人甲乙若丙[㉒]，约越宿而集[㉓]。午雨未止，买榜江涘[㉔]，登岸谒子陵祠[㉕]，憩祠旁僧舍，毁垣枯甃[㉖]，如入墟墓[㉗]。还，与榜人治祭具[㉘]。须臾雨止，登西台，设主于荒亭隅[㉙]，再拜跪伏，祝毕，号而恸者三[㉚]，复再拜起。又念余弱冠时往来未必谒拜祠下[㉛]。其始至也，侍先君焉[㉜]。今余且老，江山人物，眷焉若失[㉝]。复东望，泣拜不已，有云从南来，渰浥浡郁[㉞]，气薄林木[㉟]，若相助以悲者。乃以竹如意[㊱]，击石作楚歌招之曰[㊲]："魂朝往兮何极[㊳]，暮来归兮关水黑[㊴]，化为朱鸟兮，有咮焉食[㊵]？歌阕[㊶]，竹石俱碎。于是相向感喟[㊷]，复登东台，抚苍石，还憩榜中。榜人始惊余哭，云："适有逻舟之过也[㊸]，盍移诸[44]?”遂移榜中流，举酒相属[45]，各为诗以寄所思[46]。薄暮，雪作，风凛，不可留，登岸宿乙家，夜复赋诗怀古。明日，益风雪，别甲于江。余与丙独归，行三十里，又越宿乃至。其后甲以书及别诗来，言是日风帆怒驶，逾久而后济[47]，既济，疑有神阴相[48]，以著兹游之伟[49]。余曰：“呜呼！阮步兵死，空山无哭声且千年矣[50]。若神之助，固不可知[51]。然兹游亦良伟[52]，其为文词，因以达意，亦诚可悲矣。”

余尝欲仿太史公著季汉月表[53]，如秦汉之际。今人不有知余心，后之人必有知余者。于此宜得书[54]，故纪之，以附季汉事后。时先君登台后二十六年也。先君讳某[55]，字某，登台之岁在乙丑云[56]。

注 释

① 鲁公：颜真卿（709—784 年），字清臣，京兆万年（今陕西西安）人，一作琅琊临沂（今属山东）人。刚正忠烈，博学工书。开元中，举进士。安史之乱时，据守平原郡，募义兵讨伐叛军。后官至吏部尚书，封鲁郡公，世称颜鲁公。李希烈叛，奉旨前去安抚，不屈而死。谥文忠。作者以鲁公喻文信公文天祥，一则因二人行迹相类，二则为避祸。顾炎武《日知录》卷十九《古文未正之隐》说：“谢翱《西台恸哭记》本当云文信公，而谬云颜鲁公；本当云季宋，而云季汉。”

② 开府南服：在南方建立府署。指文天祥德祐二年（1276 年）在闽就任枢密使都督诸路军马的事。开府，古代大官可以建署

幕僚，称为开府。南服，京畿以外的地方，分为五等，称“五服”，南服即南方。

③ 布衣：此指没有做官的读书人。谢翱在从军前，闭门读书，绝意仕进，故自称布衣。胡翰《谢翱传》：“宋相文天祥亡走江上，逾海至闽，檄州郡大举勤王之师。翱倾家资，率乡兵数百人赴难，遂参军事。”

④“明年”两句：明年：宋端宗景炎二年（1277 年），文天祥在江西作战失利，妻妾子女被俘，仅与幕客数人得免于难。漳水：指江西赣州市南之章水（即赣江）。湄：河岸。

⑤ 后明年：即宋帝赵昺祥兴元年（1278 年）。是年十二月，文天祥兵败，走海丰（今属广东），被俘。

⑥ 以事：隐晦文天祥被俘事。张睢阳：指张巡（详韩愈《〈张中丞传〉后叙》）。颜杲卿：颜真卿从兄，字昕，京兆万年人。曾在安禄山辖下任常山太守。禄山反，颜计杀其假子，擒贼将，械送京师，后城陷见掳，至死骂不绝口。乾元初追谥忠节。（详《旧唐书》本传）所尝往来处：文天祥于 1279 年被解赴元大都，途经睢阳、常山等地，故云。

⑦ 悲歌慷慨：文天祥被俘后，诗作多悲愤慷慨之词，志在必死。

⑧ 卒：最终。不负其言：没有违背他的诺言。从之游：指追随张、颜之后，壮烈殉国。

⑨ 其诗具在：指文天祥《指南录》中有《许远》《颜杲卿》等讴歌许远、张巡、颜杲卿的诗。

⑩“余恨”句：我为漳水一别，直至文天祥死去，无缘再次会

见而憾恨。藉手：有所凭借。

⑪ 岚（lán）：山气。

⑫ “与所别”句：指梦中所见的景色、节气与漳水诀别时正好相类似。

⑬ 顾眄（miǎn）：左顾右盼，文中形容徘徊流连之状。

⑭ 又后三年：指元世祖至元二十年（1283 年）。

⑮ 姑苏：今属江苏省苏州市，宋代属平江府。

⑯ 初开府旧治：《宋史 · 瀛国公纪》载，宋恭帝德祐元年（1275 年），“以文天祥为浙西、江东制置使兼知平江府。”

⑰ 夫差之台：即姑苏台，在苏州西南，相传为吴王夫差所筑。

⑱ 又后四年：元世祖至元二十三年（1286 年）。

⑲ 越台：在浙江绍兴市西府山的东南麓，台高数十米，南宋嘉定十五年（1222 年）郡守汪纲建。

⑳ 子陵之台：即钓台。

㉑ 先是一日：在哭于子陵之台的前一天。

㉒ 甲乙若丙：据黄宗羲考证，甲指吴思齐，字子善，流寓桐庐，故下文云“别甲于江”；乙指严侣，字君友，系严光后裔，奉祀祖庙，居江岸边，故有“登岸宿乙家”之说；丙指冯桂芳，居家于睦（今浙江建德），故下文云“与丙独归”。（见《南雷文定 · 谢翱年谱游录注序》）若，及，和。

㉓ 约：相约定。越宿而集：第二天聚集。越宿，过一夜。

㉔ 买榜江涘（sì）：买船于江边。榜，桨，此代船。涘，水边。

㉕ 子陵祠：在西台下。北宋范仲淹建于景祐年间。

㉖ 毁垣（yuán）：毁坍的围墙。枯甃（zhòu）：干枯的水井。甃，

井壁，代井。

㉗ 墟墓：坟墓。

㉘ 榜人：舟人，船夫。

㉙ 设主：安放神主（文天祥）的牌位。隅：角落。

㉚ 号而恸者三：《礼记·丧大记》："北面三号。"陈澔注："三号者，一号于上，冀魂自天而来；一号于下，冀魂自地而来；一号于中，冀魂自天地四方之间而来。"号，放声痛哭。

㉛ 弱冠：古代男子二十而行冠礼，后以代男子二十岁左右的年龄。初加冠，体犹未壮，故称弱冠。

㉜ 先君：去世的父亲。此指作者的父亲谢钥。钥擅长《春秋》之学，终身不仕。

㉝ 眷焉若失：回顾追忆往昔，若有所失。眷，反顾。

㉞ 滃浥滧（yán yì bó）郁：水汽蒸腾的样子。

㉟ 薄：迫近，逼近。

㊱ 竹如意：竹制的如意。如意原为搔痒的工具，状如指爪，因能运用如人意，故名。后作装饰品。

㊲ 招：招魂。楚辞有《招魂》篇，谢翱仿其体而作。

㊳ 何极：到达什么地方。

㊴ 关水黑：杜甫《梦李白》诗有"魂来枫林青，魂返关水黑"句。

㊵"化为"两句：死者化为朱鸟归来，却无处觅食。暗寓国土沦丧，无法为其立祠祭祀之意。朱鸟：南方星宿名。《尚书·尧典》："日中星鸟。"传："鸟，南方朱鸟七宿。"文天祥《正气歌》："上则为日星。"或说朱鸟即朱雀，又称丹凤。（见

《后汉书·张衡传》注）咮（zhòu）：鸟嘴。焉食：何食，吃什么？

㊶ 歌阕：歌毕。歌终叫“阕”。

㊷ 感喈（jiè）：感叹。喈，叹声。

㊸ 逻舟：元兵的巡逻船只。

㊹ 盍移诸：何不移开船呢？

㊺ 相属：互相敬酒。

㊻“各为诗”句：谢翱作《西台哭所思》诗云：“残年哭知己，白日下荒台。泪落吴江水，随潮到海回。故衣犹染碧，后土不怜才。未老山中客，惟应赋《八哀》。”

㊼ 济：渡水。

㊽ 阴相：暗中相助。

㊾ 以著兹游之伟：以显示此次游程之壮伟。

㊿“阮步兵”两句：阮步兵：即阮籍，字嗣宗，西晋著名诗人。曾任步兵校尉，世称阮步兵。《晋书·阮籍传》：“籍本有济世志，属魏晋之际，天下多故，名士少有全者，籍由是不与世事，遂酣饮为常。……时率意独驾，不由径路，车迹所穷，辄恸哭而返。”意谓现在连哭声都没有了，自己的处境较之阮籍更悲苦。

51 固：本来。

52 良：的确。

53“余尝欲”句：太史公：即司马迁。其《史记》卷十六有《秦楚之际月表》，记述秦楚之际的历史大事。季汉：汉末的意思。此隐指宋末。句意谓自己想记述宋元之间的历史。方凤《谢君翱行状》:“尝欲仿太史法,著《季汉月表》,采独行全节事,为之传。大率不务为一世人所好,而独求故老与同志以证其所得。”

㉞ 书:记录。

㉟ 讳某:即名某。古时讳父名。

㊱ 乙丑:宋度宗咸淳元年(1265年),是年,谢翱曾随其父初登西台。本文写于其后26年,恰是上文所记“又后五年及今”的元至元二十八年(1291年)。

作者简介

谢翱(1249—1295年),字皋羽,号晞发子,长溪(今福建霞浦)人。倜傥有大节,元南侵后,曾从文天祥抗战,为咨议参军。宋亡不仕,46岁时病死于杭州。著有《晞发集》《天地间集》。

注者按

西台:即严子陵钓台,在浙江桐庐县,有东西两台,高十余丈,下临富春江。严子陵,名光,字子陵,东汉隐士,少与汉光武帝刘秀同学。光武即位,光隐而不见。帝令人寻之,授谏议大夫,光辞谢,耕钓于富春江边。恸:悲哀极甚之意。

本文是作者为悼念故丞相、民族英雄文天祥而作的。文中以张巡、颜真卿喻文天祥,以记游为名,行伤时吊亡之实,诉亡国之痛。作者历数随公征战、梦中忆公和哭公亡灵诸事,语极悲怆,意极惨痛，长歌当哭，声泪字血。作者哭祭时风霜雨雪凄楚寒冷的气氛，更渲染了文章的深沉、哀痛。作者为避文网不得不隐约其辞，曲折其笔，又加深了作者沉郁悲痛之情。

谢翱同时作有《西台哭所思》诗云：“残年哭知己，白日下荒台。泪落吴江水，随潮到海回。故衣犹染碧，后土不怜才。未老山中客，惟应赋《八哀》。”可参阅。

古今义烈传自序

张 岱

天下有绝不相干之事，一念愤激，握拳攘臂，揽若同仇[①]，虽在路人，遽欲与之同日死者。余见此辈，心甚壮之。故每涉览所至，凡见义士侠徒，感触时事，身丁患难[②]，余惟恐杀之者下石不重[③]，煎之者出薪不猛[④]。何者？天下事不痛则不快，不痛极则不快极。强弩溃痈[⑤]，利锥拔剑，鲠闷臃肿，横决无余，立地一刀，郁积尽化，人间天上，何快如之。

苏子瞻无病而多蓄药，不饮而多酿酒，尝曰：“病者得药，吾为之体轻；饮者困于酒，吾为之酣适。”[⑥]余于节义之士，窃亦为然。当其负气慷慨，肉视虎狼，冰顾汤镬[⑦]，余读书至此，为之颊赤耳热，眦裂发指。如羁人寒起，颤慄无措；如病夫酸嚏，泪汗交流。自谓与王处仲之歌“老骥”而击碎唾壶[⑧]，苏子美之读《汉书》而满举大白，一往深情，余无多让[⑨]。

因忆少时读《水浒传》，宋江为宋室一大盗侠，少有折挫，辄为之扼腕懊惜，与官兵截杀，惟恐水浒之人不获全胜。一至从征大辽，手足零落，惨然悲悼，不忍终卷。宋江，盗也，何爱护之若是？无他，为忠义两字所挑激也。夏间，余偶令小傒演魏珰剧，聚观者数万人[⑩]。鸩杀裕妃[⑪]，杖杀万熶[⑫]，人人愤扼，努目相视。至颜佩韦击杀缇骑[⑬]，人声喧拥，汹汹崩屋，有跳且舞者，大井旅店，勾摄珰魂，抚掌颠狂，楹柱几折。可见忠义一线不死于人心。

田横五百人皆为义死，岂五百人不混杂一不肖哉[14]？一人创而死义，四百九十九人不得不死于创义之人，如谓为田将军而死，又其第二念矣[15]。听郑声而思淫[16]，听鼓鼙而思勇，情以境移，人缘物感，无怪其然也。

余自史乘旁及稗官[17]，手自钞集，得四百余人，系以论赞，传之劂剞[18]，使得同志如余者，快读一过，为之裂眦，犹余裂眦；为之抚掌，犹余抚掌。亦自附子瞻之蓄药酿酒，不以为人，专以自为意也。

龙飞崇祯戊辰鞠月[19]，会稽外史宗子张岱读书于寿芝楼，秉烛撰此。

注　释

①揽：收取。拉到自己这方面或自己身上来。同仇：齐心合力，打击敌人。《诗经·秦风·无衣》："修我戈矛，与子同仇。"

②丁：当。

③下石不重：不能杀死对方。

④出薪不猛：因薪柴不够，火不猛而不能将之烧死。

⑤溃痈：刺破痈疮，流出脓水。

⑥"苏子瞻"七句：苏轼《书东皋子传后》曰："故所至常蓄善药，有求者，则与之。而尤喜酿酒以饮客。或曰：'子无病而多蓄药，不饮而多酿酒，劳己以为人，何也？'予笑曰：'病者得药，吾为之体轻；饮者困于酒，吾为之酣适，盖专以自为也。'"意谓以他人之病愈、酒酣为己乐。

⑦“肉视”两句：将虎狼视为食肉，把沸锅看作寒冰。形容负气慷慨。

⑧“自谓与”句：晋王敦，字处仲，“每酒后，辄咏‘老骥伏枥，志在千里。烈士暮年，壮心不已。’（曹操《龟虽寿》）以如意打唾壶，壶口尽缺。”（《世说新语·豪爽》）

⑨“苏子美”句：北宋苏舜钦，字子美。元陆友《研北杂志》载：“苏子美读《汉书·张良传》，至良与客狙击秦始皇，误中副车，遽抚掌曰：‘惜乎，击之不中！’遂满饮一大白。又读至良曰：‘始臣起下邳，与上会于留，此天以授陛下。’又抚案曰：‘君臣相遇，其难如此！’复举一大白。”大白：大酒杯。余无多让：我也不差。

⑩“余偶令”两句：作者《陶庵梦忆·冰山记》：“魏珰败，好事者作传奇十数本，多失实。余为删改之，仍名《冰山》。城隍庙扬台，观者数万人，台址鳞比，挤至大门外。”本段描写的群情激愤的场面可参看该书。魏珰：晚明权宦魏忠贤。珰，中国汉代武职宦官帽子的装饰品，后借指宦官。

⑪鸩杀裕妃：《明史纪事本末》卷七十一载：明熹宗之“裕妃张氏方妊，膺册封礼。（熹宗乳母）客氏谮于上，绝饮食，闭禳道中，偶天雨，匍匐掬檐溜数口而绝”。据此则“鸩”（毒杀）当作“谮”（诬陷）为是。

⑫万燝：字闇夫，又字元白，江西新建人，万历四十四年（1616年）进士，仕至屯田郎中。上书劾魏忠贤，被魏忠贤矫诏杖杀。《明史》有传。

⑬颜佩韦：详本书张溥《五人墓碑记》注。

⑭ 田横：战国齐田氏之后代。秦末，其从兄田儋自立为齐王，不久战死。儋弟荣及荣子广相继为齐王，横为相国。韩信破齐，横自立为齐王，率从属五百人逃往海岛。刘邦称帝，遣使招降。横与客二人往洛阳，谓未至二十里，羞为汉臣，自杀。原居留岛中之五百人，闻后皆自杀。

⑮ 第二念：其次的想法和目的。

⑯ 郑声：春秋时郑国的民歌俗乐，亦指《诗经·郑风》。《论语·卫灵公》有"郑声淫"之语。

⑰ 史乘：记载历史的书。《孟子·离娄下》："晋之《乘》、楚之《梼杌》、鲁之《春秋》，一也。"稗官：小官，此指野史小说。

⑱ 劂剞（jué jī）：均为雕刻用的刀具。后以泛称书籍的雕版。

⑲ 龙飞：喻皇帝的兴起和即位。戊辰：崇祯元年（1628 年）鞠月：即菊月，阴历九月。

注者按

刘荣嗣称岱"所著《义士传》，自商迄今得四百余人，各为论赞"（《序义士传》）。陈继儒《古今义烈传序》："余取读之，见其凡例、名籍，竖义侃侃，便已心异其人。读未终卷，其条序人物，深得龙门精魄，典赡之中，佐以临川，孤韵苍翠。笔底赞语奇峭，风电云霆，龙蛇虎豹，腕下变现，而隽冷悠然，飘渺孤鸿，天外嘹呖，是有《汉书》《三国》诸赞忠所绝不经见者。"祁彪佳《义烈传序》："追余友张宗子目穷学海，才注文河，十年搜得烈士数百人，手自删削，自成一家言。其点染之妙，凡当要害，在余子宜一二百言者，宗子能数十字辄尽情状；及穷事际，反若有千百言在笔下。论赞杂出，一字之评，笔怀秋严，舌蓄霜断，出没其意中，忖度其言外，秦铜相照，纤细不能躲闪……其所鉴别，片言武断，尤足令千古输心。”

作者自幼倾慕古今忠烈节义事迹，“心甚壮之”，击碎唾壶，满举大白，一往情深，钦慕之至，故作《古今义烈传》。虽自云“不以为人，专以自为”，然“情以境移，人缘物感”，作者在社稷倾覆、异族入主之际，颂忠义而传节烈，仅本文所举田横五百人皆为义死一例，其中深意，当不言自明。作者深为义烈们所激动感染，以至“颊赤耳热，眦裂发指”之状宛然可睹，真性情中人也。本书之崇祯甲戌刻本有凡例十则，述其取舍体例和节义观，可参。

与叶讱庵书

顾炎武

去冬韩元少书来[①]，言曾欲与执事荐及鄙人[②]，已而中止；顷闻史局中复有物色及之者。无论昏耄之资[③]，不能黾勉从事，而执事同里人也，一生怀抱，敢不直陈之左右。

先妣未嫁过门，养姑抱嗣[④]，为吴中第一奇节，蒙朝廷旌表[⑤]；国亡绝粒[⑥]，以女子而蹈首阳之烈[⑦]。临终遗命，有“无仕异代”之言，载于志状，故人人可出而炎武必不可出矣！《记》曰：“将贻父母令名，必果；将贻父母羞辱，必不果[⑧]。”七十老翁何所求？正欠一死，若必相逼，则以身殉之矣！一死而先妣之大节愈彰于天下，使不类之子得附以成名[⑨]，此亦人生难得之遭逢也！

谨此奉闻。

注　释

①韩元少：名菼，字元少，长洲（今江苏苏州）人。康熙间会试、殿试皆第一，累官至礼部尚书。

②“言曾欲”句：指康熙十七年（1678年）下诏，十八年（1679年）举办的博学宏词科，全祖望《神道表》说：“诏下，诸公争欲致之。先生豫令诸门人之在京者辞曰：‘刀绳具在，无速我死。’”执事：这里指叶方蔼。

③ 昏耄（mào）：愚昧、衰老。

④ 先妣：故世的母亲。未嫁过门：顾炎武嗣父顾同吉未婚去世，其未婚妻王氏（即顾炎武嗣母）按封建礼教嫁过门来。养姑抱嗣：奉养婆母，抱育子嗣。

⑤ 朝廷旌表：顾炎武《与史馆诸君书》中说："先妣王氏未嫁守节，断指疗姑……崇祯九年巡按御史王公一鹗具题，奉旨旌表。"旌表，指以竖牌坊、赐匾额等方式加以表扬。

⑥ 国亡绝粒：同前书载："乙酉之夏……谓不孝曰：'我虽妇人，身受国恩，义不可辱。'及闻两京皆破，绝粒不食。"

⑦ 首阳之烈：指伯夷、叔齐义不食周粟，饿死于首阳山事。

⑧ "《记》曰"五句：语见《礼记·内则》："父母虽没，将为善，思贻父母令名，必果；将为不善，思贻父母羞辱，必不果。"

⑨ 不类之子：犹言不肖之子。

作者简介

顾炎武（1613—1682年），初名绛，字忠清，自署蒋山佣，明亡后改名炎武，字宁人，号亭林，江苏昆山人。出身江南大族，少落落有大志，不与人苟同，耿介绝俗，与同里归庄相善，共同参加复社活动，有"归奇顾怪"之称。清兵南下，从昆山令杨永言等举兵抵抗，失败后，友人吴其沆死之，炎武与归庄得脱。其嗣母王氏不食死，遗言后人莫事二姓。炎武遂遍游南北诸省，结纳各地爱国志士，考察山川形势，图谋匡复明室。多次险遭陷害，并曾被捕入狱，得友人营救，才得出狱。他也多次拒绝与清廷合作，愿以身殉。晚年卜居陕西华阴，死于曲沃。

顾炎武是明末清初的著名启蒙思想家，爱国学者。他在经学、音韵、史地、文学等诸多方面都有很深的造诣，被推为乾嘉学派的开山祖师。他认为："凡文之不关于六经之指，当世之务者，一切不为。"（《与人书》三）他的散文，也像他的诗一样，具有"风霜之气，松柏之质"。其著作极丰，著名的有《天下郡国利病书》《肇域志》《音学五书》《韵补正》《日知录》《亭林诗文集》等。其诗文经华忱之点校，题作《顾亭林诗文集》，由中华书局出版。

注者按

本文选自《顾亭林诗文集·亭林文集》卷三。叶讱庵，名方蔼，顾氏同乡。据全祖望所撰《顾先生炎武神道表》说，戊午之次年，"大修《明史》，诸公又欲特荐之，贻书叶学士讱庵。请以身殉，得免"。则本文当作于康熙十八年（1679 年）。时顾炎武已是 66 岁的老人，还以锐利的笔锋，义正词严地表现了凛然不可犯的民族气节，可见其爱国思想至老不衰。

宣传革命　激励斗志

追求理想　奋斗献身

中国的封建社会漫长，发展相对缓慢，其间虽有变法改革，如王安石、张居正的变法，但均以失败告终。至清朝末年，已是积弱积贫，内忧外患，风雨飘摇了。于是革新图变成为时代潮流。先后有李鸿章、张之洞的洋务运动，康有为、梁启超的戊戌变法、宪制改革，以至同盟会以推翻清廷统治、建立共和为目的的辛亥革命。中国近代社会进入了剧烈动荡变革时期，涌现了大批变革志士和革命先驱，号召变革，推动革命。梁启超的《少年中国说》以少年为喻，论述了作者心目中“少年中国”的理想，驳斥了日本和西欧称中国为“老大帝国”的谬论，表达了作者改革现实，建立富强进步国家的改良主义主张。该文本身也是一种新文体的改革尝试，气势奔放，极富感染力和鼓动性。谭嗣同是戊戌变法死难的“六君子”之一。梁启超所撰《谭嗣同传》，详述了他的生平事迹：提倡新学，参与变法，最后以身殉志的经过。歌颂了他拒绝逃亡，血祭政变，唤醒国民的崇高精神。“我自横刀向天笑，去留肝胆两昆仑”是烈士绝笔，从容不迫，豪气满怀。秋瑾烈士不仅创办了当时新闻界独树一帜的《中国女报》，而且亲自撰写了《发刊词》，为争取女权，唤醒姐妹同胞，摆脱黑暗危险，奔向光明而大声呼号。文章义激词切，富有感召力。她本人组织光复军起义，失败被捕，慷慨就义，是一位顶天立地的巾帼英雄。其他如邹容的《〈革命军〉绪论》，陈天华的《绝命辞》，无不写得情词慷慨，感人肺腑。孙中山先生在海内外爱国志士的拥戴下，领导的辛亥革命推翻了清王朝，结束了中国长达2000多年的封建君主统治，建立了中华民国，厥功甚伟。他的《中华民国临时大总统宣言书》宣示实行共和体制，内政方面，提出了民族、领土、军政、内治、财政五大统一；外交方面，对诸友邦给予辛亥革命的同情与支持，深表感谢，表示“与我友邦益增睦谊，持和平主义，将使中国见重于国际社会，且将使世界渐趋于大同”。全文激情洋溢，充分表达了孙中山先生为中国的独立富强，人民的幸福安康而鞠躬尽瘁、死而后已的伟大政治家胸怀。五四运动开创了中国的新民主主义革命历程，1921 年 7 月中国共产党成立，成为中国近现代革命史上具有里程碑意义的重大事件。中国的新民主主义革命在以毛泽东同志为代表的中国共产党的英明领导下，经历了国共合作北伐战争、土地革命战争、抗日战争、解放战争，其间无数共产党人和革命先烈不惜抛头颅、洒热血，带领亿万群众，进行艰苦卓绝、前仆后继的浴血奋战，打败了嚣张狂妄、穷凶极恶的日本侵略者，取得了中国近代史上首次抵御强敌的完胜；战胜了美帝国主义支持、武装到了牙齿的国民党反动派。终于取得了反帝反封建斗争的彻底胜利，建立了中华人民共和国。中国共产党早期创始人之一、伟大的马克思主义理论家、革命家李大钊先生，他的《艰难的国运与雄健的国民》以冲破重重险阻，道道旋涡，一泻万里的长江、黄河比喻中华民族历尽艰难曲折的历史进程，象征民族的精神。以哲理的思辨、诗人的激情、战士的信念论述了艰难的国运与雄健的国民的辩证关系，激励广大国民用雄健的精神“在艰难的国运中建造国家”。他的《庶民的胜利》，欢呼欧战的结束和俄国十月革命胜利，是世界广大庶民的胜利。指出今后的世界变成劳工的世界。这个过程不可抗拒，但是曲折艰巨。他热情讴歌了十月革命开辟了世界历史的新纪元，为中国人民指出了新的革命方向。文章如同一声春雷，引爆了轰轰烈烈的五四运动。召唤灾难深重的中国人民起来革命，并预示着中国共产党即将诞生。他积极组织工人农民开展反帝反军阀的斗争，1927 年在北京被捕入狱，受尽各种严刑拷问，初心不改，坚贞不屈，惨遭反动军阀绞杀，年仅 38 岁。青年毛泽东受俄国十月革命、马克思主义和五四运动的影响，1919 年 7 月发表在《湘江评论》上的长文《民众的大联合》，把“民众的大联合”作为一种改造社会的根本办法提了出来：“国家坏到了极处，人类苦到了极处，社会黑暗到了极处。补救的方法，改造的方法，教育，兴业，努力，猛进，破坏，建设，固然是不错，有为这几样根本的一个方法，就是民众的大联合。”这是向旧中国发出振聋发聩的呐喊。接着便对民众大联合的必要性、可能性进行了深刻的阐述。提出了联合的具体方法途径，指出正因为共同利益是联合的基础，所以大联合要以各种小联合为基础。最后探讨了大联合的动机、能力以及民众对此的觉悟和成功的可能性等问题，并发出极富震撼力的号召：“我们醒觉了！天下者我们的天下。国家者我们的国家。社会者我们的社会。我们不说，谁说？我们不干，谁干？刻不容缓的民众大联合，我们应该积极进行！”为中国指明了走革命道路的根本方法——民众大联合。他 1921 年元旦发表的《在新民学会长沙会员大会上的发言》，在对中国当时流行的五种社会思潮作了中肯的点评之后，斩钉截铁地指出唯有激进的共产主义才是中国革命的正确道路。这是青年毛泽东思想的一个转折点，是他与同志们上下求索、反复尝试的选择结果。发言主张“改造中国与世界”，这一提法表明毛泽东已经将中国问题放到世界的大视野总格局中去考量，认为中国的革命必将是世界革命、世界进步发展的重要组成部分。《清贫》是伟大的无产阶级革命家方志敏烈士在狱中的自述。他清贫的本色、坦荡的胸怀、舍己为公的高尚情操，体现了一个真正的共产党人的崇高品质。“清贫，洁白朴素的生活，正是我们革命者能够战胜许多困难的地方！”这是一位行将就义的革命先烈，留给我们的临终遗言，也是我们党用以克服重重困难、战胜强大敌人的优良传统和法宝。

“为有牺牲多壮志，敢教日月换新天。”中国共产党领导全国人民进行的革命和建设，正是实践爱国思想的内涵、弘扬民族精神力量的结果。天安门广场上巍峨耸立的永垂不朽的人民英雄纪念碑，正是树立在中华儿女心中的爱国思想和民族精神的丰碑。

少年中国说（节录）

梁启超

日本人之称我中国也，一则曰老大帝国，再则曰老大帝国。是语也，盖袭译欧西人之言也。呜呼，我中国其果老大矣乎[①]？梁启超曰：恶[②]，是何言！是何言！吾心目中有一少年中国在。

梁启超曰：造成今日之老大中国者，则中国老朽之冤业也。制出将来之少年中国者，则中国少年之责任也。彼老朽者何足道？彼与此世界作别之日不远矣！而我少年乃新来而与世界为缘[③]。如僦屋者然[④]，彼明日将迁居他方，而我今日始入此室处。将迁居者，不爱护其窗栊[⑤]，不洁治其庭庑[⑥]，俗人恒情，亦何足怪？若我少年者，前程浩浩，后顾茫茫，中国而为牛为马为奴为隶，则烹脔鞭箠之惨酷[⑦]，惟我少年当之，中国如称霸宇内主盟地球，则指挥顾盼之尊荣[⑧]，惟我少年享之。于彼气息奄奄与鬼为邻者何与焉？彼而漠然置之，犹可言也；而我漠然置之，不可言也。使举国之少年而果为少年也，则吾中国为未来之国，其进步未可量也。使举国之少年而亦为老大也，则吾中国为过去之国，其澌亡可翘足而待也[⑨]。故今日之责任，不在他人，而全在我少年。少年智则国智，少年富则国富，少年强则国强，少年独立则国独立，少年自由则国自由，少年进步则国进步，少年胜于欧洲则国胜于欧洲，少年雄于地球则国雄于地球。红日初升，其道大光。河出伏流[⑩]，一泻汪洋。潜龙腾渊，鳞爪飞扬。乳虎啸谷，百兽震惶。鹰隼试翼，风尘吸张⑪。奇花初胎⑫，矞矞皇皇⑬。干将发硎，有作其芒⑭。天戴其苍，地履其黄。纵有千古，横有八荒⑮。前途似海，来日方长。美哉，我少年中国，与天不老！壮哉，我少年中国，与国无疆！

注　释

①“我中国”句：我们中国难道果真是老朽不堪了吗？

②恶（wū）：叹词，表示惊讶不满。

③为缘：结交。

④僦（jiù）屋：租赁屋舍。

⑤窗栊（lóng）：窗户。

⑥庭庑（wǔ）：庭院房屋。庑，古代堂下周围的房子。又大屋亦称庑。

⑦烹脔（luán）箠鞭：泛指煎烹、宰割、鞭打、棍杖等酷刑。脔，切成小块的肉。动词作“宰割”讲。

⑧顾盼：左右回视，志得意满的样子。

⑨澌亡：灭绝消亡。翘足而待：喻极短的时间。

⑩河出伏流：指黄河从潜伏在地下涌出地面。见《水经·河水注》。

⑪吸张：收缩张开。

⑫初胎：形成蓓蕾。

⑬矞（yù）矞皇皇：明盛的样子。这里形容万物逢春生机勃勃。

⑭“干将”两句：谓利剑新磨，光芒四射。干将：古代宝剑名。

发硎：刀刃新磨。硎，磨刀石。

⑮“天戴”四句：形容宇宙和中国历史悠久，疆域广阔。苍、黄：天玄地黄，形容天地的颜色。

作者简介

梁启超（1873—1929年），字卓如，号任公，别署饮冰室主人，广东新会人。17岁中举人，18岁后师从康有为，与康有为联合各省举人，上书请求变法。光绪二十二年（1896年），在上海主编《时务报》，发表《变法通议》，编辑《西政丛书》，次年主讲长沙时务学堂，宣传维新。在戊戌百日维新（1898年）时，以六品衔办京师大学堂、译书局。变法失败后，流亡日本，创办《清议报》《新民丛报》《新小说》等报刊。他是中国近代资产阶级改良运动的代表人物之一，但反对资产阶级民主主义革命，主张君主立宪。辛亥革命后回国，参加袁世凯政府，任司法总长。后又与蔡锷组织护国军反袁。晚年在清华大学讲学，介绍西方的社会科学，整理中国的传统学术文化。他提倡“诗界革命”“小说界革命”，而他所创作的散文，“务为平易畅达”“纵笔所至不检束”，条理明晰，笔端挟情，号为“新文体”，风靡一时，为五四白话文运动的前驱。著有《饮冰室合集》。

注者按

这是梁启超的新体散文的代表作，写于1900年，本文节录。作者从改良主义的立场出发，把封建古老的中国与他想象中的未来的“少年中国”作了鲜明的对比，极力歌颂少年的精神，并以辛辣的讽刺笔调，无情地嘲讽了没落的封建制度，把社会腐朽的原因归咎于“据国权者皆老朽之人也”，从而刻画出以慈禧太后为代表的顽固派的丑恶嘴脸，抒发了作者的改良主义政治理想，对未来的中国作了生动的描绘。作者还以奔放的热情大声疾呼，激励青年发愤图强，变革现实，在当时有进步作用和感召力。但作者把封建社会的腐朽黑暗，仅归之于官吏的老朽，把保守与进取、怯懦与豪壮、无为与有为等，仅仅归之于老年与少年性格的差别，将少年一律视为先进，老年一律斥为保守，不免肤浅，他把改革的希望寄托在个别玛志尼式的人物身上，也反映出作者思想的局限。

文章感情充沛，气势激昂，论述往复百折，层层递进，运用设问、反问、排比、比喻等手法，妙趣横生，通俗酣畅，具有极大的鼓动性和感染力。作为新体文章，它一反时兴的桐城义法，不求雅洁，不讲“言之有序”，而是“杂以俚语、韵语及外国语法”，虽被有的人讥为“野狐禅”，却涤陈创新，别有一种魅力。

谭嗣同传

梁启超

谭君，字复生，又号壮飞，湖南浏阳县人。少倜傥，有大志，淹通群籍，能文章，好任侠，善剑术。父继洵，官湖北巡抚。幼丧母，为父妾所虐，备极孤孽苦[①]，故操心危，虑患深，而德慧术智日增长焉[②]。弱冠，从军新疆，游巡抚刘公锦棠幕府[③]。刘大奇其才，将荐之于朝，会刘以养亲去官，不果。自是十年，来往于直隶、新疆、甘肃、陕西、河南、湖南、湖北、江苏、安徽、浙江、台湾各省，察视风土，物色豪杰。然终以巡抚君拘谨[④]，不许远游，未能尽其四方之志也。

自甲午战事后[⑤]，益发愤提倡新学。首在浏阳设一学会，集同志讲求磨砺，实为湖南全省新学之起点焉。时南海先生方倡强学会于北京及上海[⑥]，天下志士，走集应和之。君乃自湖南溯江，下上海，游京师，将以谒先生，而先生适归广东，不获见。余方在京师强学会，任记纂之役[⑦]，始与君相见，语以南海讲学之宗旨，经世之条理，则感动大喜跃，自称私淑弟子[⑧]，自是学识更日益进。时和议初定[⑨]，人人怀国耻，士气稍振起，君则激昂慷慨，大声疾呼。海内有志之士，睹其丰采，闻其言论，知其为非常人矣。

以父命就官为候补知府，需次金陵者一年[⑩]，闭户养心读书，冥探孔、佛之精奥，会通群哲之心法，衍绎南海之宗旨，成《仁学》一书。又时时至上海与同志商量学术，讨论天下事，未尝与俗吏一相接。君常自谓："作吏一年，无异入山。"

时陈公宝箴为湖南巡抚，其子三立辅之，慨然以湖南开化为己任[11]。丁酉六月，黄君遵宪适拜湖南按察使之命；八月，徐君仁铸又来督湘学；湖南绅士某某等蹈厉奋发，提倡桑梓[12]，志士渐集于湘楚。陈公父子与前任学政江君标，乃谋大集豪杰于湖南，并力经营，为诸省之倡。于是聘余及某某等为学堂教习，召某某归练兵，而君亦为陈公所敦促，即弃官归，安置眷属于其浏阳之乡，而独留长沙，与群志士办新政。于是湖南倡办之事，若内河小轮船也，商办矿务也，湘粤铁路也，时务学堂也，武备学堂也，保卫局也，南学会也，皆君所倡论擘画者[13]，而以南学会最为盛业。设会之意，将合南部诸省志士，联为一气，相与讲爱国之理，求救亡之法，而先从湖南一省办起，盖实兼学会与地方议会之规模焉。地方有事，公议而行，此议会之意也；每七日大集众而讲学，演说万国大势及政学原理，此学会之意也。于时君实为学长，任演说之事。每会集者千数百人，君慷慨论天下事，闻者无不感动。故湖南全省风气大开，君之功居多。

今年四月，定国是之诏既下[14]，君以学士徐公致靖荐，被征，适大病，不能行。至七月，乃扶病入觐，奏对称旨[15]。皇上超擢四品卿衔军机章京[16]，与杨锐、林旭、刘光第同参预新政，时号为"军机四卿"。参预新政者，犹唐、宋之参知政事，实宰相之职也。皇上欲大用康先生，而上畏西后[17]，不敢行其志。数月以来，皇上有所询问，则令总理衙门传旨；先生有所陈奏，则著之于所进呈书之中而已。自四卿入军机，然后皇上与康先生之意始能少通，锐意欲行大改革矣，而西后及贼臣忌益甚，未及十日，而变已起。

初，君之始入京也，与言皇上无权、西后阻挠之事，君不之信。及七月二十七日，皇上欲开懋勤殿设顾问官，命君拟旨，先遣内侍持历朝圣训授君[18]，传上言谓康熙、乾隆、咸丰三朝，有开懋勤殿故事，令查出引入上谕中，盖将以二十八日亲往颐和园请命西后云。君退朝，乃告同人曰："今而知皇上之真无权矣！"至二十八日，京朝人人咸知懋勤殿之事，以为今日谕旨将下。而卒不下，于是益知西后与帝之不相容矣。二十九日，皇上召见杨锐，遂赐衣带诏[19]，有"朕位几不保，命康与四卿及同志速设法筹救"之语。君与康先生捧诏恸哭，而皇上手无寸柄，无所为计。时诸将之中，惟袁世凯久使朝鲜，讲中外之故，力主变法。君密奏请皇上结以恩遇，冀缓急或可救助，词极激切。八月初一日，上召见袁世凯，特赏侍郎。初二日复召见。初三日夕，君径造袁所寓之法华寺，直诘袁曰："君谓皇上何如人也？"袁曰："旷代之圣主也。"君曰："天津阅兵之阴谋[20]，君知之乎？"袁曰："然，固有所闻。"君乃直出密诏示之曰："今日可以救我圣主者，惟在足下，足下欲救则救之！"又以手自抚其颈曰："苟不欲救，请至颐和园首仆而杀仆[21]，可以得富贵也。"袁正色厉声曰："君以袁某为何如人哉？圣主乃吾辈所共事之主，仆与足下，同受非常之遇，救护之责，非独足下。若有所教，仆固愿闻也。"君曰："荣禄密谋，全在天津阅兵之举。足下及董、聂三军[22]，皆受荣所节制，将挟兵力以行大事。虽然，董、聂不足道也；天下健者，惟有足下。若变起，足下以一军敌彼二军，保护圣主，复大权，清君侧[23]，肃宫廷，指挥若定，不世之业也。”袁曰：“若皇上于阅兵时疾驰入仆营，传号令以诛奸贼，则仆必能从诸君子之后，竭死力以补救。”君曰：“荣禄遇足下素厚，足下何以待之？”袁笑而不言。袁幕府某曰：“荣贼并非推心待慰帅者[24]。昔某公欲增慰帅兵，荣曰：‘汉人未可假大兵权。’盖向来不过笼络耳。即如前年胡景桂参劾慰帅一事[25]，胡乃荣之私人，荣遣其劾帅，而己查办昭雪之以市恩。既而胡即放宁夏知府，旋升宁夏道，此乃荣贼心计险极巧极之处，慰帅岂不知之！”君乃曰：“荣禄固操、莽之才，绝世之雄，待之恐不易易[26]。”袁怒目视曰：“若皇上在仆营，则诛荣禄如杀一狗耳！”因相与言救上之条理甚详。袁曰：“今营中枪弹火药，皆在荣贼之手，而营、哨各官，亦多属旧人。事急矣！既定策，则仆须急归营，更选将官，而设法备贮弹药，则可也。”乃丁宁而去。时八月初三夜漏三下矣[27]。至初五日，袁复召见，闻亦奉有密诏云。至初六日，变遂发。

时余方访君寓，对坐榻上，有所擘画，而抄捕南海馆之报忽至，旋闻垂帘之谕[28]。君从容语余曰：“昔欲救皇上，既无可救，今欲救先生，亦无可救。吾已无事可办，惟待死期耳！虽然，天下事知其不可而为之，足下试入日本使馆谒伊藤氏[29]，请致电上海领事而救先生焉。”余是夕宿于日本使馆，君竟日不出门以待捕者。捕者既不至，则于其明日入日本使馆，与余相见，劝东游，且携所著书及诗文辞稿本数册、家书一箧托焉。曰：“不有行者，无以图将来；不有死者，无以酬圣主。今南海之生死未可卜，程婴、杵臼，月照、西乡[30]，吾与足下分任之。”遂相与一抱而别。初七、八、九三日，君复与侠士谋救皇上，事卒不成。初十日，遂被逮。被逮之前一日，日本志士数辈苦劝君东游，君不听，再四强之，君曰："各国变法，无不从流血而成。今中国未闻有因变法而流血者，此国之所以不昌也。有之，请自嗣同始。"卒不去，故及于难。君既系狱，题一诗于狱壁曰："望门投宿思张俭㉛，忍死须臾待杜根㉜。我自横刀向天笑，去留肝胆两昆仑㉝。"盖念南海也。以八月十三日斩于市。春秋三十有三。就义之日，观者万人，君慷慨，神气不少变，时军机大臣刚毅监斩，君呼刚前曰："吾有一言。"刚去不听，乃从容就戮。呜呼烈矣！

注　释

①孤孽苦：费行简《近代名人小传》："谭继洵素宠妾，嗣同以嫡出，因不得父欢。"

②"故操心危"三句：见《孟子·尽心上》："人之有德慧术知者，恒存乎疢疾。独孤臣孽子，其操心也危，其虑患也深，故达。"

③弱冠：男子二十岁。刘锦棠：晚清名将，曾随左宗棠平定新疆阿古柏叛乱，督办新疆军务。为新疆首任巡抚。

④巡抚君：尊称谭嗣同的父亲。

⑤甲午战事：清光绪二十年（1894 年）发生的中日战争。

⑥南海先生：康有为。

⑦记纂之役：编辑工作。

⑧私淑弟子：指未能直接受教，因仰慕其人而尊奉其为师的学生。

⑨ 和议初定：指 1895 年清廷派李鸿章到日本马关议和，签订丧权辱国的《马关条约》。

⑩ 需次：按先后班次等待替补。

⑪ 陈宝箴（1831—1900 年）：江西义宁（今修水）人。字右铭。举人出身，历任浙江按察使、湖北布政使。1895 年任湖南巡抚，参与维新改良，戊戌政变后被革职。陈三立（1853—1937 年）：光绪进士，官吏部主事，与黄遵宪等助其父陈宝箴在湖南推行新政，荐梁启超任时务学堂中文总教习。维新失败，被革职。

⑫ 丁酉：指光绪二十三年（1897 年）。黄遵宪（1848—1905 年）：字公度，广东嘉应（今梅州）人，号人境庐主人。举人出身，历任驻日、英、美、新加坡使节。以救亡图存为己任，在上海入康有为发起的"强学会"，办《时务报》，署理湖南按察使，助陈宝箴推行新政。桑梓：家乡的代称。语见《诗经·小雅》。

⑬ 擘（bò）画：筹划、安排。

⑭ 定国是之诏：即决定国家大计的诏书。指 1898 年 6 月 11 日（戊戌年四月二十三日）光绪帝颁发明定国是上谕，表示变法决心。国是，即国事。

⑮ 觐：见皇帝。奏对称旨：奏章、答话合乎皇帝的心意。

⑯ 超擢：越级提拔。军机：军机处，清代总管军政大事的最高官署。章京：清代军职多称章京，是满语的音译。

⑰ 西后：慈禧太后（1835—1908 年）。

⑱ 懋（mào）勤殿：清代皇帝读书的地方。内侍：太监。历朝圣训：以往几代皇帝的遗训。

⑲ 衣带诏：密诏。

⑳ 天津阅兵之阴谋：慈禧和她的亲信、直隶总督荣禄密谋，定于十月底（农历九月初），在她与光绪帝同往天津阅兵时，乘机以武力胁迫光绪退位。

㉑ 首仆：告发我。

㉒ 董、聂：董福祥与聂士成的军队。董，曾任甘肃提督，后调防北京。聂，以功授直隶提督，抵御八国联军时战死。

㉓ 清君侧：肃清君主身边的坏人。

㉔ 慰帅：袁世凯，字慰亭，因统率军队，故称。

㉕"即如"句：光绪二十二年（1896 年）御史胡景桂上奏章弹劾袁世凯克扣军饷。

㉖ 操、莽：曹操、王莽。旧时把他们比喻为篡位的奸臣。不易易：不容易。

㉗ 漏三下：打三更。

㉘ 垂帘之谕：慈禧太后宣布重新执政的谕旨。

㉙ 伊藤氏：日本前首相伊藤博文。

㉚ 程婴、杵臼：程婴是春秋时晋国大臣赵盾之子赵朔的门客。杵臼姓公孙，是晋国大臣，后退隐。事见元杂剧《赵氏孤儿》。其事大略为：晋灵公听信奸臣屠岸贾的谗言，将忠心为国的大臣赵盾全家 300 余口抄斩。盾子赵朔之妻是晋公主，被禁于深宫，产一遗腹子。屠岸贾又想加害，以斩草除根。幸得赵朔门客程婴把孤儿偷偷带出。程婴向已退隐的大夫公孙杵臼求计，决定献出自己的儿子，暗换孤儿。杵臼毅然承担窝藏孤儿的罪名，被屠岸贾杀害。程婴忍受丧子之痛，20 年后，把孤儿抚养成人，最终报了赵家之仇。月照：日本德川幕府末期的一个和

尚，与西乡隆盛是好友。他们为推翻幕府，到处宣传，后被迫自杀。西乡遇救，终于实现了志愿。本文中谭嗣同与梁启超说话引用中日两个典故，意思是说在这危急时刻，你我分别扮演程婴、杵臼或月照、西乡两个角色吧，一个牺牲，一个留下来。

㉛ 张俭：东汉张俭因弹劾权贵侯览，被侯下令追捕。张俭在逃亡途中望门投宿，为人们所同情接纳。这里以比康有为等出亡的人。

㉜ 杜根：东汉杜根曾上书邓太后，要求将政权交给已经长大的皇帝。邓太后令人逮捕、处死他。他诈死三日，逃入山中，邓太后被诛后才回到家乡。

㉝ 两昆仑：指康有为和侠客大刀王五。比喻两人形象高大如昆仑山。一说指康有为和谭嗣同，去者指康有为，留者指谭嗣同自己。

注者按

本文作于清光绪二十四年（1898 年）即戊戌政变发生的当年。

这篇传记详细记叙了谭嗣同的生平事迹，特别是他提倡新学、参与变法以至戊戌政变后以身殉志、从容就义的经过，歌颂了谭嗣同一心变法救国、不惜流血牺牲的精神。全文选材详略得当，描写人物语言生动传神，恰能表现人物的性格特征，如写谭嗣同与袁世凯对话的场面，形象地表现了谭嗣同的直率坦诚和袁世凯的奸诈狡猾；写变法失败后，谭嗣同甘愿为变法流血的豪言壮语，掷地有声，震撼人心。

艰难的国运与雄健的国民

李大钊

历史的道路，不全是坦平的，有时走到艰难险阻的境界。这是全靠雄健的精神才能够冲过去的。

一条浩浩荡荡的长江大河，有时流到很宽阔的境界，平原无际，一泻万里。有时流到很逼狭的境界，两岸丛山叠岭，绝壁断崖，江河流于其间，曲折回环，极其险峻。民族生命的进展，其经历亦复如是。

人类在历史上的生活正如旅行一样。旅途上的征人所经过的地方，有时是坦荡平原，有时是崎岖险路。老于旅途的人，走到平坦的地方，固是高高兴兴的向前走，走到崎岖的境界，愈是奇趣横生，觉得在此奇绝壮绝的境界，愈能感得一种冒险的美趣。

中华民族现在所逢的史路，是一段崎岖险阻的道路。在这一段道路上，实在亦有一种奇绝壮绝的景致，使我们经过此段道路的人，感得一种壮美的趣味。但这种壮美的趣味，是非有雄健的精神的，不能够感觉到的。

我们的扬子江、黄河，可以代表我们的民族精神，扬子江及黄河遇见沙漠、遇见山峡都是浩浩荡荡的往前流过去，以成其浊流滚滚，一泻万里的魄势。目前的艰难境界，哪能阻抑我们民族生命的前进。我们应该拿出雄健的精神，高唱着进行的曲调，在这悲壮歌声中，走过这崎岖险阻的道路。要知在艰难的国运中建造国家，亦是人生最有趣味的事……

作者简介

李大钊（1889—1927 年），字守常，河北乐亭人。中国共产主义运动的先驱和中国最早系统宣传马克思主义的播火者，中国共产党的创始人之一。1907 年考入天津北洋法政专门学校，1913 年毕业后考入日本早稻田大学政治本科。1916 年 5 月未毕业而提前回国投入反对袁世凯复辟帝制的斗争。1918 年 1 月，任北京大学图书馆主任，开始参加《新青年》编辑工作，先后任北京大学评议会评议员和经济、历史等系教授。俄国十月革命后，1918 年至 1919 年先后发表《法俄革命之比较观》《庶民的胜利》《布尔什维主义的胜利》《新纪元》等论文，讴歌十月革命和社会主义。1919 年领导五四运动。1920 年年初先后与邓中夏、陈独秀等开始酝酿筹建中国共产党，3 月指导邓中夏等人发起成立马克思学说研究会，10 月在北京组建共产主义小组。1921 年中国共产党成立后，负责中共北京区委和北方区委的工作。1923 年 6 月参加中共三大，被选为中央委员。推动第一次国共合作，1924 年 1 月参加国民党第一次全国代表大会，帮助孙中山实行新三民主义和改组国民党。同年 6 月率中共代表团去莫斯科参加共产国际第五次代表大会，11 月回国后领导推翻北京军阀政府的斗争。1927 年 4 月，被奉系军阀张作霖逮捕入狱，同月 28 日英勇就义。有《李大钊文集》。他的杂文将政治宣传鼓动和散文诗的抒情气质相结合，被鲁迅誉为“革命史上的丰碑”。

注者按

中华民族的历史充满了曲折和磨难，近百年的历史更是备受帝国主义列强的欺凌和侵辱，中国社会逐步沦为半殖民地半封建社会。然而否极泰来，中华民族已经到了命运的历史转折关头。中国共产党成立后，以马克思主义指导革命，使中国革命面貌为之一新。

作者正是在中国共产党领导中国革命的新形势下的 1923 年撰写了此文。作者以冲破千重险阻、万道漩涡，一泻万里的长江、黄河比喻历史的进程，象征民族的精神。以哲理的思辨、诗人的激情、战士的信念论述了艰难的国运与雄健的国民的辩证关系：惟其国运艰难，方能历练成雄健的国民；也惟有雄健的国民才能扭转艰难的国运，从中感受到奇趣横生的壮美情趣。文章首尾呼应，激励国民用雄健的精神“在艰难的国运中建造国家”。

庶民的胜利

李大钊

我们这几天庆祝战胜[①]，实在是热闹的很。可是战胜的，究竟是那一个？我们庆祝，究竟是为那个庆祝？我老老实实讲一句话，这回战胜的，不是联合国的武力，是世界人类的新精神。不是那一国的军阀或资本家的政府，是全世界的庶民[②]。我们庆祝，不是为那一国或那一国的一部分人庆祝，是为全世界的庶民庆祝。不是为打败德国人庆祝，是为打败世界的军国主义庆祝。

这回大战，有两个结果：一个是政治的，一个是社会的。

政治的结果，是"大……主义"失败，民主主义战胜。我们记得这回战争的起因，全在"大……主义"的冲突。当时我们所听见的，有什么"大日尔曼主义"[③]咧，"大斯拉夫主义"[④]咧，"大塞尔维主义"[⑤]咧，"大……主义"咧。我们东方，也有"大亚细亚主义"[⑥]、"大日本主义"等等名词出现。我们中国也有"大北方主义"[⑦]、"大西南主义"等等名词出现。"大北方主义"、"大西南主义"的范围以内，又都有"大……主义"等等名词出现。这样推演下去，人之欲大，谁不如我，于是两大的中间有了冲突，于是一大与众小的中间有了冲突，所以境内境外战争迭起，连年不休。

"大……主义"就是专制的隐语，就是仗着自己的强力蹂躏他人欺压他人的主义。有了这种主义，人类社会就不安宁了。大家为抵抗这种强暴势力的横行，乃靠着互助的精神，提倡一种不等自由的道理。这等道理，表现在政治上，叫做民主主义[8]，恰恰与“大……主义”相反。欧洲的战争，是“大……主义”与民主主义的战争。我们国内的战争，也是“大……主义”与民主主义的战争。结果都是民主主义战胜，“大……主义”失败。民主主义战胜，就是庶民的胜利。社会的结果，是资本主义失败，劳工主义战胜。原来这回战争的真因，乃在资本主义的发展。国家的界限以内，不能涵容他的生产力，所以资本家的政府想靠着大战，把国家界限打破，拿自己的国家做中心，建一世界的大帝国，成一个经济组织，为自己国内资本家一阶级谋利益。俄、德等国的劳工社会，首先看破他们的野心，不惜在大战的时候，起了社会革命，防遏这资本家政府的战争。联合国的劳工社会，也都要求平和，渐有和他们的异国的同胞取同一行动的趋势。这亘古未有的大战，就是这样告终。这新纪元的世界改造，就是这样开始。资本主义就是这样失败，劳工主义就是这样战胜。世间资本家占最少数，从事劳工的人占最多数。因为资本家的资产，不是靠着家族制度的继袭，就是靠着资本主义经济组织的垄断，才能据有。这劳工的能力，是人人都有的，劳工的事情，是人人都可以作的，所以劳工主义的战胜，也是庶民的胜利。

民主主义劳工主义既然占了胜利，今后世界的人人都成了庶民，也就都成了工人。我们对于这等世界的新潮流，应该有几个觉悟：第一，须知一个新命的诞生，必经一番苦痛，必冒许多危险。有了母亲诞孕的劳苦痛楚，才能有儿子的生命。这新纪元的创造，也是一样的艰难。这等艰难，是进化途中所必须经过的，不要恐怕，不要逃避的。第二，须知这种潮流，是祇能迎，不可拒的。我们应该准备怎么能适应这个潮流，不可抵抗这个潮流。人类的历史，是共同心理表现的记录。一个人心的变动，是全世界人心变动的征兆。一个事件的发生，是世界风云发生的先兆。一七八九年的法国革命[9]，是十九世纪中各国革命的先声。一九一七年的俄国革命[10]，是二十世纪中世界革命的先声。第三，须知此次平和会议中[11]，断不许持“大……主义”的阴谋政治家在那里发言，断不许有带“大……主义”臭味，或伏“大……主义”根蒂的条件成立。即或有之，那种人的提议和那种条件，断归无效。这场会议，恐怕必须有主张公道破除国界的人士占列席的多数，才开得成。第四，须知今后的世界，变成劳工的世界。我们应该用此潮流为使一切人人变成工人的机会，不该用此潮流为使一切人人变成强盗的机会。凡是不做工吃干饭的人，都是强盗。强盗和强盗夺不正的资产，也是一种的强盗，没有什么差异。我们中国人贪惰性成，不是强盗，便是乞丐，总是希图自己不作工，抢人家的饭吃，讨人家的饭吃。到了世界成一大工厂，有工大家作，有饭大家吃的时候，如何能有我们这样贪惰的民族立足之地呢？照此说来，我们要想在世界上当一个庶民，应该在世界上当一个工人。诸位呀！快去作工呵！

《新青年》第 5 卷第 5 号

署名：守常

注 释

① 战胜：指 1914 年 7 月—1918 年 11 月，以德国、奥匈帝国为一方（同盟国），以英法日俄等（意大利 1915 年加入，美国 1917 年加入，北洋政府 1917 年加入称协约国，俄国于 1917 年十月革命后退出）为另一方的，帝国主义国家之间为重新瓜分世界和争夺全球霸权而爆发的一场世界大战，俗称“一战”或欧战。1918 年 1 月同盟国内部各民族起义，德国兵败，向协约国投降求和，“一战”宣告结束。中国也算战胜国。出席了此后的巴黎和会。

② 庶民：平民，普通百姓。文中指以工农为主体的人民大众。

③ 大日耳曼主义：亦称泛日耳曼主义。是一种充满扩张野心的沙文主义思潮和军国主义运动。源于 19 世纪末的德国，宣扬“日耳曼种族优越论”，认为德国缺乏生存空间，领土太小，要求把世界上所有日耳曼人居住的地区隶属德国，重新划分世界上的殖民地，以建立德国的世界霸权。

④ 大斯拉夫主义：斯拉夫人分成东斯拉夫人，主要是俄罗斯、白俄罗斯和乌克兰人；西斯拉夫人，包括大部分波兰人、捷克人、斯洛伐克人；南斯拉夫人，则包括巴尔干半岛的塞尔维亚、克罗地亚、斯洛文尼亚等国人。沙俄奉行大斯拉夫主义，是想把所有斯拉夫人的地盘，都纳入沙俄统治之下。

⑤ 大塞尔维主义：是塞尔维亚民族主义者提出的民族统一主义概念。塞尔维亚激进党支持这一概念。

⑥ 大亚细亚主义：萌发于日本明治时代，日本急于向外扩张，主张以日本为核心，亚洲各国团结起来，共同抵抗西方列强的

侵略。这一理念最终成为日本军国主义侵略亚洲的工具。李大钊先生于1919年1月发表在《国民》杂志上的《大亚细亚主义与新亚细亚主义》一文，尖锐地指出日本一些人所宣扬的“大亚细亚主义”的本质是“并吞弱小民族的帝国主义”，深刻揭露了其侵略性和欺骗性。

⑦ 大北方主义：一种过于强调北方地区特殊性、重要性的政治理论和主张。下文“大西南主义”同。

⑧ 民主主义：有新旧之分。旧民主主义，乃资产阶级革命理论，包括“天赋人权”“主权在民”“法律面前人人平等”以及“自由、平等、博爱”“民治、民有、民享”等主张。在反封建专制统治的斗争中具有一定进步意义。新民主主义则是关于无产阶级领导的新民主革命的理论。毛泽东1940年发表的《新民主主义论》《中国革命与中国共产党》等文中有详细系统的论述。其主要内容包括在政治上建立工人阶级领导的、以工农联盟为基础的、各革命阶级联合专政，在经济上将官僚资本收归国有，没收地主的土地分给无地或少地的农民，在文化上，发展无产阶级领导的人民大众的反帝反封建的文化。李大钊此文中的民主主义已具新民主主义的基本内涵。因为文中所谓的庶民是以工农为主体的人民大众。斗争的对象是帝国主义和资本主义。目的是解放劳苦大众。

⑨ 法国革命：1789年7月14日—1794年7月27日法国爆发的资产阶级革命，推翻了波旁王朝的专制统治。嗣后国内外各种势力进行过长期曲折的反复较量，直至1830年巴黎人民发动七月革命，建立以路易·菲力浦为首的七月王朝，法国大革

命才彻底结束。它是世界近代史上规模最大、影响最深远、最彻底的革命，极大地鼓舞了世界各国各地区人民的争取独立、民主和自由的斗争。

⑩ 一九一七年的俄国革命：列宁领导的布尔什维克发起的十月社会主义革命，推翻了资产阶级临时政府，建立了世界上第一个无产阶级专政的社会主义国家，沉重地打击了帝国主义势力，有力地推动了国际社会主义运动的发展，极大地鼓舞了殖民地半殖民地人民争取独立解放的斗争。

⑪ 平和会议：指即将于 1919 年 1 月 18 日在巴黎凡尔赛宫召开的战后协约会议，又称巴黎和会。27 个战胜国的千人参加，其中全权代表 70 人，苏维埃俄国没受到邀请，德国、土耳其、保加利亚、奥地利等战败国被拒之门外。经过激烈的较量和讨价还价，终于在 6 月 28 日签订了《凡尔赛和约》。实质是帝国主义重新瓜分世界的真实记录。由于大会将德国在山东的特权转让给了日本，严重损害了中国的利益，中国北洋政府的代表最终拒绝在和约上签字。其间因反对丧权辱国的签字问题，直接导致了五四运动的爆发。

注者按

第一次世界大战结束之后，全世界工人运动高涨。为了庆祝第一次世界大战协约国胜利，北京大学于 1918 年 11 月 15 日举行演说大会；29 日北京大学于中央公园（今中山公园）举办庆祝第一次世界大战协约国胜利大会，李大钊先后两次在讲演大会作了题为《庶民的胜利》的演讲，并发表于1918年11月的《新青年》杂志，是中国最早的马克思主义文献之一。作者将欧战的结束与俄国十月革命以及当时国内外的革命浪潮联系起来，认为这是“民主主义战胜，就是庶民的胜利”。“劳工主义的战胜，也是庶民的胜利”，这是世界潮流，而并非是协约国的胜利。应该如何认识世界的新潮流？作者认为：“第一，须知一个新命的诞生，必经一番苦痛，必冒许多危险。”“第二，须知这种潮流，是祇能迎，不可拒的。我们应该准备怎么能适应这个潮流，不可抵抗这个潮流。”“第三，须知此次平和会议中，断不许持‘大……主义’的阴谋政治家在那里发言，断不许有带‘大……主义’臭味，或伏‘大……主义’根蒂的条件成立。”其后所召开的巴黎和会及所签订的《凡尔赛和约》，成了帝国主义列强的霸权会议和分赃条约，证明了先生卓越的政治预见性。大家为抵抗这种强暴势力的横行，乃靠着互助的精神，提倡一种团结协作的道理。并深刻揭示了“一战”的性质：“原来这回战争的真因，乃在资本主义的发展。国家的界限以内，不能涵容他的生产力，所以资本家的政府想靠着大战，把国家界限打破，拿自己的国家做中心，建一世界的大帝国，成一个经济组织，为自己国内资本家一阶级谋利益。”因此，俄国的、德国的、世界各国的人民厌战，反战，要求和平，这才结束了“一战”。“第四，须知今后的世界，变成劳工的世界。”这个过程，不可抗拒，但是曲折艰巨。他热情讴歌十月革命开辟了世界历史的新纪元，为中国人民指出了新的革命方向。文章如同一声春雷，引爆了轰轰烈烈的五四运动，召唤灾难深重的中国人民起来革命，并预示着中国共产党的即将诞生。

民众的大联合（一）[①]

（一九一九年七月二十一日）

毛泽东

国家坏到了极处，人类苦到了极处，社会黑暗到了极处。补救的方法，改造的方法，教育，兴业，努力，猛进，破坏，建设，固然是不错，有为这几样根本的一个方法，就是民众的大联合。

我们竖看历史。历史上的运动不论是那一种，无不是出于一些人的联合。较大的运动，必有较大的联合。最大的运动，必有最大的联合。凡这种联合，于有一种改革或一种反抗的时候，最为显著。历来宗教的改革和反抗，学术的改革和反抗，政治的改革和反抗，社会的改革和反抗，两造必都有其大联合[②]。胜负所分，则看他们联合的坚脆，和为这种联合基础主义的新旧或真妄为断。然都要取联合的手段，则相同。

古来各种联合，以强权者的联合，贵族的联合，资本家的联合为多。如外交上各种“同盟”“协约”，为国际强权者的联合。如我国的什么“北洋派”“西南派”[③]，日本的什么“萨藩”“长藩”为国内强权者的联合[④]。如各国的政党和议院，为贵族及资本家的联合。（上院若元老院，固为贵族聚集的巢穴。下院因选举法有财产的限制，亦大半为资本家所盘据。）至若什么托辣斯（钢铁托辣斯，煤油托辣斯……），什么会社（日本邮船会社，满铁会社……），则纯然资本家的联合。到了近世，强权者，贵族，资本家的联合到了极点，因之国家也坏到了极点，人类也苦到了极点，会社〈社会〉也黑暗到了极点。于是乎起了改革，起了反抗。于是乎有［民］众的大联合。

自法兰西以民众的大联合，和王党的大联合相抗，收了“政治改革”的胜利以来[⑤]，各国随之而起了许多的“政治改革”。自去年俄罗斯以民众的大联合，和贵族的大联合资本家的大联合相抗，收了“社会改革”的胜利以来[⑥]，各国如匈，如奥，如截[⑦]，如德，亦随之而起了许多的社会改革。虽其胜利尚未至于完满的程度，要必可以完满，并且可以普及于世界，是想得到的。

民众的大联合，何以这么利害（厉害）呢？因为一国的民众，总比一国的贵族资本家及其他强权者要多。贵族资本家及其他强权者人数既少，所赖以维持自己的特殊利益，剥削多数平民的公共利益者，第一是知识，第二是金钱，第三是武力。从前的教育，是贵族和资本家的专利，一般平民，绝没有机会去受得。他们既独有知识，于是生出了智愚的阶级。金钱是生活的媒介，本来人人可以取得。但那些有知识的贵族和资本家，想出什么“资本集中”的种种法子，金钱就渐渐流入田主和工厂老板的手中。他们既将土地，和机器，房屋，收归他们自己，叫做什么“不动的财产”，又将叫做“动的财产”的金钱，收入他们的府库（银行）。于是替他们作工的千万平民，反只有一佛郎一辨士的零星给与[⑧]。作工的既然没有金钱，于是生出了贫富的阶级。贵族资本家有了知识和金钱，他们即便设军营练兵，设工厂造枪，借着“外侮”的招牌，便几十师团几百联队的招募起来。甚者更仿照抽丁的办法，发明什么“征兵制度”。于是强壮的儿子当了兵，遇着问题，就抬出机关枪，去打他们懦弱的老子。我们且看去年南军在湖南败退时[9]，不打死了他们自己多少的老子吗？贵族和资本家利用这样的妙法，平民就更不敢做声，于是生出了强弱的阶级。

可巧他们的三种法子，渐渐替平民偷着学得了多少。他们当做“枕中秘”的教科书[10]，平民也偷着念了一点，便渐渐有了知识。金钱所从出的田地和工厂，平民早已窟宅其中，眼红资本家的舒服，他们也要染一染指。至若军营里的兵士，就是他们的儿子，或是他们的哥哥，或是他们的丈夫。当拿着机关枪对着他们射击的时候，他们便大声的唤。这一片唤声，早使他们的枪弹，化成软泥。不觉得携手同归，反一齐化成了抵抗贵族和资本家的健将。我们且看俄罗斯的貔貅十万[11]，忽然将鹫旗易了红旗[12]，就可以晓得这中间有很深的道理了。

平民既巳〈已〉将贵族资本家三种法子窥破，并窥破他们实行这三种，是用联合的手段，又觉悟他们的人数是那么少，我们的人数是这么多，便大大的联合起来。联合以后的行动，有一派很激烈的，就用“即以其人之道还治其人之身[13]”的办法，同他们拼命的。这一派的音〈首〉领，是一个生在德国的，叫做马克斯（思）。一派是较为温和的，不想急于见效，先从平民的了解入手。人人要有互助的道德和自愿工作。贵族资本家，只要他回心向善能够工作，能够助人而不害人，也不必杀他。这派人的意思，更广，更深远。他们要联合地球做一国，联合人类做一家，和乐亲善——不是日本的亲善——共臻盛世。这派的首领，为一个生于俄国的，叫做克鲁泡特金[14]。

我们要知道世界上事情，本极易为。有不易为的，便是困于历史的势力——习惯。我们倘能齐声一呼，将这历史的势力冲破，更大大的联合，遇着我们所不以为然的，我们就列起队伍，向对抗的方面大呼。我们巳〈已〉经得了实验，陆荣廷的子弹[15]，永世打不到曹汝霖[16]等一班奸人，我们起而一呼，奸人就要站起身来发抖，就要舍命的飞跑。我们要知道别国的同胞们，是通常用这种方法，求到他们的利益。我们应该起而仿效，我们应该进行我们的大联合！

根据 1919 年 7 月 21 日《湘江评论》第 2 号刊印

署名泽东

注　释

①1919 年 7—8 月毛泽东以《民众的大联合》同一标题，先后在《湘江评论》第 2、3、4 号发表了 3 篇文章。本篇是这组文章的首篇，由于第二篇题后原标有（二），为统一体例，收入本书时，编者在第一篇和第三篇题后分别标上（一）和（三）。

② 两造：双方。

③ 北洋派：指北洋军阀及其派系。1895 年，清政府命袁世凯在天津小站编练“新建陆军”，归北洋大臣节制。1901 年袁任直隶总督兼北洋大臣后，广植党羽，所建军队称北洋军。辛亥革命后不久，袁窃据中华民国临时大总统职位，形成控制中央和地方政权的军事集团，北洋军阀的统治从此开始。1916 年

袁死后，北洋军阀分别在英、日等帝国主义支持下分化为直、皖、奉三系。西南派：指辛亥革命后统治西南地区的各军阀集团及其派系。主要有滇系军阀、桂系军阀，还包括川、黔、湘、粤各省的地方军阀势力。

④ 萨藩、长藩：指日本的萨摩藩、长州藩，均为德川幕府时期的强藩。1868 年 1 月，以萨、长军为主力联合天皇军在京都附近地区激战，打败了幕府军。

⑤ 法兰西的政治改革：指 1789—1794 年的法国大革命。详《庶民的胜利》注⑨。

⑥ 俄罗斯的社会改革：指 1917 年俄国布尔什维克领导的十月革命。详《庶民的胜利》注⑩。

⑦ 截：指 1918 年至 1992 年存在的捷克斯洛伐克。1918 年奥匈帝国崩溃，谋求独立的捷克和斯洛伐克建立了捷克斯洛伐克共和国。

⑧ 佛郎：即法国货币法郎。辨士：即便士，是英国货币辅币单位，类似中国的“分”。1 英镑 =100 便士。

⑨ 南军：1918 年南方“护法军”在湖南境内被北洋军战败一事。

⑩ 枕中秘：指珍藏于枕函中的秘传宝书。

⑪ 貔貅：中国古代神话传说中的瑞兽，能辟邪，故又称辟邪。后多喻为勇猛的战士。

⑫ 鹫旗：沙俄帝国的国旗有双头鹰图案。红旗：指苏俄国旗。

⑬“即以其人之道，还治其人之身”：见朱熹《中庸集注》第十三章。

⑭ 克鲁泡特金：（1842—1921 年），俄国无政府主义的主要代

表人物。他主张消灭生产资料私有制，废除一切国家，建立“无政府”的社会，反对无产阶级专政。

⑮ 陆荣廷：（1859—1928 年），壮族，原名亚宋，字干卿，广西南宁人。游勇出身，后为清廷收编，1911 年任广西提督。辛亥革命时分化瓦解同盟会，镇压革命分子。建立起旧桂系在广西的统治。二次革命时，先是拥袁，被授予宁武将军、耀武上将军。后又反袁，任广东都督、两广巡阅使，将桂系势力扩张到广东。护法运动开始，迎孙中山南下广州。任广州军政府粤湘桂联军元帅，出兵攻占湖南，抗击北军南侵。1920 年被逐出粤境。次年孙中山命粤滇赣诸军入桂讨陆。后逃离广西下野，寓居沪苏，卒于 1928 年。

⑯ 曹汝霖：（1877—1966 年），字润田，祖籍浙江。早年留学日本，曾任清外务部副大臣，奉袁世凯之命，与日本签订丧权辱国的“二十一条”。1919 年五四运动中被免职。抗战时期，曾任伪华北临时政府最高顾问。1949 年后先后去台湾、日本，死于美国底特律。

作者简介

毛泽东（1893 年 12 月 26 日—1976 年 9 月 9 日），字润之（原作咏芝，后改润芝），笔名子任，湖南湘潭人。中国人民的领袖，伟大的马克思主义者，伟大的无产阶级革命家、战略家、理论家，中国共产党、中国人民解放军和中华人民共和国的主要缔造者和领导人，马克思主义中国化的伟大开拓者。

1893年12月26日生于一个农民家庭。辛亥革命爆发后在起义的新军中当了半年兵。1914—1918年，在湖南省立第一师范学校求学。毕业前夕和蔡和森等组织革命团体新民学会。五四运动前后接触和接受马克思主义，1920年，在湖南创建共产主义组织。1921年7月，出席中国共产党建党的第一次全国代表大会，后任中共湘区委员会书记，领导长沙、安源等地工人运动。从此他先后参与和领导了第一、第二次国内革命战争，抗日战争和解放战争，经过艰苦卓绝的斗争，终于建立了中华人民共和国。彻底改变了鸦片战争以来，旧中国贫穷落后，被帝国主义列强瓜分奴役的命运。解放后，他又领导中国人民进行社会主义革命和建设，继续探索马克思主义中国化的道路。

民众的大联合（二）

（一九一九年七月二十八日）

毛泽东

以小联合做基础

上一回的本报，己〈已〉说完了"民众的大联合"的可能及必要。今回且说怎样是进行大联合的办法？就是"民众的小联合"。

原来我们想要有一种大联合，以与立在我们对面的强权者害人者相抗，而求到我们的利益，就不可不有种种做他基础的小联合。我们人类本有联合的天才，就是能群的天才，能够组织社会的天才。"群"和"社会"就是我所说的"联合"。有大群，有小群，有大社会，有小社会，有大联合，有小联合，是一样的东西换却名称。所以要有群，要有社会，要有联合，是因为想要求到我们的共同利益。共同利益因为我们的境遇和职业不同，其范围也就有大小的不同。共同利益有大小的不同，于是求到共同利益的方法（联合），也就有大小的不同。

诸君！我们是农夫。我们就要和我们种田的同类，结成一个联合，以谋我们种田人的种种利益。我们种田人的利益，是要我们种田人自己去求，别人不种田的，他和我们利益不同，决不会帮我们去求。种田的诸君！田主怎样待遇我们？租税是重是轻？我们的房子适不适？肚子饱不饱？田不少吗？村里没有没田作的人吗？这许多问题，我们应该时时去求解答。应该和我们的同类结成一个联合，切切实实章明较著的去求解答。

诸君！我们是工人。我们要和我们做工的同类结成一个联合，以谋我们工人的种种利益。关于我们做工的各种问题，工值的多少？工时的长短？红利的均分与否？娱乐的增进与否？……均不可不求一个解答。不可不和我们的同类结成一个联合，切切实实章明较著的去求一个解答。

诸君！我们是学生。我们好苦，教我们的先生们，待我们做寇仇，欺我们做奴隶，闭锁我们做囚犯。我们教室里的窗子，那么矮小，光线照不到黑板，使我们成了"近视"。桌椅太不合式，坐久了便成"脊柱弯曲症"。先生们只顾要我门〈们〉多看书，我们看的真多，但我们都不懂，白费了记忆。我们眼睛花了，脑筋昏了，精血亏了，面色灰白的使我们成了"贫血症"，成了"神经衰弱症"。我们何以这么呆板？这么不活泼？这么萎缩？呵！都是先生们迫着我门〈们〉不许动，不许声的原故。我们便成了"僵死症"。身体上的痛苦还次。诸君！你看我们的试验室呵！那么窄小！那么贫乏！！几件坏仪器，使我们试验不得。我们的国文先生那么顽固。满嘴里"诗云""子曰"，清底却是一字不通。他们不知道现今己〈已〉到了二十世纪，还迫着我们行"古礼"守"古法"。一大堆古典式死尸式的臭文章，迫着向我们脑子里灌。我们图书室是空的。我们游戏场是秽的。国家要亡了，他们还贴看布告，禁止我国〈们〉爱国。像这一次救国运动，受到他们的恩赐真多呢！咳！谁使我们的身体，精神，受摧折，不娱快！我们不联合起来，讲究我们的“自教育”，还待何时？我们巳〈已〉经堕在苦海！我们要讲求自救，卢梭所发明的“自教育”[①]，正用得着。我们尽可结合同志，自己研究。咬人的先生们，不要靠他。遇着事情发生，——像这回日本强权者和国内强权者的跋后〈扈〉——我们就列起队伍向他们作有力的大呼。

诸君！我们是女子。我们更沉沦在苦海！我们都是人，为甚么不许我们参政？我们都是人，为甚么不许我们交际？我们一窟一窟的聚着，连大都门〈门都〉不能跨出。无耻的男子，无赖的男子，拿着我们做玩具，教我们对他长期卖淫，破坏恋爱自由的恶魔！破坏恋爱神圣的恶魔！整天的对我们围着。什么“贞操”却限于我们女子！“烈女祠”遍天下，“贞童庙”又在那里[②]？我们中有些一窟的聚着在女子学校，教我们的又是一些无耻无赖的男子，整天说什么“贤母良妻”，无非是教我们长期卖淫专一卖淫，怕我们不受约束，更好好的加以教练。苦！苦！自由之神！你在那里！快救我们！我们于今醒了！我们要进行我们女子的联合！要扫荡一般强奸我们破坏我们身体精神的自由的恶魔！

诸君！我们是小学教师。我们整天的教课，忙的真很！整天的吃粉条屑，没处可以游散舒吐。这么一个大城里的小学教师，总不下几千几百，却没有专为我们而设的娱乐场。我们教课，要随时长进学问，却没有一个为我们而设的研究机关。死板板的上课钟点，那么多，并没有余时，没有余力，——精神来不及！——去研究学问。于是乎我们变了留声器，整天演唱的不外昔日先生们教给我们的真传讲义。我们肚子是饿的。月薪十元八元，还要折扣。有些校长先生，更仿照“刻减军粮”的办法，将政府发下的钱，上到他们的腰包去了。我们为着没钱，我们便做了有妇的鳏夫。我和我的亲爱的妇人隔过几百里几十里的孤住着，相望着。教育学上讲的小学教师是终身事业，难道便要我们做终身的鳏夫和寡妇？教育学上原说学校应该有教员的家庭住着，才能做学生的模范，于今却是不能。我们为着没钱，便不能买书，便不能游历考察。不要说了！小学教师横直是奴隶罢了！我们要想不做奴隶，除非联结我们的同类，成功一个小学教师的联合。

诸君！我们是警察。我们也要结合我们同类，成功一个有益我们身心的联合。日本人说，最苦的是乞丐，小学教员，和警察，我们也有点感觉。

诸君！我们是车夫。整天的拉得汗如雨下！车主的赁钱那么多[③]！得到的车费这么少！何能过活，我们也有什么联合的方法么？

上面是农夫，工人，学生，女子，小学教师，警察，车夫，各色人等的一片哀声，他们受苦不过，就想组成切于他们利害的各种小联合。

上面所说的小联合，像那工人的联合，还是一个狠大很笼统的名目，过细说来，像下列的

铁路工人的联合，

矿工的联合，

电报司员的联合，

电话司员的联合，

造船业工人的联合，

航业工人的联合，

五金业工人的联合，

纺织业工人的联合，

电车夫的联合，

街车夫的联合，

建筑业工人的联合……方是最下一级小联合。西洋各国的工人，都有各行各业的小联合会。如运输工人联合会，电车工人联合会之类，到处都有。由许多小的联合，进为一个大的联合。由许多大的联合，进为一个最大的联合。于是什么“协会”，什么“同盟”，接踵而起。因为共同利益，只限于一小部份人，故所成立的为小联合。许多的小联合彼此间利益有共同之点，故可以立为大联合。像研究学问是我们学生分内的事，就组成我们研究学问的联合。像要求解放要求自由，是无论何人都有分的事，就应联合各种各色的人，组成一个大联合。

所以大联合必要从小联合入手，我们应该起而仿效别国的同胞们。我们应该多多进行我们的小联合。

根据 1919 年 7 月 28 日《湘江评论》第 3 号刊印

署名泽东

注 释

①卢梭（1712—1778 年）：法国 18 世纪伟大的思想家、哲学家、文学家、教育家。法国大革命的前驱，启蒙运动的代表人

物之一。在《社会契约论》一书中，他提出了著名的社会契约理论，认为人们在自然状态下是自由平等的，但在社会形成后，通过契约放弃了一部分自由以换取秩序。卢梭的教育思想主张自然教育，遵循自然法则，顺应儿童的自然本性，促进儿童身心的自然发展。

② 烈女祠：封建社会为宣扬“三从四德”的妇道，表彰坚守贞德操守的妇女而建的祠庙牌坊。贞童庙：意为处男庙。则是作者为讽刺封建社会女子必须从一而终，而男子却可以三妻四妾而杜撰的（实际并不存在）。

③ 赁钱：租金。

民众的大联合（三）

（一九一九年八月四日）

毛泽东

中华“民众的大联合”的形势

上两回的本报，己〈已〉说完了（一）民众大联合的可能及必要，（二）民众的大联合，以民众的小联合为始基。于今进说吾国民众的大联合我们到底有此觉悟么？有此动机么？有此能力么？可得成功么？

（一）我们对于吾国“民众的大联合”到底有此觉悟么？辛亥革命[①]，似乎是一种民众的联合，其实不然。幸〈辛〉亥革命，乃留学生的发踪指示，哥老会的摇旗唤呐[②]，新军和巡防营一些丘八的张弩拔剑所造成的[③]，与我们民众的大多数，毫没关系。我们虽赞成他们的主义，却不曾活动。他们也用不着我们活动。然而我们却有一层觉悟，知道圣文神武的皇帝，也是可以倒去的。大逆不道的民主，也是可以建设的。我们有话要说，有事要做，是无论何时可以说可以做的。辛亥而后，到了丙辰，我们又打倒了一次洪宪皇帝[④]。虽然仍是少数所干，我们却又觉悟那么威风凛凛的洪宪皇帝，原也是可以打得倒的。及到近年，发生南北战争，和世界战争，可就更不同了，南北战争结果，官僚，武人，政客，是害我们，毒我们，朘削我们，越发得了铁证。世界战争的结果，各国的民众，为着生活痛苦问题，突然起了许多活动。我〈俄〉罗斯打倒贵族，驱逐富人，劳农两界合立了委办政府[5]，红旗军东驰西突，扫荡了多少敌人，协约国为之改容，全世界为之震动。匈牙利崛起[6]，布达佩斯又出现了崭新的劳农政府。德人奥人截克人和之，出死力以与其国内的敌党搏战。怒涛西迈，转而东行，英法意美既演了多少的大罢工，印度朝鲜，又起了若干的大革命。异军特起，更有中华长城渤海之间，发生了“五四”运动[7]。旌旗南向，过黄河而到长江，黄浦汉皋，屡演活剧，洞庭闽水，更起高潮。天地为之昭苏，奸邪为之辟易。咳！我们知道了！我们醒觉了！天下者我们的天下。国家者我们的国家。社会者我们的社会。我们不说，谁说？我们不干，谁干？刻不容缓的民众大联合，我们应该积极进行！

（二）吾国民众的大联合业已有此动机么？此问我直答之曰“有”。诸君不信，听我道来——

溯源吾国民众的联合，应推清末谘议局的设立[8]，和革命党——同盟会——的组成[9]。有谘议局乃有各省谘议局联盟请愿早开国会的一举。有革命党乃有号召海内外起兵排满的一举。辛亥革命，乃革命党和谘议局合演的一出“痛饮黄龙”[10]。其后革命党化进了国民党，谘议局化成了进步党[11]，是为吾中华民族有政党之始。自此以后，民国建立，中央召集了国会，各省亦召集省议会。此时各省更成立三种团体，一为省教育会，一为省商会，一为省农会。（有数省有省工会。数省则合于农会，像湖南。）同时各县也设立县教育会，县商会，县农会。（有些县无）此为很固定很有力的一种团结。其余各方面依其情势地位

而组设的各种团体，像

各学校里的校友会，

旅居外埠的同乡会，

在外国的留学生总会，分会，

上海日报公会，

寰球中国学生会，

北京及上海欧美同学会，

北京华法教育会，

各种学会（像强学会，广学会，南学会，尚志学会，中华职业教育社，中华科学社，亚洲文明协会……），

各种同业会（工商界各行各业，像银行公会，米业公会……），

各学校里的研究会（像北京大学的画法研究会，哲学研究会……有几十种），

各种俱乐部……

都是近来因政治开放，思想开放的产物，独夫政治时代所决不准有不能有的。上列各种，都很单纯，相当于上回本报所说的“小联合”。最近因政治的纷乱，外患的压迫，更加增了觉悟，于是竟有了大联合的动机。像什么

全国教育会联合会，

全国商会联合会，

广州的七十二行公会，上海的五十三公团联合会，

商学工报联合会，

全国报界联合会，

全国和平期成会，

全国和平联合会，

北京中法协会，

国民外交协会，

湖南善后协会（在上海），

山东协会（在上海），

北京上海及各省各埠的学生联合会，

各界联合会，全国学生联合会……

都是。各种的会，社，部，协会，联合会，固然不免有许多非民众的“绅士”“政客”在里面。（像国会，省议会，省教育会，省农会，全国和平期成会，全国和平联合会等，乃完全的绅士会，或政客会）。然而各行各业的公会，各种学会，研究会等，则纯粹平民及学者的会集。至最近产出的学生联合会，各界联合会等，则更纯然为对付国内外强权者而起的一种民众的联合。我以为中华民众的大联合的动机，实伏于此。

（三）我们对于进行吾国“民众的大联合”，果有此能力么？果可得成功么？谈到能力，可就要发生疑问了。原来我国人只知道各营最不合算最没出息的私利，做商的不知设立公司，做工的不知设立工党，做学问的只知闭门造车的老办法，不知同共〈共同〉的研究。大规模有组织的事业，我国人简直不能过问。政治的办不好，不消说。邮政和盐务有点成绩，就是倚靠了洋人。海禁开了这久，还没一头走欧州〈洲〉的小船。全国唯一的“招商局”和“汉冶萍”[12]，还是每年亏本，亏本不了，就招人外股。凡是被外人管理的铁路，清洁，设备，用人，都要好些。铁路一被交通部管理，便要糟糕，坐京汉，津浦，武长，过身的人，没有不嗤着鼻子咬着牙齿的！其余像学校办不好，自治办不好，乃至一个家庭也办不好，一个身子也办不好，“一丘之貉”“千篇一律”的是如此。好容易谈到民众的大联合？好容易和根深蒂固的强权者相抗？

虽然如此，却不是我们根本的没能力。我们没能力，有其原因，就是“我们没练习”。

原来中华民族，几万万人，从几千年来，都是干着奴隶的生活，只有一个非奴隶的是“皇帝”。（或曰皇帝也是“天”的奴隶）。皇帝当家的时候，是不准我们练习能力的。政治，学术，社会，等等，都是不准我们有思想，有组织，有练习的。

于今却不同了，种种方面都要解放了。思想的解放，政治的解放，经济的解放，男女的解放，教育的解放，都要从九重冤狱，求见青天。我们中华民族原有伟大的能力！压迫愈深，反动愈大，蓄之既久、其发必速。我敢说一怪话，他日中华民族的改革，将较任何民族为彻底。中华民族的社会，将较任何民族为光明。中华民族的大联合，将较任何地域任何民族而先告成功。诸君！诸君！我们总要努力！我们总要拚命的向前！我们黄金的世界，光华灿烂的世界，就在前面！（完）

根据 1919 年 8 月 4 日《湘江评论》第 4 号刊印

署名泽东

注 释

① 辛亥革命：1911 年 10 月 10 日，以孙中山为首的资产阶级政党同盟会领导的革命党人发动新军在湖北武昌举行起义，接着，各省热烈响应，清朝反动统治迅速瓦解。1912 年 1 月，在南京成立了中华民国临时政府，孙中山就任临时大总统。2000 多年的中国封建帝制从此结束。但是资产阶级革命派力量很弱并具有妥协性，没有能力发动广大人民群众进行比较彻底的反帝反封建的革命。辛亥革命的成果迅即被北洋军阀袁世凯篡夺，中国仍然没有摆脱半殖民地半封建的状态。

② 哥老会：清代以来的民间秘密组织。活动于湖南、湖北、贵州、四川等省。会众多为破产农民、手工业者和流氓无产者，也有地主豪绅参杂其间。最初以“反清复明”为宗旨，太平天国失败后，会众多参加农民起义、反洋教斗争。辛亥革命时，有些会众接受革命党人的影响和领导，多次参加武装起义，以后则常为反动势力操纵和利用。

③ 新军：指清末编练的新式陆军。甲午战争中国失败后，袁世凯在天津小站扩编的新建陆军和张之洞在江苏仿德制编练的自强军是新军之始。1905 年制定陆军军制，将新军编制推行全国，按西法编练，使用新式武器。辛亥革命前夕，同盟会和各地革命分子以新军为活动对象，各省新军中的下级军官和士兵倾向革命的人日益增多。新军是促成武昌起义的重要力量之一。巡防营：即巡防队，是清末各省的地方部队。巡防队系旧军改编，将校多出自行伍，与新练陆军成为两个系统。丘八：旧社会对兵痞的蔑称。

④洪宪皇帝：1915年12月12日，袁世凯宣布恢复帝制，定于1916年元旦废除民国纪元，改为洪宪元年，正式称帝。结果激起全国人民的反抗，众叛亲离，于1916年3月22日宣布取消帝制。

⑤委办政府：指1917年俄国十月革命后成立的俄罗斯苏维埃共和国政府——人民委员会。列宁当选为人民委员会主席。

⑥匈牙利崛起：指1919年3月21日成立的匈牙利苏维埃共和国政府。这是继苏维埃俄国之后的第二个无产阶级专政的国家政权，在外国帝国主义的武装干涉和内部反革命分子的破坏下，同年8月1日被颠覆。

⑦"五四"运动：指1919年5月4日在北京发生的反帝反封建的爱国运动。五四运动是反对封建文化的新文化运动，这次运动得到了全国人民的响应，迅速发展成为广大群众性的运动，也是中国新民主主义革命的开始。

⑧谘议局：清政府为预备立宪而设立的地方谘议机关。各省于1909年先后设立。成员多系官绅和资产阶级上层分子，任期三年。规定谘议局有权讨论本省行政兴改和公债税收等权，实际上只能提出建议供督抚采纳，不能监督地方行政。1911年武昌起义后，许多省份的谘议局曾策动督抚脱离清朝政府，宣布独立。

⑨同盟会：指中国同盟会，1905年8月在孙中山的倡导下，以兴中会和华兴会为基础，联络光复会在日本东京成立。其宗旨是"驱除鞑虏，恢复中华，创立民国，平均地权"。同盟会成立后发动多次反清武装起义。1912年8月，改组为国民党。

⑩痛饮黄龙：见《宋史·岳飞传》："金将军韩常欲以五万众内附。飞大喜，语其下曰：'直抵黄龙府，与诸君痛饮尔。'"

⑪进步党：1913年，在袁世凯的操纵下，由共和党、民主党等联合组成为进步党，黎元洪任理事长，实际掌权的是汤化龙、张謇和梁启超、熊希龄等。孙中山发动"二次革命"讨袁时，该党依附袁世凯，反对国民党。袁死后，进步党以"研究宪法"为标榜，成立宪政研究会，通称"研究系"。

⑫招商局：全称轮船招商局，清末最早设立的最大轮船航运企业。1872年由李鸿章招商筹办，1873年正式成立。总局设在上海。汉冶萍：指汉冶萍煤铁厂矿公司，简称汉冶萍公司。中国最早的钢铁联合企业，统辖汉阳铁厂、大冶铁矿和萍乡煤矿。

注者按

1919年7月14日，毛泽东在五四运动及马克思主义思想影响下，为新民学会创办了《湘江评论》，并亲任编辑和主笔。他撰写的《民众的大联合》，连载于《湘江评论》第2、3、4号上，犹如"湘江的怒吼"，震撼了三湘大地。这是他青年时代最为重要的杰作，为改造世界、拯救中华提出了新的策略，展开了新颖而有力的探索。

《民众的大联合》全文分为三个部分。第一部分，毛泽东首先把"民众的大联合"作为一种改造社会的根本办法提了出来："国家坏到了极处，人类苦到了极处，社会黑暗到了极处。补救的方法，改造的方法，教育，兴业，努力，猛进，破坏，建设，固然是不错，有为这几样根本的一个方法，就是民众的大联合。”这是向旧中国发出振聋发聩的呐喊。接着便对民众大联合的必要性、可能性进行了深刻的阐述。关于必要性，作者认为历史上的任何运动无不由一些人的联合，“最大的运动，必有最大的联合。”而从古至今的联合，“以强权者的联合，贵族的联合，资本家的联合为多”。正是这些强权者的联合，欺压、剥削百姓，才使社会坏到了极点。因此，平民百姓要推翻贵族资本家的统治，获得自由解放，也必须依靠自身的联合。关于可能性，作者指出：“所以要有群，要有社会，要有联合，是因为想要求到共同的利益。”即要翻身，寻自由，求解放的共同利益是民众联合的基础。而法国大革命和俄国十月革命的胜利，都是民众大联合的胜利。他坚信这种胜利“可以普及于世界，是想得到的”。第二部分提出了联合的具体方法途径，指出正因为共同利益是联合的基础，所以大联合要以各种小联合为基础，农夫联合农夫，工人联合工人，学生、女子、小学教师、警察、车夫等都应组成相关的小联合，即各行各业的行会、天南地北的同乡会、各门各科的学会研究会、各色各样的党派团体。第三部分，探讨了大联合的动机、能力以及民众对此的觉悟和成功的可能性等问题，并发出极富震撼力的号召：“我们醒觉了！天下者我们的天下。国家者我们的国家。社会者我们的社会。我们不说，谁说？我们不干，谁干？刻不容缓的民众大联合，我们应该积极进行!”文章联系到古今中外历史上的改革和反抗运动，指出阶级斗争的双方历来都有大联合，而斗争的胜负，取决于联合得坚强与否。由此，得出一个不同于当时所有革命家的结论：社会改造的根本方法就是民众的大联合。

在新民学会长沙会员大会上的发言

（一九二一年一月一日、二日）

毛泽东

一

现在国中对于社会问题的解决，显然有两派主张：一派主张改造，一派则主张改良。前者如陈独秀诸人[①]，后者如梁启超、张东荪诸人[②]。改良是补缀办法，应主张大规模改造。至用“改造东亚”，不如用“改造中国与世界”。提出“世界”，所以明吾侪的主张是国际的；提出“中国”，所以明吾侪的下手处；“东亚”无所取义。中国问题本来是世界的问题，然从事中国改造不着眼及于世界改造，则所改造必为狭义，必妨碍世界。至于方法，启民主用俄式[③]，我极赞成。因俄式系诸路皆走不通了新发明的一条路，只此方法较之别的改造方法所含可能的性质为多。

二

世界解决社会问题的方法大概有下列几种：

1. 社会政策[④]；

2. 社会民主主义[⑤]；

3. 激烈方法的共产主义（列宁的主义）；

4. 温和方法的共产主义（罗素的主义[⑥]）；

5. 无政府主义[⑦]。

我们可以拿来参考，以决定自己的方法。

社会政策，是补苴罅漏的政策[⑧]，不成办法。社会民主主义，借议会为改造工具，但事实上议会的立法总是保护有产阶级的。无政府主义否认权力，这种主义恐怕永世都做不到。温和方法的共产主义，如罗素所主张极端的自由，放任资本家，亦是永世做不到的。激烈方法的共产主义，即所谓劳农主义，用阶级专政的方法，是可以预计效果的，故最宜采用。

注 释

① 陈独秀（1879—1942 年）：安徽怀宁人。五四新文化运动的主要领导人之一。五四运动后，接受和宣传马克思主义。1920 年 8 月组织中国共产党上海发起组，进行建党活动，是中国共产党的主要创建人之一。他当时拥护马克思主义的阶级斗争学说和社会革命论，主张用革命的手段建设劳动阶级的国家。

② 梁启超（1873—1929 年）：广东新会人。戊戌维新运动的重要活动家。辛亥革命后组织进步党，1916 年该党演变为研究系，他是首领。张东荪（1886—1973 年）：浙江杭州人。研究系的主要成员，当时任《时事新报》和《改造》杂志主编。1920 年 11 月，张东荪、梁启超等挑起了一次有关社会主义问题的论战。他们认为中国经济落后，因而否认中国有真正的无

产阶级，反对在中国宣传社会主义，主张开发实业，发展资本主义，并宣称可以通过立法和社会监督以及发展各种“协社”来“矫正”资本主义的弊病。他们的这种主张，受到当时马克思主义者的批判。

③ 启民：即陈启民，名陈书农（1898—1970 年），湖南长沙人。新民学会会员，当时在长沙周南女校教书。

④ 社会政策：指 19 世纪 70 年代德国一些经济学家提出的一种社会改良主义，后流行于欧美以及日本，20 世纪初传入中国。社会政策的提倡者主张阶级协调，由国家或其他社会力量制定劳动法规，实行社会保险，成立工人组织，兴办福利、救济事业等，来维护资本主义经济。

⑤ 社会民主主义：指 20 世纪初期第二国际机会主义。它反对无产阶级实行暴力革命和无产阶级专政，主张无产阶级走议会道路，宣扬资产阶级民主和阶级调和。五四运动前后，中国也曾有极少数人宣传过这种主义。

⑥ 罗素（1872—1970 年）：英国哲学家、社会活动家。早年加入英国费边社和工党，后又信仰过基尔特社会主义。十月革命后，曾到苏俄考察。1920 年至 1921 年来中国讲学，先后在北京、长沙等地演说。在这些演说中，他表示相信“共产主义是一种好学说”，主张用“循序渐进的方法来实行”，不赞成“阶级战争”和“平民专制”，认为中国首要的事情是兴办教育和发展实业。罗素的主张在当时中国学术思想界有相当影响。

⑦ 无政府主义：是 19 世纪上半叶出现于欧洲的一种小资产阶级思潮。它否认任何国家和政权，否认任何权力和权威，鼓吹

绝对自由、极端民主，主张建立一个“无命令、无权力、无服从、无制裁”的无政府状态的社会。五四运动前后，这种思潮在中国一部分知识分子和工人中曾产生过较大影响。

⑧补苴罅漏：原指修补裂缝漏洞，后泛指弥补欠缺和漏洞。

注者按

1921年元旦对新民学会是一个具有重大转折意义的日子。经历近3年的发展、壮大，新民学会迫切需要一次脱胎换骨的蜕变。1920年7月，学会赴法勤工俭学的会员蔡和森、李维汉、向警予、蔡畅、萧子升等13人在法国蒙达尔尼公学召开会议，确定学会方向是“改造中国与世界”。但是，在如何改造的问题上，意见发生分歧。蔡和森等主张走俄式革命的道路，而学会重要领袖萧子升却反对革命，提倡改良，主张搞教育救国。意见传回国内，引发总会的大讨论。这期间，毛泽东多次与蔡和森通信，交换意见，一致认为必须走列宁主义路线，必须成立一个革命的政党，蔡和森还建议以“中国共产党”来命名。1921年1月1日到3日，新民学会长沙会员举行新年大会，热烈讨论了旅法蒙达尔尼会议的各种意见。毛泽东在1日、2日两天，分别发言。本文是两次发言的记录稿。

第一部分是第一天的发言。发言开门见山，明确提出两派解决社会问题的主张：一是改造，如陈独秀，就是革命；一是改良，如梁启超、张东荪等。发言肯定改造派立场，而且强调是“大规模改造”。具体方法赞成俄式，因为“俄式系诸路皆走不通了新发明的一条路”。当时，新民学会已经进行了许多的社会探索与实践，包括像“驱张（军阀张敬尧）运动”这种较为激烈的请愿改良；但对社会问题的解决都无济于事，所以，以马克思列宁主义为指导，走俄式革命道路，这是青年毛泽东和他的革命伙伴上下求索、反复尝试的选择结果。发言主张“改造中国与世界”，这一提法表明毛泽东已经将中国问题放到世界的大视野总格局中去考量，认为中国的革命必将是世界革命、世界进步发展的重要组成部分。

第二部分是第二天的发言。发言总结列举了五种社会问题解决方法。

一是社会政策。这实际上是改良主义。通过立法，兴办福利、救济事业，缓和协调阶级矛盾。它由19世纪70年代的德国经济学家提出，流行于欧美日本，20世纪初传入中国。发言评价它是“补苴罅漏的政策，不成办法”。

二是社会民主主义。这是20世纪初第二国际的机会主义的路线。它反对暴力革命，反对无产阶级专政，主张议会道路，宣扬阶级调和。发言一针见血揭示“议会的立法总是保护有产阶级”。

三是列宁主义，是激烈方法的共产主义，劳农主义。是阶级专政的方法。毛泽东观点鲜明地赞成此法。

四是罗素主义，罗素是英国哲学家、社会活动家。去过苏俄，访问过中国，与学界、思想界进行过交流。他认为共产主义很好，但反对暴力革命，主张温和渐进，提倡教育和实业。追求极端自由，放任资本家，这种思想在当时中国的学术界、思想界很有影响。毛泽东认为这“是永世做不到的”。

五是无政府主义。这是19世纪中期出现于欧洲的小资产阶级思潮。它反对权力权威、鼓吹自由民主、反对政府形态，曾经鼓舞过五四前后的许多中国知识分子和工人。毛泽东也认为这是“永世做不到的”。

最后，作者在对五种意见做了中肯而简明的点评之后，斩钉截铁地肯定了“激烈方法的共产主义，即所谓劳农主义，用阶级专政的方法，是可以预见效果的，故最宜采用”。

这两次发言，标志着毛泽东正式选定了马列主义的革命道路，可以说是他一生中一个重要的转折点。这也是新民学会的重要转折点。以萧子升为代表的一部分人逐渐退出，大部分会员转向了共产党的筹备组织工作。这年 7 月，中国共产党成立，新民学会也完成了它的历史使命，停止活动。

随感录

（一九一八年）

鲁　迅

近日看到几篇某国志士做的说被异族虐待的文章，突然记起了自己从前的事情。

那时候不知道因为境遇和时势或年龄的关系呢，还是别的原因，总最愿听世上爱国者的声音，以及探究他们国里的情状。波兰、印度，文籍较多；中国人说起他的也最多；我也留心最早，却很替他们抱着希望。其时中国才征新军[①]，在路上时常遇着几个军士，一面走，一面唱道："印度波兰马牛奴隶性，……"我便觉得脸上和耳轮同时发热，背上渗出了许多汗[②]。

那时候又有一种偏见，只要皮肤黄色的，便又特别关心：现在的某国，当时还没有亡；所以我最注意的是芬阑、斐律宾、越南的事，以及匈牙利的旧事，匈牙利和芬阑文人最多，声音也最大；斐律宾只得了一本烈赛尔[③]的小说；越南搜不到文学上的作品，单见过一种他们自己做的亡国史。

听这几国人的声音，自然都是真挚壮烈悲凉的；但又有一些区别：一种是希望着光明的将来，讴歌那簇新的复活，真如时雨灌在新苗上一般，可以兴起人无限清新的生意。一种是絮絮叨叨叙述些过去的荣华，皇帝百官如何安富尊贵，小民如何不识不知；末后便痛斥那征服者不行仁政。譬如两个病人，一个是热望那将来的健康，一个是梦想着从前的耽乐[④]，而这些耽乐又大抵便是他致病的原因。

我因此以为世上固多爱国者，但也羼[5]着些爱亡国者。爱国者虽偶然怀旧，却专重在现世以及将来。爱亡国者便只是悲叹那过去，而且称赞着所以亡的病根。其实被征服的苦痛，何止在征服者的不行仁政，和旧制度的不能保存呢？倘以为这是大苦，便未必是真心领得；不能真心领得苦痛，也便难有新生的希望。

注 释

①新军：清光绪二十年（1894年）春开始仿欧美军制编练的新式陆军。先后由袁世凯、张之洞等人筹建督办，聘德国教官训练。后各省在“新政”的名义下也编练新军。光绪三十年（1904年）由练兵处制定陆军军制，以“镇”（师）为经常编制，拥有步、骑、炮、工程、辎重等兵种，各级军官多由军事学堂毕业生担任。新兵征募对年龄、体格及文化程度均有严格要求。辛亥革命时，部分新军官兵转向革命，成为武昌起义和各省光复的重要力量。

②“一面唱道”四句：鲁迅在《摩罗诗力说》中也有过类似记载：军人在大街上走过，“张口作军歌，痛斥印度波兰之奴性”。当时张之洞作的“军歌”云：“请看印度国土并非小，为奴为马不得脱笼牢。”他作的《学堂歌》也有“波兰灭，印度亡，犹太遗民散四方”之说。鲁迅为之汗颜，因为中国亡国为奴的危险绝不在波兰、印度之下却不自觉。

③ 烈赛尔（1861—1896 年）：通译为黎萨尔，菲律宾作家，著有小说《起义者》等。因参加反西班牙殖民主义者的民族解放运动而遭杀害。

④ 耽乐：沉溺于享乐。

⑤ 羼（chàn）：掺杂。

注者按

鲁迅留日时期就曾弃医从文，立志用文艺来救治中国社会，阅读和研究了大量被压迫被奴役的“弱小民族”和欧洲资产阶级革命时期的文学作品。1908 年发表论文《摩罗诗力说》，1909 年出版《域外小说集》，翻译介绍北欧、印度、波兰、匈牙利等国作家的作品，大力弘扬“立意在反抗，指归在动作”的革命思想和爱国精神。五四前后，帝国主义列强侵略瓜分中国的罪恶行径变本加厉，封建军阀的统治更加残酷。鲁迅从变革现实的强烈愿望出发写了本文。以各国被压迫民族的反抗斗争的经验教训为镜子，严格区分两种爱国者，讽刺另类的爱国者，只知怀恋过去的享乐富贵，怨天尤人，其实只是“爱亡国者”，号召中国人民觉醒起来，争取民族的独立解放，做真正的爱国者。

清　贫

方志敏

我从事革命斗争，已经十余年了。在这长期的奋斗中，我一向是过着朴素的生活，从没有奢侈过。经手的款项，总在数百万元；但为革命而筹集的金钱，是一点一滴的用之于革命事业。这在国方[①]的伟人们看来，颇似奇迹，或认为夸张；而矜持不苟，舍己为公，却是每个共产党员具备的美德。所以，如果有人问我身边有没有一些积蓄，那我可以告诉你一桩趣事：

就在我被俘的那一天——一个最不幸的日子，有两个国方兵士，在树林中发现了我，而且猜到我是什么人的时候，他们满肚子热望在我身上搜出一千或八百大洋，或者搜出一些金镯金戒指一类的东西，发个意外之财。那知道从我上身摸到下身，从袄领捏到袜底，除了一只时表和一枝自来水笔之外，一个铜板都没有搜出。他们于是激怒起来了，猜疑我是把钱藏在那里，不肯拿出来。他们之中有一个，左手拿着一个木柄榴弹，右手拉出榴弹中的引线，双脚拉开一步，作出要抛掷的姿势，用凶恶的眼光盯住我，威吓地吼道：

“赶快将钱拿出来，不然就是一炸弹，把你炸死去！”

“哼！你不要作出那难看的样子来吧！我确实一个铜板都没有存；想从我这里发洋财，是想错了。”我微笑淡淡地说。

“你骗谁！像你当大官的人会没有钱！”拿榴弹的兵士坚不相信。

“决不会没有钱的，一定是藏在那里，我是老出门的，骗不得我。”另一个兵士一面说，一面弓着背重来一次将我的衣角裤裆过细的捏，总企望着有新的发现。

“你们要相信我的话，不要瞎忙吧！我不比你们国民党当官，个个都有钱，我今天确实是一个铜板也没有，我们革命不是为着发财啦！”我再向他们解释。

等他们确知在我身上搜不出什么的时候，也就停手不搜了；又在我藏躲地方的周围，低头注目搜寻了一番，也毫无所得，他们是多么的失望呵！那个持弹欲放的兵士，也将拉着的引线，仍旧塞进榴弹的木柄里，转过来来抢夺我的表和水笔。后彼此说定表和笔卖出钱来平分，才算无话。他们用怀疑而又惊异的目光，对我自上而下的望了几遍，就同声命令地说：“走吧！”

是不是还要问问我家里有没有一些财产？请等一下，让我想一想，啊，记起来了，有的有的，但不算多。去年暑天我穿的几套旧的汗褂裤，与几双缝上底的线袜，已交给我的妻放在深山坞[②]里保藏着——怕国军进攻时，被人抢了去，准备今年暑天拿出来再穿；那些就算是我唯一的财产了。但我说出那几件“传世宝”来，岂不要叫那些富翁们齿冷[③]三天？！

清贫，洁白朴素的生活，正是我们革命者能够战胜许多困难的地方！

注　释

①国方：指国民党反动当局。

② 坞：四周高中间低的地方。

③ 齿冷：耻笑。

作者简介

方志敏（1899—1935 年），原名远镇，号慧生，笔名母文、志敏。江西弋阳县人。赣东北革命根据地和红军第十军的主要创建人。1922 年加入中国社会主义青年团，1924 年加入中国共产党，曾被增补为中国共产党第六届中央委员会委员，被选为中华苏维埃共和国临时中央政府执行委员，曾任闽浙赣省苏维埃政府主席、省委书记等职。1928 年 1 月，在江西弋阳、横峰一带发动农民举行武装起义。1928 年至 1933 年，领导起义的农民坚持游击战争，实行土地革命，建立红色政权，逐步把农村革命根据地扩大到江西东北部和福建北部、安徽南部、浙江西部，把地方游击队发展为正规红军。1934 年 11 月，带领红军第十军团向皖南进军，继续执行北上抗日先遣队的任务。1935 年 1 月，在同国民党军队作战中被捕，同年 8 月在南昌英勇就义。著作有《可爱的中国》《狱中纪实》等。

注者按

本文写于 1935 年 5 月 26 日被拘禁的囚室中。这是方志敏烈士、一个真正的共产党人的自述。坦诚而朴素，没有丝毫的夸饰或做作，而他清贫的本色、坦荡的胸怀，矜持不苟、舍己为公的高尚情操却深深地感染了读者。“清贫，洁白朴素的生活，正是我们革命者能够战胜许多困难的地方!”这是一位行将就义的革命先辈留给我们的临终遗言，是我们党用以克服重重困难、战胜强大敌人的优良传统。今天我们的生活早已不是清贫，而是已达到了小康甚至富裕。重温方志敏烈士的这篇文章能使我们倍加珍惜来之不易的今天，能净化我们的灵魂，告诉我们如何在物欲横流、拜金盛行影响中，胸怀祖国和人民而保持清白，追求高尚的情操。

黎明之前

唐　弢

在昏夜里我看见一个牢笼，铁的围墙，石的栏栅。虽然它并没有关住什么，但也毕竟关住了一件东西：空虚。

空虚磨尽了一切。

黎明之前，在熟睡着的群众中间，突然出现了希望。愤火烧热了它，像一只雄鸡似的，在石墩上磨了下尖喙，竖起颔毛，开始和空虚搏斗起来，血花四溅，白色的羽毛纷纷地落下来，落下来。

它战胜了空虚。

希望定了定神，真的，它战胜了空虚，然而，它发现自己是在牢笼里，铁的围墙，石的栏栅。

胜利，伴着希望，在牢笼里。

在昏夜里我看见一个牢笼，铁的围墙，石的栏栅。虽然它并没有关住什么，但也毕竟关住了一件东西：黑暗。

黑暗吞没了一切。

黎明之前，在熟睡着的群众中间，突然出现了光明。愤火烧红了它，像一条斗鱼似的，在急流里挺了下身子，摇动尾巴，开始和黑暗搏斗起来，血花四溅，银色的细鳞纷纷地落下来，落下来。

它战胜了黑暗。

光明定了定神，真的，它战胜了黑暗，然而，它发现自己是在牢笼里，铁的围墙，石的栏栅。

胜利，伴着光明，在牢笼里。

然而，胜利终于是胜利。这世界上将不再有黑暗，空虚。

希望的羽毛，光明的细鳞，它们被摒在牢笼的外面——辽阔的祖国的疆域上。在沃土里播种，在风雨里发芽，在血水里长大，开出了美丽的花朵：自由。

胜利终于是胜利。

虽然现在还免不了是刀光，血影，但在刀光和血影里，人们望见了黎明。

一九三九年三月五日。

作者简介

唐弢（1913—1992 年），原名唐端毅，笔名晦庵，浙江镇海人。现代作家。16 岁考入上海邮政局，长期在邮电部门从事业余文艺活动。1933 年起在鲁迅影响下，开始创作散文和杂文，其散文杂文师法鲁迅，写得简明而富文采。全面抗战爆发后参加了 1938 年版《鲁迅全集》的编校工作，编辑《文艺界丛刊》。抗战胜利后与柯灵合编《周报》，参加反内战、反饥饿的民主运动。《周报》被禁，编辑《文汇报》副刊《笔会》。解放后先后任作协上海分会书记处书记、文化局副局长，《文艺新地》《文艺月报》副主编。1959 年调北京任中国科学院文学研究所研究员。

除创作散文、杂文外，主编过《中国现代文学史》，致力于鲁迅研究，著述颇丰。

注者按

本文原载《鲁迅风》1939 年 3 月 15 日第 9 期，编入作者的散文诗集《落帆集》。

这是唐弢的一首散文诗。浓缩了抗战烽火中的人们对希望战胜空虚、光明战胜黑暗、实现自由的渴望与信念。全文分成层层推进的三部分，作者善于选择象征性的意象：牢笼、铁的围墙、石的栏栅、雄鸡、斗鱼……组成富有诗意的意境，抒发深沉而激越的感情，表达坚定而强烈的理想。诗的结构、诗的节奏和韵律使诗意更为浓郁。最后作者坚定地指出："虽然现在还免不了是刀光，血影，但在刀光和血影里，人们望见了黎明。"

歌　声

老　舍

当我行在路上，或读着报纸，有时候在似睡非睡之中，常常听见一些歌声，配着音乐。

似梦境的鲜明而又渺茫，我听到了歌声，却听不清那歌词；梦中的了解，就是这样吧，那些听不清的歌词却把一点秘密的意思诉达到我的心灵。

那也像：一条绿柳深巷，或开满杜鹃的晴谷，使我欣悦，若有所得；在春之歌还未构成，可是在山水花木的面貌里认识了春之灵。

至于那音乐，我没有看见那红衣的鼓手，与那素手弹动的银筝——有声无形的音乐之梦啊。可是，我仿佛感到一些轻健的音符，穿着各样颜色的绣衣，在我的心中欢舞。

欢乐的音符，以齐一的脚步，轻脆的脚步，进行；以不同的独立颤动，合成调谐的乐音；因血脉是那样流动，我领悟到它近乎军乐，笛声号声里夹着战鼓。

听着，我听着，随听随着解释，像说教者在圣殿中那样，取几句神歌，用平凡的言语阐明奥意。

鼓声细碎，笛音凄绝，每一个音符像一点眼泪。听：

似乎应当记得吧，那昨天的噩梦，那伟丽的破碎？

山腰里一面大王旗，三月里遍山的杜鹃哪，还红不过满地的人血；水寨中另一面骄横的大旗，十里荷塘淤着鲜血；谁能说得尽呢，遍野的旌旗，遍野的尸骨！

伟丽的山河，卑污的纷乱，狂笑与低泣呀，羞杀了历史，从哪里去记载人心的光明壮烈呢？伟丽的破碎！

诗人呀，在那时节，在高山大川之间，在明月清风之夕，有什么呢？除了伟丽的忧郁？

鼓声如雷，号声激壮，音符疾走，似是在坚冰雪野上，轻健的脚步，一齐沙沙的轻响。听：

醒来，民族的鸡鸣；卢沟晓月；啊，炮声！异样的炮声，东海巨盗的施威。

醒来，应战，应战！纵没有备下四万万五千万杆枪，我们可有四万万五千万对拳；我们醒了！

雨是血，弹是沙，画境的古城燃起冲天的烟火，如花的少女裸卧在街心；然而没有哭啼，没有屈膝。醒了的民族啊，有颗壮烈的心！

让长江大河滚着血浪，让夜莺找不到绿枝去啼唱，我们自己没有了纷争，四万万五千万双眼睛认定了一个敌人。伟丽的忧郁，今天变成了伟丽的壮烈；山野震颤，听民族的杀声！每个人要走一条血路，血印，血印，一步步走入光明。

啊，每个人心里有一首诗歌，千年的积郁，今朝吐出来。诗人上了前线，沉毅无言，诗在每个人的心间。也许没有字句，也许没有音腔，可是每颗心里会唱，唱着战争的诗歌。

啊，这诗歌将以血写在历史上，每个字永远像桃花的红艳，玫瑰的芬香。

作者简介

老舍（1899—1966 年），原名舒庆春，字舍予，满族。作家、戏剧家。早年家贫，1918 年毕业于北京师范学校，担任中小学教员。1924 年应聘任英国伦敦大学东方学院中文讲师，创作了长篇小说《老张的哲学》《赵子曰》《二马》等。1930 年任教齐鲁大学和山东大学，创作了长篇小说《猫城记》《骆驼祥子》《离婚》，中篇小说《月牙儿》《我这一辈子》。全面抗战爆发后，只身从济南流亡武汉、重庆，被选为全国文艺界抗敌协会常务理事兼总务部主任，为文艺界团结抗日作出了贡献。创作了长篇小说《四世同堂》及大量曲艺、话剧、诗歌、散文。新中国成立后，由美国归来，创作了《方珍珠》《龙须沟》《茶馆》等剧本、小说，荣获“人民艺术家”称号。历任全国文联和作协副主席、北京文联主席，全国人大代表、政协常委。

注者按

本文发表于 1939 年 5 月《扫荡报》。这是一曲中华民族面对凶残野蛮的日寇同仇敌忾，前仆后继、浴血奋战保卫祖国的颂歌。

“七七”卢沟桥的枪声，是“民族的鸡鸣”，结束了几十年“城头变幻大王旗”的军阀混战、一盘散沙的局面；是“醒狮的怒吼”，宣告了全国上下，万众一心，团结抗日，志在必胜的誓词。《歌声》写于这一时期，作品激越豪迈的感情、高亢嘹亮的音律、铿锵有力的节奏，歌颂了民族的觉醒，昭示了民族的希望。

作者构思巧妙，以“配着音乐”的“歌声”比喻轰轰烈烈的抗战，音乐是战争的形式，歌词是战争的意义。以听歌、解歌为结构线索，借解歌而展开描写、抒情和议论。从军阀混战的一面面“大王旗”“满地的人血”“遍野的尸骨”，到“民族的鸡鸣”“卢沟晓月”“鼓声如雷，号声激壮”。民族解放战争这支歌，在“每个人的心间”，是“每颗心里”的合唱，“这诗歌将以血写在历史上”。

新中国在望中

朱自清

抗战的中国在我们的手里，胜利的中国在我们的面前，新生的中国在我们的望中。

中国要从工业化中新生。我们要自己制造飞机，坦克车，军舰；我们要有自己的天，自己的地，自己的海。我们要有无数的“机器的奴隶”给我们工作；穿的，吃的，住的，代步的，都教它们做出来。我们用机器制造幸福，不靠神圣以及不可知的力量。

中国要从民主化中新生。贤明的领袖应该不坐在民众上头而站在民众中间；他们和民众面对面，手挽手。他们引着民众向前走，民众也推着他们向前走。民众亮出自己的声音，他们集中民众的力量。各级政府都建设在民众的声音和力量上，为了最大多数的最大幸福而努力。这是民治，民有，民享。

中国要从集纳化中新生。地广民众的中国要统一意志与集中力量，必得有为公众的喉舌，打通层层的壁垒。报纸将成为万有力量和人人必不可少的东西。报纸表现时代，批评时代，促进时代；它不但得在四万万人的手里，并且得在四万万人的心里。这就是集纳化。它曾给你知识，给你故事，给你诗，教导你，安慰你，帮助你认识时代，建立自己，建立国家。

新中国虽然已在望中，可是得吃苦耐劳，才能到我们手里。在我们当前的是暖和的，在我们是；可是如果不劳其体肤，经过穷乏[1]，不会到我们手里；非得我们再接再厉的硬干苦干实干。

……

注　释

①“可是”两句：化用《孟子·告子下》中的典故。《孟子·告子下》：“故天将降大任于是人也，必先苦其心志，劳其筋骨，饿其体肤，空乏其身，行拂乱其所为，所以动心忍性，曾益其所不能。”

作者简介

朱自清（1898—1948 年），原名自华，号实秋，后改名自清，字佩弦。原籍浙江绍兴，从祖父起定居扬州，遂自称“我是扬州人”。现代散文家、诗人，中国文学教授。1916 年考入北京大学预科，是五四运动的参加者。1920 年毕业于北京大学哲学系，执教于江浙的中学，积极参加新文学运动，从事新诗创作。长诗《毁灭》和散文《桨声灯影里的秦淮河》是这一时期代表作。1925 年任教于清华大学，研究中国古典文学，创作以散文为主，《背影》《荷塘月色》等名篇脍炙人口。1931 年留学英国、漫游欧洲，撰《欧游杂记》。1932 年回国任清华大学中文系主任。全面抗战爆发后，任西南联大教授，积极支持进步的学生运动。抗战胜利后，目睹国民党统治的种种黑暗，多撰写针砭现实的杂文。北平解放前夕，在重病弥留之际，仍拒绝美援，不买国民党政府配售的美国面粉。在清贫的生活中保持了高尚的中国人的气节。有《朱自清全集》。

注者按

本文作于1944年，原残，未发表，选自1951年人民文学出版社出版的《朱自清诗文选集》。

1944年，国际反法西斯战争已取得了全面的节节胜利，中国人民艰苦卓绝，付出惨重牺牲的抗战胜利曙光已清晰可见。从鸦片战争以来，经历百年帝国主义列强欺凌、宰割的，苦难深重的中华民族，将第一次取得反对帝国主义侵略战争的完全彻底的胜利。

正是在这样的历史背景中，作者指出“新中国在望中”，并描绘了未来新中国的蓝图：经济的工业化、政治的民主化、国家统一集中化。这并非泛泛而言，是针对旧中国经济落后、政治专制、国家分裂（军阀混战）而发的。他还指出希望虽已呈现，但它的实现尚需努力，勉励人们“再接再厉”“硬干苦干实干”。深切地表达了作者希望祖国独立、统一、民主和繁荣富强的爱国热忱。

推荐阅读

廉颇蔺相如列传	司马迁
谏吴王书	邹　阳
上书谏吴王	枚　乘
孟门山	郦道元
登大雷岸与妹书	鲍　照
芜城赋	鲍　照
答谢中书书	陶弘景
右溪记	元　结
小石城山记	柳宗元
高愍女碑	李　翱
请诛程元振疏	柳　伉
对贤良方正直言极谏策	刘　蕡
为濮阳公檄刘稹文	李商隐
爱莲说	周敦颐
李愬雪夜平蔡州	司马光
戊午上高宗封事	胡　铨
五岳祠盟记	岳　飞
北狄俘虏之苦	洪　迈
报刘一丈书	宗　臣
邑令战死	李　诩